Luzie Bronder
Liebe all'arrabbiata

W0299040

atb aufbau taschenbuch

LUZIE BRONDER, geboren 1976, lebt in Hamburg und kennt sich aus eigener Erfahrung bestens mit deutsch-italienischen Konflikten aus.

Maria, 28, ist bedient: Beruflich tritt sie als Restaurantkritikerin mit einer Vorliebe für deutsche Hausmannskost auf der Stelle. Und der Mann in ihrem Leben, Georg, ist nicht nur ihr Chef, sondern ganz nebenbei seit Jahren mit einer anderen verheiratet. Dann schickt er Maria zu allem Überfluss auch noch für einen Gourmet-Check nach Rom – ausgerechnet nach Italien, in das Land, mit dessen Küche sie als überzeugte Biertrinkerin und Grünkohlesserin so gar nichts anfangen kann. Und dann wäre da auch noch ihre italienische Mutter, mit der sie seit Jahren kein Wort mehr gewechselt hat. Widerwillig macht sich Maria in Begleitung ihrer besten Freundin Hanna und des Fotografen Markus auf den Weg in die Ewige Stadt, wo die Amore all'arrabbiata nicht lange auf sich warten lässt und Maria zwingt, sich zwischen italienischer Dolce Vita und deutscher Hausmannskost zu entscheiden.

Luzie Bronder

Liebe all'arrabbiata

Roman

atb aufbau taschenbuch

ISBN 978-3-7466-2599-7

Aufbau Taschenbuch ist eine Marke der
Aufbau Verlag GmbH & Co. KG

2. Auflage 2010
© Aufbau Verlag GmbH & Co. KG, Berlin
Umschlaggestaltung Mediabureau Di Stefano, Berlin
unter Verwendung zweier Motive von iStockphoto:
© Matthew Hertel, © imstamatics
Druck und Binden CPI Moravia Books, Pohořelice
Printed in Czech Republic

www.aufbau-verlag.de

Aperitivo

»Flugangst?«, fragte Markus mit mitleidigem Blick.

Ich quälte mir ein Lächeln heraus. Mir war speiübel.

»Quatsch. Mir ist nur ein wenig flau. Hab wohl was Falsches gegessen.«

Ich habe keine Flugangst. Vielleicht bin ich etwas besorgter als die anderen Passagiere, die um mich herum fröhlich plaudernd ihr Gepäck verstauten und versuchten, es sich in den furchtbar schmalen Sitzen bequem zu machen. Ich konnte ihre Sorglosigkeit nicht nachvollziehen. Der stetig zunehmende Luftverkehr würde über kurz oder lang zu verringerten Sicherheitsabständen zwischen den Fliegern und nicht zuletzt zu gegenseitiger Beeinträchtigung durch Emissionsausstoß führen. Schon allein deshalb bevorzugte ich das Reisen auf dem Erdboden, und zwar so, wie die Natur es für uns Menschen vorgesehen hatte: mit dem Auto! Zumal die weltbewegenden Orte, an denen ich bislang meiner Arbeit als Restaurantkritikerin nachgegangen war, sowieso keine Flughafenanbindung hatten.

Rom hatte dummerweise einen Flughafen. Und deshalb saß ich nun in diesem grässlichen Flugzeug mit diesem noch grässlicheren Fotografen Markus Semgart, der mir und meiner Freundin Hanna für unser gemeinsames Projekt zugeteilt worden war. Eigentlich kannte ich ihn kaum, ich wusste nur, dass er ungefähr dreißig Jahre alt war, im selben Verlag arbeitete wie Hanna und ich und sein Kunstgeschichtsstudium wohl niemals abschließen würde, weil er viel zu sehr mit Fotografieren und Quatschen beschäftigt war. Wobei er leider meistens nur Phrasen und alberne Sprüche von sich gab.

»Keine Sorge«, meinte er gerade wie zum Beweis, »das Gefährlichste am Fliegen ist der Weg mit dem Auto zum Flughafen.«

Er war sich tatsächlich für keine Floskel zu schade.

»Du wirst sehen«, kicherte er weiter, »die Zeit vergeht wie im Flug!«

Ich würde bei Gelegenheit wohl ein Loch in seine Rettungsschwimmweste piksen müssen. Mit einem verächtlichen Blick bedachte ich sein fröhliches Grinsen. Stilistisch gesehen war er eine Zumutung. Seine spindeldürren langen Beine steckten in ausgefransten 501, die schon vor zehn Jahren out waren und ohnehin nur Männern mit wohlgeformtem Po standen. Dazu trug er eines dieser peinlichen Sprüche-T-Shirts mit einem kleinen Teufelchen vorne drauf. Darüber stand »God is busy« und darunter »May I help you?«. Sein ungebürstetes dunkelbraunes Haar zottelte sich um seine Ohren und hatte wohl seit Jahren keinen Friseur mehr gesehen. Ein Mann geschaffen, um ignoriert zu werden.

Seufzend sann ich darüber nach, wie viele wirklich coole Fotografen beim Jakobi-Verlag arbeiteten, wahre Künstler, feinsinnige, attraktive Männer, die leider alle mit einem anderen Team unterwegs waren, während wir diese Nervensäge mit nach Rom nehmen mussten. Da schwang sich Hanna auf den freien Platz zwischen uns. Stylish wie immer in ihren schmalen schwarzen Steghosen und dem rubinroten Top. Ihre schulterlangen hellblonden Haare hatte sie zu einem lockeren Knoten aufgesteckt. Dagegen war Markus' Äußeres ein Kulturschock.

»Na, alles klar?«, fragte Hanna gutgelaunt.

»Bei mir schon, aber Maria sieht aus, als würde sie gleich rückwärts essen«, antwortete Markus.

Prüfend schaute Hanna mich an. »Stimmt«, meinte sie dann, »du siehst wirklich nicht sehr glücklich aus.«

»Ich hab eben einen empfindlichen Magen«, rechtfertigte ich meine immer blasser werdende Nase.

Darauf fing Markus schallend an zu lachen.

Ich spürte, wie leichte Aggressionen in mir hochkochten. Wütend funkelte ich ihn an: »Was ist denn daran bitte so komisch?«

»Nichts«, gluckste er und bemühte sich, ein ernsthaftes Gesicht aufzusetzen. »Ich denk nur, dass dein Job dann wohl genau das Richtige für dich ist.«

Darauf konnte ich leider nichts Gescheites erwidern. Ich tat so, als sei ich mit meinem Sicherheitsgurt beschäftigt. Das fing ja gut an. Mit diesem Mann sollte ich also die nächsten vier Monate unter einem Dach leben. Besten Dank.

Die Maschine rollte auf die Startbahn zu, und unbewusst krallte ich meine Fingernägel tief in die gepolsterten Armlehnen. Hanna strich mir beruhigend über die Hand.

»Das ist mal was Neues«, raunte sie mir zu. »Wir machen es uns schön, du wirst schon sehen.«

Ich hatte da noch meine Zweifel. Natürlich, Hanna und ich, wir waren seit Jahren ein super Team. Wir kannten uns schon aus Schulzeiten, hatten zusammen in Kiel studiert und in den Semesterferien zahlreiche gemeinsame Reisen unternommen. Vor allem unsere Trips nach Paris waren legendär: Einkaufsbummel auf den Champs-Élysées, Champagner in dem kleinen Bistro am Montmartre und viele nette Bekanntschaften, die uns zu Jazzkonzerten in die tollsten Lokale der Stadt führten.

Aber diesmal war es anders. Wir befanden uns nicht auf einer fröhlichen Urlaubsreise. Diesmal lag richtig viel Arbeit vor uns – und das ausgerechnet in Rom, einer Stadt, die ich im Gegensatz zu den meisten Deutschen als ungefähr so reizvoll wie ein Bad in Kakerlaken empfand. Das hatte den schlichten Grund, dass Rom in Italien lag. Und mit Italien hatte ich so meine Probleme.

Seit die Chefredaktion von *Climax* im Dezember in Kooperation mit dem Musiksender Viva das Projekt Capital Trends ins Leben gerufen hatte, wurde beim Jakobi-Verlag, wo ich seit geraumer Zeit arbeitete, von nichts anderem mehr gesprochen. Diese Städteführerreihe stand nun in den Startlöchern, und so wurden die drei- bis vierköpfigen Reporterteams von Jakobi in alle Himmelsrichtungen geschickt, um Lifestyle und Trends in den europäischen Metropolen zu ergründen und jungen Reisewilligen nahezubringen.

Hanna und ich hatten uns mit Begeisterung für diese Auslandsarbeit beworben. Die Aussicht, von April bis Juli zusammen in einer aufregenden Hauptstadt wie Paris oder London verbringen zu können, mit der Aufgabe, die Geheimtipps und Szeneläden auszukundschaften, klang mehr als reizvoll. Einen besseren Job konnte ich mir eigentlich gar nicht vorstellen. Es sei denn, man erwischte ausgerechnet die Stadt mit dem geringsten Sexappeal – Rom. Während andere bei der bloßen Erwähnung der italienischen Hauptstadt ins Schwärmen gerieten, löste sie bei mir völlig andere Assoziationen aus. Die Ewige Stadt war in meinen Augen nichts anderes als die Heimat von Horden von Schnulzensängern, wo die Mafiosi unter der Aufsicht des Papstes ihren dunklen Machenschaften nachgingen, kurz: eine konservative und von Kirche und Historie überladene italienische Einöde, mit der wir uns dank Georg nun auseinanderzusetzen hatten.

Georg.

Was hatte er sich nur dabei gedacht, mich nach Rom zu schicken? Ich sah ihn noch genau vor meinem geistigen Auge, wie er mir sanft über die Wange strich und mit seiner tiefen, fast autoritären Stimme die Entscheidung aussprach: »Du wirst mit Hanna eine der besonderen Hauptstädte Europas unter die Lupe nehmen: Rom!« Wie erwartungsfroh er mich dabei angesehen hatte – als glaubte er, mir einen Herzenswunsch zu erfüllen.

Doktor Georg Haeffner war der Geschäftsführer vom Jakobi-Verlag und als neuer Chefredakteur von *Climax* auch mein direkter Chef. Er war ein Schöngeist aus dem Land der Dichter und Denker, Kind der späten sechziger Jahre. Zwar war er nicht live dabei, als Studenten und vor allem Frauen für die neue Freiheit auf die Straßen gingen, doch er übernahm die Ideen dieser Zeit und war ihr verbaler Verfechter. Entscheidungsunfreudig, wie er manchmal war, wählte er aus Überzeugung abwechselnd grün und liberal, je nachdem, welche Partei gerade die bessere Frauenquote in der Stadt hatte, und sein Sportwagen wurde durch einen Elektromotor betrieben. Er war ausgesprochen gebildet und belesen, doch behandelte er auch die am schlechtesten bezahlte Angestellte wie eine ebenbürtige Gesprächspartnerin. Er war reich, mächtig und gutaussehend und gleichzeitig zuvorkommend, immer höflich und ausgesprochen tolerant – das hatte mir auf Anhieb gefallen.

Seine Art, wie er einem im Gespräch eindringlich in die Augen sah, wie er einem zuhörte, dass man das Gefühl bekam, jedes Wort, das man sprach, hätte eine Bedeutung für ihn – er schaffte es, seine Überlegenheit zum Vorteil seines Gegenübers werden zu lassen. Statt sich neben ihm klein zu fühlen, hob er einen mit auf sein unsichtbares Podest des Intellekts. Das beeindruckte mich sehr.

Und als wäre das nicht genug, hatten wir seit gut einem Jahr ein Verhältnis miteinander. Er war es, der mir den Job als Restaurantkritikerin bei *Climax* besorgt und somit meinen Lebensmittelpunkt nach Berlin verlagert hatte. Ich hatte ihn zufällig kennengelernt, als ich Hanna an ihrem neuen Arbeitsplatz in der Moderedaktion von Jakobi besucht hatte, und sie verfluchte den Tag, an dem sie Georg und mich miteinander bekannt gemacht hatte. Ich sah es nicht ganz so drastisch. Na gut, unsere Beziehung fand beinahe ausschließlich in Hotelzimmern statt und ähnelte nicht selten einer billigen Affäre. Aber Georgs Ehe mit seiner Frau Uschi bestand nur noch auf dem Papier, und nur weil er so gutmütig war, brachte er es nicht übers Herz, sie von heute auf morgen vor die Tür zu setzen. Zudem waren da ja noch seine beiden sechzehn und siebzehn Jahre alten Töchter, die ihren Vater vergötterten. Es brauchte einfach eine gewisse Zeit, ihnen zu erklären, dass er sich eine neue Beziehung aufgebaut hatte. Konnte man einem Vater vorwerfen, dass er seine Kinder nicht enttäuschen wollte?

Ich jedenfalls konnte es nicht. Es war schlimm, wenn ein Elternteil die Familie verließ, das wusste ich aus eigener Erfahrung. Kinder brauchen sehr lange, um die Trennung ihrer Eltern zu verarbeiten, und manche schaffen es nie. So hatte ich Geduld mit Georg und willigte ein, unsere Beziehung geheim zu halten, bis der Zeitpunkt gekommen war, da er und Uschi ihre Trennung offiziell vollzogen hätten.

Zudem hatte ich Georg viel zu verdanken: den Umzug nach Berlin und somit die Nähe zu meiner besten Freundin Hanna, endlich einmal ein angemessenes Gehalt und vor allem weitaus interessantere Testgebiete als die bayrischen Landhotels, die ich bislang im Rahmen meiner Arbeit unter die Lupe hatte nehmen dürfen. Jakobi hatte mich schon nach Paris und Marseille geführt und würde wohl auch, nach der Zeit in Rom, noch einige spannende Reiseziele für mich bereithalten. Die Beziehung zu Georg, so schien es mir lange Zeit, hatte mein Leben verbessert und mir Sicherheit und Selbstbewusstsein verliehen. Wenn ich mit Georg zusammen war, fühlte ich mich wie jemand Besonderes, und wenn er dann wieder ging, hinterließ er eine kaum zu ertragende Leere.

Ich hatte lange gebraucht zu erkennen, dass Georg mir nur etwas vormacht, dass er sich niemals von seiner Frau scheiden lassen und zu mir stehen würde. Unsere letzte Diskussion aber hatte keinen Zweifel mehr daran gelassen, wie er tatsächlich zu unserer Beziehung stand.

Ich sah die Szene wie in einem schlechten Spielfilm vor meinem inneren Auge ablaufen: Es war im Ägyptischen Museum, genau vor der Büste der Nofretete. Ich hatte Georg vorgeworfen, wie viel Zeit er immer noch bei Uschi in ihrer gemeinsamen Villa am Stadtrand verbringen würde im Vergleich zu den wenigen Stunden, die wir beide miteinander hatten. Natürlich waren das Haus und der Garten wunderschön, und es war wie immer sein Hauptargument, dass er sich dort draußen bei Haus und Hund eben besonders gut entspannen könne. »Und außerdem«, meinte er, »muss ich doch darauf achten, dass die Uschi in ihrem ständigen Drang nach Veränderung nicht alles vollkommen verhunzt. Du weißt doch noch, neulich, als wir das Wochenende in Paris waren?«

Natürlich wusste ich das noch. Paris war wunderschön. Paris ist immer wunderschön, aber an jenem Märzwochenende hatte Georg sich mächtig ins Zeug gelegt und es geschafft, mir das Gefühl zu geben, die begehrenswerteste Frau der Welt zu sein. In Paris teilten wir unsere Leidenschaft für gutes Essen, Jazzkonzerte und lange Spaziergänge. Bei Georg fühlte ich mich geborgen, aber nicht beherrscht, im Gegenteil: Meistens durfte ich entscheiden, was wir als Nächstes unternehmen, wohin wir gehen, was wir essen würden, ich konnte planen, wie es mir gefiel, und Georg machte es möglich. Leider hatte dieses Gefühl nicht länger als drei Tage angedauert, denn am Sonntagabend kehrten wir beide in unsere eigenen Heime zurück: Er zu Haus, Hund, Frau und Kindern, ich zu Sparky, meinem gefräßigen Meerschweinchen, und ein paar langbeinigen Spinnen, die sich in meiner Küche einnisteten, sobald ich ihr auch nur für eine Minute den Rücken kehrte. Vorbei war es mit meiner Entscheidungsfreiheit, und wieder musste ich warten, dass er Zeit für mich hätte.

»An dem Wochenende«, war Georg fortgefahren, »hat Uschi einfach, ohne mich zu fragen, eine riesige Sichtschutzhecke um den Pool herum pflanzen lassen, stell dir das mal vor! Es hat drei Tage gedauert, die wieder ordnungsgemäß zu entfernen. Und teuer war es! Buchsbaum, ausgerechnet!«

Ich fand, dass es ohnehin egal war, was Uschi im Garten anpflanzte, denn wenn Georg und ich erst endlich in ein schönes Appartement mit Dachterrasse in Berlin-Mitte umgezogen wären, würde er seinen Garten gar nicht mehr brauchen. Hoch über den Dächern der Hauptstadt wollten wir uns unser Liebesnest bauen. Ich hatte sogar schon ein Gebäude ins Auge gefasst. Es lag in unmittelbarer Nähe von Jakobi, so dass man von der

Dachterrasse aus hinüber zu dem ehrwürdigen Verlagshaus schauen konnte. In diesem Moment hatte es allerdings so ausgesehen, als würde daraus nie etwas werden, und so hatte ich vorwurfsvoll gesagt: »Ich meine, du gehst beinahe jeden Abend nach der Arbeit heim. Du isst mit Uschi, sie fährt deinen Wagen, wann sie will, ihr entscheidet gemeinsam, was Haus und Garten angeht – es ist, als wärst du noch mit ihr zusammen und nicht mit mir.«

»Was willst du mir denn damit sagen, Liebling?«, hatte Georg mit seiner wunderbaren tiefen Stimme gefragt und mich dabei sanft hinters rechte Ohr geküsst.

»Na ja«, wollte ich die Problematik erklären, ohne weich zu werden, »ich mach mir eben einfach Gedanken, weil das alles Dinge sind, die uns beide als Paar verbinden sollten und nicht sie und dich. Am Ende schlaft ihr wahrscheinlich sogar noch miteinander!«

Letzteres war eigentlich bloß als Provokation gedacht, doch Georgs Antwort darauf war mehr als ernüchternd: »Natürlich schlafe ich noch mit Uschi. Sie ist schließlich meine Frau.«

»Das ist nicht dein Ernst«, fragte ich tonlos, aber er ließ keinen Zweifel daran:

»Aber Liebling, man muss doch nicht unnötig für Reibereien sorgen. Was meinst du, wie Uschi sich fühlen würde, wenn ich nach siebzehn Jahren Ehe plötzlich jeden Körperkontakt mit ihr vermeiden würde? Das wäre doch wirklich lächerlich.«

Lächerlich? Er hielt es also für lächerlich, nur mit der Frau zu schlafen, die er liebte? Oder die er zumindest in dem Glauben ließ, sie zu lieben?

Ich war nicht total naiv, mir war schon klar, dass Georgs Kinder keiner jungfräulichen Empfängnis entsprungen waren. Aber die Tatsache, dass er ganz selbstverständlich abwechselnd mit uns beiden schlief, schockierte mich. Selbst wenn er es nur aus Gutmütigkeit tun sollte – es ging zu weit.

Deshalb hatte ich beschlossen, diese Zeit in Rom dafür zu

nutzen, nicht nur den besagten Szene-Check zu schreiben und haufenweise Pastavariationen zu testen, sondern mein gesamtes Leben einmal gehörig umzukrempeln. Tief in mir drin wusste ich, dass es ein wesentlicher Bestandteil dieses Umkrempelns war, ein für alle Mal zu begreifen, dass es unser Liebesnest über Berlin nie geben würde, wenn er nicht endlich diese Frau verließe. Und wenn er dazu nicht sofort bereit war, dann musste eben ich die Konsequenzen ziehen.

Das hatte ich ihm auch mit bebender Stimme gesagt: »Georg«, sagte ich, »ich kann das so nicht mehr länger mitmachen. Wenn du dich jetzt nicht von deiner Frau trennst, dann trenne ich mich von dir.«

Und Georg hatte in einem sanften, gutmütigen Tonfall erwidert: »Aber Maria, natürlich werden Uschi und ich uns trennen. Lass uns darüber nach deiner Reise sprechen. Genieße erst einmal die Zeit in deiner Heimat, und wenn du zurück bist, suchen wir uns ein schönes Appartement. Versprochen!«

Versprochen.

Ich wollte keine Versprechungen mehr. Und ich wollte nicht nach Italien. Ich wollte mit ihm in Berlin glücklich werden – alles oder nichts.

»Wenn du mich jetzt nach Rom schickst, Georg, dann ist unsere Beziehung zu Ende«, hatte ich deshalb zu ihm gesagt.

Und Georg hatte milde gelächelt und geantwortet: »Natürlich, Liebling, wenn du es so willst.«

Und da saß ich nun, im Flieger nach Rom.

»Also, ich freue mich ungemein auf Rom«, begann Markus uns da auch prompt ungefragt über seinen Gemütszustand zu informieren. »Ich war schon seit zwei Jahren nicht mehr dort.«

»Fährst du da etwa regelmäßig hin?«, fragte ich, und ehrliches Entsetzen schwang in meiner Stimme mit. »Ist das nicht total langweilig?«

»Wieso sollte es?«

»Na ja, was hat die Stadt schon Besonderes zu bieten außer Kirchen und Denkmälern …«

Markus schien empört: »Na hör mal! Rom ist eine der faszinierendsten, lebendigsten Städte, die ich kenne«, ereiferte er sich. »Dort pulsiert das Leben, die Menschen versprühen ein unglaubliches Lebensgefühl, wie in einem immerwährenden Urlaub. Ich kann es kaum erwarten, wieder durch die Straßen zu gehen, diese melodische Sprache zu hören, Cappuccino zu trinken und die italienische Küche zu genießen, Rotwein zu trinken inmitten von jahrtausendealten Bauten … La Dolce Vita eben!«

»Also, ich muss bei Rom nur an stickige Luft, alte Gemäuer und fette Pizzabäcker denken«, erwiderte ich.

»Unglaublich, was für verschiedene Vorstellungen man von einer Stadt haben kann«, schaltete sich Hanna ein. »Ich sehe das nicht ganz so krass wie Maria. Natürlich, Rom ist nicht London oder Paris, aber es hat sicher auch viel zu bieten.«

»Auf alle Fälle!«, nickte Markus Beifall, und schon waren die beiden mittendrin in einer munteren Diskussion über Vorurteile und begrenzte Horizonte. Verwundert schaute ich meine Freundin von der Seite an. Sie schaffte es doch immer wieder, auch mit den ödesten Menschen ein Gespräch zu entwickeln.

Mir selbst war nicht im Geringsten nach Smalltalk zumute, deshalb wandte ich mich zum Fenster, schloss aber sofort meine Augen angesichts des immer schneller vorbeifliegenden, mit gelben Lichtern gesäumten Asphalts. Ich betete, die nächsten zweieinhalb Stunden wären schon vorbei. Nein, eigentlich wünschte ich, die nächsten vier Monate wären schon vorbei.

Ich konnte mich überhaupt nicht auf die vor mir liegende Zeit freuen. Tagelang war ich wie ein verstörtes Angorakaninchen durch meine kleine Wohnung am Prenzlberg gelaufen bei dem Versuch, das perfekte Vier-Monate-Rom-Reisegepäck zusammenzustellen. Entgegen meinen sonstigen Reisegewohnheiten musste ich mich dieses Mal nicht auf bequeme und knitterfreie Mode beschränken. Im Gegenteil: Abendgarderobe war Pflicht, weil wir zu diversen Veranstaltungen der Familie Carini eingeladen sein würden. Das waren die Eigner des einflussreichen italienischen Verlagshauses Edizioni Remus, zu dessen Tochtergesellschaften Jakobi gehörte. Da kam ich um mehrere Koffer nicht herum.

Und das stellte mich vor ein Problem, von dem ich nie gedacht hatte, dass es jemals ein Problem für mich werden könnte: Ich *musste* shoppen gehen.

Meine Must-take-with-me-to-Rome-Liste war länger als mein Lebenslauf, und das wollte schon etwas heißen. Ich arbeitete zunächst die offiziellen Reiseutensilien wie Kulturbeutelinventar und Lesestoff, Unterwäsche und Socken ab. Die angenehmeren Einkäufe erledigte ich ganz zum Schluss: Ich kaufte fünf knallige Sonnentops, ein wunderschönes leichtes rotes Sommerkleid mit Wahnsinnsrückenausschnitt sowie ein sandfarbenes Abendkleid mit breiten Trägern, in dem mein goldbrauner Teint und mein kastanienbraunes Haar besonders gut zur Geltung kommen würden. Obwohl ich innerlich schon das Ende meiner Beziehung zu Georg eingeläutet hatte, begleitete mich seine American Express treu auf diesem Einkaufsmarathon. Es war womöglich für lange Zeit das letzte Mal, dass ich einen Hauch von Luxus spüren würde, und immerhin ein kleiner Trost für die Verlustgefühle, die ich schon jetzt empfand bei dem Gedanken, wieder Single zu sein. Georg würde die paar hundert Euro gar nicht vermissen, und wenn, würde er sie wie immer irgendwie als Spesen absetzen.

Auch Hanna nahm ich mit zum Shopping. Sie schwor zwar, dass ihr Kleiderschrank kurz vorm Bersten stehe und dass sie, wenn überhaupt, dann erst in Rom selbst wieder einkaufen wolle, doch ich konnte sie trotzdem davon überzeugen, sich zumindest ein paar Basics auf Georgs Kosten zu gönnen. Schließlich war er schuld daran, dass wir uns nun mit diesem Trottel Markus auf dem Weg nach Rom befanden, statt eine glamourösere Stadt anzusteuern. Wie gern hätten wir beispielsweise einen trendigen

Szeneguide über Paris verfasst. Da hätten wir aus unserem großen Erfahrungsschatz einiges beizutragen gehabt. Doch Georg schickte uns nach Italien.

»Genieße die Zeit in deiner Heimat«, hatte er gesagt. Haha.

Natürlich, ich hatte eine italienische Mutter. Ein Umstand, der dafür gesorgt hatte, dass ich zweisprachig aufgewachsen war, denn Mama und ich hatten jede Sommerferien und auch den Großteil der Weihnachtsferien sowie die kirchlichen Feiertage bei meiner Nonna Lucia und meinem Nonno Giuseppe in der Toskana verbracht. Beide waren sehr fromm, weshalb auch meine Mutter und ich gezwungen waren, uns mit der katholischen Kirche auseinanderzusetzen. An den Feiertagen gab es mitten in der Nacht schier endlose Messfeiern, in denen der Priester uns das »Geheimnis des Glaubens« nahezubringen versuchte. Ich erinnerte mich noch gut daran, wie in der Osternacht das Licht der Osterkerze durch die stockfinstere Kirche getragen und nach und nach ein Meer von Kerzen an ihr entzündet und durch die Reihen der Gläubigen gereicht wurde.

Im Alltag hingegen waren die Gottesdienste eine Frage von vielleicht fünfzehn, zwanzig Minuten. Doch alle Kinder des Dorfes waren mit ihren Eltern da, Sonntag für Sonntag. Nach dem Kirchenbesuch gingen die Erwachsenen zusammen etwas trinken, und wir Kinder beschäftigten uns eben mit Kinderdingen. Den Großteil der Zeit verbrachten wir in den Weinbergen, spielten Fangen und Verstecken, probierten die unreifen Trauben und jagten den streunenden Katzen hinterher. Und wenn es doch einmal geregnet hatte, saßen wir mit Nonno im Kaminzimmer und lauschten seinen Erzählungen aus alten Zeiten.

Meine Erinnerungen an diese Zeit hätten so schön sein können. Wäre nicht meine Mutter nach einem Urlaub nicht mehr mit zurück nach Deutschland gekommen. Diese einschneidende Wende in meinem noch so jungen Leben hatte Italien für mich zur Feindesseite werden lassen.

Es war kurz nach Nonnos Tod. Die Stimmung zu Hause war

seit Monaten angespannt gewesen. Meine Eltern stritten fast ununterbrochen, und ich spürte, dass etwas anders war, als ich mit Mama wie jeden Sommer für die Ferien in die Toskana aufbrach. Papa kam wie so oft nicht mit, er war mit Freunden auf Angeltour in Dänemark.

Ich war gerade zwölf und ganz froh, den Kindern aus meiner Klasse zu entkommen, die mich oft boshaft Spaghettifresser nannten. Je mehr sie über meine italienischen Wurzeln lästerten, desto stärker war ich bemüht, diese verkümmern zu lassen. Ich fühlte mich als Deutsche – mehr noch als Norddeutsche mit Vorliebe für Seewind, der nach Meersalz schmeckt, und für dick belegte Brötchen mit Fischfrikadellen statt Calamari. Und so hatte ich meinen Insalata Caprese, oder was ich auch sonst immer als Mittagessen mitbekam, nur zu gern gegen Hannas Wurststullen getauscht. Hanna stand auf italienisches Essen und verteidigte mich gegen die Angriffe der anderen.

»Die sind bloß neidisch«, pflegte sie zu sagen.

Ich wusste zwar nicht, worauf man bei mir neidisch sein konnte, aber die Freundschaft zwischen Hanna und mir wurde dadurch schon früh enorm gefestigt.

Hanna war die Einzige, die es spannend fand, dass meine Mutter Italienerin war. Sie selbst stammte aus einer stockkonservativen protestantischen Familie, die nur widerwillig wegen der schlechten wirtschaftlichen Bedingungen Anfang der Achtziger aus Kehdingen in die Stadt gezogen war, und ihre Eltern waren mittlerweile, seit sie Frührentner waren, wieder zurück aufs Land gegangen.

»Der Liebe wegen das Heimatland zu verlassen ist eine große Sache«, hatte Hanna deshalb stets gesagt, wenn die Rede auf meine Mutter kam.

Nun ja, lange hatte die Liebe sie nicht in Deutschland gehalten. Denn als die Sommerferien in jenem Jahr zu Ende gingen, holte mein Vater mich in Italien ab, meine Mutter aber blieb fortan bei meiner Nonna auf dem Weingut Il Diavolo und kehrte auch nach Großmutters Tod nicht zurück. Fast wortlos wurde diese Trennung vollzogen, und auf all mein Fragen bekam ich immer nur dieselbe unbefriedigende Antwort: »Nonna und Il Diavolo brauchen deine Mama.«

Ich nahm es meiner Mutter sehr übel, dass sie nach Italien zurückgezogen war. Ich nahm es meinem Vater auch übel, dass er sie nicht zurückholte, aber mehr noch tat er mir leid, weil sie auch ihn allein gelassen hatte, und ich nahm es Italien übel, dass es meine Mutter dorthin zurückgezogen und meine Familie zerstört hatte. Seit dem Tod meiner Nonna strafte ich dieses Land deshalb mit Abwesenheit.

Wenn mich mein Weg nun also nach Rom führte, so waren meine Italienischkenntnisse alles, was mich mit dieser Stadt und ihren Leuten verband.

Antipasti misti

Unser Flugzeug landete um Viertel nach drei, und mein schmerzverzerrtes Gesicht verriet den Druck, der auf meinen Ohren lastete. Zudem war mir dank drei Beruhigungstabletten und dieser Tropfen gegen Reisekrankheit endgültig übel geworden, und ich hatte einen Großteil des Fluges in der unverantwortlich engen Toilettenkabine verbracht. Ich konnte es kaum erwarten, endlich da herauszukommen.

Wir hatten absichtlich einen Flug am frühen Nachmittag gewählt, um auf dem Weg in unsere Wohnung, die uns Georgs Sekretärin Amelie besorgt hatte, noch ein paar Lebensmittel einkaufen zu können.

Die Geschäfte schlossen hier gegen neunzehn Uhr. Drei drei viertel Stunden also, um auszuchecken, das Gepäck zu suchen und den Leihwagen abzuholen. Nach deutschen Verhältnissen war das ausreichend Zeit.

Nach italienischen leider nicht. Nachdem wir geschlagene anderthalb Stunden auf unser Gepäck gewartet hatten, stellte sich am Schalter des Autoverleihs heraus, dass Amelie, an deren Verstand ich schon des Öfteren gezweifelt hatte, einen Zweisitzer für uns drei reserviert hatte. Es dauerte eine weitere halbe Stunde, bis wir den Irrtum aufklären konnten und uns ein Ersatzwagen zur Verfügung gestellt wurde. Leider gab es nur noch einen winzigen Fiat Punto mit kaputtem Schiebedach und natürlich ohne Navigationsgerät. Aber besser als nichts. Bis wir unser Gepäck eingeladen hatten, aus dem Verkehrschaos um den Flughafen heraus und an einem Supermarkt angekommen waren, war es fünf vor sieben. Wir ergatterten einen riesigen Einkaufswagen und schoben ihn zuversichtlich in den Laden. Die Verkäufer signalisierten uns mehr als deutlich, was sie von

Auf-die-letzte-Minute-Einkäufern hielten, die ihren Feierabend verzögerten: »Siamo chiusi, va fa'n culo!«

»Seht zu, dass ihr Leine zieht, wir haben geschlossen« wäre wohl die höflichste mögliche Übersetzung dessen, was uns die kräftige Frau in gestreifter Supermarktuniform zurief. Hanna und Markus lächelten schulterzuckend und unschuldig und bemühten sich, Eile zu zeigen. Das ist der Vorteil, wenn man die Sprache des Erbosten nicht versteht. Da ich die unhöfliche Dame sehr gut verstanden hatte, entschied ich mich für die andere mögliche Reaktion:

»Scusi, signora, me ne frega niente«, antwortete ich mit zuckersüßem Lächeln und lud seelenruhig weiter Pasta und Pestos in unseren Wagen. Wutschnaubend zog die Gestreifte von dannen.

»Was hast du zu ihr gesagt?«, fragte Hanna neugierig.

»Scusi, signora, me ne frega niente.«

»Ja, aber was heißt das?«

»Entschuldigung, gute Frau, das ist mir scheißegal.«

Hanna schwieg beeindruckt.

Währenddessen ging Markus mit fachmännischem Blick vor dem schier endlosen Weinregal auf und ab und prüfte eine halbe Ewigkeit lang die Etiketten diverser Rotweine. Schließlich entschied er sich für eine Kiste Chianti in Literflaschen. Ich rümpfte die Nase. Chianti war in meinen Augen vollkommen überschätzter Billigwein. Zumal ich in Italien den Wein lieber von einem Weingut als aus dem Supermarkt holen würde, und schon gar keinen in Literflaschen. Darüber hinaus war ich Biertrinker. Wenn es schon Wein sein musste, dann bevorzugte ich einen trockenen weißen aus den heimatlichen Weingebieten wie Rheingau, Frankenland oder Kaiserstuhl. Aber Geschmack wurde ja nicht jedem in die Wiege gelegt. »Warum soll es jetzt ausgerechnet der sein?«

»Wieso nicht?«, fragte Markus naseweis zurück. »Chianti ist ausgezeichneter Tafelwein, und dieser hier ist preisgünstig und trägt das DOCG.«

»DOCG? Ist das eine Abkürzung? Was bedeutet das?«, fragte Hanna.

»Ist doch klar«, meinte ich, »Dumme Ossis Caufen's Gerne.«

»Haha, sähr widzisch«, sächselte Markus zurück und ließ seine Heimatstadt Chemnitz erahnen. Dann fügte er an Hanna gewandt hinzu: »DOCG ist kurz für Denominazione di Origine Controllata e Garantita. Das ist das Gütezeichen für qualitätsgeprüfte Rotweine in Italien. Manche Weine tragen nur ein DOC oder gar nur ein DO, deshalb sollte man auf das volle Gütesiegel achten.«

»Und seit wann kannst du Italienisch?«

»Kann ich nicht wirklich, nur ein paar Ausdrücke. Aber ich kenne das Siegel von einigen Weinproben, die ich gemacht habe.«

Hanna schwieg wieder beeindruckt. Sie hatte schon Probleme, sich auf Englisch zu verständigen. In Paris brachte sie es gerade noch auf eine Café-au-lait-Bestellung, aber Italienisch war nun wirklich zu viel verlangt.

Ich hatte es da leichter: Zweisprachig, wie gesagt, war ich aufgewachsen, hatte mein Schulenglisch über diverse Auslandsaufenthalte während des Studiums verbessert und dazu noch Latein und Französisch als Nebenfächer gehabt. Mit diesen Basiskenntnissen waren nur die slawischen Sprachen noch ein Problem für mich. Markus sprach immerhin fließend Englisch, wie er uns wieder einmal ungefragt erzählte, doch sein Italienisch war trotz seiner zahlreichen Romaufenthalte – insgesamt waren es sieben in zweieinhalb Jahren – nicht gerade ergiebig.

»Wie kommt es überhaupt, dass du so oft in Rom bist?«, fragte ich, während ich unseren Einkaufswagen weiter mit Lebensmitteln füllte.

Markus zog erstaunt seine Augenbrauen hoch. Das hatte ich schon auf dem Flughafen ein paar Mal beobachtet, es war wie eine Art Markenzeichen: Man sprach ihn an, und schon zog er die Brauen hoch und schaute fragend zurück.

»Das hat er uns doch auf dem Flug lang und breit erzählt«, meinte Hanna mit vorwurfsvollem Blick.

»'tschuldigung, da muss ich wohl gerade nicht zugehört haben.«

Eigentlich hatte ich dem Gespräch der beiden den gesamten Flug über nicht zugehört, sondern mir heimlich die Kopfhörer meines MP3-Players in die Ohren gestöpselt. Ich würde wohl noch einige Fragen doppelt stellen. Obwohl – eigentlich interessierte mich dieser Mann überhaupt nicht.

»Mein bester Freund Oliver studiert hier in Rom am Germanicum. Ihr werdet ihn bestimmt bald kennenlernen, er wollte in den nächsten Tagen mal bei uns vorbeischauen.«

Germanicum? Germanicum? Was war das nun wieder? Wahrscheinlich die germanistische Fakultät.

»Was wird man denn heutzutage noch als Germanist?«, fragte ich deshalb, um nicht allzu desinteressiert zu wirken. Schließlich musste ich mich mit dem Gedanken anfreunden, mit Leuten wie Markus und diesem Oliver in den nächsten vier Monaten hin und wieder Zeit zu verbringen. Es konnte wohl auch nicht schaden, ein paar Insider- und Ausgehtipps eines Studenten zu bekommen. Falls man hier überhaupt aus- und nicht nur in die Kirche ging.

Markus schaute mich wieder mit hochgezogenen Augenbrauen an, diesmal erstaunt. Dann fing er erneut an, mich auszulachen, bevor er sich schließlich dazu herabließ, mich aufzuklären.

»Das sogenannte ›Pontificium Collegium Germanicum et Hungaricum de Urbe‹ ist das Priesterseminar der Stadt, in dem ausgewählte Theologiestudenten aus Ungarn, Rumänien und den deutschsprachigen Ländern zusammen wohnen und sich auf ihre Aufgaben als Kirchendiener vorbereiten.«

Aha. Circa siebzig junge, intelligente und wahrscheinlich höchst verklemmte Männer werden hier hinter den heiligen Mauern also dem freien Markt der Frauenwelt vorenthalten.

Und zu diesen Priesteramtskandidaten, dem sogenannten *Pak*, zählte also auch Markus' Freund Oliver. Na, das konnte ja eine aufregende Begegnung werden … Aber was sollte ich auch in Rom anderes erwarten.

Genervt schob ich den Einkaufswagen Richtung Kasse. Auf dem Weg dorthin lud ich noch sechs Sorten Käse, eine riesige Auswahl an Gemüse, Obst und frischen Kräutern sowie eines der gut fünfzig verschiedenen Olivenöle in den Wagen. Nach Mineralwasser mit Kohlensäure suchten wir vergeblich, und auch eine ordentliche Fleischwurst gab es natürlich nicht. Parmaschinken und teure Salami waren alles, was der Supermarkt hergab. Mir fehlte die deutsche Lebensmittelvielfalt jetzt schon.

An den zahlreichen Amaretti-Biskuit-Packungen und den anderen italienischen Gebäcksorten, die ich als staubtrocken in Erinnerung hatte, ging ich forschen Schrittes vorbei, bis mein Blick an einer mir wohlbekannten Süßigkeit hängenblieb. Ich zögerte unmerklich und wunderte mich im selben Moment über mein Zögern. Dann griff ich beherzt eine riesengroße Pralinenpackung mit dem verheißungsvollen Namen Baci aus dem Regal.

»Die werdet ihr lieben«, prophezeite ich Hanna und Markus, die mir brav hinterhergetrottet waren. »Bacio heißt übersetzt Kuss, aber diese Pralinen sind besser als jeder Kuss. Selbst diese Freundschafts-Küsschen-Dinger in Deutschland können da nicht mithalten.« Na gut, vielleicht übertrieb ich ein bisschen, weil ich zur Sentimentalität neige. Schließlich schickte meine Mutter mir bis auf den heutigen Tag zum Geburtstag immer eine Packung Baci. Wenn ich auch sonst bewusst sehr wenig Kontakt zu ihr hielt, seit sie auf das Weingut meiner Großeltern in die Toskana zurückgekehrt war – was die Baci anging, da blieb sie mir treu.

Vollbeladen machten wir uns auf den Weg zu unserer Unterkunft. Ich hatte keine großen Hoffnungen, denn auch die Organisation unserer Unterkunft hatte ja in Dumpfbacke Amelies Händen gelegen. Etwa zwanzig Minuten stadtauswärts begannen wir ernsthaft, uns mit der Wegbeschreibung auseinanderzusetzen. Ich war nicht gerade gut im Kartenlesen, deshalb übernahm ich freiwillig das Steuer. Außerhalb der Stadt konnte man in Italien eigentlich recht unbeschwert Auto fahren – es sei denn, man hatte wegweisende Beifahrer, die lautstark »Jetzt links«, »Quatsch, hier erst rechts, dann links und dann wieder rechts«, »Sag ich doch«, »Nein, du hast erst ›rechts‹ gesagt« durcheinander brüllten. Solche Angaben waren bei mir, einer bekennenden Rechts-links-Legasthenikerin, sowieso vergebene Liebesmüh. Wie durch ein Wunder fuhren wir dennoch gegen halb neun die Auffahrt zu einem am Hang gelegenen vierstöckigen Mietshaus hinauf. »Appartamenti con Bella Vista« stand auf einem riesigen weißen Blechschild.

»Das muss es sein«, stellte Markus fest.

Ich war positiv überrascht. Von außen sah es gar nicht schlecht aus. Zumindest übertrieb das Blechschild nicht – von den Balkonen, die nach Westen zeigten, musste man tatsächlich einen herrlichen Blick in Richtung Rom haben.

Aber man kann eben nicht alles haben. Amelie hatte für uns eine Wohnung im Erdgeschoss gemietet – ohne Balkon nach Westen, dafür mit Terrassentür nach Süden raus. Der Schlüssel lag wie abgesprochen unter dem großen Blumenkübel rechts neben der Eingangstür. Vor Einbrechern schien man hier keine Angst zu haben. Während Markus begann, das Auto auszuladen, traten Hanna und ich schüchtern über die Schwelle. Ich tastete die Wand nach einem Lichtschalter ab, fand ihn, knipste das Licht an und besah mir unsere Bleibe.

Die Wohnung bestand aus einem langen dunklen Flur, von dem rechts und links drei winzige Einzelzimmer sowie ein Bad abgingen. Am Ende des Flures sah man Licht – bildlich gesprochen, denn für heute war es schon zu dunkel draußen. Aber dort befand sich eine geräumige und beinahe gemütliche Wohnküche mit großem Küchentresen und Terrassentüren, so dass man bei gutem Wetter wenigstens das Gefühl haben konnte, man säße im Garten. Ich probierte das auch prompt aus, ging durch die Küche, riss die beiden Türflügel auf und atmete tief ein.

»Hmmmmmahhhh…üääääh?!« Was war das? Statt der erwarteten frischen italienischen Frühlingsluft sog ich einen sehr merkwürdigen Geruch ein, der von draußen in die Küche strömte.

»Was stinkt denn hier so?« Hanna war hinter mich getreten und rümpfte genauso entsetzt die Nase.

Leises Rascheln war aus der Dunkelheit zu vernehmen.

»Pssst, hör mal«, flüsterte ich.

Plötzlich hörten wir einen Aufschrei. Dann Stille.

»Was war das?«, fragte Hanna ängstlich.

»Keine Ahnung.«

Wir lauschten beide gebannt. Ein flatschendes Geräusch bewegte sich auf uns zu. Es hörte sich an wie eine überdimensionale Ente: platsch, flatsch, platsch, flatsch. Ich griff nach dem Besen, der neben der Tür an die Wand gelehnt stand, holte damit aus und rief mit wackliger Stimme: »Hallo, ist da wer?«

»Halt, nicht schlagen, ich bin's nur!«

Aus dem Dunkel löste sich eine Gestalt und kam mit unbeholfenen Schritten auf uns zu: Es war Markus, bis zu den Knien mit Schlamm bedeckt.

»Mist«, jammerte er, »hier ist alles voller Morast, ich bin grad voll eingesackt.«

»Was ist denn passiert?«

»Ich bin einmal ums Haus, um die Umgebung zu sondieren, und dann war da plötzlich so ein halbausgetrockneter Tümpel«, klagte Markus und betrat die Schwelle zur Küche.

»Halt, was hast du vor? Willst du etwa den ganzen Dreck hier hereintragen?« Ich versperrte ihm energisch den Weg.

»Wie du meinst«, seufzte er. In Windeseile entledigte er sich seiner Schuhe, Socken und Hose, ließ alles draußen liegen, watschelte in karierten Boxershorts herein und lehnte sich gegen den Türpfosten.

»Hoffentlich hast du bei der Aktion nicht irgendwelche Viecher aufgeschreckt«, meinte Hanna. »Sonst haben wir die gleich alle im Haus.«

»Was denn für Viecher?«, fragte ich leicht alarmiert.

Aber was konnte es auf diesem harmlosen Hügel schon groß geben? Einen Igel vielleicht oder ein paar niedliche Kaninchen?

»Na ja, was hier halt so in Italien rumkriecht, Eidechsen, Giftfrösche, Schlangen, Skorpione …«

Während Hanna noch diverse Ungeheuer aufzählte, schlug ich mit einem Aufschrei die Terrassentür zu und sprang auf den nächstbesten Stuhl. Dummerweise befand sich Markus' Hand noch auf dem Türpfosten.

»Au, verdammte …!!! Scheiße, bist du verrückt geworden?«, schrie er und krümmte sich vor Schmerz. Er fluchte so laut, dass ich nicht wusste, ob ich die Schlangen nicht doch vorgezogen hätte.

»Verdammt noch mal, du spinnst ja!«, brüllte er weiter, »du hast mir die Hand gebrochen!«

Das hatte ich ehrlich nicht gewollt, wenn ich ihm auch einiges an den Hals wünschte. Aber seine Hände brauchte er zum Fotografieren, davon hing auch unsere Arbeit ab. Ich hätte allerdings auch nicht gedacht, dass er so wütend werden konnte – Donnerwetter, da steckte ja richtig Energie in dem schmalen Kerl. Zögernd stieg ich wieder vom Stuhl herab.

»Tut mir echt leid, das war keine Absicht«, sagte ich. »Lass mal sehen.«

Misstrauisch reichte mir Markus seine lädierte Hand. Sie sah schlimm aus.

»Ist nicht schlimm«, sagte ich, »nur eine leichte Quetschung und ein paar Schürfwunden.«

»Na, vielen Dank, Doktor Maria Lange.« Er war wirklich sauer.

»Komm, ich mach das Blut weg und desinfizier's dir.«

»Das tut aber bestimmt weh«, jammerte Markus.

»Aber nur kurz.«

Ich holte den Erste-Hilfe-Kasten, den ich als vorsichtige Person auf Reisen stets bei mir trug, aus meinem Gepäck und versorgte die Wunden. Neben dem Daumen hatte ich die Knöchelchen von allen vier Fingern seiner rechten Hand aufgeschlagen. Das würde noch eine ganze Weile weh tun, vor allem wenn er die Finger bog. Als ich das Jod auf die Wunden träufelte, sog Markus hörbar die Luft ein. Aber er hielt tapfer still, während ich die Mullbinde circa zehnmal um seine Hand wickelte. Mit einem festen Verband würde es schon gehen. Fotos konnte man doch auch mit links machen.

»So, das hätten wir«, befand ich, als ich den Knoten festzurrte.

Markus hatte sich während meiner Behandlung ein wenig beruhigt und grinste schon wieder schief.

»Wer hat euch Frauen eigentlich weisgemacht, dass ihr auf Stühlen vor wilden Tieren sicher seid?«, fragte er herausfordernd.

»Da es dir wieder gutgeht, können wir dann vielleicht mal zu etwas Wichtigerem kommen? Wir sollten die Zimmer aufteilen und die Regale im Bad. Außerdem hab ich Hunger«, ließ Hanna vernehmen.

Sie hatte während unserer Not-OP das restliche Gepäck und die Einkäufe aus dem Auto geholt und wahllos durcheinander auf dem Küchentisch ausgebreitet.

»Okay, dann packen wir es an. Markus verteilt die Zimmer und unser Gepäck, Hanna meldet dem Anrufbeantworter des Verlags unsere Ankunft und sucht dann die Weingläser, und ich kümmere mich ums Abendbrot.«

Im Organisieren und Delegieren war ich unschlagbar. Ich betrachtete das als eine ausgesprochen deutsche Seite von mir: Pläne zu schmieden und diese dann auch umzusetzen, das hatte ich früh gelernt. Ich konnte die Übersicht behalten, wenn etwas dem Chaos verfiel, auch wenn ich selbst zuweilen Ursprung chaotischer Zustände war. Als meine Mutter uns verließ, fiel mein Vater für ein paar Wochen in eine Art Totenstarre, er saß einfach nur da und starrte die Wand mit den Familienfotos an, als könne er Mama auf diese Weise zurückholen. Glücklicherweise hielt dieser Zustand nicht allzu lange an, irgendwann berappelte er sich wieder. Doch in dieser Zeit seiner Starre hatte ich bereits gelernt, mich um mich selbst zu kümmern. Ich hatte Großmutter Ursulas gutbürgerliche Rezepte hervorgekramt und kochte fortan für meinen Vater und mich. Zunächst beschränkten sich meine Kochkünste auf Grünkohleintopf, Wiener Schnitzel mit Pommes und Matjes nach Hausfrauenart, doch nach und nach entwickelte ich eine solche Leidenschaft für die Raffinesse der norddeutschen Küche, dass eines deutlich wurde: Egal, welchen Beruf ich irgendwann einmal ergreifen würde, er würde etwas mit Essen zu tun haben.

In Windeseile verstaute ich nun also unsere Einkäufe in Kühl- und Küchenschrank, das Obst kam gewaschen in eine riesige Glasschüssel und auf den Couchtisch, direkt daneben eine Schale mit Baci. Unter der Spüle fand ich ein überdimensionales Frühstücksbrett. Darauf richtete ich die verschiedenen italienischen Käsesorten an: schimmelblauen Gorgonzola, würzigen Parmesan, zwei Sorten Pecorino mit nussigem Aroma aus den Regionen Venetien und Ligurien sowie Bel Paese, eine Variante, die dem deutschen Butterkäse ähnelt. Mit Salatblättern und Trauben garniert, machte das schon ein wenig her. Den Mozzarella di bufala campana verwandelte ich in Nullkommanix in einen Insalata Caprese, und das aufgebackene Ciabattabrot schnitt ich in fingerdicken Scheiben in einen mit Rucola ausgelegten Brotkorb. Auf einer mit Cherrytomaten verzierten Fleischplatte platzierte ich die Salame milanese, italienische Mortadella und aus Parmaschinken geraffte Rosenblüten. Das konnte sich sehen lassen, wenn es auch für drei Personen fast ein wenig dick aufgetragen war.

Gerade als ich den Tisch fertig gedeckt hatte, kam Markus zurück in die Wohnküche. Er hatte nach seiner Tümpelerfahrung erst einmal eine Dusche genommen, jetzt waren seine Haare nass und hinterließen hässliche Wassertropfen auf dem beigefarbenen Bezug der Couch, auf die er sich fläzte. Sein Aufzug war oberpeinlich, er trug einen dieser Fleece-Wohlfühl-Hausanzüge, die es in Kaffeehausketten für fünfzehn Euro gab.

»Duschen mit Verband ist echt ätzend«, maulte er und erinnerte mich daran, dass ich ein schlechtes Gewissen haben sollte.

»Na, stell dich nicht so an«, meinte Hanna, die in diesem Moment ebenfalls die Küche betrat. »Wirst ihn ja nur ein paar Tage tragen müssen.«

Auch sie hatte sich umgezogen und nun bequeme Jeans und einen dunkelblauen Rollkragenpullover an. Selbst in diesem einfachen Wohlfühloutfit sah sie immer noch um Längen besser aus als Markus.

Als die beiden meinen liebevoll gedeckten Tisch entdeckten, waren sie für einen Augenblick sprachlos. Hanna kannte zwar mein Talent fürs Dekorieren, aber in so kurzer Zeit hatte auch sie mich noch nie zaubern gesehen.

»Wahnsinn, Maria, das sieht toll aus. Du bist echt ein Goldstück«, lobte sie. Selbst Markus ließ ein anerkennendes Nicken vernehmen:

»Nicht schlecht. Du scheinst tatsächlich zu wissen, was du tust, wenn du andere Köche kritisierst.«

Ich lächelte bescheiden. »Danke, nun lasst uns endlich essen.« Dann hielt ich inne. »Die Weingläser?«

Hanna sprang auf. »Ach ja, hab ich vergessen.«

»Lass nur, ich geh schon.« Ich machte mich selbst auf die Suche und fand die Gläser schließlich im gut gefüllten Bücherregal direkt neben Dantes »Göttlicher Komödie«. Ein interessanter Einblick in die Psyche unserer Vormieter.

Währenddessen versuchte Markus mit schmerzverzerrtem Gesicht den Chianti zu öffnen. »Ich kann nicht mal mehr 'nen Korken ziehen«, setzte er wieder zu jammern an.

»Gib her und zetere nicht«, erwiderte Hanna. »Die Winzer stellen eh bald alle auf Schraubverschluss um wegen der hohen Korkverluste.«

Komischerweise schien dieses blödsinnige Argument Markus zu beruhigen, denn von da an wurde für den Rest des Abends nicht mehr über seine Hand gesprochen. Stattdessen musste Hanna noch einige Male zum Korkenzieher greifen.

Controllata e Garantita. Dieser Wein war wirklich gut.

Acqua pericolosa

Plop – plop – plop.

Es tropfte. Das Tropfgeräusch passte überhaupt nicht in meinen ohnehin schon wirren Traum, und so wachte ich auch prompt davon auf. Verschlafen und irritiert versuchte ich, mich zu orientieren. Wo war ich?

Ich blinzelte durch den Raum. Groß war er nicht gerade. Immerhin, ich lag in einem Bett, daneben ein Schrank, beide Türen weit aufgerissen und ein paar Kleider hineingehängt, davor zwei offene Koffer und meine schon leicht abgenutzte Lieblingsreisetasche von Camel. Ich war in Rom. Schlagartig kehrten die Bilder des vergangenen Tages zurück: der nervige Markus, der Flug, die chaotische Ankunft, der nervige Markus, Amelie und der Leihwagen, der Supermarkt, der nervige Markus und der Moment, wo ich dem nervigen Markus die Hand in der Terrassentür eingeklemmt hatte.

Ein grandioser Start also.

Erschöpft ließ ich mich zurück in mein Kissen sinken. Durch meine rotweingetränkten Blutbahnen im Ohr drang immer wieder dieses Geräusch in meine Nervenzentrale:

Plop – plop – plop – plop.

So ein Tropfen kann unglaublich penetrant sein. Ich zog mir das Kissen über den Kopf.

Plop – plop – plop.

Es half nichts, ich musste ergründen, woher das Geräusch kam.

Mühsam richtete ich mich wieder auf, tapste zum Fenster hinüber und schob die muffigen dunkelroten Vorhänge zur Seite. Regentropfen waren es schon mal nicht. Die italienische Sonne lachte mir keck ins verschlafene Gesicht. Das Geräusch schien vielmehr von der Tür her zu kommen.

Ich kramte den altmodischen braunen Morgenmantel meiner Erbtante aus meiner Reisetasche hervor, warf ihn mir über und schlurfte durch den Flur in die Wohnküche. Die leeren Chiantiflaschen auf dem Esstisch erinnerten mich an den stechenden Schmerz hinter meinen Augen. Nie wieder Billigwein! Obwohl er verflixt lecker geschmeckt hatte, das musste man Markus lassen. Gute Wahl. Und in Kombination mit Käse und Brot kaum zu übertreffen.

Wie spät es wohl sein mochte? Mein Blick fiel auf die digitale Mikrowellenuhr, »13:03«, behauptete sie. Das war doch nicht möglich! Wir waren doch spätestens um eins ins Bett gegangen. Nach dieser Uhr hatte ich geschlagene zwölf Stunden durchgeschlafen!

Das Tropfgeräusch wurde lauter. Ich ging um den Tisch herum und watete direkt in eine Pfütze hinein. Aha. Hier also war die Schwachstelle. Plop – ein Tropfen fiel mir direkt auf den Kopf und ließ meinen Blick zur Decke wandern. Sofort sprang ich einen Schritt zurück und riss dabei einen der Rattanstühle um. Ein großer nasser Fleck verriet den Übeltäter. Der Mieter über uns musste einen Wasserrohrbruch oder Ähnliches haben, anders war das hier nicht zu erklären. Es tropfte eifrig aus der oberen Etage.

»Was ist denn los, was machst du für einen Lärm in aller Herrgottsfrühe«, hörte ich Hanna hinter mir nörgeln.

»Es ist ein Uhr mittags«, gab ich vorwurfsvoll zurück. »Sieh mal.« Ich wies auf die Decke.

»Es tropft«, stellte Hanna clever fest.

Mittlerweile war auch Markus aufgewacht. In nichts als seine einem Feigenblatt gleichkommende Unterhose gekleidet, trat er zu uns und betrachtete das Malheur fachmännisch. Ich bemühte mich, ihn nicht von oben bis unten zu mustern, was gar nicht so einfach war, denn nackte Haut hat die Eigenschaft, den Blick magisch anzuziehen, selbst wenn der Geist sich eines moralisch Besseren bemüht. Markus' Haut war käseweiß, was für einen Deutschen um diese Jahreszeit nicht ungewöhnlich war, wie ich mir eingestehen musste. Es konnte ja nicht jeder diese natürliche leichte Bräune haben, die der Herrgott mir mit meinen Genen geschenkt hatte. Ansonsten war er zwar schmal, doch ziemlich sportlich gebaut. Fett sah man jedenfalls beneidenswerterweise keines.

Zunächst begutachtete Markus ausgiebig die Pfütze am Boden. Dann lenkte ich seinen Blick mit meinem ausgestreckten Zeigefinger zur Zimmerdecke.

»Da kommt ja Wasser durch!«

Gut beobachtet!

»Ja, es tropft«, bestätigte Hanna noch einmal.

Leider wird ein solches Problem nicht schneller behoben, bloß weil mehr Leute es erkennen. Und da keiner meiner neuen Mitbewohner imstande schien, sich eine Handlungsstrategie zu überlegen, lief ich zu der kleinen Abstellkammer, die ich hinter der Toilette entdeckt hatte, und kehrte kurz darauf mit Eimer und Feudel bewaffnet zurück. Markus und Hanna hatten derweil die Espressokanne aufgesetzt, saßen gemütlich plaudernd am Küchentresen und ignorierten die stetig anwachsende Pfütze.

Während die Kanne auf dem Herd blubbernde Kochgeräusche von sich gab, machte ich mich indes verwundert daran, den Boden zu feudeln, und stellte anschließend den Eimer unter die durchlässige Deckenstelle. Dann setzte ich mich zu den anderen an den Tresen. Der Deckel der Espressokanne auf der Herdplatte begann, auf und ab zu springen, als ob er uns zuwinken und rufen wollte: »Ey, ist gut jetzt, nehmt mich vom Feuer.«

Hanna stand auf, holte drei Tassen aus dem Schrank, stellte Milch dazu und goss uns ein. Schweigend tranken wir unseren Espresso. Ich war kein Freund großer Frühstücksworte. Die wirklich wichtigen Sätze der Welt fielen in den Abendstunden, meist über einem Glas Wein. Und auch nicht selten über den Wein selbst, wie beispielsweise im Rheinweinlied oder dem berühmten Ausspruch: »Im Wein liegt Wahrheit.« Aber sei's drum, was blieb, war das Wasser.

»Und was nun?«, fragte Hanna, als wir unsere Becher geleert hatten.

»Nachbarschaftsbesuch«, antwortete Markus. Und so trabten wir in unseren Morgenmänteln die Treppe hinauf.

»M. Briatore« stand auf dem Klingelschild der Wohnung über uns. Hinter der Tür war leichtes Wasserplätschern zu hören, es klang, als ob jemand sich ein Bad einlassen würde. Hanna drückte den Klingelknopf. Nichts rührte sich. Sie klingelte energischer. Immer noch nichts. Schließlich begannen wir, mit den Fäusten gegen die Tür zu bollern. Da öffnete sich hinter uns die Tür der gegenüberliegenden Wohnung, und ein dicker, bärtiger Mann trat in den Hausflur. Er trug lediglich lange Feinrippunterhosen, die er mit einem Paar Hosenträgern auf notwendiger Höhe hielt. Ein Anblick wie aus einem Film mit Adriano Celentano.

»C'è qualche problema?«, fragte er in dialektreichem Italienisch.

Ein Sizilianer. Diese Mundart kannte ich besonders gut, denn wenn ich als Kind mal traurig war, hatte meine Mutter mir zur Aufmunterung immer unterschiedliche italienische Dialekte vorgeführt. Venezianer, Römer, Florentiner, Neapolitaner – sie alle hatten ihre kleinen feinen sprachlichen Besonderheiten. Ich selbst hatte im Italienischen vermutlich nur einen deutschen Akzent mit einem Hauch Florentiner Klangfarbe. Doch das würde reichen, um sich in Rom mit einem Sizilianer zu verständigen, der laut Namensschild »Zambrotta« hieß.

»Es tropft«, sagte Hanna zum wiederholten Male. Natürlich verstand der Mann sie nicht, und so erklärte ich ihm mit wenigen Worten, was er selbst bereits sehen konnte, denn mittlerweile drang ein Rinnsal unter der Tür hervor.

»Un momento«, bat er und verschwand wieder hinter seiner Wohnungstür. Ich versuchte, einen Blick in seinen Flur zu erhaschen. Inneneinrichtungen von Wohnungen sagen eine Menge über ihre Bewohner aus. Doch Signor Zambrotta war innerhalb einer halben Minute zurück. Er hatte sich ein Hemd übergeworfen und Gummistiefel angezogen, in der Hand hielt er einen riesigen Schlüsselbund. Offenbar war er so eine Art Hausmeister, dem die Bewohner ihre Ersatzschlüssel anvertrauten. Bestimmt besaß er auch einen Schlüssel zu unserer Wohnung. Nachdem er gut ein Dutzend Schlüssel probiert hatte, fand er den richtigen, sperrte die Tür auf und gab dem Wasserstrom freien Lauf, so dass er über unsere pantoffelten Füße und dann ungehindert die Treppe hinabfloss. Die Wohnung stand gut einen Zentimeter unter Wasser.

»Mariiiiaaa!«, brüllte Signor Zambrotta. Ich zuckte zusammen. »Acqua, c'è acqua ovunque – Mariaaaa!!« Überall Wasser, in der Tat.

»Jetzt brüllen Sie doch nicht so!«, fuhr Hanna ihn an. »Maria kann doch gar nichts dafür!«

Selbstverständlich konnte Signor Zambrotta sie wieder nicht verstehen, sondern ging, weiter »Maria« brüllend, durch die Wohnung geradewegs ins Bad, wo er die Ursache der Sturmflut vermutete. Wir folgten ihm zögernd. Es war tatsächlich eine übergelaufene Badewanne. Das heiße Wasser sprudelte mir schäumend um die Knöchel, und ich trat ein paar Schritte zurück, während der mutige Nachbar den Wasserhahn zudrehte und mit seinem halben Oberkörper in die Wanne eintauchte, um den Stöpsel zu ziehen. Dabei rutschte sein Hemd hoch und seine Feinrippunterhose gefährlich in die entgegengesetzte Richtung. Schon wieder zu viel nackte Haut, und diesmal die eines weniger durchtrainierten Körpers. Hier siegte der Geist. Beschämt wandten wir unsere Gesichter zur Tür, während das Wasser mit einem lauten Schlürfgeräusch im Abfluss zu verschwinden begann.

»Mariaaaa!«, brüllte Zambrotta erneut.

»Die Signora Briatore heißt wahrscheinlich auch Maria«,

schloss Markus in seiner unvergleichlich gescheiten Art und fügte hinzu: »So heißt in Italien doch jede Zweite.«

»Wohingegen Markus ja ein besonders individueller Name ist«, fauchte ich ihn kampflustig an, doch im nächsten Moment verstummte ich. Wir waren Signor Zambrotta ins Wohnzimmer gefolgt und fanden eine alte Dame in einem Sessel sitzend. Sie war in einen blassrosa Bademantel gehüllt und saß mit weit aufgerissenen Augen vor dem Fernseher, wo auf einem Verkaufskanal eine hässliche Porzellanpuppe angepriesen wurde. Das Wasser schwappte auch um ihre Füße, ein Wunder, dass der Fernseher noch keinen Kurzschluss gehabt hatte.

»Dio mio«, flüsterte Markus.

Maria Briatore zeigte keinerlei Regung. Sie war tot.

Die Szene erinnerte an einen Kinofilm, in dem ein alter Mann mit der Erkenntnis starb, gerade im Lotto gewonnen zu haben. Okay, hier war es ein wenig anders. Die alte Dame hatte keinen Lottoschein in der Hand, sie war lediglich im Begriff, ein Schaumbad zu nehmen, als der Tod seine kalte Hand um ihr Herz legte.

»Pace all'anima sua«, sagte Zambrotta, nachdem er vergeblich ihren Puls gesucht hatte, und ich übersetzte flüsternd für die anderen: »Möge ihre Seele in Frieden ruhen.« Dann drückte der Mann in den Feinrippunterhosen Maria Briatore die Augen zu und bekreuzigte sich, als wäre es das Selbstverständlichste auf der Welt. Na ja, eigentlich war es das wohl auch irgendwie. Ich hatte allerdings noch nie einer toten Nachbarin die Augen schließen müssen. Ich hätte auch nicht gewusst, was man in so einer Situation machen muss, aber dieser entspannte Sizilianer ging sehr locker damit um.

»Das ist nicht weiter schlimm«, sagte er zu uns gewandt, und ich übersetzte den anderen beiden, weshalb: Die Signora war weit über achtzig und hatte ihr Leben gut gelebt. Sie hatte nur noch eine einzige Verwandte, eine Enkelin, die weit weg auf Sizilien wohnte und alle paar Monate nach dem Rechten sah. Ansonsten hatte Maria Briatore ihre Zeit darauf verwendet, in einem Gartenstuhl vor dem Haus zu sitzen, mit den Nachbarn zu plaudern und streunende Katzen zu füttern. Ein ruhiges Lebensende wie dieses hatte sie sich immer gewünscht, und so war sie nun ja ganz offenbar, ohne lange zu leiden, in ihrem Fernsehsessel eingeschlafen. Was wollte man mehr?

Ich fühlte mich trotzdem schrecklich. Da war ich nach Italien gekommen, und das Erste, was passierte, war, dass ich unseren Fotografen verstümmelte, während unsere Nachbarin, die ausgerechnet auch Maria hieß, einfach so starb. Das war sicher kein gutes Omen. Wer weiß, was noch alles schiefgehen würde? Vielleicht würde unsere Zusammenarbeit hier zu einer Katastrophe, wir würden wahrscheinlich einfach keinen Zugang zur Szene dieser Stadt finden, und ich würde meinen Job verlieren, weil ich nicht in der Lage war, etwas Bemerkenswertes über Roms Gastronomie zu schreiben!

Mit einem lauten Rülpser verschwand nebenan der letzte Schluck des Badewassers im Abfluss der Wanne. Das brachte mich wieder zurück in die Realität, in der inzwischen auch der Hausarzt der Verstorbenen angekommen war. Dottore Buffon war im wahrsten Sinne des Wortes Hausarzt, denn er wohnte im dritten Stock des Hauses. So konnte Zambrotta ihn mit einem einfachen »Dottore, venga!« die Treppe herab beordern. Den Todeszeitpunkt legte der Arzt auf zwölf Uhr mittags fest. Wir hatten das Unglück also verhältnismäßig früh entdeckt. Manche ältere Leute, verriet uns der Arzt, würden erst nach Wochen gefunden, weil der Verwesungsgeruch die Nachbarn aufmerksam machte. Der Wassereinbruch war insofern eine glückliche Fügung des Schicksals.

Gemeinsam machten wir uns auf die Suche nach Eimern und Feudeln und begannen, die Spuren dieses Schicksals zu verwischen. Viribus unitis! Mit vereinten Kräften hatten wir die Wohnung innerhalb von zwei Stunden einigermaßen trockengelegt und uns auch als neue Hausbewohner vorgestellt, was während der Aufregung um den Leichenfund zunächst unter den Tisch gefallen war. Mittlerweile waren auch die Herren vom Bestattungsinstitut aufgetaucht und hatten unter Anleitung von Signor Zambrotta den Leichnam von Signora Briatore sowie einen Koffer mit ihren besten Sonntagskleidern abtransportiert, um sie für die Beerdigung vorzubereiten. Nun gab es in der Wohnung nichts mehr für uns zu tun, und so gingen wir schweigend und jeder seinen eigenen traurigen Gedanken nachhängend zurück in unsere Wohnung. Als wir eine halbe Stunde später über einer Portion Spaghetti Napoli zusammensaßen, meinte Hanna plötzlich:

»Jetzt könnten wir doch eigentlich ein Stockwerk höher ziehen, dann hätten wir den Morast nicht mehr vor der Tür und sogar einen Balkon. Eine größere Küche ist oben auch.«

Ich war empört ob der Kaltherzigkeit meiner Freundin. »Wie kannst du in so einem Moment daran denken, die Wohnung zu übernehmen? Die Frau ist ja noch nicht einmal richtig kalt! Stell dir das doch einmal vor, da freust du dich morgens noch auf ein schönes warmes Schaumbad, und keine drei Stunden später ziehen schon irgendwelche fremden Leute in deine vier Wände!« Allein schon die Vorstellung, nie wieder ein Bad nehmen zu können, fand ich grauenhaft!

»Du hast recht«, pflichtete Markus mir bei, und ich warf ihm einen dankbaren Blick zu. Selbst dieser Depp hatte im Moment offenbar mehr Feingefühl als Hanna.

Da fügte er hinzu: »Lasst uns bis nach der Beerdigung warten, danach können wir den Hausverwalter ja darauf ansprechen. Die Möbel könnten zum größten Teil drinbleiben, bis irgendwer den Haushalt auflösen kommt.«

»Ihr spinnt ja wohl«, ließ ich meiner Empörung freien Lauf. »In der Wohnung ist alles mit den Sachen der alten Dame eingerichtet und erinnert an sie. Der Tod lacht einem dort doch aus jeder Ecke hämisch ins Gesicht. Außerdem stand alles unter Wasser, das schimmelt bestimmt demnächst vor sich hin. Mich kriegen da jedenfalls keine zehn Pferde mehr rauf.«

Und damit war das Thema für mich vom Tisch.

Stattdessen regte ich an zu überlegen, was aus diesem Tag noch zu machen sei. Über all die Aufregung hinweg war es schon später Nachmittag geworden, und wir konnten schließlich nicht den ersten richtigen Tag in Rom auf diesem Berg verbringen und unsere Nachbarn beerdigen. Markus schlug vor, uns mit dem Metrosystem vertraut zu machen, und so wanderten wir den Hügel hinab, nahmen den Bus zur nächsten Metrostation und fuhren in die Stadt.

In Rom gibt es nur zwei Metrolinien, Linie A und Linie B. Markus erklärte uns, dass, wann immer die Römer versuchten, das Netz auszuweiten, sie beim Graben auf irgendwelche Altertümer stießen und so aus der Baustelle erst einmal ein denkmalgeschütztes Fleckchen Erde wurde. Entsprechend gab es in der Innenstadt auch noch diverse offene Ausgrabungslöcher, obwohl man meinen könnte, irgendwann müssten sie mal fertig sein und Rom komplett umgebuddelt haben. Für Archäologen aber war diese Stadt wohl nach wie vor ein Juwel.

Die beiden Linien, die es gab, fuhren ausgesprochen häufig, auch am Wochenende.

»Eigentlich bewegt man sich in Rom meistens zu Fuß oder mit dem Roller«, behauptete Markus. »Denn es gibt überall so viel zu sehen, dass es albern wäre, mit Bus oder Bahn von Attraktion zu Attraktion zu fahren. Die wahren Schätze finden sich eh in den Ecken, in die keine Bahn fährt. Aber wenn ihr wollt, zeig ich euch alles, was ich hier kenne.«

Da war er wieder, der ach so großartige Insider, der Rom-Kenner schlechthin.

»Wie gut, dass wir dich dabeihaben, um uns in die mysteriöse Welt wahren römischen Lebens einzuweihen«, spottete ich.

Markus schaute mich mit gerunzelter Stirn und hochgezogenen Augenbrauen an, sagte aber nichts. Wahrscheinlich dachte er noch darüber nach, ob meine Bewunderung ernst gemeint sein könnte. Oder er wollte einfach nicht streiten.

Meine Angriffslust war zwar noch lange nicht verflogen, aber als ich meinen Mund öffnete, um noch einen draufzusetzen, fiel mir Hanna vorsorglich ins Wort.

»Ich bin trotzdem dafür, heute erst einmal die berühmten Punkte Roms abzuklappern, damit wir einen groben Überblick bekommen. Ich habe mir einiges angestrichen, was ich unbedingt sehen möchte, wartet mal«, blätterte sie in ihrem Reiseführer herum, »hier: *Botscha Werita*, das ist doch das, wo man die Hand abgeschlagen bekommt, wenn man Ehebruch begeht, oder?«

»Du meinst *Bocca della Verità*, den Mund der Wahrheit in Trastevere«, verbesserte Markus prompt.

»Ja, genau, den aus dem Audrey-Hepburn-Film, den möchte ich sehen.«

Markus seufzte.

»Wir klappern also tatsächlich richtig schön kitschig alle Touri-Highlights ab, seh ich das richtig?«

»Ganz genau, kannst es ja lassen, wenn du keinen Bock drauf hast«, erwiderte ich schnippisch. »Wir kommen bestimmt auch ohne dich klar, wenn du für solchen schnöden Tourismuskram schon zu römisch bist.«

Wieder dieses Augenbrauenhochziehen. Und wieder kein Wort. Besonders schlagfertig war er nicht. So lief mein Spott ins Leere. Das war irgendwie ärgerlich.

»Wir haben doch noch vier Monate Zeit, uns deine Geheimtipps anzuschauen, vor allem wenn wir uns an die Arbeit mit dem Szeneguide machen. Aber jetzt möchte ich erst einmal die größten Sehenswürdigkeiten sehen, und du kennst dich doch so gut hier aus, mit dir als Stadtführer haben wir die *musts* bestimmt schnell durch«, meinte Hanna versöhnlich und schenkte ihm ihr strahlendstes Lächeln. Wie durch Zauberhand verschwanden Markus' Stirnfalten, und er lächelte ebenso strahlend zurück und lenkte ein:

»In Ordnung, also auf zum Botscha!«

Haha.

Un mare di chianti

Was soll man über eine erste Woche sagen?

Erste Wochen sind immer etwas Besonderes, egal, ob in einem neuen Job, einer neuen Beziehung oder eben, wie in meinem Fall, in einer neuen Stadt. Oftmals weiß man, dass dieses Neue nicht für immer geschaffen ist, dass eine Beziehung zerbrechen oder man einen Job verlieren kann. Manche Leute stürzen sich trotz dieses Verlustrisikos sehr enthusiastisch in das neue Abenteuer und genießen es in vollen Zügen, so kurz es auch sein mag. Andere sind vorsichtiger, wagen sich nur Schritt für Schritt weiter und scheuen sich, etwas oder jemanden in ihr Herz zu schließen, das oder den man nicht würde (be-)halten können. Hanna war ganz klar der erstere Typ: Sie öffnete sich für die Besonderheiten Roms und sog alles Neue förmlich in sich auf. Markus fand in ihr eine begeisterte Zuhörerin, alles, was er über Rom wusste, stieß bei Hanna auf ehrliches Interesse.

Ich hingegen bemühte mich, in der Stadt Rom einfach nur einen Job zu sehen – nicht mehr und nicht weniger. Ich war nicht der klassische Heimwehtyp, aber ich vermisste meine kleinen liebgewonnenen Alltagsrituale wie die Mittagspause an der Currywurstbude am Hackeschen Markt, die Süddeutsche Zeitung und die Morgenshow im Radio. Hier spielten sie wenig Rockmusik, Jazz schon gar nicht, und natürlich gab es hier überdurchschnittlich viel Eros Ramazzotti und Albano Carrisi zu hören.

Am meisten aber vermisste ich den guten alten Jacobs-Filterkaffee. Er war der einzige Grund, weshalb ich freiwillig hin und wieder die A1 nutzte – denn fuhr man an Bremen vorbei, stieg einem unweigerlich der Duft der Kaffeerösterei in die Nase. Kein Espressoshop in Rom konnte mich die Vorteile von Filterkaffee vergessen lassen – Italiener wussten einfach nicht, was wirklich guter, frisch aufgegossener Bohnenkaffee ohne Nougat, Zucker, Schokolade oder Milchschaum war! Ich brauchte morgens keinen Espresso, Cappuccino, Latte macchiato oder sonst etwas – ich brauchte schlicht Kaffee. Und auch nicht in diesen winzigen Tässchen – Kaffee gehörte in einen Becher. So wie Papa ihn trank, allenfalls ein Tröpfchen Sahne für die Farbe hineingeben, sonst nichts.

Hanna hingegen war begeistert von der Auswahl verschiedener Espressosorten und probierte an der Metrostation jeden Morgen eine andere Bohne.

Markus gab sich wirklich Mühe mit uns, das musste man ihm lassen. Zwar runzelte er gerade in den ersten Tagen fast ununterbrochen seine Stirn und zog die Augenbrauen hoch, wenn ich seine Fröhlichkeit mit bissigen Bemerkungen zu drücken versuchte oder Hanna ein ums andre Mal ihren Reiseführer zückte und dessen Erläuterungen mehr Beachtung zu schenken schien als seinen Ausführungen. Fast stündlich entfachten die beiden deshalb auch eine Diskussion über die wahre und erfundene Bedeutung der berühmten Sehenswürdigkeiten. Doch im Grunde war es nicht zu übersehen, dass meine Freundin und die Nervensäge große Sympathie füreinander entwickelten. Und das nervte ungeheuerlich. Am fünften Tag beschloss ich deshalb, unser fröhliches Triumvirat zu spalten und mich von den beiden abzuseilen.

»Heute möchte ich mich mal alleine orientieren, um unvoreingenommen ein paar Stadtteile kennenzulernen«, erklärte ich beim Frühstück.

Markus zog wieder einmal seine Augenbrauen hoch, sagte jedoch nichts.

Hanna aber ließ erstaunt ihren Löffel ins Müsli fallen. Die fettarme Milch spritzte mir ins Gesicht.

»Wieso das denn?«, fragte sie. »Wir haben doch so viel Spaß zusammen!«

Ich wischte mir die Milch aus den Augen. »Wir sind aber nicht zum Spaß hier«, spießte ich. »Irgendwann müssen wir uns auch mal ernsthaft um unser Projekt kümmern. Ich muss langsam mal mit den Tests für die Gastro-Tipps anfangen, und euch könnte es auch nicht schaden, mit der eigentlichen Arbeit zu beginnen.«

Hanna war von meiner Rede nicht besonders überzeugt, aber Markus stimmte mir zu:

»Maria hat recht«, meinte er. »Wir sollten heute mal getrennte Wege gehen. Ich hatte sowieso vor, Olli zu besuchen, um ein paar Fotos von der Dachterrasse des Germanicum aus zu machen, denn es hat letzte Nacht geregnet.«

»Was hat denn das damit zu tun?«, fragte ich.

»Wenn es geregnet hat, ist der Smog über der Stadt wie weggewischt. Da hat man eine phantastische Aussicht. Ist übrigens auch ideal, um mal auf den Petersdom zu steigen, da kann man mit Glück bis in die Albaner Berge schauen. Vielleicht wäre das was für dich – es sei denn, du hast nicht nur Flug-, sondern auch Höhenangst«, fügte er mit seinem provokanten Grinsen hinzu.

»Ich habe weder das eine noch das andere!«, wehrte ich ab.

»Ach ja, natürlich, ich vergaß. Na, dann solltest du dir den Petersdom wirklich nicht entgehen lassen. Aber denk dran: Minirock und sexy Top sind tabu, wenn du in diesem Land eine Kirche betreten willst. Italiener sind bei so etwas immer sehr eigen – aber wem sag ich das, du wirst deine Landsleute ja besser kennen als ich.«

Dieser naseweise Mann brachte mich zur Weißglut. Das fehlte noch, dass ich mir von ihm Kleidervorschriften machen ließ.

»Danke für den väterlichen Rat, aber ich habe nicht vor, in einen dieser spießigen, von Blattgold überzogenen Weihrauchpaläste zu gehen.«

Markus zuckte nur die Schultern. »War nur gut gemeint«, sagte er. »Bislang hat sich noch jeder, der nach Rom kam, für den Dom interessiert.«

Natürlich wollte ich den Petersdom sehen. Nur auf sein Dach

steigen – das musste nicht unbedingt sein. Ich war schroffer zu Markus gewesen, als ich sein wollte. Aber so konnte ich verbergen, dass mich sein Blick bei den Worten »Minirock und sexy Top« unsicher gemacht hatte. Keine Ahnung warum, aber er schaffte es immer wieder, mich mit einem provokanten Blick oder Kommentar zu verunsichern. Dabei reichte mein hübscher dunkelblauer Faltenrock immerhin fast bis zu den Knien, dazu trug ich eine kurzärmlige hellblaue Bluse mit harmlosem V-Ausschnitt. Ich war mir sicher, dass Gott damit kein Problem hätte, mich so in sein Haus zu lassen, und in Deutschland würde auch kein Kirchendiener deswegen einen Aufstand machen. Bei der Taufe des kleinen Sean, des Sohnes meiner Freundin Britta, hatte ich sogar ein knappes rotes Cocktailkleid angehabt, weil im Anschluss ein kleiner Empfang stattfand. Und sogar der Pfarrer hatte damals ein anerkennendes Lächeln für mich übrig gehabt. Aber diese Italiener, die ich im Gegensatz zu Markus nicht gerade als meine Landsleute betrachtete, waren offensichtlich, was ihre Kirchen anging, ziemlich prüde.

»Also gut«, lenkte Hanna ein. »Gehen wir heute getrennte Wege. Wofür hab ich mir schließlich die vielen Reiseführer gekauft. Markus zieht los und fotografiert den *vue générale*, du findest heraus, wo wir schön essen gehen können, und ich geh zum Probeshoppen. Du hast nicht zufällig noch du-weißt-schon-wessen Kreditkarte dabei?«

Ich starrte Hanna verblüfft an.

»War ein Sche-herz!«, meinte sie. Aber es war gar nicht die Frage nach Georgs hilfreichem Zahlungsmittel, die mich irritierte.

»*Vue générale*? Du sprichst Französisch?«

»Ach so, das. Das hab ich mal auf einer Postkarte gelesen, nennt man doch so: schöne Aussicht oder so.«

Von wegen Fremdsprachenkenntnisse. Auf manche Dinge war eben einfach Verlass.

So machten wir uns also nach dem Frühstück auf in die Stadt. Am Fuße der Spanischen Treppe trennten sich unsere Wege zum ersten Mal seit sechsundneunzig Stunden. Ich setzte mich auf die Stufen der Treppe, um die Aussicht aufs Alleinsein sacken zu lassen und mich zu sammeln. Obwohl es gerade einmal Anfang April war, schien die Sonne angenehm warm auf meinen Rücken, ganz so, als wollte sie mich sanft streicheln und sagen: Ist doch alles gar nicht schlimm, schau mal, wie schön die Welt hier ist. Ich schaute mich um, blickte die Treppe hinauf zur Kirche Trinità dei Monti, von der Markus uns erzählt hatte, dass sie irgendwann im späten Mittelalter für einen der Ludwige erbaut worden sei. Dass die Treppe und der davor liegende Platz dennoch als »spanisch« bezeichnet wurden, begründete sich lediglich durch die Nähe zur spanischen Gesandtschaft beim Heiligen Stuhl. Hier würde gegen Ende des Sommers wieder eine der berühmten römischen Modenschauen stattfinden.

Auf der Piazza di Spagna stand, wie fast an jeder Ecke dieser Stadt, ein Brunnen. Er hatte die Form eines Kahns. Angeblich hatte ein bei Tiberhochwasser in die Stadt getriebenes Wrack den Bildhauer inspiriert. Solch eine Anekdote gibt es zu beinahe jedem Stein in Rom. Wann immer Markus uns in diesen Tagen mit einer solchen Geschichte zu beeindrucken versuchte, hatte er ein italienisches Zitat hinzugefügt, das da lautete: Se non è vero, è ben trovato – wenn es nicht wahr ist, dann ist es gut erfunden.

Unwillkürlich musste ich bei dem Gedanken daran grinsen. Ein circa fünfzigjähriger Italiener, der in einem bis zum Bauchnabel aufgeknöpften knalltürkisen Oberhemd, schwarzen Stoffhosen und Slippern lässig an den Brunnen gelehnt stand, fühlte sich davon offenbar angesprochen und warf mir lächelnd eine Kusshand zu. Rasch schaute ich in eine andere Richtung und erblickte Dutzende Menschen, die es mir gleichgetan hatten und sich auf den Stufen der Treppe die Sonne ins Gesicht scheinen ließen.

Einige aßen Eiscreme, andere hatten Cappuccino-Becher

in der Hand, und jeder schien sich des Lebens zu freuen. Ich musste es mir selbst eingestehen: So schlecht konnte es in Italien nicht sein. Vielleicht würde sie mir ja doch gefallen, diese Dolce Vita. Zumindest die paar Monate würde ich es wohl aushalten.

Es war nun an der Zeit, an die Arbeit zu gehen. Ich hatte mir dafür schon eine Art vorläufige Checkliste gemacht, die dank diverser Listen, Chatrooms und Musiktreffs aus dem World Wide Web bereits jetzt über zweihundert Adressen umfasste. Für den Gastro-Teil des Szeneguides würde ich mindestens fünfzehn Restaurants, fünf bis zehn Bars und ebenso viele Hotels und Clubs brauchen. Erfahrungsgemäß verdiente nur jedes dritte getestete Lokal überhaupt, erwähnt zu werden, also musste ich eine sorgfältige Vorauswahl treffen, wenn ich nicht in vierzig Tagen hundertfünfzig Mal essen gehen und fünf Kilo zulegen wollte.

Die Fünf-Sterne-Gastronomie wollte ich mir zuerst vornehmen, damit würde ich gleichzeitig auch einige Hotels abhaken können. In die Clubs würden wir gleich zu dritt gehen, alles andere würde Markus nach meiner Vorauswahl fotografieren. Wichtig war, dass wir neben Glamour und High Society auch die Trends, die junge Szene der Stadt, einfingen, und dafür musste man einen guten Gesamtüberblick haben. Was allerdings in einer Stadt wie Rom »junge Szene« sein sollte, das war mir noch immer ein Rätsel.

Was machte ein römischer Teenager, wohin ging man, wenn man Mitte zwanzig war, und wo traf sich die High Society? Genau das galt es nun herauszufinden. Auf ging's!

Ich lief durch die Via Condotti hinauf in Richtung Fontana di Trevi – zumindest hoffte ich, dass ich in diese Richtung lief. Wie gesagt, Kartenlesen war nicht gerade meine Stärke. Dafür aber konnte ich mir Wege hervorragend anhand von Geschäften, Schildern, Brücken und Ähnlichem merken. Nobel war es hier, in der Condotti, ein Topdesigner neben dem anderen. Das gehörte in Hannas Sparte. Da hätten wir ja auch gleich zusammen gehen können. Aber: nein! Selbst ist die Frau. So spazierte ich weiter allein durch die Straßen und am Tiberufer entlang.

Nach drei Stunden Fußmarsch kam ich fast unverrichteter Dinge und vollkommen erschöpft wieder am Trevi-Brunnen an. Ich erfrischte meine geschwollenen Hände und Füße mit dem Wasser und überlegte. Gerade einmal drei in Frage kommende Bars hatte ich entdeckt, die jedoch erst in den Abendstunden öffneten. Besondere Restaurants waren auf dieser Tiberseite offenbar Mangelware, und auch die Hotels waren mir kaum bemerkenswert erschienen. Zwar lag es uns fern, die Tipps bereits existierender Reiseführer zu übernehmen, doch irgendwo musste ich ja anfangen. In meiner heimlich mitgeführten Marco-Polo-Ausgabe von Rom sah ich, dass das besonders angepriesene Terra Magica ganz in der Nähe des Brunnens lag. Ich beschloss, eine Stichprobe zu machen, und spazierte hinüber in mein erstes römisches Luxushotel. In der Hotellobby gönnte ich mir einen Cappuccino für fünf Euro vierzig. Er schmeckte nicht besonders. Die Maßstäbe, nach denen diese Sterne zugeteilt wurden, würde ich wohl nie ganz verstehen.

Trotzdem: Ich war mit meiner besten Freundin in einer weltberühmten Stadt – es musste doch Wege geben, diese Zeit zu genießen. Bisher hatten Hanna und ich noch aus jeder Situation das Beste herausgeholt.

Hanna.

Was sie wohl im Augenblick machte? Wahrscheinlich strich sie hilf- und orientierungslos durch die Straßen und fragte sich bei jedem zweiten Schild, was es bedeutete. Plötzlich bekam ich ein ganz schlechtes Gewissen, weil ich so egoistisch gewesen war und auf unsere Trennung bestanden hatte. Ich dachte an unseren ersten Paris-Trip, bei dem wir nach einem Streit getrennte Wege gegangen waren. Während ich mein Gemüt einfach nur bei einem Café au lait auf den Champs-Élysées abgekühlt hatte, war sie orientierungslos durch Montmartre gestrichen und fand unser Hotel nicht. Nach vier Stunden ergebnisloser Suche hatte sie sich auf meinem Auslandsnotfallhandy gemeldet, und ich hatte sie an einem völlig verruchten Platz zwischen unheimlichen Gestalten aufgelesen. Was, wenn sie sich auch in Rom verlief?

Aber dann fiel mir ein, dass sie sich ja extra aus diesem Grunde diesen riesigen Reiseführer mit genauem Stadt- und Metroplan inklusive Notfallvokabular auf Italienisch gekauft hatte. Es enthielt so wichtige Wörter wie *per favore*, *scusi* und *grande miseria*.

Sicher war Hanna längst wieder zur Wohnung zurückgekehrt und wartete darauf, dass wir den Abend zusammen verbringen würden. Ich bekam auch langsam Appetit. Vielleicht könnten wir in die entzückende kleine Pizzeria am Fuße des Hügels gehen, die wir gestern auf dem Heimweg entdeckt hatten. Das kleine Hexenhäuschen mit dem großen bunten Holztor, das die Aufschrift »Benvenuto alla Casa d'Angelo« trug, war von Pinien umsäumt und hatte eine kleine Terrasse, auf der man sicher herrlich bei einem Glas Wein den Sonnenuntergang genießen konnte. Die Casa d'Angelo lag zwar etwas außerhalb der Stadt, aber wenn sie sich als so gut wie schön erwies, reichte es sicher für eine Notiz im Guide. Das wäre dann wenigstens ein Erfolgserlebnis an diesem Tag.

Immerhin hatte ich mich in Rom alleine zurechtgefunden. Und ich hatte mir eine neue Mappe gekauft und sie mit reichlich Notizen über das Terra Magica und Plänen für die nächsten Tage gefüllt. Die eigentliche Arbeit konnte beginnen.

Mit mir selbst einigermaßen zufrieden, machte ich mich auf den Weg zurück zu unserer Wohnung. Als ich gegen acht Uhr dort ankam, war noch niemand da. Das mulmige Gefühl schlich sich zurück, doch so weit, Hanna auf ihrem Notfallhandy anzurufen, war ich noch nicht. Wir hatten uns im Zuge der Modernisierung zwar nicht gegen die Handywelle gewehrt, bestanden aber beide darauf, die horrende Tarifpolitik für Telefonate in ausländischen Netzen nicht unnötig zu unterstützen und uns auf die wichtigsten Gespräche zu beschränken. Und Hanna wie eine besorgte Mutter hinterherzulaufen, so weit war ich noch nicht.

Also setzte ich mich mit dem Laptop an den Küchentresen und begann, meine Notizen in eine lesbare Form zu bringen. Es war still in den Appartamenti con Bella Vista, in denen außer uns, Dottore Buffon und Signor Zambrotta, wie wir bislang herausgefunden hatten, noch ein russisches Pärchen, zwei alleinstehende Damen mittleren Alters sowie der junge Fabio Grosso wohnten. Letzterer war ein Italiener, wie er im Buche steht: Stets ein charmantes Lächeln und ein freundliches Wort auf den Lippen, ausgesprochen attraktiv – wenn man auf dunkelhaarige durchtrainierte eins siebzig stand – und mit der Möglichkeit, an jeder Hand zehn Mädchen zu haben – wäre er nicht so streng katholisch, dass er sich selbst keinen Damenbesuch nach acht Uhr abends gestattete. So richtig schlau war ich aus Fabio noch nicht geworden, man wusste nie, was hinter seinem Lächeln tatsächlich in ihm vorging. Aber er war höflich, hielt mir und Hanna immer die Tür auf, wenn wir uns am Hauseingang trafen, und er hatte Markus geholfen, den schweren Wohnzimmerschrank, der nur unnötig Platz versperrte, in den Keller zu tragen.

Alles in allem war dies ein Haus, in dem man sich als Gast wohl fühlen konnte – mal von dem Vorfall mit Maria Briatore abgesehen.

Als ich den Zehn-Uhr-Schlag der Kirchenglocke aus dem Tal herauf klingen hörte und weder von Hanna noch von Markus etwas zu sehen war, begann ich, mir ernsthaft Sorgen zu machen. Wo steckten die beiden bloß? Gegen halb elf hielt ich es nicht länger aus und rief meine Freundin an. Ohrenbetäubender Lärm drang aus meinem Hörer.

»Hey, was ist denn los, bist du in der Metro, oder was?«

»Waaas?«

»Hanna?«

»Maria? Ich versteh dich ganz schlecht!«

»Wo zum Teufel steckst du?«, brüllte ich in den Hörer.

»Warte, ich geh kurz raus!«

»Wo raus?«

Knartschen und italienische Wortfetzen begleiteten Hanna auf dem Weg zu einem Ort mit weniger Hintergrundlärm.

»Ach, wir sind hier in 'nem total schönen Laden, Settivus oder so ähnlich, ein Tipp von Olli. Hier ist gut was los! Komm doch noch nach!«

»Wir?«

»Ja, Markus, Olli und ich! Was ist, kommst du?«

Ich spürte diesen kleinen spitzen Stachel, der sich gern in ein eifersüchtiges Herz bohrt. Verbrachte sie etwa den Abend lieber mit der Nervensäge und ihrem verklemmten Priesterfreund als mit mir, ihrer besten Freundin?

»Nee, danke, lass mal. Ich hatte einen langen Tag und bin total erschöpft. Wir sehen uns dann morgen, viel Spaß noch.«

Beleidigt legte ich auf. Okay, ich hatte darauf bestanden, den Tag allein zu verbringen. Aber von der Nacht war keine Rede gewesen. Doch es wäre ja gelacht, wenn ich mir nicht auch alleine einen schönen Abend machen konnte. Ich ging in die Küche und warf einen Blick in den Kühlschrank. Gähnende Leere. Wir hatten in den letzten Tagen ganz schön geschmaust, und die Einkäufe von Freitag waren restlos aufgebraucht. Zum Einkaufen war es jetzt zu spät, und im Dunkeln allein den schmalen Pfad zur Pizzeria hinunterzulaufen war mir nicht geheuer. Zum Glück war noch eine Flasche Wein da. Ich öffnete sie und setzte mich mit einem Glas Chianti und ein paar Baci vor den Fernseher.

»Blicke wohlwollend auf die Mitmenschen, denn auch du bist fehlerhaft«, stand auf dem kleinen Weisheitszettelchen meiner ersten Praline. Mit jedem Bacio war ein solcher Zettel eingewickelt. Er gab einem Rat oder Weissagung in fünf verschiedenen Sprachen – meist in Italienisch, Englisch, Französisch, Spanisch und Portugiesisch – zum Glück für Hanna gab es aber auch Weisheiten auf Deutsch. Mein zweiter Bacio sagte: »Nur wer Risiken eingeht, kann Erfolg haben.«

Die Weisheit dieser Pralinen übertraf die von chinesischen Glückskeksen bei weitem. Ich legte meine Zettelchen in mein Buch, das auf dem Couchtisch lag, und schaltete auf den Nachrichtenkanal.

Die anderen beiden amüsierten sich offenbar prächtig, denn als ich gegen Mitternacht leicht angetrunken ins Bett wankte, war noch nichts von ihnen zu sehen. Erst am nächsten Vormittag begegneten Hanna und ich uns an der Espressokanne.

»Nanu, wo hast du denn deinen neuen besten Freund gelassen?«, fragte ich gereizt.

Hanna überhörte meinen angesäuerten Unterton. So etwas konnte sie ganz gut.

»Markus wollte heute ganz früh raus, um die ersten Filme zu entwickeln«, meinte sie leichthin. »Die Bilder sind bestimmt toll geworden. Das ist 'ne Wahnsinnsaussicht da von der Dachterrasse aus, irre. Dafür würde ich auch zölibär leben. Zumindest 'ne Zeitlang.«

»Ach, du warst mit in dem Germanum-Haus?«, fragte ich erstaunt und vergaß ganz, sie mit »zölibatär« zu verbessern.

Ich hatte einen richtigen Kloß im Hals. Während ich also einsam und allein durch die Straßen dieser grässlichen Stadt gelaufen war, hatte sich Hanna mit Hunderten von enthaltsamen Männern einen lauen Tag gemacht.

»Germanicum heißt das«, verbesserte sie mich stattdessen. »Ja, du wolltest doch Zeit für dich. Erst hab ich gedacht, ich geh auch allein eine Runde durch die Geschäfte, aber dann hat Markus mir so von dem Ausblick vorgeschwärmt, dass ich mitgegangen bin. Er hat auch ein paar Fotos von mir gemacht mit der Aussicht im Hintergrund, bin mal gespannt, wie die geworden sind«, plauderte sie munter drauflos, ohne meine immer finsterer werdende Miene zu beachten.

»Ja, und dann war er noch mit in der Via Condotti, da ist ein Topdesigner neben dem anderen, ein wahres Paradies. Markus hat die Kamera gar nicht mehr heruntergenommen, und ich hab gestöbert und anprobiert, kombiniert und die Verkäuferinnen ausgefragt. Die haben mir einige gute Tipps gegeben, wo es die besten Outlet-Stores gibt, zum Beispiel von Diesel, Anniel und Miss Sixty. Und dann sind da die regelmäßigen Mini-Modenschauen bei Dolce & Gabbana, die sollen ein Erlebnis sein, und dann natürlich die große von Gucci im Mai auf der Piazza Navona. Na ja, und dann haben wir Olli getroffen und sind in diese Bar. Settermo oder so ähnlich hieß die, also wirklich, da laufen gutaussehende Männer rum, kann ich dir sagen.«

Ich war verstört. So ausgelassen hatte ich Hanna schon lange nicht mehr erlebt. Zudem hatte sie trotz des Spaßes schon einiges für unser Projekt auf den Weg gebracht.

Dagegen sahen meine Notizen mager aus. Ich wechselte das Thema.

»Wir müssen heute unbedingt einkaufen fahren.«

Und da wir beide gern reichlich Vorräte im Haus hatten, setzten wir uns zusammen und schrieben wie in unseren guten alten WG-Zeiten in Kiel eine ellenlange Einkaufsliste. Dabei schwelgten wir in Erinnerungen an unsere Shoppingprobleme in Paris, als wir den Unterschied zwischen Vollmilch und Sahne noch nicht artikulieren konnten, und an die Zeit, als unser Geld so knapp war, dass wir uns wochenlang nur von Pesto-Spaghetti ernähren mussten.

So langsam verflog mein Frust. Hanna und ich waren schon so lange ein Team, da würde ein Markus nicht einfach daherkommen und alles zerstören können. Na schön, hatten die beiden eben einmal einen Abend zusammen Spaß gehabt – gegen den Spaß, den wir noch zusammen haben würden, war das gar nichts. Ich war nicht nachtragend. Mein Tag würde schon noch kommen. Rom wurde schließlich auch nicht an einem Tag erbaut.

Nach einer halben Stunde legte Hanna den Stift zur Seite und meinte: »So, ich glaub, wir sind fertig.«

Ich betrachtete die Liste. »Moment noch!«

Und mit einem schrägen Grinsen setzte ich eine Kiste DOCG-Chianti darunter. Das war mein erstes Zugeständnis an Markus.

Specialità della casa

»Maria Briatore era una donna brava, buona e generosa«, begann der Priester seine Grabrede und pries die Verstorbene mit sämtlichen Superlativen der italienischen Sprache. Zwischendurch musste er immer wieder unterbrechen, wenn das Publikum – Verzeihung, die Trauergemeinde – applaudierte, sich bekreuzigte oder jemand laut »Bravissimo!« rief.

Dafür, dass Maria Briatore nur noch eine einzige lebende Verwandte hatte, brachte sie es auf die stattliche Anzahl von vierunddreißig Trauernden, die sich in der Kirche Santa Maria di Pace um den offen aufgebahrten Sarg versammelt hatten.

Die Anzahl der Besucher einer Beerdigung zu zählen war sicher nicht dem Anlass angemessen, doch hatte der Priester so lange auf sich warten lassen, dass mir nichts Besseres eingefallen war. Zu den Trauernden zählten außer sämtlichen Bewohnern des Mietshauses laut Signor Zambrotta die ältesten Mitglieder der im Außenbezirk Roms gelegenen Gemeinde Santa Maria la Perla, zu der neben der Hauptkirche di Pace noch die Kapelle la Perla und ein großer Friedhof gehörten.

Wir hatten in der letzten Reihe Platz genommen. Ohnehin waren wir unsicher gewesen, ob wir auf die Beerdigung einer uns vollkommen fremden Frau gehen sollten. Doch Markus hatte gemeint, das gehöre sich in Italien so. Und nachdem uns die sofort von Sizilien angereiste Enkelin der Verstorbenen, Julia Maria Emilia Briatore, weinend um den Hals gefallen war und sich bei uns unter Tränen dafür bedankt hatte, dass wir so rasch reagiert und somit wenigstens Schlimmeres verhindert hätten – wobei man sich zu Recht fragen konnte, was Maria Briatore außer dem Tode noch Schlimmeres hätte passieren können –, war auch Hanna der Meinung, dass wir unserer »Nachbarin für eine Nacht« die letzte Ehre erweisen sollten.

»Pace all'anima sua«, sagte der Priester, und die Gemeinde wiederholte es brav. Dies geschah im Verlauf der Ansprache noch einige Male, so dass auch Markus und Hanna schließlich einstimmten, soweit sie verstanden, worum es ging.

Julia Maria Emilia saß in der ersten Reihe, und da diese traditionell nur für die Familienangehörigen bestimmt war, saß sie dort allein.

Die beiden älteren Damen aus dem Mietshaus und der Hausarzt nebst Signor Zambrotta und dem jungen Fabio saßen zwei Reihen vor uns, wie es sich in Italien früher gehörte, nach Geschlechtern durch den Gang getrennt – die Männer rechts, die Frauen links. Eine der Signoras brach immer wieder in Tränen aus.

»Sie denkt bestimmt, sie ist die Nächste«, raunte Markus mir zu.

»Du musst eigentlich auf der anderen Seite sitzen«, raunte ich zurück.

»Wie lange dauert so etwas eigentlich?«, flüsterte Hanna mit Blick auf ihre Fingerringuhr. »Bei uns ist eine Beerdigung nie länger als eine Stunde gewesen«, zuckte ich mit der Schulter.

»Wenn wir Pech haben, beten die hier gleich noch eine komplette Heiligenlitanei herunter«, flüsterte Markus.

Und in der Tat: Wie auf sein Stichwort legte der Priester sich plötzlich vor dem Altar flach auf dem Boden nieder, neben sich die zwei Ministranten, und da auch die Gemeindemitglieder sich auf ihre Knie hinabließen, um die Heiligen um Beistand anzuflehen, blieb uns nichts anderes übrig, als unsere Knie den harten, ungepolsterten Holzbänken auszusetzen.

Eine Viertelstunde lang dauerte der Prozess, bevor sich Priester, Ministranten und stöhnend auch die versammelten Gläubigen wieder erhoben. Es folgte ein erstaunlich fröhlich klingender Choral, den wir dank der ausliegenden Gesangbücher leise mitsingen konnten. Er handelte von der Herrlichkeit Gottes, der die Menschen vom leidvollen Erdenleben erlöst und ihnen das ewige Leben schenkt. Halleluja. Kaum zu glauben, dass hier gerade jemand gestorben war.

Dann kam die Stelle, an der der Priester die Gemeinde aufforderte, auch für diejenigen unter den Anwesenden zu beten, die der Herrgott als Nächstes zu sich rufen würde, und bemühte sich, niemanden dabei anzusehen. Die Signora zwei Reihen vor uns brach erneut in Tränen aus.

»Pace all'anima sua«, sprach der Priester.

»Pace all'anima sua«, wiederholten die Gemeinde und auch Markus und ich.

»Patschallaminasa«, flüsterte Hanna schüchtern.

Dann schloss Julia als einzige verbliebene Briatore den Sarg, in den sie zuvor noch eine Rose und ein handtellergroßes Messingkreuz gelegt hatte.

Sechs kräftig aussehende Männer ergriffen nun den Totenschrein, stemmten ihn auf ihre Schultern und gingen wankenden Schrittes auf die Tür zu. Der Priester und seine Ministranten folgten, dann Julia, und schließlich setzte sich die gesamte Trauergemeinde zu einem Zug durch den Bezirk in Gang. Das Verkehrschaos, das ein solcher Trauermarsch von der Kirche am Rathaus vorbei über den kleinen reich bevölkerten Marktplatz bis hin zum Friedhof di Pace auslöste, nahm man hier in Italien gelassen in Kauf. Die Passanten blieben stehen, als wir vorüberschritten, bekreuzigten sich, und die Männer nahmen ihre Hüte ab. Wahrlich ein frommes Völkchen, diese Römer.

Und die Erinnerung an meine Kindheit bei meinen streng katholischen Großeltern war mit einem Mal so greifbar nahe wie lange nicht mehr. Beide waren sie nun schon tot. Mir war, als sähe ich meine Nonna in dem Sarg liegen, der vor uns hergetragen wurde. Tränen stiegen mir in die Augen bei dem Gedanken daran, dass der Großteil meiner Verwandtschaft bereits verstorben war. Und die letzte Beerdigung, auf der ich war, war die meines Vaters gewesen. Im Grunde ging es mir wie Julia Maria, ich war allein, die Letzte meiner Art – mal abgesehen von meiner Mutter.

Ich spürte eine Träne meine Wange herabkullern.

»Nein, dass es der jungen Frau so nahe gehen würde, hätte ich nicht gedacht, sie kannte Maria doch kaum«, hörte ich Signor Zambrotta dem jungen Fabio neben mir zuflüstern. »Kaum« war noch übertrieben, ich hatte die Tote nie lebend gesehen. Zambrotta schaute gerührt zu mir hoch und klopfte mir aufmunternd auf die Schulter.

Ich wischte mir rasch die Tränen weg und beeilte mich, den Anschluss an Hanna und Markus nicht zu verlieren.

Ich hatte mit Fußball nichts am Hut. Doch Italien war ein so fußballbegeistertes Land wie England und Deutschland zusammen, so dass man in Rom an diesem Sport nicht vorbeikam. Die Metropole besaß zwei große Vereine, die in derselben Liga gegeneinander kämpften: den AS Rom und Lazio Rom. Markus und sein Priesteramtskandidatenfreund Olli aus dem Germanicum waren überzeugte Fans des AS Rom.

»AS Rom, das sind wir, die Guten«, hatte Olli gesagt. »Und Lazio Rom, das sind die Bösen.«

So einfach war das in Italien: Lazio oder AS, Heide oder Katholik, Schwarz oder Weiß.

»Die Lazio-Fans sind viel aggressiver. Außerdem spielen sie schlecht und sind alle korrupt«, fügte Markus erklärend hinzu.

Es war Samstagnachmittag. Wir waren auf dem Weg zu der sagenhaften Tolle-Männer-Bar, in der die anderen drei sich neulich so prächtig miteinander amüsiert hatten und die weder Settivus noch Settermo, sondern Settimo Cielo, also Siebter Himmel hieß. Hier wollten sich die Jungs das Derby von Rom anschauen, das zweimal im Jahr stattfand und bei dem die beiden römischen Vereine gegeneinander weniger um Ligapunkte als um die Ehre spielten. In nahezu jedem Lokal der Stadt wurde das Spiel auf Leinwand übertragen, und die Tifosi, wie die italienischen Fans genannt werden, versammelten sich dort und veranstalteten eine Riesenparty. Ich hielt es für eine gute Gelegenheit, meine Außenseiterrolle abzulegen und mich in das fröhliche Trio zu integrieren. Dieser Olli war gar nicht so übel, für einen Priesteramtskandidaten war er sogar recht unterhaltsam. Und falls diese Bar wirklich so großartig war, eignete sie sich hervorragend für den Gastro-Teil unseres Guides.

Alle waren gut gelaunt, als wir in die kleine Seitenstraße abbogen, in der sich das Settimo Cielo vor den Augen gewöhnlicher Touristen verbarg. Markus quatschte unentwegt und ungefragt. Er erhoffe sich neben einem AS-Rom-Sieg auch viele eindrucksvolle Stimmungsbilder, die er in eine Extrasparte »Ewiger Sport in der Ewigen Stadt« einzubringen gedachte. Hanna warf mir immer wieder bedeutungsvolle Blicke zu, die sagten: »Du wirst schon sehen, der Laden ist gerammelt voll mit männlichen Models!«

Ich erhoffte mir nicht allzu viel. Italiener waren dunkelhaarig und klein, unzuverlässig und mit einem Hang zum übertriebenen Charme wie Schnulzensänger Eros Ramazzotti oder eben Fabio Grosso. Daran würde auch eine Szenebar nichts ändern können. Ich aber stand eher auf den soliden Durchschnittsdeutschen, blonde Naturlocken und blaugrüne Augen in mindestens eins fünfundachtzig Höhe.

Dunkle Haare hatte ich selbst, und als relativ große Frau brauchte ich eine starke Schulter zum Anlehnen. Männer, die einen Kopf kleiner als ich waren, fielen für gewöhnlich um, wenn ich mich an sie lehnte.

Allerdings darf an dieser Stelle kein falscher Eindruck entstehen. Ich suchte derzeit überhaupt keinen Mann, egal, ob groß, klein, Deutscher oder Italiener. Ich hatte die Nase voll von Männern und ging aus reiner Freundschaftlichkeit mit in die Beau-Bar.

Hanna allerdings würde ein kleiner Flirt guttun. Sie hatte schon seit Jahren keine vielversprechende Beziehung mehr gehabt. Das lag an ihrem Job. In der Modebranche waren die meisten Männer eben entweder selbstverliebte Künstler oder nicht an Frauen interessiert. Auf jeden Fall wäre es mir lieber, wenn Hanna heute einen Mann kennenlernte, als wenn sie weiter mit diesem grauenhaften Markus herumschäkerte. Sie hatte wirklich etwas Besseres verdient.

Wir hatten den Eingang des Settimo Cielo erreicht. Die Jungs traten ein, ohne sich nach uns umzuschauen. Hanna zwinkerte mir zu und gab mir einen leichten Schubs. »Auf in den Kampf!«

Wir gingen einige Stufen nach unten und landeten in einem riesigen gewölbeartigen Raum, dessen Steinwände und Säulen an antike Katakomben erinnerten. Diese leicht einschüchternde Atmosphäre wurde von den eigenwilligen Bildern und Skulpturen, die an den Wänden hingen, aufgehoben. Fast ein wenig verspielt wirkten die farbenfrohen Flaschen, die den Gästen zu Hunderten in den Regalen hinter dem langen Stahltresen entgegenlachten und Appetit auf ausgefallene Cocktails machten. Der wahre Blickfang war allerdings etwas anderes, das sich vom gesamten Ambiente auf strahlende Weise abhob: Zwischen zwei schwarz gelackten Barkeepern stand sie wie eine Erscheinung: eine bildschöne Frau. Sie hatte langes pechschwarzes Haar, das ein silberner Haarreif zurückhielt, so dass es in geschwungenen Naturwellen um ihre schmalen Schultern schwang. Ein hautenges strahlendgelbes Sonnentop und schlichte Jeans betonten die perfekte Figur einer Anfang Zwanzigjährigen, und wenn sie lächelte, was sie offensichtlich durchgehend tat, entblößte sie weiße, gerade Zähne.

Ich bekam vor Staunen den Mund nicht mehr zu.

»Nicht schlecht, hm?«, meinte Olli, der meinem Blick gefolgt war. »Ihr Name ist Lorelai. Vor ein paar Wochen ist sie plötzlich hier aufgetaucht, schön und unnahbar. Keiner weiß, woher sie kommt, und sie hat offenbar auch keine festen Arbeitszeiten. Aber eine Bereicherung ist sie in jedem Fall.«

Ich starrte den jungen enthaltsamen Mann verblüfft an. Durfte er überhaupt eine so schöne Frau bemerken? Müsste er nicht beschämt den Blick zur Seite wenden?

Auf jeden Fall war das Geheimnis dieser Bar gelüftet. Ganz klar: Schöne Barfrau, viele Männer.

»Kein Wunder, dass dieser Laden vor lauter Männern überquillt«, meinte ich zu Hanna, doch die hörte mir gar nicht zu, sondern scannte die Gäste nach potentiellen Liebhabern ab. Das Settimo Cielo wirkte tatsächlich ein wenig wie ein Schnäppchenmarkt. Fast schade, dass ich nicht in Shoppinglaune war. Ich schaute durch die lächelnden Gesichter der zahllosen Macho-Typen einfach hindurch. Die Blicke der Männer waren ohnehin an die Schönheit hinter dem Tresen gebunden.

Wir ergatterten einen freien Tisch im hinteren Bereich, von dem aus man sowohl die Leinwand als auch einen der kleinen, an die Decke gehängten Fernseher im Blick hatte, die nützlich sein würden, wenn die jubelnde Menge aufspringen und den Blick auf die Leinwand versperren würde. Das Spiel begann erst in anderthalb Stunden, doch das Cielo war schon gut gefüllt.

Während Markus an den Tresen lief, um die erste Runde Getränke bei Lorelai zu bestellen, gesellten sich zwei weitere Freunde von Olli aus dem Germanicum zu uns. Es waren zwei Ungarn namens Gergely und Zoltán. Wie ungerecht die Natur zuweilen ihre Güter verteilte, bewies sie an diesen beiden jungen Männern. Während Zoltán von unscheinbarer kleiner untersetzter Figur war und unter seinem schütteren Haaransatz weder die leicht abstehenden Ohren noch die ausgesprochen dicht beieinanderstehenden Augen verdecken konnte, war Gergely ein wahrer Adonis: groß, schlank und durchtrainiert. Volles, dunkles, lockiges Haar umsäumte ein markantes Gesicht mit hohen Wangenknochen, das an einen römischen Feldherrn erinnerte. Seine Gesichtszüge wären zu streng erschienen, wäre da nicht das neckische Grübchen in seinem Kinn, das ihm eine verboten erotische Ausstrahlung verlieh. Kaum zu fassen, und so einer wollte Priester werden! Ein Jammer für die Frauenwelt.

Beide sprachen fließend Ungarisch, Russisch und Deutsch sowie gebrochen Englisch und Italienisch. Angesichts solcher Multilingualität verfiel Hanna normalerweise in dumpfes Staunen. Diesmal komischerweise nicht. Angeregt begann sie eine Unterhaltung mit dem Kreis junger Priesteranwärter. Markus kam mit vier Cocktailgläsern zurück.

»Hey, ihr seid ja auch schon da, super«, begrüßte er die Neuankömmlinge. »Na, dann hol ich gleich noch zwei Drinks.«

Da sprang Zoltán hurtig auf. »Danke, lass nur, ich geh schon.« Und mit einem erwartungsfreudigen Strahlen lief er zum Tresen.

»Nanu, was war das denn?«, fragte Hanna.

Olli grinste wissend. »Zoltán ist schwer verliebt«, erklärte er uns.

Ich war ehrlich erstaunt. Durften Priesteranwärter verliebt sein? Ich meine, passieren konnte so etwas natürlich jedem, davor schützte wahrscheinlich auch nicht dieser Ehefreicodex. Aber dass die Jungs so offen darüber herumalberten, war mir schon suspekt. Es musste schrecklich sein. Der arme Zoltán. Selbstverständlich hätte der Zwerg sowieso keine Chance bei dieser Superfrau gehabt, dennoch: Dank seiner Berufung durfte er ja nicht einmal von ihr träumen.

Wir warteten mit dem Anstoßen auf Zoltáns Rückkehr. Das dauerte nicht besonders lange, denn offensichtlich traute er sich nicht, Lorelai anzusprechen, sondern bestellte bei einem ihrer Kollegen – dieselben Cocktails, die Markus auch für uns mitgebracht hatte.

»Dieser Cocktail ist eine Spezialität des Hauses!«, pries dieser das quietschorangefarbene Getränk an, als wir unsere Gläser erhoben.

»Was ist es?«

»Himmelsstürmer! Die direkte Fahrkarte in den siebten Himmel«, grinste Olli.

»Und was ist da drin?«

»Keine Ahnung, irgendwas Leckeres. Auf alle Fälle Champagner, deshalb auch nicht ganz billig. Aber einen zur Eröffnung trinken wir hier immer.«

Irgendwas mit Champagner also. Misstrauisch nippte ich an meinem Drink. Auf Markus' Geheimtipps wollte ich mich nicht so ohne weiteres verlassen.

»Nun denn«, rief er und reckte sein Glas in die Höhe. »Forza Roma!«

»Forza Roma!«, riefen die frommen Jungs, und dann stimmten alle übrigen Gäste um uns herum ein, und der Ruf lief wie ein Lauffeuer durch den sogenannten Siebten Himmel: »Roma! Forza Roma!«

Ich schaute Hanna an. Hanna schaute mich an.

Ach, was soll's, dachte ich und ließ auch mein Glas klingen. »Forza Roma!«

Als das Spiel begann, war ich betrunken. Zumindest betrunken genug, um grölende und johlende Fußballfans nicht mehr mit verächtlichen Blicken zu bedenken, sondern mich unauffällig auf Beobachterposten unter sie zu mischen. Die Stimmung in so einem Umfeld war gar nicht mal übel, solange das von der Menge favorisierte Team nicht zurücklag. Der AS Rom fing sich allerdings bereits nach ein paar Minuten ein Tor ein. Doch nach weiteren fünfzehn Minuten war der Ausgleich geschafft, und die Stimmung unter den Männern stieg stetig. Wir waren uns einig, Zoltán zum Getränkeholer des Abends zu machen, damit er, sooft es ging, zu seiner Angebeteten an den Tresen eilen konnte. Er strahlte unentwegt, wenn ich ihn um einen neuen Drink bat. Manchmal war es eben sehr einfach, einen Mann glücklich zu machen.

Die Männer waren nach dem ersten Himmelsstürmer auf holländisches Importbier umgestiegen, aber ich war mittlerweile beim vierten Cocktail angelangt, zum einen, weil dieses Lokal eine sehr exotische Cocktailkarte hatte, zum anderen, weil ich mir die Situation schön trinken musste – damit ich nicht merkte, dass sich niemand um mich scherte. Hanna unterhielt sich ausgesprochen gut mit Olli und Gergely, Zoltán war wie gesagt mit Getränkeholen und Lorelai-Bewundern beschäftigt, und Markus war vollkommen in die Atmosphäre eingetaucht und fotografierte unentwegt in die Menge hinein, bis die anderen Gäste sich wegen des Blitzlichtgewitters beschwerten.

Um mich in die Gruppe um Hanna zu integrieren, erhob ich mein frisch gefülltes Glas und rief nun meinerseits: »Forza Roma!«

Doch statt einer fröhlichen Erwiderung warf mir Gergely nur einen finsteren Blick zu.

»Was ist?«, fragte ich, »ich dachte, das wäre euer Schlachtruf?«

»Ein Ungar würde nie mit Bier anstoßen«, antwortete Gergely und sah mich an, als ob ich Abschaum wäre.

»Aha, und wieso nicht?«

»Weißt du nicht, woher dieser Brauch, mit Bier anzustoßen, kommt? Das haben die deutschen Soldaten gemacht, als sie unser Volk töteten. Sie haben uns überfallen und dann über unseren Leichen mit Bier angestoßen. Deshalb würde ein Ungar niemals mit Bier anstoßen, klar?«

Ich war für einen Augenblick sprachlos. Allerdings nur für einen kurzen Augenblick. Gergelys Ton war weitaus schärfer als angemessen, und so nahm ich einen tiefen Schluck aus meinem Glas und fauchte zurück: »Das kann *ich* doch nicht wissen. Außerdem trinkst du Bier, nicht ich, und ich bin sowieso nur halb deutsch!«

Zum Glück fiel just in diesem Augenblick ein Tor für die Gegner, so dass meine schlechte Laune im allgemeinen Stimmungstief unterging. Um mich herum buhten und fluchten die Jungs, es schallten unzählige »Va fa'n culo«s durch den Raum. Zeit für mich, die Toilette aufzusuchen. Ich fand sie am Ende einer langen Steintreppe, die in winzige Kerkerzellen hinabführte. Wie originell.

Wie es der Zufall wollte, traf ich am Waschbecken auf die schöne Barfrau. Neugierig musterte ich ihr Gesicht im Spiegel. Es war eine Frechheit. Auch aus der Nähe betrachtet war sie absolut makellos. Kein Fältchen, kein Mitesser, keine Augenringe. Sie hatte das ebenste Gesicht und die geradeste Nase, die ich je gesehen hatte, und ihr Make-up war schlicht, aber wirkungsvoll, das musste ich neidlos anerkennen. Ein Hauch von Armani Emporio She umschwebte sie und unterstrich ihre geheimnisvolle Aura. Lorelai bemerkte meinen Blick und lächelte mich freundlich an. Ich fühlte mich ertappt wie eine Spannerin, deshalb ging ich in die Offensive und sprach sie an:

»Ciao«, sagte ich. »Sono Maria. Ich werde ein paar Monate in Rom leben. Das hier ist eine echt nette Bar.« Trotz meiner fließenden Italienischkenntnisse brauchte ich immer eine Zeitlang, bis ich richtig reinkam und meinen deutschen Akzent etwas weniger stark zeigte. Diesmal hatte ich mich offenbar noch hölzerner und abgehackter angehört als sonst, denn die Elfe antwortete bedrückend pädagogisch langsam:

»Grazie. Sono Lorelai. Benvenuto a Roma. Du sprichst gut Italienisch, aber mit deutschem Akzent«, legte sie auch prompt den Finger auf die Wunde. »Gehörst du nicht zu den ungarischen Jungs?«

Sieh mal einer an, hatte sie die Jungs also immerhin so sehr beachtet, dass sie wusste, dass es Ungarn waren. Ein kleiner Erfolg für Zoltán.

»Ich bin halb deutsch, halb italienisch«, antwortete ich und war selbst überrascht, dass ich Italien volle fünfzig Prozent von mir zugestand. Eigentlich fühlte ich mich hier nämlich noch deutscher als sonst. »Arbeitest du oft hier?«, versuchte ich den Smalltalk aufrechtzuerhalten.

»O nein!«, rief sie aus und schüttelte ihre Lockenpracht. »Ich arbeite doch nicht hier! Ich studiere Tourismus und Betriebswirtschaft und mache so eine Art Praktikum, um den Betrieb kennenzulernen.«

»Ja, aber soll das etwa heißen, du bekommst überhaupt kein Geld?«

Ich war ehrlich entsetzt ob einer solchen Ausbeuterei. Aber das kannte man ja, mit jungen, ausbildungswilligen Menschen konnte man das schließlich machen. Praktikum, dass ich nicht lachte, Sklaverei war das!

Lorelai kicherte albern. »Nein, ich mach das hier nicht für Geld, sondern um Erfahrungen zu sammeln und einen Einblick in die Real-Life-Gastronomie zu bekommen.« Sie kicherte weiter.

Ihr Frohsinn war mir absolut schleierhaft. Bestätigte sich hier etwa wieder einmal die Behauptung, dass Schönheit und Klugheit nur selten Hand in Hand gehen? Wieso, bitte schön, arbeitete sie hier für lau?

»Entschuldige, es geht mich ja nichts an, aber das klingt für mich arg nach Ausnutzung. Gibt es hier denn wenigstens ein anständiges …« – verflixt, was hieß Trinkgeld auf Italienisch?

Wieder dieses Kichern.

»Diese Bar gehört meinem Bruder«, klärte sie mich auf. »Wir haben einige Familienbetriebe, in die ich diesen Sommer hineinschnuppern werde, denn ich werde im nächsten Jahr selbst in die Leitung eines unserer Hotels einsteigen, im Terra Magica, vielleicht kennst du es? Es liegt sehr schön, nahe am Tiber, dort gibt es die besten Cocktails der Stadt. Jedenfalls bin ich nur hier, um ein paar Erfahrungen mit ganz *normalen* Gästen zu sammeln.«

Ich lief rot an. Das Terra Magica. Natürlich. Wenn ihrer Familie das Terra Magica gehörte, war sie wirklich nicht auf mein Trinkgeld angewiesen. Es war Zeit, den Schauplatz der Blamage zu verlassen.

»Oh, okay, na dann, ich werd mal wieder … Viel Spaß noch.«

»Ja, und dir eine schöne Zeit in Rom.«

»Danke.«

Ich ging zurück zu den anderen.

»Wo warst du so lange?«, fragte Hanna und drückte mir einen neuen Cocktail in die Hand. Sie war offenbar die Einzige, die mich vermisst hatte, die Jungs starrten alle wie gebannt auf die Leinwand.

»Ich hab mich mit dieser Lorelai unterhalten.« Diesen Satz ließ ich langsam und bedeutungsvoll meinem Mund entgleiten, ohne die anderen aus den Augen zu lassen. Und tatsächlich: Mit einem Schlag hatte ich die volle Aufmerksamkeit der Männer an unserem Tisch.

»Was? Was hat sie gesagt?« – »Wie ist sie so?« – »Hat sie was über uns gesagt?« – »Was hast du zu ihr gesagt?«, scholl es durcheinander.

So musste es einem Gala-Reporter nach seinem ersten Exklusivinterview mit den aktuellen Oscar-Preisträgern ergehen.

»Hallooooohooo! Das war nur ein Zwei-Minuten-Gespräch auf der Toilette, da werden nicht besonders interessante Informationen ausgetauscht.«

»Also, da hab ich aber was ganz anderes gehört«, meinte Markus und grinste mich an. »Der Grund, weshalb Frauen immer zu zweit auf die Toilette gehen, sind doch gerade die intimen Gespräche.«

Ich lief schon wieder rot an, denn ich wusste genau, worauf er anspielte. Als wir nämlich vor zwei Tagen das Kolosseum besichtigten, hatte Hanna mir auf der Toilette erzählt, dass Georg inzwischen seine unfähige Tippse Amelie zu seiner persönlichen Assistentin gemacht hatte, die das Capital-Trend-Projekt koordinieren sollte und als Knotenpunkt und Anlaufstelle für die Reporterteams fungierte. Alles, was wir in Sachen Rom-Guide in die Wege leiteten, mussten wir nun also Amelie mitteilen. Ich hatte mich mächtig darüber aufgeregt, es waren ein paar unschöne Schimpfworte gefallen, und als wir wieder aus der Toilette herauskamen, stand Markus da mit einem vielsagenden Grinsen. Er hatte alles genau gehört.

»Sie hat mir nur erzählt, dass sie hier nicht arbeitet, sondern eine Art Praktikum macht«, erklärte ich den neugierigen Jungs. »Weil sie das für ihr Betriebswirtschaftsstudium braucht. Sie stammt offenbar aus einer sehr wohlhabenden Familie und wird demnächst in die Leitung eines großen Hotels einsteigen. Kennt ihr vielleicht, es ist das Terra Magica.«

»Ach, dann ist sie eine von den Guerinis. Ich wusste, ich hab ihr Bild schon mal in einer Zeitung gesehen«, warf Gergely ein.

»Guerinis?«, fragte Hanna. »Wer ist das denn?«

»Die Guerinis gehören wie dieser Verlegerclan der Carinis, mit denen ihr zusammenarbeitet, zu den reichsten und einflussreichsten Familien Roms. Ihnen gehören die besten Restaurants und Hotels der Stadt und ganz Italiens.«

»Und offenbar auch diese Bar. Deshalb macht sie hier auch ihr ›Praktikum‹«, fügte ich hinzu.

Zoltán seufzte fast unmerklich. Er tat mir leid. Er hatte sich in eine Märchenprinzessin verguckt, nur war er dummerweise eher ein Frosch denn ein Prinz. Meinen bedauernden Blick jedoch bemerkte er.

»Na ja«, beeilte er sich deshalb zu erklären, »ich habe schon gedacht, sie ist zu gut, um eine einfache Kellnerin zu sein. Sie ist wirklich sehr, sehr schön.«

»Wohl wahr«, meinten Olli und Markus wie aus einem Munde.

Das war ja lächerlich. Wie in einer Folge von »Reich und Schön«. Kam es denn heutzutage nur noch auf Äußerlichkeiten an? Was war mit den guten alten inneren Werten? Von angehenden Seelsorgern hatte ich wirklich eine weniger oberflächliche Haltung erwartet. Ihrem albernen Kichern nach zu urteilen, war diese Lorelai jedenfalls nicht gerade eine Hillary Clinton. Sie war schon eher eine Amelie. Nur zierlicher, ohne die Hasenzähne und generell viel attraktiver. Genervt wandte ich mich wieder der Leinwand zu. Die anderen folgten meinem Beispiel, und nachdem einer von den Typen im blauen Trikot einen im roten umgerannt hatte, gab es einen Elfmeter für die Guten. Ein Spieler namens Totti führte den Strafstoß aus, nahm Anlauf, verzögerte kurz und: Wumm, hatte er das Leder in die linke untere Ecke geknallt.

»Tooor!!!«, brüllten die Männer um mich herum und sprangen vor Freude auf. »Viva Totti, forza Roma!«

Um nicht länger außen vor zu stehen, tat ich es ihnen gleich und sprang mit »Forza«-Rufen auf, drehte mich im Kreis und tat, als wäre ein Sieg des AS Rom für mich das Allergrößte. Mit einem »Evviva!« auf den Lippen wirbelte ich herum und rammte dabei meinen Ellenbogen einem offenbar hinter mir sitzenden Gast ins Gesicht. Dabei verlor ich endgültig das Gleichgewicht, stolperte über die Beine des Fremden und ging wie ein nasser Sack zu Boden. Ich hörte noch, wie mein Cocktailglas, das ich in der Hand gehabt hatte, zerbrach, dann war es für einen Moment sehr dunkel.

»Signorina! Signorina! Mi sente? Hören Sie mich?«

Irgendwer schlug mir mit der flachen Hand pausenlos ins Gesicht. Mein Kopf dröhnte. Ich öffnete die Augen.

Wie durch ein Wunder waren alle Schmerzen für ein paar Sekunden wie weggeblasen, denn ich blickte in die strahlendsten grünblauen Augen, die die Welt je gesehen hatte. Dunkelblondes lockiges Haar umspielte ein makelloses Gesicht. Ein Engel! Es musste ein Engel sein, der sich hier über mich beugte und mit glockenheller Stimme sang: »Signorina!«

Hinter ihm stand die Heilige Jungfrau und sang ein Lied aus der Westside Story: »Maria! Maria, Maria, Mariaaaaaaah!« Neben ihr die Apostel in stiller Andacht. Ein paar von ihnen kamen mir seltsam bekannt vor. Ich schloss meine Augen. Dann öffnete ich sie erneut. Mühevoll richtete ich meinen Oberkörper auf und blinzelte. So langsam klärte sich der Nebel. Jungfrau Maria erwies sich als Hanna, die ununterbrochen meinen Namen rief: »Maria! Wach auf! O Gott, was ist mit ihr? Maria!«

Um mich herum standen die Jungs aus dem Germanicum sowie einige weitere Gäste. Was blieb, war der Erzengel samt seinen wunderbaren Augen und Haaren, seiner zarten Hand, die mir ein letztes Mal sachte auf die Wange schlug, und ein samtiger Mund, der auf Italienisch die Worte formte: »Sie ist wieder da!«

Mein Kopf dröhnte, und ich versuchte, mir im Stillen die dringendsten Fragen zu beantworten: Wer bin ich? Wo bin ich? Wieso liege ich auf einem kalten Steinfußboden?

Die Erinnerungen an meinen Torjubel kamen zurück, aber eine Frage blieb unbeantwortet, und so gab ich sie weiter: »Wer bist du?«, fragte ich den Engel.

»Scusi?«

»Come ti chiami?«, wiederholte ich auf Italienisch.

»Stefano. Mi chiamo Stefano«, antwortete er.

Gab es einen Erzengel namens Stefano? Hießen die nicht alle was mit »el« am Ende? Gabriel, Samuel, Isabel, Rafael?

Da stürzte sich meine Freundin auf mich. Rüde schob sie meinen Engel beiseite und drückte mich fest an ihre Brust.

»Gott sei Dank, du lebst!«, rief sie, und die Menschen um uns herum brachen in Jubel aus und applaudierten. Da waren sie wieder, meine Kopfschmerzen, und um dies zu bekräftigen, sagte ich: »Mein Kopf tut irre weh!«

»Kein Wunder«, ließ Markus sich vernehmen, der unbemerkt neben mich getreten war und besorgt von oben auf mich herabblickte. »Du bist ja auch voll mit dem Kopf auf den Steinfußboden geknallt. Hast bestimmt eine Gehirnerschütterung. Ist dir irgendwie übel?«

Übel war mir schon seit dem dritten Cocktail.

»Sicherheitshalber sollten wir dich ins Krankenhaus fahren«, meinte Olli, doch das war das Letzte, was ich wollte.

»Kommt nicht in Frage«, protestierte ich. Man hörte schließlich immer wieder, wie schlecht die ärztliche Versorgung im Ausland war. Diesen chaotischen, unzuverlässigen Italienern wollte ich nun auf keinen Fall meine Gesundheit anvertrauen. Um nicht weiter behandlungsbedürftig zu wirken, zog ich mich deshalb an einer der Steinsäulen hoch und stellte mich neben die anderen.

»Seht ihr, gehschonwiiedä«, lallte ich benommen. Da sackten meine Knie unter mir weg.

»Huch!«

Markus fing mich auf und schob mit dem Fuß blitzschnell einen Stuhl unter meinen Po.

»Olli hat recht«, meinte er. »Wir sollten wenigstens sichergehen, dass du dir nichts Ernsthaftes getan hast.«

Wie rührend, er war doch tatsächlich besorgt um meine Gesundheit! Aber ein italienisches Krankenhaus kam deshalb trotzdem nicht in Frage. »Meine Krankenversicherung gilt hier bestimmt nicht!«, warf ich ein.

»Quatsch nicht, wir fahren dich jetzt zum Arzt!«

»Aber ihr dürft nicht fahren, ihr seid alle betrunken!«, startete ich einen letzten Versuch, der italienischen Pfuscherärzteschaft zu entkommen.

»Mit dem Taxi natürlich!«, meinte Olli.

Während er ein Taxi rief, sammelte Markus unsere Sachen zusammen. Hanna streichelte die ganze Zeit beruhigend meine Hand.

»Was ist mit dem Engel?«, fragte ich sie.

»Was für ein Engel?«

»Er war doch gerade noch da!«

»Du phantasierst. Keine Angst, wir bringen dich zu einem Arzt, es wird dir gleich bessergehen.«

Das Taxi kam für italienische Verhältnisse ziemlich schnell. Gergely und Olli trugen mich mit großem Hallo in den Wagen. Weil ich die gesamte Rückbank besetzte, konnte nur noch einer mit mir mitfahren, und da Olli als Einziger außer mir fließend Italienisch und Deutsch sprach, musste Hanna mit den anderen auf ein zweites Taxi warten.

»Wir sehen uns im Krankenhaus«, sagte sie tröstend.

»Finde heraus, wer der Engel ist!«, flüsterte ich ihr noch zu. Dann sank ich in den Autositz und schlief ein.

Miracoli

Der AS Rom hatte das Derby 3:2 gewonnen. Totti hatte in der neunzigsten Minute das entscheidende Tor geschossen. Alle waren gut gelaunt. Hanna war ein wenig besorgt gewesen wegen meines Unfalls, doch Markus hatte sie beruhigt: »Keine Angst, Unkraut vergeht nicht.«

Ich hatte tatsächlich eine leichte Gehirnerschütterung und vom Arzt drei Tage strengste Bettruhe verordnet bekommen, um meine Kopfschmerzen und die Übelkeit auszukurieren. Wobei nicht ganz klar war, ob die Übelkeit vom Sturz oder von den Cocktails herrührte. Den ersten Tag blieben Hanna und Markus bei mir und umsorgten mich wie ein verletztes Eichhörnchen.

Markus hatte ein schlechtes Gewissen, weil er beim Zusammenraffen unserer Mäntel und Habseligkeiten am Samstag meine Handtasche im Settimo Cielo liegengelassen hatte. Zwar war er noch am selben Abend zurückgefahren, um sie zu suchen, doch sie war nicht mehr aufzufinden. Irgendein diebischer Gast erfreute sich nun an meiner Prada-Sonnenbrille und dem anderen Kleinkram, den ich so mit mir herumzutragen pflegte. Na ja. Wie heißt es so schön im ältesten Buch der Welt? Binde dein Herz nicht an das Irdische. Offenbar schien die katholische Atmosphäre in dieser Stadt Spuren in meinem Bewusstsein zu hinterlassen, wenn ich bereits vor mir selbst die Bibel zitierte. Jedenfalls war mein Portemonnaie noch da, denn das hatte in meiner Jackentasche gesteckt. Ich würde den Verlust meiner Handtasche also überstehen. Markus jedoch sollte ruhig noch eine Weile leiden.

Das hatte er aber nicht vor. Stattdessen wurde er ausgesprochen produktiv. Bereits am Sonntagnachmittag begannen er und Hanna mit der Überarbeitung ihrer Recherchen, versahen die ersten Fotos mit Untertiteln und besprachen den Aufbau des Fashion-Abschnitts. Ich lag währenddessen gelangweilt im Bett, hörte leise italienische Opern auf dem Klassiksender – dem einzigen Radiosender, den man auf diesem Hügel störungsfrei empfangen konnte – und versuchte, möglichst viel zu schlafen. Dabei träumte ich von fußballspielenden Engeln mit grünblauen Augen und bösen Dämonen mit Fotoapparaten in der Hand. Hanna sah alle halbe Stunde nach mir und brachte mir ein Glas Saft oder einen Tee zur Magenberuhigung. Markus traute sich nicht so recht in mein Krankenzimmer hinein, ließ mir aber regelmäßig Besserungswünsche durch die offene Tür zukommen à la: »Sieh zu, dass du wieder auf die Beine kommst, wir sind nicht zum Vergnügen hier, es liegt noch ein Haufen Arbeit vor uns.«

Das sah ich auch so. Deshalb ließ ich die beiden am Montag auch wieder auf Recherchetour gehen. Sie sollten unter anderem einen Abstecher zu Edizioni Remus machen, der als Mutterverlag von Jakobi selbstverständlich das Capital-Trend-Projekt unterstützte. Zudem musste noch einiges bezüglich der Einhundertjahrfeier des Verlagshauses Ende Mai geklärt werden, zu der wir als Vertreter von Jakobi, da wir ohnehin vor Ort sein würden, eingeladen waren. Zu diesem Anlass sollten wir für *Climax* einen Exklusivbericht verfassen, der sowohl die Gala als auch ein Interview mit Silvio Carini, dem Eigner und Enkel des Verlagsgründers, und seinem Sohn und Alleinerben umfassen sollte. Markus wollte den heutigen Besuch dazu nutzen, bereits ein paar Fotos von der Villa Carini und der Familie in ihrer privaten Umgebung zu machen. Ich hatte ihn gerade noch davon abbringen können, eines seiner Sprüche-T-Shirts zu diesem repräsentativen Termin anzuziehen. Statt des Shirts mit der Aufschrift »Reich macht auch nicht schöner – ich bin arm und der Beweis« trug er nun also ein schlichtes beiges Polohemd zu einer Khakihose.

Vor dem Termin wollten die beiden noch einen Ausflug in die

Ruinen der ehemaligen Hafenstadt Ostia Antica machen, bevor sie um sechzehn Uhr zum Tee bei den Carinis geladen waren. Mich ließen sie mit einem netterweise frisch gefüllten Kühlschrank, einer Packung Baci, aber ansonsten trüben Aussichten auf dem Hügel zur schönen Aussicht zurück.

Ich hatte es mittlerweile immerhin vom Bett bis zum Sofa geschafft. Aber obwohl die Kopfschmerzen sich einigermaßen gelegt hatten, konnte ich mich aufs Lesen und Schreiben nicht so recht konzentrieren. Dabei hatte ich Unmengen von Notizzetteln, Bierdeckeln und Speisekarten in meiner Ledermappe gesammelt, dazu Konzertdaten, zu denen ich im Internet noch Nachforschungen machen wollte, und Ähnliches. Da gehörte Ordnung hineingebracht, doch anstatt zu arbeiten, lag ich hier in meinem ausgewaschenen grauen Blümchenpyjama und Tante Emmis Morgenmantel auf der Couch und schaute mir die italienische Version von »Vera am Mittag« an. Ich fühlte mich ausgesprochen unnütz.

Alles, was mir blieb, war, mir möglichst schöne Gedanken zu machen.

Gegen Ende der Talkshow, in der es um illegalen Anbau von Rauschmitteln ging, klingelte es an der Tür. Das konnte eigentlich nur Signor Zambrotta sein, der sich als eine Art freiwilliger Hausmeister entpuppt hatte. Seit gut einer Woche war die Renovierung der Todeswohnung in vollem Gange, und Zambrotta fragte uns unentwegt, ob wir nach Beendigung der Arbeiten nicht doch ein Stockwerk höher ziehen wollten, damit das Erdgeschoss, wo die übrigen zwei Wohnungen bereits leerstanden, einer Komplettsanierung unterzogen werden könne. Hanna und Markus fanden die Aussicht, einen Balkon mit Sonne zu haben, sehr reizvoll, und, zugegeben, der Tümpel vor der Terrassentür war alles andere als anheimelnd. Doch solange der Geist von Signora Briatore noch in dieser Wohnung schwebte, war ich nicht bereit, über einen Umzug nachzudenken. Und das hatte ich Zambrotta bereits klipp und klar gesagt.

Es klingelte noch einmal. Missmutig erhob ich mich vom Sofa, knöpfte meinen Morgenmantel zu, kämmte mir mit den Fingern einmal durch die ungewaschenen Haare und schlurfte in meinen puscheligen Pantoffeln in Form von Guinnesspints, die mir meine Freundin Britta von ihrem letzten Irlandurlaub mitgebracht hatte, zur Tür. Ich warf einen Blick durch den Spion, doch alles, was ich erkennen konnte, war ein Strauß Frühlingsblumen und der Ärmel eines dunkelbraunen Cordjacketts. Das sah mir nicht nach unserem untersetzten Hausmeister aus, vielmehr nach einem Krankenbesuch. Vielleicht war es unser Nachbar Fabio – oder Olli oder einer der anderen Jungs aus dem Germanicum. Das war doch ein netter Zug.

Es klingelte wieder. Keine Zeit mehr, etwas an meinem Outfit zu ändern. Egal, einen Priesteranwärter sollte man sowieso nicht mit Äußerlichkeiten beeindrucken wollen. Ich schob den Riegel zurück, öffnete die Tür – und taumelte vor Überraschung zurück: Zwischen Tulpen und Narzissen blinzelten mich die schönsten grünblauen Augen der Welt an. Ich spürte, wie das Blut aus meinem Gesicht wich. Es war der Engel aus dem Siebten Himmel: Stefano.

Mit einem umwerfenden Lächeln trat er auf mich zu und sagte: »Buongiorno!«

Es entstand eine Pause.

Offensichtlich war er kein Mann vieler Worte. In meinem Kopf dagegen schwirrten sie zu Tausenden herum: Was? Warum? Woher? Wer? Oder genauer gesagt: Was ist los? Warum kommt er her? Woher hat er diese Adresse? Wer ist er eigentlich? Doch das einzige Wort, das mir nach einem mir endlos erscheinenden Schweigen über die Lippen kam, war: »Buongiorno.«

Das war nicht besonders einfallsreich, aber immerhin hatte ich den Ball zurückgegeben. Er war wieder an der Reihe.

»Darf ich hereinkommen?«, fragte er, trat im selben Moment auch schon an mir vorbei und ging auf direktem Wege in die Wohnküche. Ich folgte ihm auf wackligen Beinen. Meine Knie waren butterweich. Ich musste mich an der Wand des Flures abstützen. Was war hier los? Träumte ich etwa wieder? Misstrauisch kniff ich mir in den Oberarm. Aua! Nein, ich war definitiv wach.

Der wildfremde bildschöne Mann zögerte einen kurzen Augenblick, dann wandte er sich dem Küchenregal zu und griff zielsicher eine passende Vase vom obersten Bord. Es war eigentlich keine richtige Vase, vielmehr ein altes Einweckglas, das offenbar vor langer Zeit von irgendwelchen Kindern mit Glasfarbe und Kerzenwachs mit einem wilden Muster verziert worden war. Immer noch sprachlos, beobachtete ich, wie er die Vase mit Wasser füllte, die Blumen darin anrichtete und den Strauß schließlich auf den Küchentresen stellte.

»Come sta – wie geht es Ihnen?«, fragte er und setzte sich mit Schwung auf einen der Hocker. »Haben Sie den Sturz gut überstanden? Sie haben uns allen ja einen ziemlichen Schrecken eingejagt. Dass Frauen beim Derby ohnmächtig werden, kommt nicht allzu oft vor.«

Sein schelmisches Grinsen jagte mir einen wohligen Schauer über den Rücken. Dann erinnerte ich mich an meinen Morgenmantel, die fettigen Haare und die Plüschpantoffeln, und das Blut schoss augenblicklich zurück in meine Wangen. Ich musste mich zusammenreißen. Ich musste etwas sagen, sonst hielt er mich noch für total belämmert.

»Bitte, entschuldigen Sie meinen Aufzug, man hat mir Bettruhe verordnet, und ich habe nicht mit Besuch gerechnet, Kaffee?« Ich musste irgendetwas tun, um meine schweißnassen Hände zu beschäftigen, und fummelte an der Kaffeemaschine herum. Ich wollte ihn zumindest so lange in der Wohnung halten, bis ich einen Weg gefunden hatte, wie er sich unsterblich in mich verlieben oder mich wenigstens ein wenig interessant finden würde.

»Caffè espresso, se possibile.«

Espresso, natürlich! Er wusste genau, was er wollte. Er war Italiener, er trank Espresso. Natürlich!

In Italien trank man nur am Morgen Cappuccino, den Rest des Tages nahm man Espressi zu sich. Bereits nach dem siebten Espresso war mir jedoch klargeworden, dass ich es keine vier Monate ohne Filterkaffee aushalten würde. Ich bekam schon Herzflattern, wenn ich nur an Espresso dachte. So hatte ich in einem Discounter eine einfache Kaffeemaschine erstanden, dazu einige Liter fettarmer Milch mitgebracht und damit schließlich auch Hanna vom gefühlt gesünderen mitteleuropäischen Lebenswandel überzeugt. Espresso in der Öffentlichkeit, Filterkaffee zu Hause. Man wollte schließlich eines Tages herausfinden, wie es war, vierzig zu werden.

Während ich nun also aber die Espressokanne füllte und aufsetzte, klärte Stefano von selbst meine offenen Fragen, indem er in seine große lederne Männerumhängetasche von Armani griff und meine kleine Frauenhandtasche von Karstadt hervorzog: »Die hat Ihr Freund am Samstag in der Eile wohl übersehen. Ich habe sie mitgenommen, damit sie nicht wegkommt. Auf der Rückseite des Stadtplans war die Adresse von den Appartamenti con Bella Vista verzeichnet, da habe ich gedacht, ich bring sie Ihnen vorbei und schau gleich nach dem Rechten. Aber wie ich sehe, sind Sie hier bestens versorgt«, sagte er mit einem Blick auf die bis zum Rand gefüllte Obstschale auf dem Couchtisch und den laufenden Fernseher, stand auf und spazierte, sich neugierig umschauend, durch den Raum. Rasch nahm ich die Fernbedienung und stellte der italienischen Vera den Ton ab.

»Sind Sie allein, oder wohnen Sie mit Ihrem Freund zusammen?«

»Ich habe keinen Freund«, sagte ich, lauter als nötig.

Stefano schaute mich forschend an. »Also wohnen Sie allein hier?«, fragte er, während er auf dem Sofa Platz nahm und lässig die Beine übereinanderschlug.

Ich musste an meine Nonna Lucia denken, die mich immer gewarnt hatte: »Kind, sage niemandem, wenn du allein zu Hause bist, jeder Fremde kann zum Verbrecher werden. Wenn jemand am Telefon oder an der Türe fragt: ›Bist du allein?‹, sage immer: ›Nein, mein Vater schläft nebenan, und der Hund spielt im Garten.‹« Allerdings schien mir diese Ausrede in meiner Situation etwas unglaubwürdig, zumal es hier keinen Garten gab und die Türen der Schlafzimmer alle sperrangelweit offen standen. Weder Hund noch schlummernder Vater weit und breit. Ich hätte auch gar nichts dagegen, wenn ein Verbrecher wie Stefano sich nun leidenschaftlich auf mich stürzen würde, deshalb antwortete ich wahrheitsgemäß: »Ich wohne hier mit zwei Kollegen, aber die sind heute nach Ostia Antica gefahren.«

»Ostia è meravigliosa«, meinte Stefano und lächelte verträumt. »Diese Atmosphäre längst vergangener Zeiten, die historische Bedeutung Roms – beim Anblick der alten Steine wird einem erst bewusst, wie klein und unbedeutend und kurzweilig das eigene Leben ist. Ich war schon viel zu lange nicht mehr dort draußen.«

Klein, okay, das war mein Leben vielleicht, aber unbedeutend ganz sicher nicht. Gerade jetzt gewann es wieder an Bedeutung, da ich dem schönsten Mann der Welt begegnet war – bedauerlicherweise in einem katastrophalen Outfit.

»Tja, leider konnte ich nicht mit. Ich muss noch zwei Tage im Bett bleiben«, klagte ich mein Leid. »Und wir haben doch nur wenige Monate Zeit für unser Projekt, ich kann es mir eigentlich gar nicht leisten, krank zu sein.«

»Wie lange sind Sie denn schon in Rom?«

»Seit anderthalb Wochen.«

»Und worum geht es bei Ihrem Projekt?«

Jakobi hatte kein Interesse daran, dass frühzeitig Genaueres über das Capital-Trend-Projekt bekannt wurde, deshalb war ich vorsichtig mit meiner Antwort. »Wir sind von einem Verlagshaus in Berlin und recherchieren für einen Reiseführer. Mein Spezialgebiet ist die Gastronomie. Apropos: Bacio gefällig?«

»Das kommt zwar etwas überraschend, aber gern«, alberte Stefano und hielt mir auffordernd seine Wange hin.

»Nein, äh, nicht so einen, ich meine die Praline. Möchten Sie Pralinen zum Caffè?« Ich hielt ihm die Packung mit den Baci vor die Nase.

Er tat enttäuscht. »Ach so, na gut, das muss wohl vorerst genügen«, und pickte sich eine Praline heraus. Ich stellte sie auf den Couchtisch zurück, nahm Espressotassen aus dem Regal und schenkte uns das pechschwarze Getränk ein.

»Sie sind also Journalistin? Das ist interessant.«

Es klang wirklich, als ob es ihn interessierte.

»Na ja, ich habe Journalistik studiert, mache allerdings hauptsächlich Restaurantkritik.«

»Ist das Ihr Traumberuf, ich meine, ist es das, was Sie immer schon machen wollten?«

Ich überlegte. War es das? Ich hatte zwar Journalistik studiert, weil ich es liebte, meine Ansichten in Worte zu fassen, doch während dieser ganzen Zeit, in der ich für Jakobi und andere Verlage Gastronomiebetriebe begutachtet und bewertet hatte, hatte sich ein ganz anderer Berufswunsch herauskristallisiert. Ich wollte etwas Eigenes aufbauen.

»Nein, es ist mehr ein Schritt auf dem Weg zu meinem eigentlichen Traum.«

Ich machte eine kleine bedeutungsvolle Pause. Das Thema war fast so empfindlich wie das Thema Beziehungen. Wenn man von seinen Träumen erzählt, setzt man sie der Gefahr aus, abgelehnt zu werden, man riskiert, dass ein Gegenüber den Traum geringschätzt. Und ich wollte nicht, dass dieser Mann über meinen Traum spottete.

Stefano sah mich auffordernd an. Ich holte tief Luft, bevor ich weitersprach.

»Mein Wunsch ist es, eines Tages ein eigenes Hotel zu eröffnen, mit dem besten Restaurant, das die Welt je gesehen hat, einer Cocktailbar mit selbst angelegtem Strand und Pool, so wie es in vielen deutschen Städten in den Sommermonaten schon seit ein paar Jahren gemacht wird, sozusagen als Oase im Arbeitsalltag. Dazu ein Nachtclub, eine Art Tropenhaus wie in einem botanischen Garten und mit allem, was sonst noch so dazugehört. Ein richtiges Wellness- und Freizeitparadies. Vor allem aber das Restaurant muss höchstes Niveau haben und dennoch auch weniger betuchten Menschen ermöglichen, sich verwöhnen zu lassen.« Ich hatte mich in die Begeisterung hineingesteigert und musste mich nun selbst drosseln, deshalb fügte ich hinzu: »Na ja, was man eben so träumt.«

Stefano lächelte freundlich, ohne einen Funken Hohn in den Augen. »Ein schöner Traum«, sagte er. »Ich hoffe, dass Sie ihn eines Tages verwirklichen können, ich wäre dann sicher einer Ihrer Stammgäste.«

Sein freches Augenzwinkern ließ mich nun doch an der Ehrlichkeit seiner Reaktion zweifeln, deshalb lenkte ich das Gespräch rasch auf ihn:

»Und Sie? Was machen Sie beruflich?«

Seiner Kleidung und der goldenen Armani-Armbanduhr nach zu urteilen, war er mindestens Staranwalt oder Jungunternehmer. Verrückt, dass er überhaupt noch hier saß bei Baci und Espresso mit einem Mädchen wie mir in Morgenrock und Plüschpantoffeln. Aber einen Ehering trug er nicht, das hatten meine Argusaugen sofort gescannt, als er die Wohnung betrat.

»Raten Sie doch mal.«

O nein, bitte nicht. Ich hasste solche Spielchen. Beim heiteren Beruferaten konnte man sich ebenso in die Nesseln setzen wie beim Schätzen des Alters seines Gegenübers. Ich betrachtete Stefano ausgiebig. Was auch immer er tat, er sah bestimmt großartig dabei aus. Ich stellte ihn mir als einfachen Arbeiter auf dem Bau vor, mit Blaumann und schweißglänzenden muskulösen Oberarmen …

Stefano räusperte sich auffordernd und grinste. Ich musste etwas sagen, wenn ich nicht als total desinteressiert rüberkommen wollte. »Ich kann Sie mir in sehr vielen Berufen vorstellen – außer als Versicherungsagent oder Lehrer. Vielleicht sind

Sie Architekt? Oder Arzt? Jurist wäre auch denkbar, oder Sie arbeiten in der Werbebranche?«, zählte ich auf.

Für Leistungssport war er nicht mehr jung genug, und ich verkniff es mir, Model zu sagen. Sonst dachte er am Ende noch, ich fände ihn attraktiv.

Wieder dieses schelmische Grinsen. »Mit Werbung liegen Sie gar nicht so falsch, ich habe durchaus einige Spots gedreht. Hauptberuflich arbeite ich derzeit als Schauspieler und Model. Im Übrigen, finde ich, sollten wir zum Du übergehen, meinen Sie nicht? Jetzt, da ich Sie schon im Morgenmantel gesehen habe …«

»In Ordnung.« Ich wurde zur Abwechslung wieder einmal rot statt blass. »Ich heiße Maria.«

»Ich weiß«, grinste er. »Das hat deine Freundin am Samstag ja einige Male durch die Bar gebrüllt. Und in deinem Ausweis steht es auch, Maria Lucia. Ein sehr schöner Name übrigens. Und dein Italienisch ist fast akzentfrei. Bist du eine Landsmännin?«

»Meine Mutter ist Italienerin, aber ich bin in Deutschland aufgewachsen.«

Ich wandte mich wieder meinem Kaffee zu, denn Mama war nicht mein Lieblingsthema. Interessanter war Stefano. »Bist du gern Schauspieler?«, setzte ich deshalb nun meinerseits die Befragung fort.

»Nun ja, es ist sehr abwechslungsreich«, antwortete er. »Insofern bringt es schon Spaß. Aber es gibt natürlich auch lästige Momente, wenn einen die Leute auf der Straße ansprechen oder die Teenager schreiend auf dich zurennen, weil du ihre Schulhefte unterschreiben sollst. Manchmal geht einem der Rummel schon auf die Nerven. Deshalb gehe ich auch nicht wirklich oft in öffentliche Bars und Clubs. Der Abend im Cielo war eher die Ausnahme, das Derby sollte man sich nicht entgehen lassen.« Er trank einen Schluck, bevor er weitersprach, und seufzte kaum hörbar.

»Ich werde diesen Job allerdings nicht dauerhaft machen können. In ein paar Jahren werde ich in unser Familienunternehmen einsteigen. Dann zieht mein Vater sich zurück, und ich werde ein gesetzter Geschäftsmann mit großem Büro, Mahagonischreibtisch und zahlreichen wichtigen gesellschaftlichen Ereignissen wie Champagnerempfängen und Ähnlichem. Ein Alptraum.«

Wieder zwinkerte er mir zu. Ich wusste nicht, ob er mich verspottete oder ob nicht doch ein Fünkchen Wahrheit in seiner Erzählung steckte und er es tatsächlich bedauerte, dass sein Weg so vorherbestimmt schien. Es klang wie der berühmte goldene Käfig.

»Klingt, als sei deine Familie ziemlich bedeutend?«

»Oh, das ist inzwischen jede Familie der Stadt, die ein Geschäft führt, das länger als zehn Jahre übersteht«, schwächte Stefano ab. »Auf jeden Fall aber legt mein Vater sehr großen Wert darauf, dass wir die Etikette pflegen und uns überall dort sehen lassen, wo es erwünscht ist. Da kann ich froh sein, wenn ich mir mal einen Samstagnachmittag frei nehmen und mich wie vorgestern mit Freunden im Cielo treffen kann. Solche Tage sind selten. Es ist also fast ein Wunder, dass wir uns begegnet sind. Das Schicksal hat es wohl so gewollt«, fügte er mit einem erneuten Augenzwinkern hinzu.

»Ich bin dem Schicksal auch sehr dankbar«, zwinkerte ich zurück. »Ohne dich als ehrlichen Finder hätte ich meine Tasche wohl nie zurückbekommen.«

Stefano lächelte, und ich musste mich zusammenreißen, um nicht in diesem Lächeln zu versinken. Es entstand eine peinliche Pause.

»Wie hat es dir im Cielo eigentlich gefallen?«, fragte Stefano, und ich war froh, dass er das Schweigen beendete.

»Eine sehr schöne Bar, und genau die Art von besonderen Lokalen, die ich für meine Gastronomietipps benötige. Ich denke, ich werde einen Artikel darüber schreiben«, antwortete ich wahrheitsgemäß.

»Das solltest du tun«, pflichtete Stefano mir bei. »Es ist eine meiner Lieblingsbars in ganz Rom, und glaube mir, ich kenne sie alle. Das Cielo ist ein wahres Juwel. Und vor allem herrlich teenagerfrei. Ich spiele seit ein paar Jahren in einer Soap und bin dadurch eigentlich zu bekannt, um mich noch frei in den römischen Kneipen bewegen zu können, aber im Cielo hab ich immer meine Ruhe.«

Er sprach über seinen Ruhm, als wäre es das Natürlichste auf der Welt, von kreischenden Teenagern verfolgt zu werden. Ich hatte es hier mit einem zwar selbstsicheren, aber dennoch nicht arroganten, äußerst attraktiven, beliebten Mann zu tun. Wer war hier das Juwel? Nicht das Cielo, nein, er: Stefano. Er, der offenbar in Rom überaus berühmte Schauspieler und Geschäftsmann, kam zu mir, einer selbstverständlich liebreizenden, aber doch vollkommen bedeutungslosen »Touristin« nach Hause, um sich nach meiner Gesundheit zu erkundigen, mir meine verlorene Tasche zurückzubringen und mit mir einen Espresso zu trinken. Das hatte er doch gar nicht nötig. Warum tat er das?

Die einzige mir logisch erscheinende Antwort war einfach zu großartig, um sie zu glauben: War es möglich, dass ich ihm – trotz meines Aufzugs – gefiel? Als Frau? Ich musste dieses Gespräch so lange wie möglich am Laufen halten. Mein Innerstes musste sich in seiner glänzendsten Rolle präsentieren, wenn es eine Chance haben wollte, mein desolates Äußeres zu überspielen. »Erzähl mir von der Soap«, fragte ich ihn deshalb weiter aus, »worum geht es da?«

»Ach, ich spiele einen jungen Arzt, der in der Notaufnahme einer Großstadtklinik arbeitet«, begann er und erzählte von peinlichen Versprechern, von unmöglichen Drehbüchern und hochnäsigen Filmpartnerinnen. Es klang ein wenig nach George Clooney, und Stefano war mindestens so attraktiv wie sein Weltstarkollege. Ich hing wie gebannt an seinen Lippen, immer noch fassungslos vor Glück, dass er hier bei mir war. Stefano hatte Charme, Witz und strahlte eine solche Leichtigkeit aus, dass ich meinen Morgenmantel und die Welt um mich herum vergaß. Sogar der Fernseher lief noch im Hintergrund. Als wir die zweite Kanne Espresso und die Baci geleert hatten, begannen mit einem dem der Tagesschau ähnlichen Tusch die italienischen Fünf-Uhr-Nachrichten.

Stefano sprang wie von der Tarantel gestochen auf. »O nein, sag, dass es noch nicht fünf Uhr ist!«, sagte er mit flehendem Blick auf den Fernseher.

»Es ist genau fünf«, sagte ich unerbittlich.

»O Gott! Es tut mir leid, ich muss sofort los. Ich habe einen Termin verschlafen, aber vielleicht kann ich da noch was retten!«

»Kein Problem«, meinte ich und hatte Mühe, mein Bedauern über seinen abrupten Aufbruch zu verdecken. »Ist ja nicht so, dass ich ansonsten den ganzen Tag nur herumsitzen und Espresso trinken würde. Ich hätte dich spätestens in einer halben Stunde rausgeworfen.«

Stefano lachte herzlich.

»Na, ruh du dich ruhig noch ein paar Tage aus, damit du am Wochenende wieder fit bist. Ich hole dich dann am Samstag gegen elf zu einem kleinen Ausflug ab, du hast ja einiges nachzuholen – es sei denn, du hast da schon was Besseres vor?«

Sein Tonfall ließ keinen Zweifel daran, dass ich nichts Besseres hätte vorhaben können. Ich war auch viel zu perplex über seine selbstsichere Art, eine Verabredung festzulegen, als dass ich »Ja, ich habe schon was Besseres vor« hätte sagen können. Abgesehen davon, dass ich gar nicht vorhatte, seine Einladung abzulehnen. Ich unterdrückte einen Freudenschrei und fragte: »Ein Ausflug? Wohin?«

»Das wird eine Überraschung. Aber nimm dir am Nachmittag lieber nichts anderes mehr vor. Es könnte länger dauern.«

Es könnte länger dauern? Das wurde ja immer besser! Von mir aus könnte er mich tagelang verplanen und die Nächte noch dazu!

Ich brachte Stefano noch bis vor die Haustür. Signor Zambrotta war gerade dabei, die Blumenbeete rund ums Haus zu gießen. In seiner knarzigen Bariton-Stimme sang er dabei den Freiheitschor aus Nabucco, verstummte aber, als er Stefano und mich sah, und runzelte misstrauisch die Stirn.

»Buongiorno, Signore«, grüßte Stefano ihn höflich, und der Hausmeister nickte ihm gnädig einen Gruß zurück. Ich nickte ebenfalls und verabschiedete mich von meinem Überraschungsbesuch.

Am Auto angekommen, drehte Stefano sich noch einmal um. »Wir haben übrigens gewonnen, drei zu zwei durch Treffer von Totti in der neunzigsten.«

»Wie bitte, was?« Ich war in Gedanken noch bei unserer Verabredung.

»Das Derby. Du bist doch auch AS-Rom-Fan, oder?«

»Äh, ja, klar, ich meine, soweit ich was von Fußball verstehe …«

»Das hat mich am Samstag schon beeindruckt, es gibt nicht viele Frauen, die sich für den Sport begeistern können, und schon gar nicht viele, die dafür ihre Gesundheit aufs Spiel setzen. Respekt.«

Ich ließ ihn in dem Glauben.

Stefano lächelte und entblößte noch einmal seine strahlendweißen Zähne. Dann stieg er ein und brauste in einer Staubwolke dem Sonnenuntergang entgegen. Geblendet von so viel wunderbarem Kitsch, blieb ich einen Augenblick verträumt auf der Türschwelle stehen. Das war Italien, wie es im Buche stand. Kein Vergleich mit allem, was ich bisher von diesem Land kannte. Dies hier war der Beginn einer Romanze, und Romantik war so ziemlich das Letzte, was ich in diesen Tagen zu erleben erwartet hätte. Wo er wohl am Samstag mit mir hinfahren würde?

Da riss mich unser Hausmeister unsanft aus dem Tagtraum: »Was ist nun mit dem Umzug, Signorina Maria?«, rief er und bewegte sich langsam und irgendwie bedrohlich mit seiner Gießkanne auf mich zu.

»Kommt nicht in Frage!«, murmelte ich und wandte mich ab, um ins Haus zurückzugehen. »Und wer war dieser fremde Mann? Was wollte er von Ihnen? Er kam mir seltsam bekannt vor!«

»Nur ein Krankenbesuch«, rief ich, legte mir die Hand an die Stirn und deutete an, dass ich immer noch krank war und dringend Ruhe benötigte.

»Seien Sie vorsichtig, Signorina. Ich kenne diese Art Mann. Bringt nur Unglück.«

Unglück? Stefano kennengelernt zu haben, war das erste bisschen Glück, das mir in diesem Land widerfahren war.

Signor Zambrotta mochte ja ein gutmütiger, hilfsbereiter Mann sein, aber von Liebe auf den ersten Blick hatte er einfach keine Ahnung.

La cucina della nonna

Der Umzug ging erstaunlich schnell vonstatten. Innerhalb von zwei Stunden hatten wir unsere Sachen gepackt, die Koffer und Lebensmittelkisten hinaufgetragen und alles wieder in Schränke und Kommoden eingeräumt. Die Möbel selbst hatten Olli, Gergely, Zoltán und Markus unter Anweisung von Signor Zambrotta innerhalb einer weiteren Stunde hinaufgetragen, die Möbel der Verstorbenen waren komplett entsorgt worden, nur die Küche hatten sie drinnen gelassen, sie war in besserem Zustand als die im Erdgeschoss. Ich hatte lange protestiert, in die Wohnung meiner toten Namensbase einzuziehen, aber dann hatte *Etwas* meine Meinung geändert.

Dieses *Etwas* war eine über einen halben Meter lange Schlange, die auf bislang ungeklärte Weise vor drei Tagen in mein Zimmer eingedrungen war und mich zu Tode erschreckt hatte. Ich vermutete, dass Markus sie absichtlich dorthin gebracht hatte, um mich vom Umzug zu überzeugen, doch sicher war ich mir nicht, und er stritt es natürlich ab. Unter solchen Umständen und mit diesem Risiko für mein Leben wollte ich auf keinen Fall mehr länger als nötig im maroden Erdgeschoss wohnen bleiben. So überschlugen sich die Ereignisse, und keine zwei Tage später bezogen wir Maria Briatores Todesstätte.

Immerhin bekam ich das Zimmer mit direktem Zugang zum Balkon. So konnte ich jederzeit hinaus und den Ausblick nach Südwesten genießen. Statt eines Tümpels sah man nun auf einen Hang, an dem wilder Wein und Pappeln wuchsen, und dahinter, am Fuße des Hügels, lag das kleine Dorf mit der besten Pizzeria der Welt. Die anderen beiden mussten durch mein Zimmer hindurch, um den Balkon nutzen zu können.

Das Zimmer, in dem die Tote gesessen hatte, war nun Markus' Quartier, Hanna hatte freiwillig das kleine Eckzimmer zwischen Küche und Bad genommen. Insofern konnte ich mich wirklich nicht beklagen. Freilich, ein ungutes Gefühl gegenüber der anderen Maria blieb.

Ich hatte Hanna und Markus nur nebenbei von Stefanos Besuch erzählt. Als ich die beiden am Montagabend so vertraulich Arm in Arm vom Fiat zum Haus herüberschlendern sah, spürte ich wieder diese kleinen spitzen Pfeile der Eifersucht. Ich hätte mir lieber die Zunge abgebissen, als durchblicken zu lassen, welch großartiges Erlebnis ich am Nachmittag gehabt hatte. Stattdessen erwähnte ich also lediglich, dass ein ehrlicher Finder in meiner Handtasche unsere Adresse entdeckt und mir meine Habseligkeiten netterweise vorbeigebracht hatte. Markus und Hanna freuten sich für mich und meine wiedererlangte Sonnenbrille und erzählten mir von Ostia, von den unglaublich gut erhaltenen Gebäuden und Plätzen, dem Theater und dem antiken Flair dieser ausgestorbenen Landschaft.

Anschließend hatten sie eine gute halbe Stunde in der Villa Carini auf den Vater der Verlegerfamilie gewartet, der schließlich schlechtgelaunt eintraf und sich nur kurz nach den Plänen für die vier Rom-Artikel in den *Climax*-Sommerausgaben erkundigte. Zwei davon sollten als eine Art Homestory verfasst werden, um die Geschichte dieser High-Society-Familie zu erzählen und einen Hauch ihres Glanzes widerzuspiegeln. Für den dritten Artikel hatten wir zudem ein ausführliches Interview mit dem Verleger und seinem Sohn vorgesehen. Hierzu seien die Herren Carini selbstverständlich jederzeit gern bereit, hatte der Hausherr erklärt und die beiden dann zügig abgewimmelt. Lediglich einen Ausschnitt des Stammbaumes der Carinis hatte Hanna sich noch rasch aus dem Stammbuch abzeichnen dürfen, Markus jedoch war noch gar nicht dazu gekommen, Fotos von der Villa zu machen.

»Er hat uns eine gute Stunde bei Tee und Espresso-Keksen über seine Familie und ihre Tradition als Verleger die Ohren zugetextet. Wie wir daraus eine interessante Homestory für die Mai-Ausgabe machen sollen, ist mir ein Rätsel. Einen konkreten Interviewtermin haben wir noch nicht ausgemacht, wir sollen irgendwann mal wiederkommen, wenn du gesund bist und sein Sohn sich auch die Ehre gibt«, schloss Hanna den Bericht. Ich hatte also nichts verpasst.

Heute war Donnerstag. In weniger als achtundvierzig Stunden würde Stefano mich abholen. Es würde ein wunderbarer Tag werden. Deswegen war es auch nicht so schlimm, dass heute alles schieflief. Bei einem Umzug geht immer etwas verloren. Ich konnte froh sein, dass es lediglich meinen Romführer mit dem Metro- und Busfahrplan erwischt hatte und nicht etwa meine gerade erst wiedererlangte kostbare Sonnenbrille. Seit über einer Stunde irrte ich nun mit vier verschiedenen Buslinien durch Rom, auf der Suche nach einem vorgeblich besonderen Restaurant. Es war bereits das zwölfte auf meiner Testroute und versprach laut Visitenkarte, die Olli mir gegeben hatte, eine besondere Mischung aus nordeuropäischer und mediterraner Küche. Was auch immer das bedeuten mochte – solange ich keine Pizza mit sauren Heringen essen musste, war ich neuen Speisen gegenüber heute ganz aufgeschlossen.

Das Mondo war eine Trattoria, die sich wie unzählige andere auch in der Via dei Banchi Nuovi befinden sollte, und da sie laut Olli sehr gutes, interessantes und günstiges Essen bot und angeblich keiner der Köche über dreißig Jahre alt war, hatte ich vor, hier einiges an Speisen zu probieren. Das würde ich auch tun, wenn ich den Weg zum Mondo denn jemals finden sollte.

Nach weiteren zwanzig Minuten Im-Kreis-Laufen fragte ich schließlich erneut einen einheimisch aussehenden Passanten. Der wies mir nicht nur den direkten Weg in das im zweiten Stock eines unscheinbaren Hauses versteckte Restaurant, sondern bestand auch darauf, mich zum Essen zu begleiten, da er »ohnehin gerade auf dem Weg in just dasselbe Restaurant gewesen« sei. Das war zwar recht unglaubwürdig, doch ich ließ mich trotzdem begleiten. Essen bringt erfahrungsgemäß in Gesellschaft mehr Spaß.

Olli hatte nicht übertrieben, die Speisekarte des Mondo klang verführerisch und ausgefallen. Es gab hier alles, was das Schlemmerherz begehrte, von Carpaccio mit Pfirsichen über Bärlauchrisotto neben frischen Flusskrebsen auf Safransauce bis zu gegrilltem Seeteufel auf Mango oder Thunfischsteak an Tomatenbruschetta. Was man der Front des Hauses nicht ansah, war die wundervolle große Dachterrasse, die zu den Hinterhöfen hinausführte und auf der man in einem Meer von Olivenbäumen gemütlich und entspannt seine Mittagspause verbringen und der Hektik der Metropole entkommen konnte. Im Hintergrund lief etwas, das wie eine Mischung aus Nirvana und Reamonn klang, ungewohnt unkitschig, obwohl auf Italienisch. Die Luft duftete nach frischen Jasminblüten und Kaffee. Allerdings ließ mein Gegenüber keine wirkliche Ruhe aufkommen, denn er quatschte unentwegt auf mich ein. Gegen ihn war sogar Markus ein stilles Wasser, und das wollte was heißen.

Ich wählte eine einfache Minestrone als Vorspeise, denn die wirkliche Brillanz eines Kochs zeigte sich meiner Ansicht nach darin, ob er simplen Gerichten einen Reiz geben konnte. Angeregt von diesem in der Tat raffiniert gewürzten Süppchen, aß ich mich anschließend durch hausgemachte Linguine mit Rucola-Nuss-Pesto, Bavette alla puttanesca sowie in Olivenöl gebratenen Spargel mit Pinienkernen, Basilikum und Parmesan.

Gar nicht mal schlecht für eine Küche, von der es im Großen und Ganzen immer nur Pasta, Pizza und Caprese über die Landesgrenze hinaus schafften, das musste ich zugeben.

Vielleicht lag es an der positiven Grundstimmung, die hier in der Luft lag, dass es mir so gut schmeckte. Der Koch erwies sich als Köchin und war ungefähr in meinem Alter, auch hier hatte Olli nicht gelogen. Sie war eine fröhliche kleine Person, hatte knallgrün gefärbte kurze Haare, ein Zungenpiercing, das immer gegen ihre Zähne klapperte, wenn sie redete, und unter dem Kochkittel trug sie abgeschnittene Jeans und auf dem T-Shirt das Bild einer mir unbekannten Band namens Ratti Morti, was übersetzt so viel hieß wie: Tote Ratten.

Sie ging im Fünfzehn-Minuten-Takt von Tisch zu Tisch und plauderte mit dem Publikum, um sich zu vergewissern, dass ihre Gäste – hauptsächlich offenbar Studenten und Lebenskünstler – nicht nur zufrieden, sondern glücklich waren. Die Musik, die wir hörten, stammte, wie sie erzählte, von ihrer Lieblingsband, besagten Ratti Morti. Alles in allem war diese Trattoria anders als die Eros-Ramazzotti-Schnulzenpizzerien, die man als Relikt aus den Achtzigern noch immer in Berlin finden konnte.

Zu Hause brachte mich ohnehin kaum jemand dazu, ein italienisches Restaurant zu betreten. Zu sehr erinnerte mich dort alles an früher, an meine Großeltern, meine Mutter und damit an die Trennung meiner Eltern. Einzig in der Cucina d'Alessandra fand ich mich bewusst einmal monatlich ein. Alessandra war eine alte Freundin der Familie, sie hatte in Kiel eine kleine Pizzeria betrieben, in der Mama, Papa und Klein Maria regelmäßig essen waren. Später hatte Alessandra dann die Pizzeria in Kiel gegen jenes Restaurant in Berlin-Kreuzberg eingetauscht. Und seit ich in Berlin wohnte, hatten wir die stillschweigende Vereinbarung, dass ich mich in regelmäßigen Abständen bei ihr auf eine Portion Spaghetti mit Pesto blicken ließ, sozusagen als Beweis, dass ich noch lebte. Sie hielt nämlich guten Kontakt zu meiner Mutter und war somit mein Verbindungsband, das ich mich nie ganz zu durchtrennen getraut hatte.

Alessandra war immer bestens über Mama informiert, so dass ich sicher sein konnte, zu erfahren, wenn sich etwas Bedeutendes ändern würde. Umgekehrt war es freilich ähnlich, weshalb ich bemüht war, Alessandra stets nur die Dinge von mir preiszugeben, die sie meiner Mutter auch erzählen durfte. Georg hatte nicht dazugehört. Überhaupt hatte ich Alessandra nie viel von meinem Liebesleben erzählt. Sie musste denken, ich sei noch Jungfrau. Deshalb hatte sie schon öfter versucht, mich mit einem ihrer unzähligen Cousins zu verkuppeln, aber ich hatte stets dankend abgelehnt: Typisch italienische Männer waren vor Stefano eben einfach nicht mein Typ gewesen. Aber Spaghetti kochen konnte Alessandra.

Hier in Rom und explizit im Mondo jedoch erinnerte sich mein Gaumen plötzlich an die mediterrane Küche in all ihren Dimensionen. Vielleicht lag es daran, dass ich mit beruflichem Interesse ans Essen heranging. Vielleicht passte auch einfach der Gesamteindruck – die Musik, der Duft der Blüten, die Sprache – das ganze Drumherum brachte mich in eine seltsame Stimmung.

Erinnerungen an Nonna Lucia waren schon seit Tagen allgegenwärtig, sobald ich Jasmin roch oder Albano Carrisi mit »Felicità« aus dem Radio erklang. Hier aber wandelte sich meine Melancholie in eine ungekannte Leichtigkeit. Das musste die Dolce Vita sein, von der Markus immer sprach.

Zu meinem Essen trank ich einen Rotwein, den der Kellner mir unaufgefordert gebracht hatte, weil er zu Bavette unverzichtbar sei. Es war gar nicht meine Art, mittags Rotwein zu trinken. Zu Hause hatte ich immer deutschen Weißwein bevorzugt, Riesling oder Müller-Thurgau. Die passten hervorragend zu Fisch und allen anderen nordischen Gerichten, und Rotwein zu einem Spargelgericht schien mir total verkehrt zu sein. Aber die vielen Abende mit Chianti hatten mich offensichtlich auf einen neuen Geschmack gebracht.

Mein Gegenüber stutzte bei jeder neuen Bestellung, die ich aufgab. Offenbar hatte er noch nie eine Frau so viel essen gesehen. Die grazilen Römerinnen hatten sicherlich keinen solchen Appetit. Dennoch schien es ihn nicht abzuschrecken, und so erzählte er mir zwischen Linguine und Spargel von seinem Leben. Ich nickte ihm hin und wieder zu, um ihm das Gefühl zu geben, einen Zuhörer zu haben, doch insgeheim war ich längst bei der Nachspeisenauswahl angekommen, während er sich noch an seinen Gnocchi Napoli sattsah.

Ich entschied mich mit einem prüfenden Blick auf das lecker aussehende Tiramisu am Nachbartisch für gedünstete Birne in Nougatsauce, die auf der Zunge zerging wie feinstes Karamell.

Beim abschließenden gemeinsamen Grappa wusste ich von meinem Gegenüber immerhin so viel, dass er Marco De Sanctis hieß und Musik machte, die ganz ähnlich sei wie jene, die im Hintergrund lief, also Metal-Rock.

Konzerte gäben er und seine Band nur im Verborgenen, weil sie einer eher ungeliebten politischen Szene angehörten, was man ihren Texten anmerke. Ob ich schon von der römischen Autonomiebewegung gehört habe, fragte er, während ich noch der Birne nachtrauerte, die nun restlos meine Zunge verlassen und sich im Magen über die Linguine gelegt hatte. Sie seien insbesondere an den Protesten zum G-8-Gipfel beteiligt gewesen, erklärte De Sanctis, und ihre Songs die Straße rauf und runter gebrüllt worden.

Das Essen war viel zu gut, als dass ich mich durch seine Erzählungen großartig ablenken lassen konnte, deshalb tauschte ich im Anschluss an das lukullische Mahl mit meinem Begleiter vorsorglich die Telefonnummern aus. Ich würde der Sache im WWW auf den Grund gehen. Sollte er sich tatsächlich als autonomer Rockmusiker erweisen – sein Äußeres ließ nicht unbedingt darauf schließen, er sah eigentlich aus wie ein normaler junger Italiener –, könnte er sich vielleicht noch als interessante Informationsquelle für unsere Arbeit erweisen. Konzerte im Untergrund – so ein Tipp ließ sich sicher gut verwerten.

Zufrieden mit meinem Test machte ich mich zu Fuß auf den Weg zurück zur Wohnung, um meinen Laptop mit den neu gesammelten Erkenntnissen zu füttern. Über dieses Restaurant könnte ich problemlos Dutzende Seiten schreiben, doch den Beitrag auf fünf bis sechs aussagekräftige Sätze zu minimieren, die Lust auf das Restaurant machten und es angemessen darstellten, war die wahre Kunst. Vielleicht war Markus ja auch schon mit den Fotos vom Settimo Cielo und zwei weiteren

Bars, die ich für die Ausgehtipps ausgewählt hatte, so weit, dass man die Titelzeilen und Texte anpassen konnte.

Zu Fuß nach Hause zu gehen würde Tage dauern, doch zumindest ein paar Metrostationen wollte ich als Verdauungsspaziergang laufen. So schlenderte ich den Corso hinauf zur Piazza Venezia, am Nationaldenkmal vorbei und Richtung Santa Maria Maggiore. Ich warf einen Blick auf das Forum Romanum, das wir auf Hannas Wunsch schon am dritten Tag ausgiebig besichtigt hatten. Hier war alles voller historischer Überreste, jeder Stein schien seine eigene Bedeutung zu haben. Zahlreiche römische Politiker, Philosophen und Caesaren hatten hier Reden gehalten und weiß Gott was alles veranstaltet.

Das Forum leuchtete im Abendrot und sah aus wie ein Denkmal aus vergangenen Zeiten, zwischen Traum und Wirklichkeit, einer Zeit, in die man sich eigentlich nicht hineindenken kann, selbst wenn man zehnmal »Ben Hur« gesehen hat. Dies hier war dennoch so echt und nah, dass es einem ganz unwirklich vorkam, es waren Spuren – na ja, der Antike eben.

Ich musste unbedingt mehr über die Geschichte dieser Stadt in Erfahrung bringen. Schließlich arbeiteten wir hier an einem einmaligen Projekt. Wir wollten die Szene, die Atmosphäre dieser ungewöhnlichen Hauptstadt einfangen. Das ging eigentlich nur, wenn man auch ihre Geschichte kannte und die politische Situation.

Schlagartig wurde mir bewusst, wie wenig ich über Italien und seine Hauptstadt wusste, und ich schämte mich ein wenig. Ich war doch Italienerin, wenn auch nur zur Hälfte – ich sollte wenigstens wissen, was dies für ein Land und was die Ewige Stadt für ein Ort war. Wie lebten die Römer, was für ein Schulsystem hatten sie eigentlich, was studierte man hier und welche Berufe ergriffen die jungen Leute mit Vorliebe? Wie stand es um die Arbeitslosigkeit, wie um Integrationspolitik? Und wieso sahen die Menschen auf den Straßen dieser Stadt alle nur halb so hektisch aus wie in Berlin? Zu Hause begegnete man um diese Zeit lauter gestresst dreinblickenden Sklaven der Zeit – die Italiener aber wirkten wesentlich gelassener und fröhlicher. Sie nahmen den Alltag viel leichter und genossen den Moment – beim Essen zum Beispiel.

In der Via Giostra begegnete ich einer Zigeunerin, das heißt, eigentlich begegnete sie mir, indem sie sich penetrant an meine Fersen heftete, bis ich sie für satte zehn Euro aus meiner Hand lesen ließ. In einer Mischung aus gebrochenem Deutsch und Italienisch prasselte ihre Weissagung auf mich nieder:

»Ah, *brava ragazza*, du wirst einen guten Mann finden! – Hast ihn schon gefunden!«, berichtigte sie sich im selben Augenblick. »Hast's nur noch nicht gemerkt. Wenn du's zulässt, ist die Liebe gut. Nimm ihn. Aber Vorsicht: ein langer Weg zum Glück, nicht einfach. Große Hindernisse. Aber wenn du bereit bist, diese zu überwinden, dann wirst du viele *bambini* haben mit diesem *ragazzo*.« Sie zögerte. Dann zählte sie in meine Lebenslinie hinein. »Mindestens zwei. Zwillinge sehe ich. Vielleicht Drillinge. Aber immer vorsichtig sein: *attenzione*! Wenn du Böses suchst, kommt Böses auch zu dir. Such nicht Böses, such Gutes, Kindchen, such Gutes.«

Zehn Euro für den simplen Rat, optimistisch zu sein.

Ich sah es optimistisch.

Immerhin hatte sie erkannt, dass ich dem guten Mann schon begegnet war: Dieser war ohne Zweifel Stefano! Und was das Böse anging: Drillinge zu bekommen erschien mir sehr, sehr böse. Das würde ich in meiner Zukunft sicher nicht suchen. Stattdessen suchte ich erst einmal, meine mangelnde Bildung auszugleichen.

Ich beschloss, meinen Verdauungsspaziergang abzukürzen, um mich zu Hause direkt auf Markus' »Führer durch das historische Rom« zu stürzen, aus dem er sein gesamtes Wissen über Säulen, Gemälde und Bauten zu haben schien, mit dem er uns seit unserer Ankunft beglückte. So nahm ich die nach Himmelsrichtung geschätzt am günstigsten verlaufenden Gassen Richtung Metrostation Termini. Aus unerfindlichen Gründen fand ich sie jedoch nicht. Weder nach dreißig noch nach fünfundvierzig Minuten. Als ich am Seitenportal einer Kirche herauskam, die verdächtig nach Santa Maria Maggiore aussah, musste ich mir eingestehen, dass ich im Kreis gelaufen war. Markus hatte recht, man konnte in Rom einiges zu Fuß erreichen – leider nur dann, wenn man sich gut genug auskannte, um den direkten Weg zu nehmen. Nahm man Umwege oder verirrte sich gar, lief man sich auf dem harten Kopfsteinpflaster die Füße wund.

In mir reifte der Beschluss, mir für die verbleibenden Monate einen Roller zuzulegen. In Rom fuhr man entweder einen Lamborghini, ein kleines dreirädriges Elektroauto, Roller oder Bus und Bahn. Der Lamborghini und das Elektroauto waren zu teuer, die Busse lebensgefährlich überbesetzt, die Metrostationen fand ich offenbar nicht. Blieb die Piaggio, wie man die Zweiräder hier nannte. Mit ihr würde ich Schleichwege erkunden und keinerlei Parkplatzprobleme haben, und wenn ich einen Umweg fuhr, würden meine Füße trotz der italienischen Riemchensandalen, die ich am Tag zwei in einem Schaufenster in der Via dei Giubbonari entdeckt hatte, nicht zu sehr leiden. Gleich morgen würde ich mich bei Signor Zambrotta nach einem vertrauenswürdigen Rollerhändler erkundigen. Jetzt aber brauchte ich erst einmal ein Taxi.

Der Taxifahrer hatte mich übers Ohr gehauen. Hundertpro. Zwar hatte ich den Preis mit Markus' Hilfe noch erheblich runterhandeln können, doch da ich weder genau wusste, wo ich in den Wagen eingestiegen war, noch, wie lange die Fahrt gedauert und ob der Fahrer den direktesten Weg genommen hatte, konnten wir den Fahrpreis lediglich ein bisschen drücken.

Das Taxameter war selbstverständlich schon nach zweihundert Metern »ausgefallen«, und auf eine Pauschale ließ er sich nicht ein. So stand ich schließlich verzweifelt vor unserem Haus und kramte in meinem Portemonnaie die restlichen Euros zusammen, als Markus zu mir und dem wartenden Taxi stieß und sich nach dem Problem erkundigte. Bereits als der Fahrer meinen männlichen Beistand bemerkte, ging er von selbst um zehn Euro runter, und nachdem Markus mit seinen Italienischbrocken dreimal laut »Va fa'n culo« geflucht hatte, ließ er sich auf weitere fünf Euro weniger ein. So funktionierte das eben in Italien: War man nett und freundlich, wurde man ausgeraubt, wer sich wie ein Rüpel verhielt, bekam recht.

»Von denen darfst du dir nichts erzählen lassen«, naseweiste Markus dann auch prompt. »Die sind hier alle etwas korrupter als bei uns, braucht schließlich jeder Geld.«

Mir war nicht nach Ratschlägen solcher Art. Ich hatte zu viel gegessen, war stundenlang in dünnen Sandalen im Kreis gelaufen und hatte mir dann auch noch das Geld aus der Tasche ziehen lassen.

»Kennst du eigentlich nur Flüche und Schimpfwörter?«, maulte ich Markus deswegen an, als der Taxifahrer mit seinem Wagen das Weite gesucht hatte.

»Die sind in jeder Sprache hilfreich«, meinte er nur schulterzuckend, »und bevor ich mich verarschen lasse … Sei doch froh, ich hab dir grad fünfzehn Euro gespart.«

»Ja, aber auf was für 'ne Art. Nee, danke, auf so einen Beistand verzichte ich.« Grimmig hielt ich ihm meine letzten fünfzehn Euro hin. »Hier, kauf dir davon ein Benimmhandbuch!«

Statt einer Antwort zog Markus nur erstaunt seine Augenbrauen hoch, machte auf dem Absatz kehrt und ging ins Haus.

Wie ich es hasste, wenn man mich stehenließ. Es lässt den anderen so überlegen wirken, als hätte er es nicht nötig, sich mit mir auseinanderzusetzen. Jetzt fing es auch noch aus heiterem Himmel an zu regnen, und ich hatte meine Wäsche draußen auf dem Balkon aufgehängt.

Wütend stapfte ich ins Haus und die Wohnung, ging direkt in mein Zimmer und schloss die Tür hinter mir. Gefrustet sammelte ich meine Wäsche, die durch den aufkommenden Wind vom Wäscheständer auf den Balkon geweht worden war, ein und verbarrikadierte mich für den Rest des Abends mit dem Laptop in meinem Zimmer, während der Regen unaufhörlich gegen die Scheiben trommelte. Hin und wieder hörte ich Schritte auf dem Flur und Hannas und Markus' Stimmen. Irgendwann klopfte es lautstark an meine Tür: Hanna.

»Hey, Markus hat eine neue Pizzeria in der Nähe aufgetan, wir wollen was bestellen und dann an dem Text über die Via Condotti feilen. Hier ist die Karte, möchtest du eine Pizza Funghi, wie immer, oder was anderes? Chianti ist auch noch da.«

»Nein, danke, was ich gegessen habe, reicht für die nächsten drei Tage. Ich werd ein bisschen hier arbeiten und dann früh schlafen gehen«, erwiderte ich unfreundlich.

Markus wollte ich vorerst nicht sehen, er ging mir auf die Nerven mit seinen Geheimtipps und seiner Besserwisserei. Und noch mehr ging es mir auf die Nerven, dass er mir überhaupt auf die Nerven ging! Was war nur los mit mir? Okay, ich war in Italien, aber gab es nicht Schlimmeres? Außerdem stand mir ein ganzer Tag mit einem der faszinierendsten Männer, die ich je kennengelernt hatte, bevor. Ich musste dringend eine bessere Miene aufsetzen, sonst zog ich das Unheil noch selbst an, wie die Zigeunerin es prophezeit hatte.

Die anderen beiden arbeiteten wohl noch eine ganze Weile einträchtig miteinander. Immer wieder hörte ich ihr Lachen durch die dünnen Wände. Mit meinem eigenen Text kam ich nicht voran, es gelang mir nicht, ihn auch nur halbwegs interessant zu formulieren. Gegen halb zwölf legte ich mich ins Bett und zog mir mein Kissen über den Kopf. Irgendetwas lief hier schief. Vielleicht war es Maria Briatores Geist, der die falschen Schwingungen brachte?

Am nächsten Morgen schien wieder die Sonne, aber man sah noch ganz deutlich, dass es wohl die Nacht durchgeregnet haben musste. Es war eben April, auch in Italien. Ich öffnete die

Balkontür weit und trat hinaus. Eine herrlich frische Frühlingsluft strömte mir entgegen, kein Tümpelmuff und keine Schlangen vor meinen Füßen. Der Ärger des gestrigen Abends war verflogen, und ich hatte beste Laune. Heute war Freitag. Das hieß: Morgen war Samstag. Und Samstag hatte ich mein Date mit Stefano.

Stefano.

Dieser Name klang nach Abenteuer, Leidenschaft, Sinnlichkeit – er klang nach mehr! Nach viel, viel mehr! Auf jeden Fall klang er nach so viel, dass ich mit jemandem darüber reden musste. Und da kam nur Hanna in Frage.

Ich traf sie an der Kaffeemaschine. Da Markus noch im Bad und somit außer Hörweite war, schlug ich vor, einen Freundinnentag zu machen. Hanna freute sich über meine zurückgekehrte Fröhlichkeit und stimmte ohne Zögern zu. Markus hätte eh vor, den Tag im Fotolabor zu verbringen.

Es war warm, und ich beschloss, mein neues rotes Sommerkleid einzuweihen. Dazu trug ich, nicht ganz stilecht, meine Adidas-Sneakers, denn das Kopfsteinpflaster dieser frauenfeindlichen Stadt war einfach nicht für längere Spaziergänge in Damenschuhen geeignet. Hanna hatte sich tags zuvor einen wunderschönen schwingenden Faltenrock gekauft und trug dazu ein enges schwarzes Top, das ihren schlanken Oberkörper besonders gut zur Geltung brachte. Es war nicht zu übersehen: Meine Freundin war auf der Jagd. Im Gegensatz zu mir – jedenfalls bevor ich Stefano begegnet war.

Vielleicht hatte ich ja auch einfach nur die Nase voll von deutschen Männern. Sicher, sie hatten ihre Vorzüge, und noch bis vor kurzem hatte ich mir keinen anderen Mann als Georg an meiner Seite vorstellen können: Er war groß, gebildet, in den meisten Fällen zuverlässig und zuvorkommend, ohne dabei seine Souveränität einzubüßen. Aber auf der anderen Seite war er auch so bequem, scheute jedes Risiko, jede Auseinandersetzung. Gefühle und sie zu zeigen waren für ihn zwar eine Selbstverständlichkeit, aber nur wenn sie zum richtigen Zeitpunkt kamen. Zärtlichkeiten gehörten für ihn hinter eine verschlossene Tür, aber sie waren eben auch sofort da, sobald diese Tür sich geschlossen hatte, eingeplant und angeknipst.

Hatte ich mit Georg eigentlich je eine spontane Liebe erlebt? War nicht immer jeder Abend, den wir zusammen verbrachten, vorher in seinen Terminkalender eingetragen worden, und jede Nacht, die wir miteinander hatten, zuvor mit einem Alibi für Uschi versehen worden? Paris zum Beispiel – »Geschäftsreise« hatte er Amelie diktiert und es tatsächlich geschafft, in unsere wenigen gemeinsamen Stunden noch einen Termin mit einem französischen Verleger hineinzuquetschen.

Und dann: Georg war nicht gerade entscheidungsfreudig, besonders, was das schwerwiegendste Problem anging: Er war verheiratet. Und es sah nicht danach aus, als würde er je aus eigenem Antrieb die Entscheidung fällen, dass der Zeitpunkt gekommen war, seine Frau zu verlassen.

Eben deshalb war es ja an mir gewesen, den entscheidenden Schritt zu machen. Und der hatte mich nach Rom geführt, wo ich einen Teufel tun würde, mich wieder in die Rolle der Verantwortlichen und Handelnden drücken zu lassen. Jetzt, da ich Stefano kannte, würde ich mich einfach einmal umwerben lassen, ich würde nichts planen, nichts fordern und nichts entscheiden, ich würde meine typisch deutsche Vernunft ausklammern und das Glück einfach geschehen lassen. Ich hatte lange genug um Georgs Gunst gebuhlt und war doch immer nur die zweite Frau gewesen. Jetzt wollte ich gejagt und erobert werden, wollte das Gefühl haben, für jemanden einzigartig zu sein. Und ich war mir sicher, dass Stefano längst erkannt hatte, was mich von den zwar hübschen, aber doch recht oberflächlichen Römerinnen unterschied: Ich war selbstbewusst und selbständig, direkt und unkompliziert.

Warum sonst hatte er mich auf dem Hügel zur schönen Aussicht besucht? Warum sonst würde er mich am Samstag zu einem Ausflug entführen? Klarer Fall: Ich gefiel ihm so wie er mir. Das Schicksal meinte es gut mit uns.

Gutgelaunt machten Hanna und ich uns auf den Weg in die Stadt. Unterwegs erzählte ich unentwegt von Stefano.

»Weißt du, es sind ja nicht nur sein unverschämt gutes Aussehen und seine charmante Art, andere Männer sind ja oft so plump. Aber ich glaube, er ist auch ein unglaublich kreativer und überraschender Typ, sein Besuch war so spontan, locker. Und seine Art, mich einzuladen, ich meine, klar, er hat es irgendwie einfach bestimmt, aber wenigstens nicht so umständlich und verkrampft, er ist herrlich direkt, weiß, was er will … Georg war immer so unentschlossen, wollte sich immer alle Möglichkeiten offenhalten, so dass am Ende oft nichts dabei rumkam. Aber Stefano redet nicht lang drum herum, er macht einfach, wonach ihm ist. Ein richtiger Mann eben. Ein Traummann!«

»Ganz genau«, erwiderte Hanna. »Ein Traum. Und deshalb musst du gut aufpassen, dass es kein böses Erwachen gibt!«

»Ach, das weiß ich doch. Irgendeinen Fehler wird auch er haben. Aber Fehler kann man lieben lernen.«

»Liebe ist blind gegenüber Fehlern, Freundschaft liebt sie«, zitierte Hanna aus ihrem letzten Bacio-Weisheitszettelchen.

»Bislang ist er jedenfalls der schönste, charmanteste und interessanteste Mann, dem ich je begegnet bin.«

»Und wie es ausschaut, hat er auch noch Geld – was ja auch nicht ganz unbedeutend ist«, ergänzte meine Freundin grinsend.

»Zumindest lässt der Lamborghini, mit dem ich ihn davonfahren sah, das vermuten. Nicht, dass ich durch so etwas zu beeindrucken wäre, nein, dafür war ich zu lange mit Georg zusammen. Geld allein macht auch nicht glücklich«, resümierte ich meinen wertvollen Erfahrungsschatz.

»Aber es beruhigt«, vervollständigte Hanna den Satz.

»Wenn man versteht, es auszugeben«, ergänzte ich wiederum.

Übermütig fing Hanna an zu singen: »lalaladibbididu … diamonds are a girl's best friend …«

Die Leute in der Metro schauten bereits irritiert zu uns herüber, und ich stieß meine Freundin in die Seite, aber sie hörte nicht auf zu singen, sondern wechselte stattdessen die Tonlage und zitierte die Beatles: »Can't buy me loooo-ove! Ev'rybody tell's me so!« Ich war froh, als wir an der Station Flaminio ankamen, die wir uns als Startplatz für unsere heutige Stadttour auserkoren hatten. Es war bereits Mittag, das verriet die Sonne, die im Zenit stand. Blinzelnd traten wir ins Licht, synchron zogen wir unsere Sonnenbrillen aus unseren Taschen und setzten sie auf. Dann sahen wir uns um.

Wir hatten bislang beinahe alle typischen Sehenswürdigkeiten der Stadt besucht, das Kolosseum, das Forum Romanum, den Lateran, den Trevi-Brunnen und die Spanische Treppe, die Piazza Navona, Santa Maria in Trastevere und, und, und. Den Petersplatz hatten wir bisher außen vor gelassen. Weder Hanna noch ich hatten einen engeren Bezug zur Kirche. Hanna war, wie in Norddeutschland üblich, protestantisch, hatte mit dreizehn noch ihre Konfirmation durchgezogen und somit durch die reichlichen Verwandten- und Nachbarschaftsgeschenke den finanziellen Grundstock für ihren Führerschein ergattert. Ich hingegen wurde auf Wunsch meiner italienischen Großeltern römisch-katholisch getauft, was mir bei meiner Kommunionsfeier mit zehn Jahren in der norddeutschen Diaspora gerade einmal eine neue Blockflöte und ein paar Gebets- und Liederbücher einbrachte.

Aber ich war nie sonderlich musikalisch gewesen, und Beten, fand ich, war etwas für die höheren Semester. Wir aber versuchten ja neben dem traditionellen, historischen Rom vor allem die junge Szene dieser Stadt einzufangen. Und die fand man wohl kaum im Vatikan. Eines jedoch musste man der Kirche lassen: Sie hat offenbar stets die besten Architekten und Künstler beschäftigt. Grund genug, sich den Hauptsitz dieses gigantischen zweitausend Jahre alten Unternehmens einmal aus der Nähe anzuschauen.

Zunächst wandten wir uns den einander gegenüberliegenden Zwillingskirchen auf der Piazza del Popolo zu, der Santa Maria dei Miracoli und Santa Maria di Montesanto, und versuchten wie bei Fehlerbildrätseln, Unterschiede zu entdecken. Doch die einzige erkennbare Abweichung der beiden Türme war ein Schwarm Tauben, der es sich auf dem in der Sonne liegenden Portal der rechten Kirche bequem gemacht hatte und zweifelsfrei eine Menge Spuren auf der Fassade hinterlassen würde. Auf der Piazza kamen laut Markus die Römer zu nationalen Großereignissen wie beispielsweise einem WM-Finaleinzug zusammen. Sie strömen dann durch die sternförmig vom Platz fortlaufenden Straßen bis hin zum Petersplatz und zum Dom.

Zu jenem begaben auch wir uns nun, einen schönen Umweg nehmend, über die Ponte Regina Margherita hinweg am Tiber-Ufer entlang, an der Engelsburg vorbei und schließlich die Via della Conciliazione hinauf. Ein wenig Ehrfurcht spürte ich schon, als ich zu dem Balkon hinaufblickte, von dem aus schon seit Jahrhunderten Päpste zum Volk herab sprachen.

»Aaah! Roma! Nihil tibi!«, zitierte Hanna ihren Reiseführer. »Keine ist wie du!«

»Weißt du noch, was Markus über die Aussicht vom Dom gesagt hat?«, fragte meine Freundin.

Markus. Markusmarkusmarkus. Gab es einmal einen Tag, an dem Markus nicht auf irgendeinem Weg seinen Senf dazugeben konnte?

»Nein, keine Ahnung.«

»Na, das mit dem Regen! Heute müsste man unglaublich weit schauen können, denn es hat die ganze Nacht geregnet, und die Luft ist total rein!«

»Willst du da etwa rauf?«, fragte ich besorgt. Ich hatte keine Höhenangst, aber ich musste auch nicht grundlos in hundert Metern Höhe herumklettern.

»Man soll bei guten Witterungsbedingungen bis in die Berge

sehen können. Außerdem kann man einen Blick in die Vatikanischen Gärten werfen.«

Klarer Fall: Markus hatte gesagt, die Aussicht vom Dom sei toll, also mussten wir auch hinauf. Hanna hielt ihn offenbar für unfehlbar.

»Was findest du eigentlich an Markus?«, fragte ich, während wir auf den Petersdom zugingen.

»Ich mag ihn einfach. Er ist freundlich, witzig, klug und ein ausgesprochen talentierter Fotograf. Außerdem kann man sich hundertprozentig auf ihn verlassen.«

»Bist du sicher, dass du ihn nur magst?«, fragte ich. »Das klingt ja schon wie die Beschreibung eines Traummannes.«

»Das ist er auch auf seine Art«, meinte Hanna. »Für irgendjemanden wird er eines Tages der Mann fürs Leben sein, und die Frau kann sich dann echt glücklich schätzen.«

»Na, warum nimmst du ihn dann nicht einfach?«, warf ich halb ernst, halb sarkastisch ein.

Hanna sah mich nachdenklich an. Zog sie meinen Vorschlag womöglich in Betracht?

Nein.

»Wir sind nicht ineinander verliebt«, stellte Hanna nach einer kurzen Pause nüchtern fest. »Markus mag, glaube ich, einen ganz anderen Typ Frau.«

Wenn du dich da mal nicht täuschst, dachte ich, behielt es aber für mich.

Dass Markus einen Narren an Hanna gefressen hatte, würde sie schon noch von allein merken.

Wir stiegen die breite Treppe zum Portal der berühmtesten Kirche der Welt hinauf, als mir siedend heiß einfiel, was Markus noch über den Dom gesagt hatte: die Kleiderordnung! Hanna hatte immerhin noch einen dünnen Cardigan dabei, den sie nun überzog. Ich legte mir mein schwarzes Chiffontuch um die Schultern, um so viel Haut wie möglich zu bedecken, aber bis zu den Beinen reichte es eben nicht. Und um die Kirche betreten zu können, mussten wir unweigerlich an der »Touristenwache« vorbei.

»Troppo corte – diese Röcke sind zu kurz«, hörte ich denn auch prompt den einen Wachmann zum anderen sagen. Der starrte nur wortlos auf Hannas Beine. Ich tat, als hätte ich sie nicht verstanden, und setzte eine kulturell interessierte, fast andächtige Miene auf. Als wären wir in das Studium der Portalfiguren vertieft, konzentrierten wir uns darauf, möglichst unaufreizend zu wirken. Ich spürte die kritischen Blicke auf unseren Rücken, während ich Hanna mit sanftem Druck an den Männern vorbei in den Petersdom schob. Wie durch ein Wunder ließen sie uns passieren.

Im Dom war es recht kühl, vielleicht hätten wir uns doch weniger sommerlich anziehen sollen. Hinter einer Menschentraube entdeckten wir die Statue des heiligen Petrus, des nach katholischer Lehre ersten Papstes. Sein linker heiliger Fuß glänzte hell im Gegensatz zum Rest der Figur.

»Die Gläubigen und Pilger kommen oft hierher, um ihn anzufassen und zu küssen«, las Hanna aus ihrem schlauen Reiseführer vor. »Das soll ihnen Heil bringen.«

Wir sahen einer Italienerin dabei zu, wie sie der Statue den großen Zeh knutschte. Se non è vero, è ben trovato, dachte ich mir.

Wir sparten uns dieses Ritual und warfen auch keine Münzen auf das Grab des Apostels hinunter, sondern bestaunten stattdessen ausgiebig das beeindruckende Mosaikfenster über dem Papstthron. »Den Thron hat der Bernini gebaut«, las Hanna weiter. »Weißt du noch, das ist der, von dem Markus erzählt hat, dass er immer Ärger mit diesem anderen Künstler hatte, der ihn immer übertreffen wollte, wie hieß der noch, Bolemini oder so.«

»Borromini«, verbesserte ich unwillig. So langsam langte es mit den zitierten Markus-Weisheiten, wir wollten doch Rom allein entdecken.

Vor einem Bild der Jungfrau Maria zündeten wir eine Opferkerze für die Verstorbenen unserer Familien an. Nonna Lucia hatte mich das gelehrt. Ich wusste selbst nicht genau, weshalb. Was konnte es den Toten noch groß nutzen? Andererseits konnte es nicht schaden, vielleicht war ja doch etwas dran.

Dann begannen wir mit dem Aufstieg zur Kuppel. Das heißt, zunächst fuhren wir ein Stück mit dem Fahrstuhl. Von dort führte ein schmaler Wendelgang weit in die Kuppel hinein und zur »Dachterrasse« des Petersdoms. Dieser Gang war unglaublich eng.

»Für Leute mit Platzangst ist das echt nicht optimal«, meinte Hanna. »Wundert mich, dass die unten kein Warnschild haben. Denn wenn man erst mal hier drin ist, kommt man ja nicht mehr zurück.«

»Du meinst Klaustrophobie«, belehrte ich sie. »Platzangst ist, wenn man auf großen Plätzen mit vielen fremden Leuten Angst bekommt, also Agoraphobie. Was du meinst, ist Raumangst.«

»Meinetwegen, Angoraphobie, ist jedenfalls blöde, wenn man die hier in dem Gang bekommt.«

Ihre Worte beruhigten mich nicht gerade, und ich konnte diesmal auch nicht über ihre Schwäche in der Verwendung von Fremdwörtern schmunzeln. Im Gegenteil. Ich hatte das Gefühl, als würde mir jemand den Hals zudrücken. Immer enger wurde der Griff um meine Kehle, immer schwerer fiel mir das Atmen. Raumangst, was für ein Scheißwort.

Ich beschleunigte meine Schritte, drängelte mich an den vor mir gehenden Touristen vorbei und hetzte den nicht enden wollenden Gang hinauf. Da: Licht! Ich lief auf die Plattform hinaus und rang schwer nach Luft. Hätte ich mich bloß niemals auf diese Mistreise eingelassen. Das war ja lebensgefährlich! Einmal und nie wieder. In Paris war ich kein einziges Mal auf dem Eiffelturm gewesen, und auch hier würden mich keine zehn Pferde je wieder heraufbringen.

Inzwischen war auch Hanna oben angekommen. »Was hattest du es denn plötzlich so eilig?«, fragte sie.

»Ach, ich dachte, ich hätte jemand Berühmtes gesehen«, schwindelte ich, »so einen Filmschauspieler, er war es dann aber doch nicht.«

»Echt, wen denn?«

»Keine Ahnung, mir fällt der Name nicht ein. Aber er war es ja eh nicht. So, wo ist denn nun der Garten vom Papst?«

Die Aussicht vom Dom war wirklich nicht schlecht. Anders als bei normalen Kirchtürmen musste man nicht direkt an die Brüstung herantreten, um über sie hinweg sehen zu können, sondern konnte wie beim Reichstag in Berlin von sicherer Mitte des Flachdaches, das die Kuppel umgab, zum Rundblick ansetzen. Und tatsächlich: Im hellen Schein der Mittagssonne erhoben sich am Horizont die Ausläufer des italienischen Mittelgebirges.

»Ist es nicht phantastisch?«, jubelte mir meine Freundin vom Geländer aus zu. »Wie gut, dass wir das gemacht haben, die Sicht ist ja gigantisch! Schau mal, da hinten sind sie, die Alabamaberge!«

»Du meinst die Albaner Berge.«

»Ja, sag ich doch. Wow. Dass man die von hier aus sehen kann, irre!«

Ja, irre. Markus hatte wieder einmal recht behalten.

Wie ärgerlich.

Aglio e olio

Samstag! Oder wie ich ihn nannte: Stefano-Tag! Und mein Frühstücksbacio verhieß Großes: »Wir haben viel von der Liebe gesprochen, nun lasst uns anfangen, auf sie zu hören!«, stand auf dem Weisheitszettelchen. Und ich war bereit für die Stimme der Liebe. Ich war bereit, mich hier und jetzt unsterblich zu verlieben. Vergessen die Schwüre, nach dem Reinfall mit Georg nun ein ruhiges Singledasein anzustreben. Vergessen meine allgegenwärtige Ablehnung alles Italienischen. Ich hatte Stefano kennengelernt, und dieser wunderbare große, starke Mann ließ mir gar keine Wahl: Ich musste mich in ihn verlieben. Das war vorherbestimmt!

Hanna und ich hatten den Tag in der Pizzeria Casa d'Angelo beendet, aus der sie und Markus sich bereits am Vortag etwas bestellt hatten. Sie war wirklich ein Geheimtipp, zwar aß ich wie so oft eine schlichte Funghi, doch der knusprige dünne Boden und die leichte Tomatensahnesauce sowie das frisch gebackene Brot mit Olivenölpaste waren einfach ein Gedicht. Zusätzlich zum Besteck brachte uns der Wirt Pizzascheren, mit denen ich bislang noch nie gegessen hatte. Fragend schauten Hanna und ich uns an. Erlaubte sich der Wirt etwa einen Scherz mit uns? Doch als wir uns umblickten, stellten wir fest, dass auch die anderen Gäste solche Scheren auf den Tischen liegen hatten, also probierte ich sie aus, und siehe da: Der Boden der Pizza ließ sich problemlos in praktische Dreiecke schneiden, ohne dass allzu viel vom Belag herabfiel.

Nach dem Essen waren wir dann glücklich und vereint wieder in unsere Wohnung mit der schönen Aussicht zurückgekehrt, wo ich vor dem Schlafengehen sogar noch ein nettes Wort für Markus fand, der in einem T-Shirt mit dem Aufdruck »Diplomkneipologe« und mit dem Laptop auf dem Schoß auf der Couch hockte und die ersten Fotos nachbearbeitete. Die waren gar nicht übel, da musste ich Hanna zustimmen. Gegen halb zwölf war ich dann für meinen Schönheitsschlaf in meinem Zimmer verschwunden und hatte den beiden Turteltauben einen gemeinsamen Tagesausklang gegönnt. Schließlich hatte ich meine lang vermisste Portion Hanna bekommen. Nun war Markus an der Reihe, er durfte sie den ganzen Samstag für sich haben.

Stefano kam gegen halb zwölf. Zum Glück hatte ich den anderen nicht erzählt, dass er sich für elf angekündigt hatte und ich nun schon eine halbe Stunde wie auf glühenden Kohlen saß, weil ich befürchtete, ich hätte unsere Verabredung nur geträumt. Aber ich hatte es nicht geträumt. Er versetzte mich auch nicht. Er kam lediglich zu spät. Was machte das schon? Deutsche Pünktlichkeit durfte ich in Italien nicht erwarten. Einige Klischees stimmen eben doch. Aber das konnte mir die Stimmung nicht vermiesen.

Meine Freundin Britta hatte mir erzählt, dass sie in Irland zum Teil zwei Stunden warten müsse und grundsätzlich nur noch mit einem guten Buch zu einem Treffpunkt gehe. In Irland verabredete man sich nie ohne das Wörtchen »around«, also »in etwa«. Da war ich mit einer halben Stunde doch noch gut bedient. Stefano kam also »around eleven o'clock«, und zwar nicht in seinem Lamborghini, sondern in einem Pick-up.

»Der eignet sich besser für die Überlandfahrt«, erklärte er. Wir würden also eine Überlandfahrt machen. Wie geheimnisvoll. Vielleicht entführte er mich auf den Landsitz seiner Familie oder plante einen Ausflug an die Küste? Ich spürte förmlich die neugierigen Blicke meiner Mitbewohner vom Balkon herab, als Stefano mich zu dem riesigen Jeep geleitete, mir die Tür aufhielt und mir beim Einsteigen half. Ein vollendeter Gentleman. In Berlin konnte man froh sein, wenn einem niemand eine Schwingtür ins Gesicht schlagen ließ.

Auch die Gardinen unserer Nachbarn bewegten sich heftig. Zwei fremde Autos innerhalb von wenigen Tagen brachten Unruhe ins Haus. Ich war mir sicher, dass Signor Zambrotta bereits heftig an die Tür unserer Wohnung klopfte, um Hanna und Markus über mein Privatleben auszufragen. Ich beeilte mich einzusteigen, hinein in das Abenteuer meines Lebens. Ich hatte keine Ahnung, wohin Stefano mit mir wollte, aber die Tatsache, dass er mit mir offenbar über Land fahren wollte, war aufregend.

Auf der Fahrt sprach Stefano fast pausenlos von den Sehenswürdigkeiten Roms, seiner Liebe zu der Stadt und fragte mich nach meinen bisherigen Eindrücken. Ich vermied es zu sagen, dass ich mich bislang noch nicht allzu sehr mit dem, wofür diese Stadt gerühmt wurde, auseinandergesetzt hatte und eigentlich bis zu meiner Ankunft weder von Kirchen noch vom Kolosseum fasziniert war.

Um ihn abzulenken, wies ich andauernd aus dem Fenster hinaus und fragte ihn nach den vorbeifliegenden Bauten: »Oh, was ist das denn?« So war Stefano damit beschäftigt, mir die Gegend um Rom herum zu erklären. Plötzlich kamen wir an einer Pyramide vorbei – und es verschlug mir einen Augenblick die Sprache. Ich kam mir entsetzlich ungebildet vor. Was zum Teufel hatte eine Pyramide in Italien zu suchen? Hatte Caesar doch etwas mit Kleopatra gehabt? Aber Stefano klärte mich von allein auf: »Du wunderst dich sicher, dass hier inmitten von Italien eine Pyramide steht! Das ist die Grabstätte des Prätor Cestius, ungefähr aus dem Jahre zwölf vor Christus. Er hat eine Zeitlang in Ägypten gedient und sich so sehr für die Pyramiden begeistert, dass er sich selbst eine bauen ließ.«

Die spinnen, die Römer, fiel mir dazu der alte Satz von Obelix ein, aber ich verkniff es mir, ihn auszusprechen. Immerhin war Stefano Römer durch und durch, und er gefiel mir von Minute zu Minute besser.

Ich wusste immer noch nicht, wohin die Reise ging. Stefano

tat sehr geheimnisvoll. Dem Stand der Sonne nach zu urteilen, fuhren wir nach Südwesten. Vielleicht wollte er mit mir an die Küste? Ich hatte doch überhaupt keine Schwimmsachen dabei, und das Meer war sicher noch zu kalt zum Baden! Doch wir fuhren nicht zum Strand. Bereits nach einer guten halben Stunde Fahrt lenkte Stefano den Wagen auf einen großen Parkplatz.

»Wir sind da!«, strahlte er mich an.

Ich war verwirrt. Außer ein paar Pappeln und dem fast leeren Parkplatz war lediglich eine lange Steinmauer zu sehen.

»Ähem, und wo genau sind wir hier?«

»In einem der ältesten Teile Roms. Vor uns liegt die berühmte ehemalige Hafenstadt Ostia Antica!«

Ich war stumm vor Staunen. Stefano war mit mir nach Ostia gefahren, weil ich den Ausflug der anderen wegen meiner Gehirnerschütterung verpasst hatte. Das war einfach total – süß! Umwerfend! Gedankenvoll! Romantisch!

Wir stiegen aus dem Auto, und Stefano führte mich hinein in eine andere Welt.

Ostia war wie geschaffen für einen Schnellkurs in Fauna und Flora des mediterranen Raumes. Von der alten Hafenstadt war noch einiges zu sehen, aber man brauchte natürlich auch ein wenig Phantasie und vor allem Schilder, die genau beschrieben, wie es hier einst ausgesehen hatte und was die Mosaike auf den Resten der Steinfußböden zu bedeuten hatten. Alles war bewachsen mit Kletterranken und Gräsern, und überall standen diese wunderschönen Schirmpinien herum und spendeten angenehmen Schatten.

Die Überbleibsel der Stadt ließen neben den Skeletten alter Fischer- und Handelshäuser sogar ein Toilettenhaus erkennen. So etwas hatte ich noch nie gesehen. »Forica« nannte man die Latrinen. Sie bestanden aus aneinandergereihten Steinsitzen, in denen birnenförmige Öffnungen die einstige Nutzung verrieten. So wie es Frauen heutzutage noch halten, gingen also schon in der Antike Menschen gemeinsam aufs Klo. Ich stellte mir vor, wie sie dort im Halbkreis gesessen und über das Leben philosophiert haben mochten, die alten Römer. Das würde ich Markus unter die Nase reiben; von wegen nur Frauen gehen zum Reden auf die Toilette, ha, die Antike bewies das Gegenteil!

Ich machte einen Haufen Fotos, sicherheitshalber hatte ich mir nämlich eine Einwegkamera besorgt, denn da in unserem Team Markus für die Fotos zuständig war, hatte ich meine sündhaft teure Digitalkamera in Berlin gelassen. Wer hätte denn auch gedacht, dass ich in diesem Land etwas sehen würde, an das ich mich für den Rest meines Lebens erinnern wollte? Nun musste die Quicksnap für meine Zwecke ausreichen.

Stefano bewies mir seine ausgezeichnete Schulbildung, indem er einen kleinen Vortrag über Geschichte und Kultur der antiken Hafenstadt hielt. Ich war erstaunt, was ich alles nicht wusste, und schämte mich nun wirklich, weil ich bisher so wenig Interesse für das Altertum gezeigt hatte. Vor allem, da ich doch immerhin selbst zur Hälfte diesem uralten Volk angehörte. Offenbar war ich komplett verdeutscht worden. Die deutsche Geschichte und Berlin kannte ich nämlich in- und auswendig.

Nachdem auch Nonna gestorben war, hatte ich freiwillig keinen Fuß mehr auf italienischen Boden gesetzt. Ich wollte meine Mutter nicht besuchen, wollte nichts mehr von Italien wissen, dem Land, das mir meine Familie weggenommen und meinem Vater das Herz gebrochen hatte. Es war Mutters Entscheidung gewesen, dort zu bleiben, und ich hatte ohne Nonna Lucia keinen Grund mehr gesehen, in die Toskana zu reisen.

Nein, ich hatte wahrlich kein Motiv gehabt, nach Nonnas Tod zu Mama nach Italien zu fahren. Wenn sie ihr Kind liebte, sollte sie doch zu ihm zurückkommen, nach Kiel. Punkt.

Es lag nun viele Jahre zurück, doch immer noch war ich voller Groll, wenn ich daran dachte, und verfluchte La Bella Italia.

Jetzt aber waren da plötzlich neue, unbekannte Gefühle. Auf einmal stellte ich ungewollt und schmerzhaft fest, wie viel ich verpasst hatte, wie viel es über dieses Land zu wissen und was es hier alles zu sehen und zu erleben gab. Egal, welche Probleme ich mit meiner Mutter hatte – Italien konnte wahrscheinlich gar nichts dafür, dass es war, wie es war. Dass mich diese Einsicht überkam, verdankte ich allein Stefano. Er zeigte mir sein Rom und legte dadurch in mir eine Seite frei, die ich jahrelang begraben hatte: Ich war nicht nur eine Deutsche, ich war auch Italienerin.

Nachdem wir zwei Stunden lang von Stein zu Stein gelaufen waren, setzten wir uns auf die obersten Stufen des ehemaligen Freilichttheaters. Von hier aus hatte man einen phantastischen Blick über die Ruinenstadt. Über viertausend Menschen sollen hier Platz gefunden haben, um sich die bestialischen Gladiatorenkämpfe anzuschauen. Weiter hinten konnte man die Reste des Kapitols von Ostia erkennen.

Ostia heißt so viel wie »Tibermündung« – von hier aus haben die alten Römer den Handel auf dem Tiber kontrolliert. Ihre Blütezeit erlebte Ostia zwischen dem ersten und zweiten Jahrhundert, damals hatte sie bis zu hunderttausend Einwohner. »Die Tempel«, so Stefano, »waren im vorrepublikanischen Rom den verschiedenen Gottheiten geweiht, Jupiter et cetera – es gibt hier nur eine einzige christliche Basilika, vermutlich aus dem vierten Jahrhundert.«

Ich hatte keine Ahnung, welche Art Religion es in Rom gegeben haben mochte, bevor sich die katholische Kirche hier breitgemacht hatte, die laut Markus erst seit 1984 nicht mehr Staatsreligion war. Doch nickte ich wissend. Mochten Pluto und Saturn auch die alte Welt regiert haben – solange Amor heute dafür sorgte, dass ich hier mit Stefano sitzen konnte, war mir alles recht. Wenn er erzählte, schwang ein mir vollkommen fremder Stolz in seiner Stimme mit – man mochte meinen, er habe diese antike Stadt selbst erbaut. Georg wusste auch über alles und jeden in der Geschichte Berlins Bescheid, doch wenn er darüber sprach, dann immer mit einer journalistischen, fast wissenschaftlichen Distanz – ein Satz des Stolzes, Berliner oder gar Deutscher zu sein, wäre ihm nie über die Lippen gekommen. Er sah es auch nicht als Schicksal oder glückliche Fügung, dass er westlich der Mauer geboren worden war – es war einfach ein Faktum. Stefano aber war eins mit seiner Tradition, er identifizierte sich voller Leidenschaft mit Rom, der Geschichte und dem Fußballverein. Und seine Begeisterung war lebendig und ansteckend. Plötzlich konnte ich auch etwas Besonderes in Rom sehen – diese Stadt war mehr als das Zentrum kirchlicher und politischer Macht, der Spielplatz Berlusconis und die Geburtsstätte verschiedener Pastavariationen. Diese Stadt war lebendige Geschichte.

Als wir also so nebeneinandersaßen und ich Stefanos Vortrag über die Geschichte Ostias lauschte, bemerkte ich plötzlich aus dem Augenwinkel, wie sich mir von rechts ein kleiner Schatten näherte, kurz verweilte und dann aus meinem Blickwinkel huschte. Ich ahnte Böses. »Stefano?«, fragte ich zögerlich.

»Ja?«

»Gibt es hier irgendeine Art von Ungeziefer?«

»Ja, natürlich, was meinst du denn! Schließlich sind wir hier mitten auf dem Land! Mit Glück kann man sogar Skorpione finden, allerdings musst du damit vorsichtig sein.«

Skorpione! Ich erstarrte. In Ermangelung eines Stuhls, auf den ich hätte springen können, blieb ich wie gelähmt sitzen, unfähig, mich auch nur einen Zentimeter von den Treppenstufen fortzubewegen. Ich wagte nicht, zur Seite zu blicken, aus Angst, einer Schlange oder einem Skorpion direkt in die mordlustigen Augen zu schauen.

Stefano schien die in mir aufsteigende Angst zu bemerken. »Ist etwas nicht in Ordnung?«, fragte er.

»Ich glaube, da ist irgendetwas neben mir. Bitte schau nach, ich glaube, es ist sogar ein Skorpion. Aber mach keine hastigen Bewegungen, sonst sticht er bestimmt zu!«

»Das wird keiner sein«, meinte Stefano und beugte sich vorsichtig über mich hinüber, um nachzusehen. Hätte ich mich nicht in Lebensgefahr gewähnt, hätte ich seinen nach herbem Aftershave duftenden Hals küssen wollen, doch für solche Gedanken war kein Platz. »Skorpione kommen meistens nur nachts – oh!«

»Oh«? Was zum Teufel hieß »oh«?

Langsam glitt Stefano wieder in seine Sitzposition zurück und bedeutete mir mit dem auf die Lippe gelegten Zeigefinger, still zu sein.

»Es ist nichts Schlimmes«, sagte er, »schau selbst!«

Dann legte er seinen Zeigefinger an mein Kinn und drehte mein Gesicht langsam in die Gefahrenrichtung – ich genoss diese sanfte Berührung, bis ich das Ungeheuer von Ostia schließlich selbst sehen konnte: eine Eidechse!

So aus der Nähe hatte ich ewig keine mehr gesehen, mal abgesehen von den Winzlingen im Terrarium vom Berliner Zoo. Nonna hatte früher oft von den Zeiten der Dürre erzählt, in denen Hunderte Eidechsen auf ihrem Weingut eingefallen waren, und in meinen Schulferien waren mir in den Weinbergen so manche wilde Tiere über den Weg gelaufen. Aber das war lange her und ich damals noch ein furchtloses Kind. Jetzt war ich älter, und dieses exotische Lebewesen bewegte sich nicht, wie es die Kultur bestimmt hatte, hinter dicken Plexiglasscheiben, sondern hockte einfach so neben mir auf der Stufe des Freilichttheaters und reckte den Kopf Richtung Sonne. Mir schauderte.

»Ist er nicht süß, der kleine Kerl?«, fragte Stefano. »Die gibt es hier zuhauf, du musst mal darauf achten. Sie sind unglaublich wendig und können nahezu überall hinaufklettern!«

Die Vorstellung, dass dieses Minireptil auf die Idee kommen könnte, seine Kletterkünste an mir zu beweisen, gruselte mich noch mehr. Ich konnte daran nichts süß finden. Schon Amphibien hatten nie einen besonderen Reiz auf mich ausgeübt, aber die wuchsen wenigstens nicht über eine bestimmte Größe hinaus. Eidechsen aber waren in meinen Augen die Vorstufe zum Krokodil, und wo Minieidechsen waren, da waren die Großen dieser Gattung sicher nicht weit entfernt.

»Ich mag diese Tierchen«, erklärte Stefano indes und fügte hinzu: »Sie haben so einen kecken Gesichtsausdruck, dass man meinen könnte, sie wollten einen unentwegt necken, findest du nicht auch?«

Necken? Fressen wäre wohl der angemessenere Ausdruck. Am liebsten wäre ich aufgesprungen und hätte dem Feind meinen Keilabsatz zwischen die Augen gerammt. Aber damit hätte ich bei Stefano wahrscheinlich keinen allzu guten Eindruck erweckt. Deshalb beschloss ich, die Anwesenheit der Echse zu ignorieren. Hin und wieder schaute ich nach und vergewisserte mich, dass sie nicht näher an mich herangerückt war, doch sie saß seelenruhig da und harrte der Ereignisse. Dabei sah sie wirklich auf gewisse Weise keck aus. Und jemanden, der einen angrinst, konnte man schlecht zertreten. Ich nannte die Eidechse deshalb frei nach Indianersprache: che sfuggiva al piede – die dem Fußtritt entkam.

Stefano, die Eidechse und ich saßen noch eine Weile einträchtig nebeneinander. Ich forschte aufmerksam in seinen Blicken und Gesten, doch nichts daran verriet, ob hier zwischen uns etwas entstehen könnte, was einem Gefühl intensivster Zuneigung nahekäme.

Als ich auf meine Uhr schaute, war es halb vier nachmittags. Ich hatte Hunger. Aber als Frau zuerst Hunger zu erwähnen, geziemt sich meiner Ansicht nach nicht. Wenn ich vom Essen sprach, dann war das stets aus rein beruflichen Gründen.

»Wie wär's, darf ich dich zum Dank für den wunderbaren Ausflug in ein schönes Restaurant einladen?«, fragte ich deshalb selbstlos.

Stefano sah mich überrascht an: »Ach herrje, du hast recht, es ist ja schon spät und wir haben nicht zu Mittag gegessen. Ich persönlich esse mittags nie, aber dann auch noch das späte Abendessen der Italiener … Ich habe gar nicht daran gedacht, dass du es bestimmt anders gewohnt bist. Dir muss ja schon der Magen knurren!«

»Na, so schlimm ist es auch wieder nicht«, schwächte ich ab. Auch in Deutschland gab es mittlerweile viele Berufstätige, die erst spät am Abend aßen. Doch zumindest einen Snack um die Mittagsstunde herum sollte es schon geben, sonst begann mein Magen unweigerlich zu rebellieren.

Hier in Rom war die Abendstunde der absolute Moment des Genusses, überall auf den großen Plätzen wurden gedeckte Tische rausgestellt, und Touristen wie Einheimische ließen es sich bis spät in die Nacht gutgehen mit mediterranem Essen und viel, viel Wein. »Du kennst doch sicher ein paar gute Restaurants hier, das ließe sich hervorragend mit meiner Arbeit verbinden«, erklärte ich meinen Appetit beruflich. »Schließlich konnte ich wegen der Gehirnerschütterung fünf Tage lang nichts unternehmen und bin mit meinen Tests im Rückstand.«

Das zog. Jetzt war Stefanos Ehrgeiz als Kenner der römischen Gastronomie geweckt. Schon auf dem Rückweg in die Stadt zählte er mir einige Lokale auf, die ich seiner Meinung nach unbedingt kennenlernen müsste: die Pizzeria Monte Carlo zum Beispiel, in die insbesondere die Römer selbst gerne gehen, was erfahrungsgemäß ein gutes Zeichen ist. Aber auch das Restaurant Piccola Roma in der Via degli Uffici del Vicario, in dessen Speisekarte sich hundert Jahre italienischer Küche widerspiegeln; das Salus, das etwas weiter außerhalb direkt am Meer gelegen ist, die Trattoria am Pantheon und das Babette Caffè-Restaurant mit seinen Ausstellungen der Werke junger, noch unbekannter Künstler waren laut Stefano ein Muss. Ich beeilte mich, seine Empfehlungen zu notieren, um sie später mit meiner Rechercheliste abzugleichen.

Für heute wählte ich schließlich eine Art Weinbistro in Trastevere, dem Stadtviertel, das vor allem von jungen Leuten bevölkert war. Am späten Nachmittag erreichten wir die gut versteckte Via Simoni. Den Touristenaugen entzog sich dieses Szenelokal durch die geschickte Tarnung einer maroden Fassade. Auch das war mir in Italien schon einige Male aufgefallen: Hinter den grässlichsten Fassaden konnten sich die schönsten Häuser verbergen, man musste sich nur trauen hineinzugehen.

Stieg man beim kleinsten und unauffälligsten Gebäude der Häuserreihe also die wenigen Stufen zum Souterrain hinab, überraschte einen hinter einer mit rostigen Beschlägen verzierten Eichentür bereits ein köstlicher Duft von mediterranen Gewürzen und vollen Weinbuketts. Wir traten in den Windfang, von dem aus eine schmale Stiege hinab direkt in den Weinkeller führte.

Doch was war das? Hatte mich nicht beim Durchschreiten der Tür Stefanos Hand ganz sachte gestreift? Kaum merklich, wie unabsichtlich und ohne besonderen Grund. Ich sah ihn erneut forschend an. Sein Gesichtsausdruck war undurchschaubar. Nicht die Spur einer Röte oder irgendein Zeichen, das auf einen beabsichtigten Körperkontakt hindeutete. Ich hatte mich wohl geirrt. War mein Wunsch mal wieder Herr der Sinne? Wäre ja nicht das erste Mal, dass ich mich in Tagträumen verlöre. Dieser Mann sah aber auch einfach unverschämt gut aus. Und genauso unverschämt gut roch er, das hatte ich bei der Eidechsengelegenheit ja schon geprüft. Wieder musste ich mich zurückhalten, ihn nicht an mich heranzuziehen. »Reiß dich zusammen, Maria«, redete ich mir gut zu. »After all he's just a man.«

Stefano ging voraus, die kleine Treppe hinab und auf die Bar zu. »Ciao, Marco!«, begrüßte er den Wirt.

»Stefano, ciao! Und wer ist die bezaubernde Signorina an deiner Seite?«

So etwas hörte frau natürlich gern, auch wenn es alle Klischees bediente. Charme hatten die Römer, das musste man ihnen lassen.

»Ecco la bella Maria, un angelo, die aus Berlin direkt zu mir geschickt wurde und mir die Ehre ihrer Gesellschaft erweist.«

Stefano verstand zu schmeicheln. Okay, zugegeben, das klang etwas kitschig, »ein Engel«. Na ja. Aber er war Italiener, und als Italiener schmeichelte Mann einer Frau eben überschwänglich.

Georgs Komplimente waren immer eher sachlicher Natur, er schätzte meine professionelle Arbeitsweise und meine Geduld in Bezug auf ihn. Aber geduldig war ich schon lange nicht mehr. Ich wollte endlich meinen Gefühlen freien Lauf lassen, mich in eine leidenschaftliche Beziehung stürzen und auf Händen tragen lassen! Spontan sein können und mich nicht mehr verstecken müssen.

Und ich wollte all das mit Stefano, einem waschechten Italiener – wer hätte das gedacht.

Mit einem Lächeln so breit wie ein Omnibus kam Marco, der Wirt, hinter dem Tresen hervorgeeilt und küsste mir galant die Hand. Dann führte er uns zu einem schlicht, aber hübsch eingedeckten Tisch in einer romantischen Nische, und ohne eine Bestellung abzuwarten, brachte er uns einen Korb voll Brot und zwei Gläser knallgelben Aperitifs, Limoncello: Limonenlikör. Ein weiterer Geruch meiner Kindheit. Auf der Zunge fühlte er sich an wie Klebstoff, doch auf eigenartige Weise war er lecker und machte tatsächlich Appetit auf mehr.

Zu dem Brot brachte Marco uns ein Schälchen Aioli, Knoblauch-Olivenöl-Aufstrich.

Das war's dann wohl mit Küssen für heute, dachte ich mit einem bedauernden Blick auf Stefanos samtene Lippen, hinter denen gerade der erste Bissen Knobi-Brot verschwand. Stefano verstand meinen Blick anders.

»O verzeih, wie unhöflich von mir, nicht zu warten, bis du genommen hast, aber weißt du, ich hab mittlerweile wirklich Appetit.«

Mit diesen Worten reichte er mir den Brotkorb und das Aioli und sah mich aufmunternd an. »Ach, was soll's«, dachte ich und langte zu. Mein knurrender Magen dankte es mir.

Obwohl es erst fünf Uhr war, bestellten wir einen ganz besonderen Rotwein, eine Spezialität aus der Toskana, voll und fruchtig. Eigentlich mochte ich trockenere Weine lieber, aber dieser hier war etwas anderes. Er war leicht und bekömmlich und bereitete ganz sicher keine Kopfschmerzen. Dazu aßen wir Antipasti, ein Risotto *con porcini*, mit Steinpilzen, und zum Nachtisch das beste Tiramisu diesseits der Alpen, wie Stefano mir schwor.

»Herrlich«, seufzte er, als wir unsere Teller ratzekahl gegessen hatten. »Mit dir zu essen schmeckt gleich doppelt so gut! Italienische Frauen essen in der Öffentlichkeit immer so kleine Portiönchen, dass man als Mann schon ein schlechtes Gewissen bekommt, wenn man sich satt isst. Aber du bist so natürlich und isst, was dir schmeckt!«

»Alles zu Testzwecken«, versuchte ich sein missverständliches Kompliment über mein Essvermögen zu drosseln. »Ich kann schließlich keine Bewertung über etwas schreiben, das ich nicht selbst gekostet habe.«

»Ich finde das jedenfalls sehr sympathisch«, schloss Stefano, und da wollte ich ihm natürlich nicht widersprechen.

Dieses Lokal musste unbedingt in unseren Reiseführer aufgenommen werden. Zumal man es als Ortsfremder sehr leicht übersah, denn es war von außen, wie gesagt, kaum sichtbar. Ich hatte mein Testbudget bisher gut im Griff, so dass ein Essen zu zweit durchaus drin war und ich Stefano hätte einladen können. Doch er meinte, das gehöre sich in Italien nicht, kein anständiger italienischer Mann würde sich von einer Frau einladen lassen. Er zahlte also ganz selbstverständlich, bevor ich auch nur mein Portemonnaie zücken konnte, und gab reichlich Trinkgeld. Das gefiel mir. Ich konnte knausrige Männer nicht leiden.

Als wir gegen Viertel vor sechs wieder hinaus auf die Straße traten, strahlte uns die tiefstehende Abendsonne direkt ins Gesicht. Sie muss meine verschämte Röte noch verstärkt haben, denn mir war nicht nur der liebliche Wein zu Kopf gestiegen.

Beim Verlassen des Weinkellers nämlich hatte Stefano seine Hand auf meinen Rücken gelegt und mich mit sanftem Druck zur Treppe geschoben. Diesmal hatte ich mir die Berührung ganz sicher nicht eingebildet, und sie gab mir ein wohliges Kribbeln in der Magengegend.

Draußen dann, geblendet von der Sonne, stolperte ich und stieß dabei leicht gegen ihn, der ganz dicht bei mir stand, und als wir dort so eine Millisekunde Gesicht an Gesicht standen, mit nur wenigen Zentimetern Luft zwischen unseren Mündern, da war mir einen winzigen Augenblick lang so, als neige er sich noch ein wenig herunter zu mir. Kein Zweifel – langsam, aber merklich näherte Stefano sich mir.

Ich konnte ein glückliches Grinsen nicht unterdrücken und drehte mein Gesicht rasch zur Seite. Es war vielleicht nur ein winziger Funke, den ich in ihm entzündet hatte, aber ich würde ihn zu nähren wissen! Wäre doch gelacht, wenn ich in diesem italienischen Traummann nicht lodernde Flammen entfachen konnte. Hatte ich doch schon als Pfadfinderin das nasseste Laub Norddeutschlands zum Brennen gekriegt.

Na gut, er hatte mich noch nicht geküsst. Aber das konnte auch am Aioli liegen.

Quattro stagioni

»Du musst mir alles haarklein erzählen!«, rief Hanna mir schon an der Tür entgegen, nachdem Stefano mich heimgebracht hatte und der Pick-up als Staubwölkchen am Horizont verschwunden war.

Wir zogen mit einer Flasche Chianti auf den Balkon. Ich setzte mein seligstes Lächeln auf und berichtete von meinem Traumtag.

»Am Montag lass ich die Quicksnap entwickeln, dann kann ich dir endlich Fotos von ihm zeigen, oder du schaust ihn dir im Fernsehen an. Ihr habt ihn ja nur kurz im Halbdunkeln vom Cielo und dann aus eurer Spionageposition vom Balkon aus gesehen, da konntest du ihn ja gar nicht in seiner ganzen Pracht erkennen. Er ist der schönste Mann der Welt.«

Es war mir durchaus bewusst, dass Superlative stets etwas naiv klingen, aber in diesem Moment war das mein voller Ernst. Stefano sah einfach galaktisch gut aus!

»Aus einer schönen Schüssel wird man nicht satt«, brummte Hanna misstrauisch. »Hauptsache, die Fassade hält auch, was sie verspricht. Und er hat gar nicht versucht, dich zu küssen?«

»Muss doch auch nicht sein beim ersten Date. Er ist eben ein Kavalier, und wir haben doch alle Zeit der Welt.«

»Ungefähr dreieinhalb Monate …«

»Immerhin. Jedenfalls will er mich wiedersehen. Er hat einen ganzen Samstag mit mir verbracht und möchte mich wiedersehen. Das ist doch herrlich! Nun sieh doch nicht immer alles so negativ.«

Enttäuscht, dass meine Freundin meine Begeisterung nicht teilte, stapfte ich in die Küche, um mir etwas zu essen zu holen. Nicht, dass ich nicht gerade ein Drei-Gänge-Menü verdrückt hatte – aber eine Kleinigkeit ging immer.

»Fragt sich nur, mit wem er den Samstag*abend* verbringt«, raunte Hanna vor sich hin. Ich hatte einfach zu gute Ohren, um es zu überhören, tat aber so, als hätte ich es nicht mitbekommen. Die Frage allerdings blieb: Warum hatte Stefano mich schon so früh heimgebracht? Die Nacht lag doch noch vor uns!

Ich wickelte mir ein Bacio aus. »Ogni grande amore comincia con un bacio«, stand passenderweise auf dem kleinen Zettel unter der Folie. Das war doppeldeutig – zwar hatte Stefano mir den Kuss, mit dem eine jede Liebe beginnt, noch nicht gegeben, wohl aber hatten wir schon zusammen Baci gegessen.

Am Abend saßen wir gemeinsam vorm Fernseher und sahen uns die neueste Folge von »Ärzte ohne Grenzen« an, der Serie, in der Stefano mitspielte.

»Irgendwie kommt er mir bekannt vor«, meinte Markus beim Anblick meines Traummannes. »Ich weiß nicht, wo ich ihn schon mal gesehen habe, aber ich hab ein ungutes Gefühl bei dem Typen«, fügte er nach einer kurzen Pause hinzu. »Das ist so ein Typ Mann, der Ärger bringt.«

Genau dasselbe hatte Signor Zambrotta gesagt.

Ich hielt das für Mumpitz. Wie konnte man bei Stefano ein ungutes Gefühl bekommen? Außerdem hatte die Zigeunerin mir doch prophezeit, dass ich dem Mann meines Lebens schon begegnet sei, es konnte also gar nichts schiefgehen. Ich war bereit, das Gute zu suchen.

Stefano sah im Arztkittel einfach großartig aus. Leider ging die Folge nur fünfundzwanzig Minuten. In dieser kurzen Zeit rettete Dottore de Rossi dafür gleich drei Menschen und einem kleinen Hund das Leben. Im Abspann erfuhr ich dann, dass Stefano unter einem Künstlernamen auftrat, denn bei Dottore de Rossi stand nicht Stefano, sondern Andrea Pirlo. Ich fand Andrea nicht klangvoller als Stefano, aber offenbar verkaufte sich dieser Name in der Schauspielbranche besser.

In der Nacht träumte ich von blonden Engeln in Arztkitteln,

die mein Leben retteten, indem sie meinen Espresso in Filterkaffee verzauberten.

Sonntag. Der Entschluss, essen zu gehen, lag nahe, denn wir hatten zwar den Kühlschrank mit reichlich Aufschnitt und Käse gefüllt, doch fehlte es an Zutaten für eine richtige warme Mahlzeit. Als Verantwortliche für die Gastrotipps überließen Hanna und Markus mir die Auswahl des Restaurants. Ich entschied mich für das Luigis in der Via Stromboli in Trastevere. Was sich als großer Fehler erwies: Das Drei-Gänge-Menü, das wir gemeinsam bestellten, wurde eröffnet durch eine fade Mischung aus getrockneten Oliven und Kalbsbraten mit einer wohl schon älteren Thunfischpaste. Anschließend gab es ein einsames Stück Rindfleisch ohne jegliche Beilagen, und der Nachtisch bestand aus einer braungrauen Pampe, die den Namen Tiramisu besudelte.

Es war grauenhaft. Zeigte Italien etwa hier sein wahres Gesicht? Zu Hause hätte ein solches Lokal längst das Gesundheitsamt am Kragen. Sehnsüchtig dachte ich an mein Berliner Lieblingsrestaurant »Zum Goldenen Ross« – ja klar, der Name klingt ein wenig altbacken, aber nirgends konnte man so gute Hausmannskost essen wie dort, und das Kellerbier aus der Hausbrauerei war köstlich. Dort würde man jedenfalls niemals eine alte Fischpaste serviert bekommen, da konnte Krieg sein oder Blockade – im Goldenen Ross aß man Heilbutt und Zander, Hirschbraten, Eintöpfe aller Art, und es schmeckte immer wie bei Muttern – na ja, jedenfalls wie bei deutschen Müttern.

Aber mit uns Touristen konnte man es ja machen, wir würden ohnehin nicht wiederkommen. Na, der Koch würde sich schön ärgern, wenn er wüsste, dass wir für einen Reiseführer schrieben.

Zur Strafe strich ich das Restaurant umgehend von meiner Liste und überlegte ernsthaft, die Kategorie »No-Gos« aufzunehmen, um üble Restaurants mit bösen Worten abzustrafen.

Am Nachmittag machten wir zur Verdauung einen Ausflug

in die Vatikanischen Museen und anschließend in die Gärten der Città del Vaticano. Dieses touristische »Sperrgebiet« besuchen zu dürfen, verdankten wir Gergely und Zoltán, die besondere Beziehungen zu einem gewissen Frater Emilio hatten, der ihnen jederzeit Zugang ermöglichte. Olli und Markus waren selbstverständlich auch dabei, jedoch durfte Markus nicht alles fotografieren, was ihn und sein Objektiv anzog. Wir legten den Besuch als Recherchearbeit aus. Zwar gehörte der Vatikan nicht zu den Trends Roms, doch schließlich konnte man ihn auch nicht ignorieren, sondern sollte ihm einen gebührenden Platz im Reiseführer einräumen.

Die Gärten waren hübsch, aber ich konnte die Geheimniskrämerei um sie nicht verstehen. Hier wohnte das höchste Kirchenoberhaupt, na und? Was war daran Besonderes? Hanna jedoch schwor, sie habe für einen winzigen Augenblick den Papst aus einem Fenster seiner Privatgemächer zu uns herabblicken sehen und war so aufgeregt, als handle es sich um einen Popstar. Dabei war sie im Gegensatz zu mir nicht einmal katholisch. Mich hingegen begeisterte viel mehr die Sixtinische Kapelle. Die atemberaubenden Fresken Michelangelos und anderer Künstler füllten ganze Bildbände, und zu jedem Detail gab es unzählige Geschichten. Ein Fressen für jeden Kunsthistoriker. Ganz zu schweigen von der geschichtlichen Bedeutung dieses Ortes: Die Vorstellung, dass das Konklave aus Papstwählern und Anwärtern genau hier seit Jahrhunderten so lange eingesperrt ausharrte, bis sie ein neues Kirchenoberhaupt gewählt hatte, war selbst für eine kirchenferne Person wie mich faszinierend.

Als wir wieder auf den Petersplatz hinaustraten, war es weit nach drei Uhr nachmittags, und die italienische Sonne machte ihrem Namen alle Ehre. Wir beschlossen, noch einen Kaffee trinken zu gehen, bevor die Jungs zurück ins Seminar und wir wieder an unsere eigentliche Recherchearbeit gehen wollten.

Auf dem Weg zur Piazza Augusto Imperatore gingen wir an unzähligen Straßenverkäufern vorbei. Besonders bei gutem

Wetter kamen sie wie Ameisen aus ihren Löchern und bauten emsig ihre Krimskramsstände auf. Zumeist bestanden sie nur aus einer auf dem Boden ausgebreiteten Decke, auf der die Händler Modeschmuck, Halstücher, Freundschaftsbänder und glitzernde und blinkende Plastikutensilien mit undefinierbarer Bestimmung präsentierten. Diese Decken eigneten sich gut dafür, innerhalb weniger Sekunden alles wieder einzuwickeln und mit dem Packen unterm Arm die Flucht zu ergreifen, wenn ein Polizeiwagen auftauchte und den zumeist illegalen Händlern hinterherjagte. Das hatten wir an einem unserer ersten Tage hier schon beobachten können. In Sekundenschnelle waren die fliegenden Händler in der nächsten Metrostation verschwunden. Sobald die Polizei den Ort verlassen hatte, kamen sie wieder aus der schützenden Tiefe hervor und breiteten ihren Schund aus.

Diese Männer waren ausgesprochen sprachgewandt und forderten die vorbeischlendernden Touristen nach Möglichkeit in ihrer eigenen Sprache zum Kauf eines Souvenirs auf:

»Los nimm! Nur vier Juros. Kosten heute nur, speziell Angebot, gebe für dich für drei Juro fünfzig«, pöbelte der eine Händler Hanna lautstark an, so dass sie erschrocken zur Seite sprang, während sein Kollege in einem wirren Ungarisch-Italienisch-Mix auf Zoltán einredete. Ein anderer hielt Markus wortlos einen blauen Plastikgürtel unter die Nase, wich aber zurück, als dieser mit bösem Blick abwehrte: »Keep your trash.«

Einer der Händler hatte sich auf bewegliches Spielzeug spezialisiert. Vor ihm auf dem Boden robbten kleine Plastiksoldaten über den Steinfußboden und feuerten dabei aus Maschinengewehren. Das Knattern der Gewehre faszinierte vorbeilaufende Kinder, und ihre Eltern hatten Mühe, sie an den Händlern vorbeizuziehen, ohne eines dieser Kriegsspielzeuge zu erstehen. Wir betrachteten die Spielzeugsoldaten mit gemischten Gefühlen. Wen sollte man angesichts dieser Dinge für schuldig befinden? Die Menschen, die solch einen Soldaten kauften und ihren Kindern schenkten? Den Händler, der dieses Spielzeug Kindern zum

Kauf anbot? Den Fabrikanten, der dieses Spielzeug herstellte? Oder die Menschen, die die tatsächliche Existenz von Soldaten und Kriegen zu verantworten hatten?

Gergely ging auf den Händler zu. Ich stutzte. Der wollte doch nicht etwa – tatsächlich: Unter unseren fassungslosen Blicken kaufte er ihm einen dieser Maschinengewehrsoldaten ab.

Zoltán fragte ihn etwas auf Ungarisch, und Gergely antwortete. Dann legte er den Soldaten auf den Boden und trat mit voller Kraft darauf, so dass er in tausend Plastikteilchen zersprang.

»Stronzo«, sagte er zu dem nun seinerseits fassungslosen Händler. Dann wandte er sich zum Gehen. Hanna begann spontan zu applaudieren, und nach und nach fielen immer mehr Umstehende ein. Der Händler raffte hektisch seine Decke mit den Kriegsfiguren zusammen und verschwand im Metroeingang.

Gergely hatte für sich eindeutig einen Schuldigen ausgemacht. Und er hatte Eindruck hinterlassen. Vielleicht nicht so sehr bei dem Händler, nein, der würde höchstwahrscheinlich in spätestens zehn Minuten woanders seine Schunddecke wieder ausrollen. Jemand anderes aber würde diese Heldentat nicht so schnell vergessen: Hanna. Ihr seliger Blick sprach Bände.

Das hatte mir gerade noch gefehlt!

Sich in einen angehenden Priester zu verlieben war alles andere als klug. Da lobte ich mir meine unkomplizierte Verbindung zu Stefano. Wir hatten uns seit unserem Ausflug nach Ostia schon dreimal wieder getroffen, und jedes Mal hatte er ein Wiedersehen vorgeschlagen. Stets spontan, leider meist wenn ich gerade mit Hanna und Markus und den Jungs aus dem Priesterseminar unterwegs war, so dass ein Sich-Näherkommen nahezu unmöglich war. Zudem begegneten die anderen meinem Schwarm mit großem Misstrauen und warfen sich hinter seinem Rücken bedeutungsvolle Blicke zu. Es war nicht gerade das passende Umfeld für den Beginn einer Romanze.

Doch an diesem Abend traf ich Stefano allein vor dem Teatro dell'Opera di Roma. Er meinte, wer in Italien sei, müsse in die Oper gehen, und hatte deshalb kurzfristig für meine Rom-Premiere Logenkarten für Tosca besorgt, eine Puccini-Oper mit tragischer Liebesgeschichte. Er musste wirklich gute Beziehungen haben, um die Karten am Tag der Aufführung noch zu bekommen. Die paar Male, die ich für Georg und mich in Berlin Opernkarten hatte haben wollen, musste ich sie ein halbes Jahr im Voraus bestellen.

»Ich finde es faszinierend, dass du dich ebenso für die Oper interessierst wie ich!«, sagte Stefano. »Wir haben so viel gemeinsam, unsere Leidenschaft für Fußball, für Bücher, für gutes Essen, Wein und das Theater!«

Ganz so viel war es zwar nicht, denn beim AS Rom hatte ich mich der Einfachheit halber seiner Leidenschaft angeschlossen. Doch warum sollte ich sein Gefühl der Zusammengehörigkeit unnötig schwächen? Ich war überzeugt davon, dass uns schon bald noch viel Wichtigeres verbinden würde als dieser lächerliche Fußballclub, dem wir aber immerhin unser Kennenlernen verdankten.

Viel verstand ich nicht von Tosca, denn bei so ausdrucksvollem Gesang nützt einem auch Zweisprachigkeit herzlich wenig. Ich verstehe weder bei deutschen noch bei italienischen Arien besonders viel. Das Bühnenbild war recht karg, auch das künstliche Blut überzeugte nicht. Das war eben der Unterschied zwischen Bühne und Film: Beim Film bemühte man sich um das Detail fürs Auge, auf der Bühne aber ging es um wahre Schauspielkunst und Stimme, da lenkte ein schönes Bühnenbild doch nur ab. Dieses hier zeigte lediglich einen angedeuteten Fluchtweg aus der Kapelle der Kirche in die Engelsburg, von der sich die Heldin mit den feurigen Augen schließlich stürzte.

Überhaupt waren am Ende der Aufführung alle tot, die Guten wie die Bösen. Das war traurig. Und wenn eine Frau in einer Oper etwas traurig findet, dann weint sie. Ein wenig nur, ganz dezent, ohne zu schluchzen, ganz so wie Julia Roberts in »Pretty Woman«, damit sich der reiche Geschäftsmann in ihre Fähigkeit, Emotionen zu zeigen, und ihre Verletzlichkeit verliebt. Stefano war nicht Richard Gere. Stefano war jünger, schöner, wundervoller! Und so wischte er mir doch tatsächlich, als das Licht heller wurde, zärtlich mit seinem Kavalierstuch die Tränen von den Wangen. Dann nahm er mein Gesicht in seine Hände, murmelte »Maria« und küsste mich – auf die Stirn.

Auf die Stirn?

Hallo?!

Das konnte doch nicht alles sein?

Einen winzigen Moment lang überlegte ich, ob ich einfach den längst überfälligen Schritt machen sollte. Ich sah mich im Geiste in sein wundervolles Haar greifen und ihn zu mir herunterziehen, ihn wild und leidenschaftlich küssen, bis er keine Luft mehr bekäme – doch irgendwie passte das nicht zu meinem heutigen Image als empfindsame Opernliebhaberin, die erobert werden wollte. Er war der Mann, ein Italiener noch dazu, er musste jagen. Ich würde eben abwarten müssen. Die Art jedenfalls, wie er meinen Namen geflüstert und mein Gesicht berührt hatte, verhieß einiges. So wandte ich nur verschämt mein Gesicht zur Seite, bückte mich nach meinem Handtäschchen und verließ mit meinem Traummann, der mir galant die Tür aufhielt, die Loge, in der so viel hätte passieren können.

»Das nächste Mal fliegen wir nach Mailand in die Oper!«, sagte mein romantischer Held. »Wenn dir die Oper in Rom schon so nahegeht, wirst du in Mailand verzaubert sein.«

Seltsamerweise gefiel mir diese Art, wie er Pläne mit mir schmiedete, ohne mich auch nur zu fragen. Es war, als wüsste er ganz selbstverständlich, was mir gefiele. Und von mir aus würde ich mit ihm sowieso überallhin fliegen.

Als wir durch das Foyer auf den Ausgang zugingen, kam uns ein älteres Ehepaar entgegen. Es sah so aus, als kennten die beiden Stefano, denn sie lächelten ihm freundlich auffordernd zu. Doch

Stefano sah sie nicht, offenbar konzentrierte er sich voll und ganz auf sein Programmheft und schritt eilig auf den Ausgang zu, ohne sich zu vergewissern, ob ich ihm folgte. Was, bitte schön, war das nun wieder? Ich verlangsamte automatisch meinen Schritt, wandte mich dem Auslagenstand zu und nahm eine Opernbroschüre in die Hand. Das Ehepaar ging hinter mir vorbei auf die Garderobe zu, und ich konnte hören, wie sie auf Italienisch miteinander sprachen: »Das war doch der Sohn vom Carini.«

»Ja, mir war auch so, dass es Stefano war, nicht wahr?«

»Er hat uns wohl nicht erkannt.«

Die Antwort der Frau konnte ich nicht mehr verstehen, denn sie waren schon vorübergegangen. Doch ihre Schritte ließen ein warnendes Pochen in meinem Kopf zurück, das immer lauter wurde. Carini! Stefano Carini! Natürlich!

Plötzlich fügte sich ein Puzzleteil ins andere. Ein Schauspieler aus reichem Elternhaus, der eines Tages das Familienunternehmen übernehmen sollte! Kein Wunder, dass er sich so sehr für meine Arbeit und das Verlagswesen interessierte! Er war der Alleinerbe von Edizioni Remus! Wahrscheinlich hatte er nur aus diesem Grund den Kontakt zu mir gesucht: Er wollte mich über die Abläufe und Verhältnisse bei Jakobi aushorchen. Glasklar! Andernfalls hätte er es mir doch längst sagen können, dass er der Sohn vom großen Antonio Silvano Carini war.

Diese Erkenntnis war ungeheuerlich! Und ich hatte ihm so vieles erzählt, von meiner Affäre mit meinem Chef und der Unzurechnungsfähigkeit seiner Assistentin – alles nur so am Rande, ganz beiläufig. So wie man sich eben beim Kennenlernen auch schon mal von seinen Verflossenen und deren Umfeld erzählte. Hätte ich doch nur geahnt, wer er ist!

Ich schaute mich um. Da stand Stefano, lässig an das Eingangsportal gelehnt, und wartete geduldig, bis ich meine Prospektschau beendet und mich mit zahlreichen Informationsbroschüren und Ankündigungszetteln versorgt hatte. Er lächelte mir zu. Jetzt nur nichts anmerken lassen, Maria.

Ich knipste mein erstorbenes Lächeln wieder an und ging zu ihm hinüber.

»Hast du alles?«, fragte Stefano.

»O ja«, antwortete ich. »Ich habe genug!«

Wir verließen die Oper und stiegen in ein wartendes Taxi.

»Ich lade dich noch auf einen Cocktail ein, ja? Wohin möchtest du gern?«, fragte Stefano.

»Ich weiß nicht, ich kenne hier ja noch nicht allzu viele Bars. Die Cocktails im Terra Magica sollen sehr gut sein.«

Ich hatte keine Lust auf Cocktails, aber ich wollte auch auf keinen Fall mit dieser Erkenntnis allein in der Wohnung sitzen, und die anderen waren sicher noch nicht aus dem Germanicum zurück, wo sie sich zum Videoabend verabredet hatten.

»Na, ich sehe schon, ich muss dir noch viel zeigen. Zur Via Garibaldi, bitte!«, fügte Stefano an den Taxifahrer gewandt hinzu.

Die Via Garibaldi lag etwas außerhalb der Innenstadt in der Nähe von Trastevere. Auf der zehnminütigen Fahrt dorthin war ich auffallend schweigsam, denn alles, was ich hätte sagen können, hätte einen zickigen, enttäuschten Unterton gehabt.

Stefano hatte mich belogen.

Zumindest hatte er mich absichtlich in Unwissenheit über seine Identität gelassen. Viel schlimmer aber war der Gedanke, dass sein Interesse gar nicht mir gegolten hatte, sondern nur meiner Arbeit. Während ich tiefer und tiefer in den Sitz hineinsank, wirkte er auf unerklärliche Weise von Minute zu Minute aufgekratzter. Er redete ununterbrochen auf mich ein, schwärmte von Puccini und erklärte, dass Wagner-Opern einfach nicht an die italienischen heranreichen könnten. Ich sah das anders, mochte die Schwere in Wagners Musik, sagte aber nichts dazu, sondern beobachtete ihn nur stumm. Er gab dem Taxifahrer genaueste Anweisungen, wie er fahren sollte, und entlohnte ihn dafür mit einem sehr großzügigen Trinkgeld. Dann stieg er aus, eilte ums Auto herum, öffnete mir die Tür und reichte mir zum Aussteigen seine Hand. Ich spürte einen winzigen elektrischen Schlag, als ich meine Hand in seine legte. Verflixt. Das war gemein. Mir gefiel dieser Mann, ich wollte von ihm nicht verladen werden. Ich würde ihn darauf ansprechen müssen. Er sollte wissen, dass ich wusste, dass er mich in Unwissenheit gelassen hatte.

Die Cocktailbar hieß Amore Orientale. Verschwiegene Séparées in, wie der Name schon sagte, orientalischer Ausstattung und Atmosphäre boten Raum für Privatsphäre. Wir nahmen in einer gemütlichen Nische mit Polstern in Samtrot Platz, und ich bestellte einen Cocktail mit dem Namen »Mille e una Notte«. Es wäre alles perfekt gewesen, wenn da nicht meine Erkenntnis über ihn zwischen uns gestanden hätte. Männer würden wahrscheinlich viel mehr gestehen, wenn ihnen bekannt wäre, wie viel die Frauen im Grunde schon wussten, das hatte schon der berühmte Peter Frankenfeld erkannt. Ich würde ihm sagen müssen, was ich dachte.

»Ist etwas nicht in Ordnung?«, fragte Stefano, als ich wenig später lustlos mit dem Strohhalm in meinem Drink herumstocherte. Er selbst hatte seinen Mai Tai schon mit dem ersten Schluck halb geleert. Ja, trink dir nur Mut an, Junge, dachte ich. Das hilft dir auch nicht aus deinen Lügengespinsten.

»Maria?«

»Hm?«

»Du bist so still, ist etwas nicht in Ordnung?«

Ich schaute auf und in die wunderschönen Augen dieses Mannes, der im Begriff war, mein Herz im Sturm zu erobern. Ich musste meine Augen wieder schließen, um mich nicht von seiner Schönheit blenden zu lassen, sondern auszusprechen, was wir beide wussten: »Du bist Stefano Carini, der Sohn von Antonio Silvano Carini und somit zukünftiger Geschäftsführer von Edizioni Remus.«

Es war eine einfache Feststellung. Meine Stimme klang erstaunlich sachlich, weder trotzig noch provokant oder vorwurfsvoll.

Stefano sah mich ernst an. Dann nickte er. »Si«, sagte er schließlich nach einer Pause, die mir wie eine Ewigkeit vorkam. »Das stimmt.«

»Du hättest es mir sagen müssen. Du warst nicht ehrlich zu mir.«

Es wurde immer schwieriger, meine Verletztheit zu verbergen. Stefano nickte wieder.

»Wie lange weißt du schon, dass wir von Jakobi sind?«

»Im Grunde seit dem Abend im Cielo. Ich habe euch reden hören. Ein paar Brocken Deutsch verstehe ich. Aber ich wusste nicht, wie ich es dir sagen sollte.«

Ich zog hörbar den Atem ein. Das war ja schlimmer, als ich gedacht hatte. Er hatte es die ganze Zeit gewusst? Also war sogar sein Krankenbesuch nichts als Schnüffelei gewesen! Er hatte nur unsere Arbeitsweise geprüft, seine zukünftigen entfernten Angestellten kontrolliert? Tränen der Wut schossen mir in die Augen, und ich schaffte es nur mit viel Kraft und dem Cocktail auf ex, sie nicht herauszulassen. Der Ausflug nach Ostia, der Opernbesuch – alles nur Tarnung? Und ich hatte geglaubt, ihm würde etwas an mir liegen! Ich konnte ihm nicht in die Augen sehen vor Schmach. Und Signor Zambrotta und Markus hatten es geahnt – so ein Mann brachte nur Ärger!

»Darf ich dir erklären, weshalb ich es dir nicht sagen wollte?«, fragte Stefano.

Was gab es da schon groß zu erklären?

»Wenn du gewusst hättest, wer ich bin, hättest du doch bestimmt gedacht, ich wollte nur Informationen über die Arbeit des Verlages bekommen, oder etwa nicht!«

»Aber genau das denke ich jetzt!« Nun kam doch ein vorwurfsvoller Unterton durch. Ich hatte meine Stimme nicht mehr unter Kontrolle.

»Es stimmt aber nicht. Ich habe absichtlich nicht so viel von mir erzählt. Die meisten schreckt es nur ab, wenn sie hören, aus welch einflussreicher Familie ich stamme. Ich wollte nicht, dass du gehemmt bist, dich mit mir zu verabreden, nur weil ich eines Tages Edizioni Remus leiten werde.«

»Das wichtige Meeting, das du wegen deines Krankenbesuchs bei mir verpasst hast, war das Meeting mit meinen Kollegen. Du bist bewusst nicht hingegangen, weil sie dich sonst erkannt hätten«, rieb ich ihm unter die Nase und kämpfte mit meinen Tränen der Wut und Enttäuschung.

»Nein, das ist nicht wahr«, entgegnete er. »Ich wusste nicht, worum es bei dem Treffen ging, ich habe es nicht absichtlich versäumt. Es war ein so schöner Nachmittag mit dir, dass ich einfach die Zeit vergessen habe.«

»Du hättest mir trotzdem sofort sagen müssen, wer du bist«, sagte ich und sah ihn vorwurfsvoll an.

Stefano wirkte tatsächlich ein wenig geknickt. »Du hast recht«, sagte er leise. »Aber ich wollte eben herausfinden, ob du freiwillig deine Zeit mit mir verbringst und nicht bloß aus falscher Höflichkeit gegenüber dem Verlag meine Einladung annimmst. Ich wollte wissen, ob du dich für *mich* interessierst und nicht bloß für Remus.«

»Und warum?« Ich hatte die Gabe, überflüssige Fragen zu stellen.

Als ich ihm jetzt in die Augen sah, ging mir sein Blick durch und durch, und ein freudiges Kribbeln erfüllte meinen vom Cocktail gefluteten Magen.

Stefano antwortete nicht mehr. Stattdessen zog er mich ganz nahe an sich heran und küsste mich – und diesmal nicht auf die Stirn.

Es war atemberaubend.

»Deshalb«, sagte er, als wir wieder Luft geholt hatten.

Und von diesem Moment an hörte ich auf, mir oder ihm irgendwelche Fragen zu stellen.

»In nomine patris, filii et spiritus sancti.« Brav machte ich mit den anderen in der Kirchenbank mein Kreuzzeichen, als der Priester in der Laterankirche den Segen Gottes auf uns herab rief. Es war Hannas Idee gewesen, in den Sonntagsgottesdienst zu gehen, um die »Spiritualität und Religiösität der römischen Bevölkerung zu sehen, die die Atmosphäre dieser Stadt prägten, ob man wollte oder nicht« – wie sie gemeint hatte. Mir hatte die Beerdigung von Signora Briatore eigentlich schon gereicht. Nicht so Hanna.

»Man kann die Römer nicht verstehen, wenn man nicht einen Blick in jeden ihrer Lebensbereiche wirft«, hatte sie im Brustton der Überzeugung gesagt. In Wahrheit wollte sie weniger über das Leben der römischen Bevölkerung als über das der ungarischen Priesteramtskandidaten wissen. Man musste kein Genie sein, um das zu erraten.

Hanna hatte sich tatsächlich in Gergely verliebt. Sie gab es ganz offen zu, als ich sie am Montagmorgen darauf ansprach. Wir saßen am Frühstückstisch, und nachdem ich ihr von der ungeheuren Erkenntnis über Stefanos Identität und dem alles vergessen machenden Kuss erzählt hatte, fragte ich sie über Gergely aus.

»Was soll ich machen, ich bin verliebt«, sagte Hanna schlicht. »Gegen die Liebe ist kein Kraut gewachsen. Ich habe noch nie so gefühlt, es ist, als hätte ich gefunden, wonach ich mein ganzes Leben gesucht habe. Er ist *der* Mann meines Lebens!«

»Ist es nicht etwas früh für eine so gewagte Behauptung? Ich meine, was weißt du denn schon groß von ihm? Gar nichts!«

»Darum geht es doch gar nicht«, behauptete meine Freundin, »du hast ja keine Ahnung. Es geht hier doch nicht um eine Absicherung, sicher sein kann man nie. Aber wenn man zueinandergehört, dann spürt man das einfach. Und Gergely und ich haben es sofort gespürt.«

So konnte man das natürlich auch nennen.

Hanna und Gergely hatten die Nacht zusammen verbracht, und er war wohl sehr, sehr leidenschaftlich. Das konnte frau vielleicht von gewöhnlichen ungarischen Männern erwarten, doch nicht unbedingt von einem Priesteramtskandidaten. Stille Wasser waren offenbar wirklich tief, und die Frömmsten würden die Schlimmsten sein, oder so.

Markus, der etwas später zu uns an den Frühstückstisch kam, hatte ganz offensichtlich keine so gute Nacht gehabt wie Hanna.

»Was macht ihr so einen Lärm am frühen Morgen? Der *stille* Vogel fängt den Wurm«, maulte er ungewohnt mufflig. Er hatte dunkle Augenringe und war auch sonst recht schweigsam. Fast tat er mir leid. Er hatte sich wirklich sehr um Hanna bemüht und uns überhaupt erst mit den anderen Jungs bekannt gemacht. Und nun musste er machtlos mit ansehen, wie sie sich in eine Affäre mit einem anderen hineinsteigerte, die von vornherein zum Scheitern verurteilt war. Undank ist der Welten Lohn, fiel mir dazu nur ein. Irgendwie dachten wir heute alle in Sprichwörtern. Dabei überließen wir das sonst immer unseren Guten-Morgen-Baci. »Überraschungen sind das Salz des Alltags«, hatte meines heute behauptet. Nach meinem Geschmack hatte ich jedoch in letzter Zeit ausreichend Salz gehabt und bedurfte keiner weiteren bösen Überraschung.

Es war wirklich traurig. Seit unserem Ausflug in den Vatikan war Markus wesentlich schweigsamer als sonst, alberte nicht mehr so viel herum und schien oft abwesend, wenn man ihn etwas fragte.

Noch mehr als er aber tat mir Hanna leid, denn eine aussichtslosere Beziehung hatte sie noch nie begonnen. Ich selbst kannte Heimlichkeiten und Verbote, moralische Ermahnungen und Gewissensbisse zur Genüge aus meiner Beziehung mit Georg.

Doch hier war nicht eine andere Frau die Leidtragende der Verbindung, sondern Gergely selbst lief Gefahr, seinen angestrebten Beruf zu verlieren, könnte nicht zum Priester geweiht werden, wenn er an eine ernsthafte Beziehung denken sollte. Denn wenn ich mich auch sonst nicht viel mit der katholischen Kirche auseinandersetzte – so viel wusste ich immerhin, dass sie ihre Priester zum ewigen Singledasein verdammte. Und welcher Mann entschied sich heutzutage noch der Liebe wegen gegen seine berufliche Karriere? Für mich stand fest, dass dieser ungarische Beau mit leichtem Hang zum Machogehabe meiner Freundin das Herz brechen würde, und ich betrachtete die Verbindung der beiden mit genauso viel Argwohn wie Markus, wenn auch wohl aus anderen Gründen.

»Wir müssen uns langsam mal zusammensetzen und den Aufbau unseres Guides abgleichen«, sagte der gerade, wobei er bemüht munter klang. »Amelie hat den Aufbau rübergemailt, den sie in London und Warschau verwenden. Er ist wesentlich einleuchtender als der, den das Paris-Team erstellt hat, und Doktor Haeffner meint wohl, dass wir uns nun alle daran orientieren sollten.«

»Na, wenn Georg das meint«, sagte Hanna und grinste zu mir herüber.

»Hey, komm, was Redaktionelles angeht, hat er wirklich einiges drauf«, nahm ich meinen Ex in Schutz. Schließlich berührte es auch mein Ehrgefühl, wenn sie es so darstellte, als sei ich mit einem kompletten Idioten zusammen gewesen.

So machten wir uns also an die Arbeit. Und obwohl ich in Gedanken immer wieder zu Stefano und seiner wahren Identität abdriftete und Hanna ihren rosaroten Verliebtheitsblick pflegte, kamen wir dank Markus, der den Überblick bewahrte, gut voran. Eine Auflistung regelmäßiger Ereignisse, Feiertage, Galaabende, Modenschauen und weiterer Events hatte Hanna bereits erstellt. Die Termine, die in die Zeit unseres Aufenthalts fielen, würden wir gemeinsam wahrnehmen.

Die Fotos, die Markus von den Restaurants, Clubs und Kneipen gemacht hatte, die ich bislang für gut befunden hatte, waren zum größten Teil perfekt. Er verstand sein Handwerk ganz offensichtlich. Und unser Stadtrundgang »Trends & Trads«, der immerhin ein Fünftel des Guides ausmachen sollte, stand beinahe. Wir hatten in diesem ersten Monat trotz Umzug und Beginn zweier Liebesaffären einiges geschafft.

In den nächsten Tagen war ich abends fast ausschließlich mit Stefano unterwegs. Wir besuchten diverse Bars, Restaurants und gingen im Park der Villa Borghese spazieren. Nur ins Settimo Cielo gingen wir nicht mehr, obwohl es, wie er mir erzählte, zu seinem Stammlokal geworden war. Ich hätte dort gern mal genüsslich mit ihm einen Himmelsstürmer getrunken. Andererseits war es auch ein gutes Zeichen, dass Stefano, wenn er mit mir zusammen war, nicht mal mehr besonderes Interesse an seiner Fußballbar zeigte. Und er wollte mir eben in möglichst kurzer Zeit einen möglichst großen Überblick über die Gastro-Szene in Rom und Umgebung verschaffen.

Auch die Priesteranwärter um Markus herum waren nun seltener im Cielo. Da die wunderschöne Lorelai Guerini dort nicht mehr hinterm Tresen glänzte – ihr »Praktikum« war offenbar vorbei –, fehlte insbesondere Zoltán der Anreiz. Gergely und Hanna verbrachten ohnehin sehr viel Zeit außerhalb Roms, wohl um dem Gerede im Germanicum aus dem Weg zu gehen. Ich hatte beinahe ein schlechtes Gewissen, weil unser unfreiwilliges Dreiergespann zu zerbrechen drohte. Was die Arbeit anging, hatten wir uns mittlerweile tatsächlich gut eingespielt und lagen genau im Zeitplan. Wir hatten bereits den ersten Glamourwelt-Artikel für *Climax* verfasst und standen in regelmäßigem Kontakt zu Amelie.

»Wer so ein großes, umfangreiches Projekt startet«, hatte Georg gesagt, »der muss ein Netzwerk aus Informationen und gegenseitigem Austausch aufbauen!«

Unverständlich, dass er als Hauptknotenpunkt dieses Supernetzwerks nun ausgerechnet seine dusselige Sekretärin eingesetzt hatte. Was sollten denn die Viva-Verantwortlichen von Jakobi halten, wenn diese unfähige Person uns repräsentierte? Das hatte ich Georg vor unserer Abreise gefragt, und es hatte sich ja dann prompt bei der Autobuchung bewiesen, dass es mit ihrem Verstand nicht weit her war. Doch Georg nahm Amelie stets in Schutz:

»Sie ist eben noch sehr jung und in der Lernphase«, hatte er gesagt.

Lernphase, dass ich nicht lachte. Ich hatte mit dreiundzwanzig Jahren genau gewusst, dass ein Zweisitzer nur zwei Sitze hat. Ich hatte es sogar mit drei Jahren schon gewusst, ich hätte es nur noch nicht artikulieren können. Weiß der Teufel, was Georg an diesem dummen Huhn gefressen hatte.

Aber was kümmerte mich Georg. Ich hatte jetzt Stefano.

Und plötzlich fand ich Rom gar nicht mehr so schrecklich alt und staubig. Plötzlich war Rom aufregend, romantisch und verbarg an jeder Ecke eine Überraschung. Die Wahrsagerin hatte es prophezeit. Ich hatte Gutes gefunden, weil ich Gutes gesucht hatte. Ich hatte Rom eine Chance gegeben, und Rom hatte mich dafür mit Stefano belohnt.

Das Leben auf dem Hügel zur schönen Aussicht war nicht so ruhig und beschaulich, wie ich anfangs gedacht hätte: Zuerst war da der Tod von Maria Briatore, dann die Geschichte mit der Schlange und dem erzwungenen Umzug in die Wohnung der Verstorbenen. Mittlerweile hatten wir uns mit den neugierigen Witwen aus Etage zwei und drei, Signora Cassano und Signora Di Natale – sie war es, die auf der Beerdigung immer wieder in Tränen ausgebrochen war –, arrangiert, bekamen wir doch durch sie stets die aktuellsten Klatschgeschichten mit.

So auch heute. Ich saß gerade mit den beiden Damen auf Signora Di Natales Balkon und schlürfte genüsslich einen italienischen Milchkaffee. Die Witwe Cassano hatte eine ganz besondere Art, diesen Kaffee zu kochen, so dass die Latte macchiato mir tatsächlich zum ersten Mal richtig gut schmeckte. Zudem vertrug ich sie wesentlich besser als puren Espresso mit Milch oder Cappuccino. Offenbar musste man sich in der italienischen Küche seine Nischen suchen, dann war selbst der Kaffee lecker. Während ich also tratschend mit den beiden Signoras in die römische Sonne blickte, fuhr ein heißer kleiner Sportflitzer auf den Hof: knallrot und mit einem schwarzen Pferd auf gelbem Grund. Selbst ich wusste, dass dies ein Ferrari war. Die Tür öffnete sich, und heraus sprang eine flippige kleine Frau, höchstens einen Meter fünfundfünfzig groß, mit kniekehlenlangem Haar in einer Farbe, die den Ferrari vor Neid erblassen lassen konnte.

»Cos'è questo rumore?«, hörte man prompt unseren Hausmeister aus dem Fenster brüllen. »Was soll der Lärm?«

»Donnerwetter, wen will *die* denn besuchen?«, fragte ich. »Sagt bloß, die gehört zum schönen Fabio?«

»Puah lo vorebbe – das hätte sie gerne, das kleine Flittchen«, stieß Signora Cassano verächtlich aus. »Aber den bekommt sie nicht, das ist ein so feiner Kerl, è uno dei migliori, einer der Besten!«

»Das ist Carlotta, die Nichte von Signor Zambrotta«, erklärte Signora Di Natale, »ein freches, aufdringliches Ding. Hat in der Lotterie gewonnen und sich diesen Schlitten da gekauft, statt ihrem armen alten Onkel unter die Arme zu greifen.«

»Und schmeißt sich an jedes Mannsbild ran, das ihr über den Weg läuft«, fügte die Witwe Cassano hinzu. »Und die Männer sind ja so leicht zu beeindrucken mit teuren Autos, alle, nur der Fabio nicht, das ist ein feiner Kerl. Und so gläubig! Hat einen richtigen kleinen Altar in seinem Schlafzimmer aufgebaut und betet regelmäßig den Rosenkranz davor.«

Ich scheute mich zu fragen, woher die kernige Witwe wusste, was der junge Fabio in seinem Schlafzimmer tat.

»Zum Glück verschwindet sie meistens nach drei Tagen wieder und düst durch die Weltgeschichte«, meinte Signora Di Natale und stand auf, um den Wasserkrug neu zu füllen. »Zwei, drei Tage, länger halten die beiden das nie zusammen aus«, bekräftigte sie noch einmal.

Das war gut zu wissen. Ich würde Stefano sicherheitshalber für die Dauer von Carlottas Aufenthalt nur noch direkt in der Stadt treffen. »Suche nicht das Böse«, hatte meine kluge Zigeunerin gesagt, und diese Zambrotta-Carlotta war gewiss böse.

Unten im Hof fielen sich der Hausmeister und seine kecke männermordende Nichte vor Wiedersehensfreude in die Arme, um sich gleich darauf gegenseitig aufs derbste zu beschimpfen.

Ich verabschiedete mich von den Witwen und machte mich auf den Weg zur Bushaltestelle. Die Arbeit wartete. Ich hatte einen Termin mit einem wichtigen Eventmanager in einem seiner Clubs. Auf dem Weg in die Stadt wollte ich den Roller abholen, den ich auf Ollis Rat zur Inspektion gebracht hatte, bevor ich den Kaufvertrag bei Giancarlos Motorclub unterschreiben würde. Denn den leichtsinnigen Kauf eines italienischen Gebrauchtfahrzeugs von einem italienischen Händler hatte wahrscheinlich schon so mancher mit schweren körperlichen Blessuren bezahlt. Wenn ich da an meine Freundin Britta dachte, die als erstes Auto von ihrem Vater einen gebrauchten Fiat Panda geschenkt bekommen hatte – FIAT = Fehler In Allen Teilen – dieser Spruch hatte sich bei Brittas Panda fast wöchentlich bewahrheitet.

Aber ich hatte bei der Wahl meines neuen fahrbaren Untersatzes ein glückliches Händchen bewiesen. »Alles tipptopp!«, versicherte mir der Inspekteur. Vielleicht war er ein wenig voreingenommen, weil seine Werkstatt in unmittelbarer Nähe zu Giancarlos Geschäft für Gebrauchtfahrzeuge lag, aber ich hatte keine Lust mehr, allem und jedem zu misstrauen, nur weil ich in Italien war. Schwarzmalerei hatte noch niemandem geholfen. In Italien gingen die Menschen mit einem positiven Grundgefühl in den Tag. Und die Fußgänger betraten hier die Straße in der festen Überzeugung, dass die Autos schon anhalten würden. Diesen Optimismus wollte ich mir auch angewöhnen.

So startete ich den Motor meines neuen Gefährts, erst zögerlich, doch schon nach ein paar Metern wurde ich mutiger, beschleunigte, schaltete höher und ließ den Fahrtwind durch mein Haar zausen. Herrlich, diese neue Mobilität – kein Wunder, dass so viele Römer Piaggio fuhren: Es brachte Spaß und gab einem das Gefühl von ungebändigter Freiheit. Plötzlich hatte ich nicht mehr die Sorge, mich in dieser Stadt zu verlaufen, und das römische Kopfsteinpflaster konnte mich nicht mehr schrecken. Der Roller machte mich zu einer unabhängigen Reporterin, einer eigenständigen jungen Frau, die auf den Spuren der Liebe und Lebensfreude durch die italienische Metropole fuhr, um die gefragtesten Lokale und Clubs ausfindig zu machen. Und wenn ich dafür länger suchen musste, na und? Von nun an waren auch die längsten Um- und Irrwege schmerzfrei, der Sitz des Rollers war hochbequem und meine Füße ruhten auf dem Trittbrett, statt sich über die Straßen zu quälen.

Bester Laune fuhr ich einen der sieben römischen Hügel hinauf und auf der anderen Seite wieder hinunter, durch einige Gassen hindurch auf die Landstraße, die Richtung Osten führte, folgte der Beschilderung und fuhr schließlich in eine Seitenstraße hinein und über den gigantischen Parkplatz auf mein Ziel zu. »Centro Andiamo« stand in riesigen Lettern über dem Eingang des Nachtclubs, ich schaltete runter und ließ die Piaggio bis direkt vor die Tür ausrollen, wo ich sie parkte.

Welch Luxus, dieser neue fahrbare Untersatz. Kein Taxifahrer würde mich mehr übers Ohr hauen können, so viel war mal klar.

Der Eventmanager Gianluca Toni, der regelmäßig Modenschauen, Castings und Talentwettbewerbe in den beiden größten Nachtclubs Roms, dem Centro Andiamo und Centro Cupido, organisierte, erwies sich als der Michael Ammer des Südens.

Permanent legte er mir den Arm um die Schulter und flirtete, was das Zeug hielt, während ihm eine in Haargel ertränkte dunkle Locke immer wieder verwegen in die Stirn fiel. An den Wänden der Flure zwischen den einzelnen Tanzflächen hingen gerahmte Bilder von Toni im Kreise junger Schönheiten und römischer Berühmtheiten. Ich bemühte mich, seinen Umklammerungsversuchen zu entkommen, indem ich in jeden Winkel des Centro Andiamo hineinschaute, hin und her lief, um mir die Dekoartikel an den Wänden anzuschauen, und so tat, als würde mich die Architektur der achteckigen Bühnenkonstruktion in außergewöhnlichem Maße interessieren.

Als Markus sich nach einer halben Stunde zu uns gesellte und das Gespräch in seiner direkten Art auf ein sachliches Niveau – Marketingmechanismen und Infrastruktur – zwang, konnte ich meine Dankbarkeit kaum verbergen.

»Sympathie und Erfolg gehen in der Geschäftswelt selten Hand in Hand«, meinte Markus grinsend, als Signor Toni kurz verschwand, um nach den Werbeplakaten für sein letztes Event zu suchen. Ich schüttelte mich unwillig.

»Mach bloß schnell deine Bilder, und dann nichts wie raus in die Sonne und unter normale Leute. Von Typen wie Toni bekomme ich Ausschlag!«

Markus grinste weiter und machte sich an die Arbeit.

»To get the right impression of the location, müsst ihr unbedingt zu einem meiner Events kommen, *please*!«, erklärte Toni, als er mit einem großen Aktenordner unterm Arm zurückkam. »Seht nur, was dort bei der letzten Modenschau im Cupido los war – *they rocked the house*!«

Die Bilder der gigantischen Party waren beeindruckend. Das musste man dem Mann lassen, er verstand es offenbar, einen Nachtclub zum Bersten zu füllen.

»Wann ist denn die nächste Party«, fragte Markus ebenfalls auf Englisch, und Toni antwortete: »Übernächsten Samstag.« Er reichte uns vier Freikarten für ein Bikini-Mädchen-Casting im Centro Cupido. »Ihr könnt auch gerne noch Freunde mitbringen«, meinte er und gab mir links und rechts feuchte Küsschen.

Markus nickte ihm höflich zu. »Ich denke, das wird sich einrichten lassen.«

Klar. Welcher Typ verzichtete schon freiwillig auf Freikarten für eine Bikinishow.

»Komm jetzt«, meinte ich und wischte mir, als Toni grad nicht hinschaute, die Küsse mit dem Handrücken weg und die Hand an Markus' »Heute nicht, gestern passt mir besser«-T-Shirt ab. »Wir haben noch einen Termin mit deinem Kollegen vom Carusos«, fügte ich entschuldigend in Richtung des Clubbesitzers hinzu, dem das gar nicht gefiel.

»Das Carusos? Na, da werdet ihr schön enttäuscht sein, der Laden hat überhaupt keine Ausstrahlung, kein Flair«, behauptete Toni. »Dass der sich überhaupt Club nennen darf, ist eine Schande für unsere Branche – and I mean it! Ich gebe euch einen guten Rat, spart euch die Zeit, bei dem schönen Wetter sollte eine so schöne Signorina sich ohnehin nicht in dunklen Nachtclubs verstecken.«

An das dicke Auftragen der italienischen Männer würde ich mich wohl nie gewöhnen. Je mehr Komplimente sie mir machten, desto unglaubwürdiger wurden sie. Stefano ausgenommen, selbstverständlich. Aber Worte wie »bella, bellissima« wurden in diesem Land inflationär gebraucht, da taten weniger oberflächliche Aussagen, wie Markus sie gerade brachte, zur Abwechslung richtig gut. Er lobte mich beim Verlassen des Andiamo:

»Nicht schlecht, dein Spruch mit Carusos. Hast du gesehen, wie entsetzt der Typ war bei dem Gedanken, wir könnten statt seiner Clubs die Konkurrenz in den Guide aufnehmen? Er hat mir prompt noch drei weitere Freikarten in die Hand gedrückt.«

»Vielleicht sollten wir das in Zukunft immer so machen, guter Cop und böser Cop spielen – wer weiß, was uns das noch bringt«, schlug ich vor.

»Kein schlechter Gedanke. Auf jeden Fall sind wir ein gutes Team«, resümierte Markus grinsend. Und zumindest in Bezug auf das Abwimmeln arroganter Clubbesitzer stimmte das wohl.

»Aaaaah!« und »Oooooh!« und »Fantastico!« schallte es durcheinander, als wir am übernächsten Samstag unsere Jacken an der Garderobe abgegeben hatten und den Eingangsbereich des Centro Cupido passierten. Signor Gianluca Toni begrüßte uns persönlich. Der Club war ausgesprochen luxuriös ausgestattet. Zunächst führte der Hausherr uns in eine Lounge, die ganz in sattem Dunkelgrün gehalten war. Samtbezogene Sofas luden in gemütliche Plauschecken ein, hinter einem Tresen aus – wie Toni betonte – blattgoldverziertem Mahagoni standen vier schnieke Barkeeper und wirbelten professionell mit Shakern und Flaschen herum. Vom Loungebereich führte ein schmaler, dezent ausgeleuchteter Gang, von dem rechts und links Séparées abgingen, hinein in eine gigantische Disco.

Auf drei Tanzflächen bewegten sich hier die Massen mehr oder weniger rhythmisch zu dumpfen Housebeats, während über ihnen von einer Empore die coolen Tanzmuffel herabspähten. Inmitten der Tanzenden befand sich das erhöhte DJ-Pult, wo zwischen vier halbnackten Gogo-Tänzerinnen der – wie man uns verriet – Sohn des Bürgermeisters seiner Leidenschaft nachging und Platten auflegte.

Wir betraten die Cocktaillounge, in der die Frauenschau stattfinden sollte. Ohrenbetäubend laute Reggae-Musik scholl uns entgegen. Der Laufsteg für die Bikinimodels war ein Knüller: Er strahlte in grellem Pink und schwebte mitten im Raum zwischen den beiden Rundtresen, befestigt an dicken Stahlstangen, die aus der Decke kamen.

»Der ist höhenverstellbar«, brüllte Toni gegen seine eigene Clubmusik an. »Man kann ihn bis unter die Decke ziehen!«

»Hoffentlich haben die Mädchen keine Höhenangst«, brüllte ich zurück, aber er verstand mich offenbar nicht, denn er nickte nur grinsend. Mein Mitleid mit den Wettbewerbsteilnehmerinnen wuchs, sie mussten nämlich auch einen äußerst geringen Wendekreis haben – der schwebende Laufsteg war ausgesprochen schmal.

»Bei uns arbeiten die berühmtesten DJs Italiens«, brüllte Toni, weiter seinen Club preisend.

Das Centro Cupido, das ich im Laufe des Abends ins Centro Stupido, Zentrum der Dummheit, umbenannte, bot alles, was die Klatschpresse liebt: Grell blondierte Köpfe mit stark verschminkten Gesichtchen saßen auf unproportional dürren Körperchen. Umringt wurden diese meist der Schauspiel- und Modelbranche angehörenden Weibchen von Mauern aus gegelten Männerhaarschöpfen, nicht selten in Lagerfeld-Manier bezopft und gehüllt in eine Wolke aus Armani-Duft, der gegen schweißgetränktes Polyester ankämpfte. Kaum einer der Besucher hier hatte wohl einen nennenswerten IQ, aber dafür wohl genügend Kleingeld, um sich den stolzen Eintritt von siebzig Euro leisten zu können.

Neben Markus, Hanna und mir hatten auch die eigentlich abstinenten Priesteramtskandidaten es sich nicht nehmen lassen, einen Blick auf den Bikiniwettbewerb zu werfen. Da Stefano leider irgendwelche familiären Verpflichtungen hatte, war die letzte Freikarte ausgerechnet an Zambrottas Nichte gegangen. Von wegen sie bleibt immer nur zwei bis drei Tage! Seit über einer Woche lungerte diese verwöhnte Göre nun schon bei ihrem Onkel herum, faulenzte im Liegestuhl auf Zambrottas Balkon in der Sonne oder ließ mitten in der Nacht den Motor ihres Ferrari aufheulen, so dass unsereins fast aus dem Bett fiel. Dann fuhr sie in irgendeine Großraumdiskothek, aus der sie gegen Morgen ebenso lautstark wieder zurückkehrte. Zu ihrem Ärger aber stets allein. Ob es nur daran lag, dass ihr Onkel streng katholisch war, sei dahingestellt. Jedenfalls war Carlotta extrem auf Männerjagd, und besonders angetan hatte es ihr offenbar ausgerechnet unser guter Markus. In den letzten Tagen war sie ihm auf Schritt und Tritt überallhin gefolgt, angeblich weil sie selbst eine Leidenschaft fürs Fotografieren hatte und von »diesem großen Künstler«, wie sie ihn bezeichnete, lernen wollte.

Zugegeben, Markus machte seine Sache wirklich nicht schlecht, aber wie Signora Di Natale sofort festgestellt hatte, musste man kein Genie sein, um zu erkennen, worauf es dieses listige Weibsstück eigentlich abgesehen hatte.

Markus selbst schien nichts von Carlottas Anhimmelei zu merken. Er glaubte tatsächlich, sie sei allein an seiner Arbeit interessiert, und so nahm er sie bereitwillig mit auf seine Fototouren quer durch Rom. So war es denn auch keine Überraschung, dass er ihr eine der Freikarten für heute Abend gegeben hatte, aber ärgerlich war es trotzdem.

Ich betrachtete sie argwöhnisch, während sie sich bei Markus unterhakte und ihn zum Tresen zerrte, und nahm es dankbar zur Kenntnis, dass Markus sich von dort zu uns umdrehte und unsere Bestellungen aufnahm. Tja, liebe Carlotta, wenn du nach Zweisamkeit mit einem Mann strebst, hast du dir den falschen ausgesucht – Markus gibt es nur im Paket!

»No, Alessandra, wirklich, zwei Schäufelchen Futter plus Grünzeug am Tag sind mehr als genug. Sparky schaut immer so hungrig drein, aber wenn du die Rationen erhöhst, wird er bald wieder seinen Bauch über den Teppichboden schleifen müssen, glaube mir!«

Einmal pro Woche rief ich in Berlin an, um mich zu vergewissern, dass mein Meerschweinchen wohlauf war. Aber natürlich ging es ihm bei Alessandra hervorragend. Sparky bekam ein Leckerli nach dem anderen, und seine Pflegemutti brachte abends nach der Arbeit sogar noch die übriggebliebenen Gemüseschnipsel aus der Trattoria mit. Ich würde ein kugelrundes Haustier zurückbekommen, wenn das so weiterging.

»Und, erzähl, was gibt es Neues in Rom?«, fragte sie nun. Ich hatte sie entgegen meiner Gewohnheit diesmal gut auf dem

Laufenden gehalten. »Hat dieser Fotograf wieder etwas angestellt? Wie geht es Hanna mit ihrem neuen Freund, ist sie glücklich? Und hast du etwas Neues über deinen Wundermann herausbekommen?«

»Piano, piano«, drosselte ich meine neugierige Freundin. »Allora: Markus hat neuerdings eine Verehrerin, die Nichte von unserem Hausmeister. Das ist vielleicht eine Nervensäge, sag ich dir. Er tut aber so, als würde er es gar nicht merken, hat ja sowieso immer nur Augen für Hanna gehabt, aber diese Carlotta drängt sich ihm total auf«, begann ich meine Zusammenfassung. »Hanna hingegen hat nur Augen für ihren Priesterschüler, das wird hier noch in einer Katastrophe enden, fürchte ich.«

»Und dieser Stefano?«

»Stefano.« Ich seufzte. »Es könnte alles so perfekt sein. Aber leider hat sich herausgestellt, dass er der Sohn des Eigentümers von Edizioni Remus ist, ausgerechnet, stell dir vor!«

Alessandra lachte. »Allora«, meinte sie. »Was willst du mehr? Römische Society, er wird dich auf Händen tragen!«

»Wahrscheinlich ist es nur ein Sommerflirt«, schwächte ich entgegen meiner Empfindung ab. »Solche Männer gibt es doch eigentlich nur im Traum. Und außerdem –«

»Außerdem was?«

»Er ist Italiener, er lebt hier, in Italien.«

»Ja, das stimmt«, pflichtete Alessandra mir bei. »Du solltest es langsam angehen, ganz zwanglos, verrenne dich nicht in eine Phantasie ... Mal was ganz anderes: Warst du mal oben in Forte?«

Ich schluckte. Forte dei Marmi, der mondäne Badeort am Mittelmeer – aber worauf Alessandra eigentlich anspielte: nur zwanzig Minuten von dort lag das kleine toskanische Dorf, in dem meine Mutter lebte. Forte dei Marmi war für unsere deutschen Freunde, und irgendwann auch für uns, zum Synonym geworden, wenn wir nach Italien fuhren, in die Toskana auf Nonnos und Nonnas Gut.

»Was soll ich denn in Forte?«, fragte ich schließlich zurück. »Wir schreiben doch nur über Rom, nicht über die Toskana.«

»Du weißt genau, was ich meine.« Alessandra klang streng. »Es ist wirklich an der Zeit, dass du einmal einen Schritt auf deine Mutter zugehst, finde ich.«

»So, findest du«, erwiderte ich gereizt.

»Ja, das finde ich«, sagte sie mit Nachdruck. »Du hast dich lange genug hinter der Maske der alleingelassenen Tochter versteckt. Du bist kein Kind mehr, Maria. Interessiert es dich denn gar nicht, wie es deiner Mutter geht? Willst du nicht erfahren, wie das damals war?«

»Ist doch klar, was war: Mama hat Papa und mich im Stich gelassen, was gibt es da groß zu erfahren?«, blaffte ich ins Telefon.

Es entstand eine Pause. Das Telefonat hatte eine unerfreuliche Wendung genommen, ich war mal wieder gröber gewesen, als ich sein wollte, aber das Thema Mama zerrte sofort an meinen Nerven. Deswegen vermied ich es ja auch, wenn möglich.

»Hat dein Vater das etwa so zu dir gesagt?«, fragte Alessandra, und ihre Stimme klang leicht erregt.

»Nein!«, rief ich sofort. »Papa hat gar nichts gesagt.«

Das stimmte: Papa hatte nie ein schlechtes Wort über Mama verloren. Auch Mama war nie über Papa hergezogen, wenn ich es recht bedachte. Die Trennung meiner Eltern war einfach eine schuldfreie, unumgehbare Tatsache gewesen.

»Du solltest zu deiner Mutter fahren«, wiederholte Alessandra, und ihre Stimme ließ keinen Zweifel daran, dass sie es ernst meinte. »Sie hat es nicht verdient, dass du sie so abweist, nach allem, was passiert ist.«

»Was soll das heißen?« Ich wurde wieder lauter. »Was zum Teufel ist denn passiert, dass sie damals einfach zurückgeblieben ist, ohne Vorwarnung, ohne eine Erklärung? Wieso konnte sie nicht einfach wieder mit mir nach Hause fahren und ihre Probleme dort lösen, wie jede andere Mutter es getan hätte?«

»Sie konnte nicht«, behauptete Alessandra. »Sie hat einen Fehler gemacht. Einmal im Leben hat sie einen Fehler gemacht, weil sie emotional gehandelt und nicht nachgedacht hat. Und dann war eben alles verloren …«

»Meine Güte«, fiel ich Alessandra ins Wort, »alles verloren, wie melodramatisch – und was, bitte schön, war das für ein Fehler, der mein Leben ruiniert hat? Was kann eine Mutter davon abhalten, zu ihrem Kind zu kommen?«

Alessandra war wieder ganz ruhig geworden. »Jetzt wirst du dramatisch«, antwortete sie. »Niemand hat dein Leben ruiniert, du hattest ja die Wahl. Du hättest jederzeit zu ihr ziehen können.«

Wir schwiegen uns eine Weile an.

»Fahr hin, frag deine Mutter, wie das damals war«, meinte Alessandra. »Es ist an der Zeit, dass du die Wahrheit erfährst.«

Ich lachte auf. »Ha! Ja klar. Die Wahrheit! Jetzt, wo Papa tot ist, könnt ihr mir ja sonstwas über ihn erzählen. Am Ende heißt es noch, er habe eine andre gehabt. Mein Vater! Ha! Ne, ne, auf solche späten ›Wahrheiten‹ kann ich gut verzichten. Papa hat Mama geliebt, aber ihr war Italien wichtiger, so war das.«

Ich geriet langsam in Rage, aber Alessandra würgte mich radikal ab: »Maria, ich muss jetzt Schluss machen, ich muss zurück in den Laden.«

Ich bemühte mich, auch wieder sachlich zu werden. »Ja, gut, also: Bitte überfüttere Sparky nicht!«, konnte ich noch sagen.

»Ich pass schon auf«, erwiderte Alessandra.

Dann legte sie auf, und ich war wieder allein mit mir und meiner Ungewissheit.

Die Zeit begann auf einmal zu rasen. Schon anderthalb Monate waren wir nun in Rom. Fast wie eine kleine Familie hatten wir unseren Frühstücksrhythmus gefunden, reichten uns morgens blind die Müslipackung über den Küchentresen und trafen uns regelmäßig am Spätnachmittag zur Lagebesprechung. Auch unsere Abendunternehmungen fanden nach der Zeit der Pärchenbildung nun wieder in größerer Runde statt. Angefangen mit der Inspektion diverser Nachtclubs – um einen Vergleich zu Signor Tonis Glanzhütte zu haben – über den großen Cocktailtest in der Bar des Terra Magica bis hin zu Besuchen von verschiedenen Theatern hakten wir so eine Reihe von potentiellen Empfehlungen für den Guide zur italienischen Hauptstadt ab.

Heute saßen wir nach einer gefühlten Ewigkeit auch mal wieder im Settimo Cielo zusammen, als der Wirt plötzlich ein Tablett mit Sektgläsern an unseren Tisch brachte. Nanu? Gab es etwas zu feiern? Fragend blickten wir in die Runde. Außer Stefano, der ein wichtiges Meeting hatte, waren alle da: Olli, Zoltán, Markus, Hanna, Gergely, Carlotta und ich.

»Ich habe den Sekt bestellt«, meldete sich Gergely zu Wort, und alle Blicke waren auf ihn gerichtet, als er sich räusperte und hinzufügte: »Ich habe euch nämlich etwas Wichtiges zu sagen.«

Was sollte das denn? Ein Geständnis seiner heimlichen Beziehung zu Hanna war doch nun wirklich nicht mehr nötig, sogar Zoltán und Olli wussten mittlerweile Bescheid und verkniffen sich mühsam alberne Bemerkungen. Es war längst kein Geheimnis mehr.

»Was gibt's?«, sprach Markus unser aller Frage aus.

»Wie einige von euch wissen, soll ich im August zum Priester geweiht werden«, begann Gergely.

O Gott, dachte ich, jetzt kommt's!, und schaute besorgt zu meiner Freundin hinüber, die erstaunlich gelassen wirkte und ihn selig anlächelte. Er musste die Beziehung zu Hanna beenden, um seiner Berufung folgen zu können! Aber das konnte er doch unmöglich hier vor uns allen verkünden, noch dazu mit Sekt? Glaubte er etwa, dass ihm auf diese Weise die fällige Szene erspart bliebe? Na, dem würde ich was erzählen!

»Und ihr habt sicherlich auch alle schon mitbekommen, dass Hanna und ich uns lieben.«

Liebe! Er sprach tatsächlich von Liebe! Nicht, dass ich die Gefühle meiner Freundin nicht ernst nahm, sicherlich war sie sehr *ver*liebt. Aber zu Liebe gehörte doch bedeutend mehr als ein paar Wochen gemeinsame Zeit und ein Lippenbekenntnis. Zu Liebe gehörten Vertrauen, Beständigkeit, feste Absichten – wollte er etwa seinen Job hinschmeißen für Hanna? Das war zwar sehr romantisch, aber wo blieb hier die Vernunft?

»Und weil die Zeit langsam knapp wird«, fuhr Gergely seelenruhig und nun speziell an Hanna gewandt fort, »möchte ich dich schon Ende Juni heiraten.« Mit diesen Worten rutschte er auf seine Knie hinab, griff in seine Jackettinnentasche, zog ein kleines Kästchen hervor, öffnete es und bot Hanna einen bezaubernden kleinen Verlobungsring an.

»Wenn du mich willst?«

Freudestrahlend fiel Hanna Gergely um den Hals und rief: »Natürlich will ich!«

Alle Umstehenden applaudierten, und sogar Zoltán rief laut: »Bravo!«

Nur mir blieb mein Aioli-Brötchen, an dem ich gerade kaute, im Halse stecken. Zuerst wurde ich blass, dann lief mein Kopf wegen des drohenden Erstickungstodes hochrot an, und ich hustete mir die Seele aus dem Leib.

Olli klopfte mir aufmunternd auf den Rücken, und Markus zog besorgt seine Augenbrauen hoch. »Presto, un bicchiere d'acqua!«, rief er zum Tresen hinüber, und ein schmucker junger Kellner eilte mit einem Glas Wasser zu mir. Ich nahm dankend einen großen Schluck. Mir blieb keine Zeit, mich zu wundern, woher Markus plötzlich so gut Italienisch konnte.

»Aber das könnt ihr doch nicht machen!«, rief ich aus, als ich wieder zu Atem kam. »Hanna, denk doch nach, wenn er das jetzt wegen dir hinschmeißt, dann bist du auf alle Zeit die böse Hexe, die den Priester aus dem Seminar gezerrt hat, die werden dir das Leben zur Hölle machen, euch verurteilen ...«, ich musste erneut kräftig husten und meine Rede unterbrechen.

Olli schüttelte nur verständnislos den Kopf. »Sagt bloß, sie hat immer noch keine Ahnung …?«

»Ahnung wovon?«, fragte ich, der Verzweiflung nahe. Was denn noch? War denn hier allen egal, was für Konsequenzen diese Schnapsidee bedeuten würde? Der Priester und das Mädchen, hatte denn keiner den tragischen Film gesehen? Dornenvögel hoch drei?

Gergely, meine Freundin in seinem Arm, sah aus, als wolle er sich ausschütten vor Lachen, und Hanna strahlte einfach nur selig und nahm die Glückwünsche der umstehenden Gäste entgegen, die offenbar den vollkommen überstürzten Antrag mitbekommen hatten und nun teilhatten an der fragwürdigsten Romanze seit Romeo und Julia.

»Hanna, bitte!«, rief ich flehend. »Ihr könnt doch nicht heiraten. Er wird Priester! Hanna, die machen bei so was Ernst!«

»Nun mach aber mal halblang«, meinte Olli, »wir sind zwar Kirche, aber nicht mehr im Mittelalter. Die Scheiterhaufen sind abgebrannt. Du hast wohl zu oft ›Der Name der Rose‹ geschaut!«

Nun lachte auch Hanna.

»Verzeih«, meinte sie an mich gewandt, »ich hätte es dir längst gesagt, aber Gergely wollte unbedingt dein Gesicht sehen, wenn du es erfährst!«

»Wenn ich was erfahre?«

Waren denn hier alle verrückt geworden? Wieso freuten sie sich und gratulierten den beiden, als seien sie das unkomplizierteste Paar der Welt? Sie standen doch vor einem riesigen Problem!

Zoltán, der meine Verzweiflung offenbar nicht länger mit ansehen konnte, ergriff nun das Wort: »Wir sind griechisch-katholisch. Uns ist es erlaubt zu heiraten, solange wir es vor der Weihe tun.«

Mein Gesichtsausdruck war wohl nicht der gescheiteste, denn erneut brach Gergely in schallendes Gelächter aus. Ich fand das alles trotzdem noch nicht sehr lustig. Griechisch-katholisch? Noch nie gehört! Okay, offenbar durfte Gergely also beides, meine Hanna heiraten und Priester werden? Eine Ausnahme bestätigt eben jede Regel. Fein. Das änderte aber nichts daran, dass ich diese Hochzeitspläne für vollkommen überstürzt hielt!

Und, was noch viel schlimmer war: Wie sollte man innerhalb so kurzer Zeit ein rauschendes Fest auf die Beine stellen, wie Hanna und ich es uns immer vorgestellt hatten? Das schaffte selbst ein Improvisationstalent wie ich, die selbstverständlich zukünftige Trauzeugin, nicht.

»Warum muss es denn unbedingt schon Ende Juni sein?«, fragte ich und versuchte, einen möglichst fröhlichen Tonfall aufzusetzen, was gründlich misslang. »Wie sollen wir denn auf die Schnelle alles organisiert bekommen?«

»Na ja, es wird ja nur eine kleine Feier im engsten Familien- und Freundeskreis werden«, bestätigte Gergely, nachdem er noch eine Weile vor sich hin gekichert hatte, dann auch noch meine schlimmsten Befürchtungen. »Wir wollen kein großes Trara, einfach eine schöne, nette Hochzeit.«

Ich schaute Hanna fragend an: »Ist das wahr?«

Sie lächelte entschuldigend. »Ich weiß, wir haben uns unsere Hochzeiten immer als große, romantische Feiern vorgestellt. Aber unter diesen Umständen halten wir das nicht für angemessen. Gergelys Weihe wird eine große Sache, und wir haben Glück, dass wir überhaupt noch so kurz davor heiraten dürfen. Sein Bischof ist da sehr kulant.«

Und Gergely fügte hinzu: »Außerdem könnt ihr alle auf diese Weise noch dabei sein, denn du und Markus, ihr reist ja im Juli wohl wieder ab, auch Olli und Zoltán verlassen Rom im Herbst.«

»Und was ist mit euch, ich meine, wie geht es dann weiter? Ziehst du zu Hanna nach Berlin? In die kleine Wohnung? Und was ist mit unserem Projekt? Bei all den Hochzeitsvorbereitungen hat Hanna doch kaum Zeit dafür.«

»Capital Trends machen wir natürlich noch gemeinsam fertig. Aber danach werde ich wohl bei Jakobi aufhören müssen«, meinte meine wahnsinnige Freundin.

»Hanna und ich werden nach meiner Weihe eine gemeinsame Wohnung in Rom beziehen, bis ich meine Promotion abschließen kann, und dann gehen wir zurück in meine ungarische Heimat.«

Ich war geschockt. Hanna wollte nach Ungarn ziehen? Das konnte doch nicht ihr Ernst sein? Ich hatte Mühe, nicht hysterisch zu werden vor Entsetzen über diese unerwartete Wende. Doch um die unverständlicherweise gute Stimmung der anderen nicht zu verderben, bemühte ich mich um Contenance.

Später aber, als meine Freundin und ich noch einen gemeinsamen Abendspaziergang unternahmen, äußerte ich all meine Bedenken. Und zwar alle auf einmal.

Sie lauteten: »Erstens: Ihr kennt euch zu kurz, zweitens: Ihr handelt überstürzt, drittens: Ihr kennt euch zu kurz«, und so weiter und so fort.

»Was würdest du denn in meiner Situation machen?«, fragte Hanna mich. »Ich meine, angenommen, du hättest dich in einen Mann verliebt, von dem du genau wüsstest, dass du mit ihm dein Leben verbringen willst, und hättest nur eine einzige Möglichkeit, mit ihm zusammenzubleiben? Und wenn du dich nicht sofort entschiedest, würdet ihr beide unglücklich werden? Ich kann doch von Gergely nicht erwarten, dass er seine Berufung aufgibt oder die Weihe verschiebt, wenn ich ihm nicht das Versprechen gebe, bei ihm zu bleiben. So aber haben wir uns, und er kann im Herbst zur Weihe gehen und den Beruf ausüben, den er liebt. Sag ehrlich, würdest du für die Liebe deines Lebens nicht auch einiges aufgeben?«

»Ich weiß nicht, Stefano und ich kennen uns doch erst seit so kurzer Zeit! Aber so viel weiß ich: Man kann doch nicht sein ganzes bisheriges Leben über den Haufen werfen für jemanden,

den man noch nicht lang genug kennt. Das geht einfach viel zu schnell!«

Ich wiederholte mich. Und ich belog mich, denn natürlich hatte ich schon von einer gemeinsamen Zukunft mit Stefano geträumt – jede Frau tut so etwas, wenn sie sich verliebt. Aber das mit uns war alles noch so neu, so unwirklich. Er würde natürlich als Verlagserbe in Rom bleiben müssen, aber vielleicht könnte ich weiter für *Climax* arbeiten, sozusagen als Auslandsreporterin. Schließlich war ich bisher in meinem Beruf viel gereist und würde das auch von Rom aus machen können. Darüber, wie es wäre, Berlin und vor allem Hanna für immer verlassen zu müssen, hatte ich noch nicht nachgedacht. Wollte ich auch nicht. Das würde meine Träume nur trüben. Ich hatte doch gerade erst festgestellt, dass ich Italien gar nicht so verabscheute, wie gedacht, dass Rom weit mehr war als die Zentrale kirchlicher Macht und dass nicht alle italienischen Männer unzuverlässig, machohaft und klein waren. Und wenn die Wahrsagerin recht behielt und ich hier in Rom tatsächlich meinen Mann fürs Leben getroffen hatte, dann hätte ich nichts dagegen. Aber deswegen musste ich noch lange nicht nach wenigen Wochen heiraten.

»Unsere Beziehung ist so herrlich unkompliziert«, sagte ich deshalb. »Im Moment genieße ich das alles. Es ist so das genaue Gegenteil zu der Sache mit Georg. Alles ist aufregend, so frisch und neu. Mit Georg war es immer schwierig, die ewige Versteckspielerei, immer diese Sorge, wie seine Töchter reagieren würden, wenn er sich von Uschi trennte. Vielleicht liegt es auch daran, dass ich in Rom freier bin und unsere Beziehung nicht vorbelastet ist. Aber deswegen würde ich Stefano nicht schon nach zwei Monaten heiraten. Schließlich kennen wir uns eigentlich kaum. Und du kennst Gergely genauso wenig.«

»Na ja, vielleicht ist Stefano ja auch nicht deine wahre große Liebe«, entgegnete Hanna. »Aber bei mir und Gergely ist es eben kein Abenteuer, es ist nicht aufregend oder spannend. Es ist vielmehr dieses Gefühl, nach Hause zu kommen, endlich angekommen zu sein. Gergely und ich, wir sind uns ganz sicher miteinander. Wir möchten zusammen etwas aufbauen, eine Familie gründen. Warum sollte ich da noch lang überlegen? Ich habe doch nichts zu verlieren.«

»Und was ist mit mir? Mit unseren Freunden in Berlin, mit deiner Arbeit? Es ist sicher nicht leicht, in Rom oder gar in Ungarn zu arbeiten, wenn du nicht einmal vernünftig Englisch sprichst. Wie stellst du dir das vor?«

Hanna schwieg einen Moment lang. »Tja«, meinte sie dann, »ich hoffe doch, dass wir beide immer befreundet sein werden, ganz egal, wo wir wohnen. Ich hab es mit Georg noch nicht besprochen, aber vielleicht kann ich ja auch von Budapest aus als Moderedakteurin für *Climax* arbeiten, oder ich werde Auslandskorrespondentin für die *Zeit*, oder ich schreibe ein Buch – irgendeine Arbeit werde ich schon finden.« Und augenzwinkernd fügte sie hinzu: »Außerdem werde ich natürlich die meiste Zeit damit aufwenden, Hausfrau und Mutter zu sein und in Gergelys Gemeinde zu helfen.«

»In der Gem… – sag mal, Hanna, bist du noch zu retten? Du willst deinen tollen, spannenden Job aufgeben, Berlin verlassen, auf unsere gemeinsamen Abende und Urlaube verzichten, um in irgendeinem ungarischen Kuhdorf Kuchen für Pfarrfeste zu backen?«

Hanna sah mich ernst an. »Schade. Ich hatte von dir mehr Verständnis erwartet. Dass meine Eltern Probleme machen werden, davon geh ich sowieso aus. Aber du, die sonst immer sagt, man solle auf sein Herz hören – dass du mich jetzt verachtest, weil ich einmal im Leben weiß, was ich will, das hätte ich nie gedacht.«

Enttäuscht wandte sich Hanna ab und stapfte den Hügel zu unserer Wohnung hinauf.

Ich blickte ihr traurig nach.

O solo mio

Ein großer Gesteinsbrocken rutschte unaufhaltsam auf mich zu. Ich versuchte, mich in eine Felsspalte zu flüchten, doch der Stein war zu schnell und drohte, mich an der Wand zu zerquetschen. Immer näher und näher rollte der gigantische Brocken. Er warf einen kalten Schatten, Staub rieselte auf mich herab – da wachte ich aus meinem Alptraum auf.

Ich war schweißgebadet. Durch die offene Balkontür hatte ein frischer Morgenwind Eschenpollen hereingeweht, die sich fein über meiner Decke verteilten. Das war nun schon der vierte Alptraum innerhalb einer Woche. Einer grässlichen Woche. Seit unserem Streit hatte Hanna kaum mit mir gesprochen. Stattdessen hatte sie sich in die Arbeit gekniet, wohl um hinterher so viel Zeit wie möglich für die Hochzeitsvorbereitungen zu haben. Auch Markus hatte sich zurückgezogen und arbeitete die meiste Zeit des Tages stumm vor sich hin.

Für ihn musste es ein noch größerer Schock gewesen sein, diese unerwartete Verlobung, denn es sah danach aus, als würden Hanna und Gergely es mehr als ernst meinen. Das war nicht nur ein im Überschwang der Gefühle herausposaunter Antrag, nein, die beiden waren wild entschlossen, ihr Leben miteinander zu verbringen. Hanna hatte sich sogar schon über die Bedingungen für eine Konvertierung, also den Übertritt in die katholische Kirche informiert.

Stefano bekam ich in diesen Tagen überhaupt nicht zu Gesicht. Unvermeidbare familiäre Verpflichtungen, die er nicht genauer definiert hatte, hinderten ihn daran, sich mit mir zu treffen. Anfangs hatte ich seine spontane Art, meine Freizeit zu gestalten, als sehr erfrischend empfunden. Nun aber ging es mir langsam auf die Nerven, dass er unsere Verabredungen ebenso spontan absagte. Immerhin rief er hin und wieder an, um sich nach mir zu erkundigen. Die Nachricht von der bevorstehenden Hochzeit allerdings schien ihn nicht sonderlich zu interessieren, so dass ich mit meinem Kummer über den Streit mit Hanna allein dastand.

Ich warf einen Blick auf mein Handydisplay. Die Uhr zeigte Viertel nach acht. Es gab überhaupt keinen Grund für mich, in einen weiteren grässlichen Tag zu starten. Dennoch schwang ich meine Beine aus dem Bett und tapste in Unterwäsche auf den Balkon hinaus. Ich konnte mich gar nicht daran erinnern, die Tür offen gelassen zu haben.

Hatte ich auch nicht. Vor mir saß Markus im Liegestuhl, auf dem Schoß seinen Laptop. Er musterte mich von oben bis unten und zog die Augenbrauen hoch.

»Nanu, schlecht geschlafen?«, fragte er, und sein Mund verzog sich zu einem spöttischen Grinsen.

Ich war zwar aus meiner Studienzeit ein ungezwungenes WG-Leben gewohnt, doch zog ich es vor, meinen Mitbewohnern im angezogenen Zustand zu begegnen. Deshalb bedachte ich Markus nur mit einem müden verächtlichen Blick und ging in mein Zimmer, um mir meinen Morgenmantel überzuwerfen. Dann trat ich zurück auf den Balkon. Die Frühlingsluft war herrlich. Das war aber auch schon alles.

»Was willst du denn hier, hättest du nicht warten können, bis ich aufgestanden bin, statt dich an mir vorbei hier rauszuschleichen? Ich muss wohl in Zukunft meine Zimmertür abschließen«, maulte ich ihn an.

»Du vergisst, dass der Balkon uns allen zusteht, und der einzige Zugang führt nun einmal durch dein Schlafgemach. Oder soll ich etwa dir zuliebe die nackte Wand raufklettern? Außerdem stehst du fast nie vor elf auf, und da will ich längst in der Stadt sein.«

Das war eine freche Übertreibung, ich stand sehr wohl oft vor elf Uhr auf! Jedenfalls wenn ich einen Vormittagstermin hatte wie heute. Ich wollte das Brunchbuffet eines internationalen Backpacker-Hostels am Rande der Stadt unter die Lupe nehmen, und das gab es von zehn bis vierzehn Uhr.

Schweigend verließ ich den Balkon und schlurfte lustlos ins Bad. Ich war es leid, mich vor Markus zu rechtfertigen. Knappe zwei Monate noch, dann war ich ihn hoffentlich für immer los. Bis dahin hieß es: Zähne zusammenbeißen und weiterarbeiten, ich brauchte ihn schließlich noch.

Nach der Dusche fühlte ich mich ein wenig besser und beschloss, die wichtigen Dinge meines Lebens heute einmal wieder selbst in die Hand zu nehmen. Zunächst einmal würde ich mich mit Hanna aussöhnen. Na und, dann machte sie eben einmal im Leben einen Fehler und heiratete diesen ungarischen Halbgott. Auch wenn sie aus Berlin fortzog, waren wir doch immerhin beste Freundinnen. Wir hatten schon so viel durchlebt, das ließ ich mir doch nicht von einem *Mann* kaputtmachen. Gergely wollte Hanna? Okay, aber dann musste er sich auch damit abfinden, dass es uns Mädels nur im Doppelpack gab.

Dann würde ich eben in Zukunft meine Sommerurlaube bei Hanna in Ungarn verbringen, das konnte sogar ganz schön werden. In Ungarn war ich noch nie. Ich beschloss, das Budapest-Team von Capital Trends zu kontaktieren, die konnten mir bestimmt einige interessante Insidertipps geben.

Aber erst mal war ein klärendes Gespräch mit Hanna angesagt. Danach würde ich sofort Stefano anrufen und ihm Druck machen. Es ging einfach nicht, dass er mich so vernachlässigte, Familie hin oder her. Und dann würde ich mich ebenfalls kräftig in die Arbeit stürzen. Schließlich waren wir nur aus einem Grund in Rom: Wir sollten einen top Guide schreiben. Jawohl!

Voller Tatendrang ging ich in die Küche, um uns ein fürstliches Frühstück zu bereiten, eine Stärkung für einen langen, arbeitsreichen Tag.

Anscheinend verspürte ich nicht als einzige diesen Tatendrang. Hanna hatte bereits liebevoll den Tisch gedeckt. Es duftete herrlich nach frischen Croissants.

»Kaffee?«, fragte sie, als ich ihr Werk aus selbst aufgebackenem Allerlei, Salami, Käse, Aprikosenmarmelade und Müsli bestaunte.

»G-gern, danke«, stammelte ich verwirrt. »Hanna, ich …«

»Ich weiß schon«, unterbrach sie mich und lächelte. Verlegen lächelte ich zurück.

Dann ging ich auf sie zu und umarmte sie.

»Herzlichen Glückwunsch zur Verlobung!«, sagte ich.

Mehr war nicht zu sagen. Manchmal braucht man keine großen Worte, keine Erklärungen. Es tat mir leid, dass ich so heftig und negativ reagiert hatte, und Hanna wusste das und war nicht sauer auf mich. Nun konnten wir uns gemeinsam auf ihre Hochzeit freuen.

Ich hatte beschlossen, den Brunch im Hostel an einem anderen Tag zu testen, denn nach Hannas Frühstück war ich pappsatt. Markus und Hanna hatten einen Ausflug in die Katakomben der Stadt geplant, und obwohl ich Enge und Dunkelheit nicht viel lieber mochte als große Höhen, schloss ich mich ihnen an. Leider war auch Zambrottas Nichte wieder mit von der Partie. Mehr und mehr drängte sie sich in unsere Clique hinein, was mir überhaupt nicht passte. Es wurde Zeit, dass unser guter Hausmeister sie wieder hinauswarf.

»Wir fangen mit der Calixtus-Katakombe an«, erklärte Markus, »das sind die am weitesten verzweigten Gänge, an die zehn Kilometer, unterteilt in mehrere Stockwerke. Die ältesten Gräber dort stammen aus dem zweiten Jahrhundert. Es gibt dort auch einen deutschen Pater, der Führungen anbietet, aber ich dachte mir, wir sehen uns die erst einmal auf eigene Faust an, dann hat man mehr Zeit, sich umzusehen.«

Ohne einen sachkundigen Führer in die Tiefen dieses unterirdischen Gängesystems einzudringen war auf gewisse Art abenteuerlich. Leider schätzte ich Abenteuer nicht sonderlich. Ich hatte lange genug in Deutschland gelebt, um es würdigen zu wissen, dass sich unter der glatt asphaltierten Erdoberfläche nur U-Bahn-Reisende und Kanalreiniger herumtreiben, in den Bergen ergänzt um die Kohlekumpel. Ob es hier wohl Ungeziefer und Schlangen, Skorpione und ähnliches Getier gab? Ich hatte jedenfalls nicht vor, hier länger als nötig zu verweilen.

Ich klammerte mich feige an Hannas rechten Unterarm und folgte den drei Wagemutigen von der Via Appia Antica hinein in die Tiefe der antiken Grabstätten.

Als wir die ersten Stufen hinabtraten und die obere Ebene der Grabreihen erreichten, lief mir ein eiskalter Schauer über den Rücken. Ich hatte mich in der Gegenwart von Toten noch nie sonderlich wohl gefühlt. Selbst oberirdische Friedhöfe hatten stets einen Grusel bei mir ausgelöst, und die Beerdigungen meiner Verwandten waren für mich einfach nur schrecklich gewesen.

Hanna hingegen war fasziniert von der Stille, die solchen Orten anhaftete, und schien sich in dieser Totengruft ausgesprochen wohl zu fühlen. Auch Carlotta hatte offenbar kein Problem mit der Gegenwart Verblichener. Für mich war das vollkommen unbegreiflich, und ich zog voller Unbehagen meine Schultern hoch.

»Brauchst keine Angst zu haben«, sagte Markus in diesem Moment, als ob er mir an der Nasenspitze ansehen konnte, wie ich mich fühlte, »hier unten laufen täglich Hunderte von Menschen herum – selbst wenn es hier Untote gäbe, würden sie sich nicht den frühen Morgen aussuchen, um herumzuwandeln.«

»Mir graut es auch weniger vor den Leichen als vor dem Lebendigen, dem man unter der Erde so begegnen könnte«, murmelte ich abwinkend.

Er grinste: »Keine Sorge, Fledermäuse sind ausgesprochen scheu, die werden uns schon nicht attackieren.«

Fledermäuse? An solch eine Gefahr hatte ich noch nicht einmal gedacht!

»Are you talking about bats? Diese Vampirchen leben nicht

so tief unten, immerhin befinden wir uns gleich mehrere Meter unter null!«, gab Carlotta ungefragt ihren Senf dazu.

Selber Null, dachte ich, riss mich aber zusammen. Es war wirklich schon genug gestritten worden.

»Man hat hier im Laufe der Zeit über hundertfünfzigtausend Gräber freigelegt, könnt ihr euch das vorstellen?«, las Hanna aus ihrem Reiseführer vor. »Sogar Gräber von Bischöfen sollen darunter sein!«

»Se non è vero, è ben trovato«, zitierte ich zu meiner eigenen Verblüffung Markus' Standardspruch. Der sah mich auch prompt erstaunt an. Dann lächelte er, und ich war wiederum verblüfft, denn diesmal lag kein bisschen Spott oder Ironie darin. Verwirrt lächelte ich zurück.

Wir stiegen weiter hinab. Das beklemmende Gefühl in meiner Brust verstärkte sich. Wurde die Luft hier nicht merklich dünner? Was, wenn die Decke plötzlich einstürzte?

»Hier, das muss ein Bischofsgrab sein«, meinte Markus, als wir um eine Ecke bogen.

»Episcopus Sixtus II«, stand in kaum leserlichen Lettern in den Stein graviert, dazu das christliche Symbol des Fisches.

»Wenn man sich das so vorstellt – all diese Menschen hier haben vor fast zweitausend Jahren gelebt. Hinter diesen Steinen liegen Knochen, die fast so alt sind wie unsere Zeitzählung«, philosophierte Hanna und ließ ihre Hand andächtig über die Inschriften wandern.

»Und wer weiß, die sind wahrscheinlich so gut erhalten, dass man das genetische Material noch zu Ahnenforschungszwecken verwenden könnte«, meinte Markus pragmatisch. Bei dem Gedanken an eine Exhumierung der jahrhundertealten Leichen wurde mir endgültig schlecht.

»Seid mir nicht böse, aber ich warte draußen auf euch, ja? Ich vertrage die Luft hier nicht so gut.«

Besorgt schauten Hanna und Markus mich an. »Soll ich mitkommen?«, fragte Hanna.

»Nein, nein, nicht nötig«, winkte ich rasch ab, aber Carlotta pflichtete ihr bei: »Sicher besser, Hanna bringt dich! You look really bad.«

»Wie nett«, entfuhr es mir, »selbst schon mal in den Spiegel geschaut?«

Carlotta lachte albern. »Du weißt doch, wie ich's meine.«

Ich wusste es sogar ganz genau.

Hanna begleitete mich also hinaus aus der Katakombe und setzte sich mit mir in die Vormittagssonne, während Markus unter der Erde den penetranten Annäherungsversuchen von Carlotta hilflos ausgeliefert war. Na ja, wenn diese Frau seinem Geschmack entsprach, dann war ihm ohnehin nicht mehr zu helfen. Und wenigstens kam er dadurch auf andere Gedanken und musste sich nicht wegen Hannas Heiratsplänen grämen.

Trotzdem wurmte es mich aus unerfindlichen Gründen, als die beiden zwanzig Minuten später zu uns stießen – Markus mit beiden Händen in den Hosentaschen, Carlotta krampfhaft bei ihm eingehakt.

»Wir wollen uns jetzt noch die Sebastians-Katakomben anschauen, die sind ganz in der Nähe«, verkündete Markus.

»You don't have to join us«, fügte Carlotta eilig hinzu. »Scusi, potrebbe indicarmi la strada per le catacombe sebastiane?«, fragte sie einen Passanten. Sogleich kam der junge Mann zu ihr hinüber, um ihr mit ausladenden Gesten den Weg zu deuten.

»Die sollen aber noch sehenswerter sein, weil dort noch aufwendigere Malereien die Wände schmücken«, fügte Markus einladend hinzu.

»Also, ich würde die schon ganz gern noch sehen«, meinte Hanna, während sie in ihrem Reiseführer die entsprechende Seite aufschlug, und schaute mich fragend an. Carlotta schaute genervt zu mir herüber.

»Geht ihr nur«, meinte ich und frohlockte innerlich, dass Hanna die Zweisamkeit zwischen der frechen Sizilianerin und

Markus unbewusst zerstörte. »Ich bin ohnehin gleich verabredet.«

»Mit Stefano?«, fragte Hanna.

Ich nickte. Nun war es an Markus, genervt dreinzuschauen und seine Augenbrauen hochzuziehen. Irgendwie hatte ich das Gefühl, dass er Stefano nicht sonderlich mochte. Aber das konnte mir egal sein. Hauptsache, ich mochte Stefano.

Er hatte auf mein Drängen hin eine Familiensitzung abgesagt und sich mit mir auf einen Kaffee in der Via Cappellari mit anschließendem Spaziergang durch den Park der Villa Borghese verabredet. Es war blendendes Wetter, und ich hatte mir extra mein neues Lieblingskleid angezogen, um meinem Schwarm vor Augen zu führen, was er doch für ein Glück hatte, mich kennengelernt zu haben.

So begleitete ich die drei noch ein Stück die Via Appia Antica entlang bis zu den Sebastians-Katakomben und machte mich dann mit der Straßenbahn auf den Weg in die Stadt.

Stefano hatte mich weggedrückt. Fassungslos starrte ich auf mein Handy. Das war ja wohl das Allerletzte. Was bildete er sich ein? Immerhin waren wir vor über einer Stunde verabredet gewesen, und ich saß nun schon seit einer halben Ewigkeit in diesem Caffè Garibaldi und wartete. Egal, in welch wichtiger Besprechung er vielleicht stecken mochte oder was auch immer ihm dazwischengekommen war – er konnte mir wenigstens eine SMS schicken. Mein Hals war schon ganz trocken vor lauter Koffeinkonsum. Ekelhafter Caffè Latte, widerlicher Milchschaum, fürchterliches Rom, und vor allem: rücksichtsloser Stefano!

Ich drückte die Wahlwiederholungstaste, aber jetzt hatte er sein Telefon offenbar ganz ausgestellt. »The person you have called is temporarily not available …«, behauptete die künstliche Tonbandstimme. Irgendetwas stimmte hier nicht. Wir waren doch zusammen. Wir hatten eine so wunderschöne Zeit verlebt. Was war jetzt anders? Wieso war ich nicht einmal mehr einen Rückruf wert?

Rast- und ziellos strich ich durch Rom und grübelte. Hanna hatte die ganze Zeit über Zweifel an Stefano geäußert. Sie fand, dass die Geheimnistuerei sie an meine Beziehung zu Georg erinnere. Und auch die Zigeunerin hatte mich gewarnt und gesagt, dass es Schwierigkeiten geben werde. Aber ich war überzeugt gewesen, dass es diesmal etwas vollkommen anderes war als meine letzte Beziehung.

Georg war verheiratet, er war im Grunde ein Schuft, der mich mit seinem Charme und seiner Bildung fasziniert und um den Finger gewickelt und monatelang hingehalten hatte. Irgendwann aber muss ein Mann wissen, was er will, dieses ewige Hin und Her war jedenfalls kein Zustand.

Und ich wusste jetzt, was ich wollte: die große Liebe. Eine Mischung aus Romantik und stürmischer Leidenschaft für den Anfang und Vertrauen, Zuverlässigkeit und Geborgenheit für die Zukunft.

Ob solch eine Beziehung mit Stefano überhaupt möglich war?

Romantik und Leidenschaft, ja, die hatten wir geteilt. Er hatte mich überrascht und verwöhnt, ich kam mir bei unseren Verabredungen wirklich wie jemand ganz Besonderes vor. Aber in puncto Zuverlässigkeit scheiterte mein italienischer Liebhaber bislang ebenso wie Georg. Was, wenn er gar nicht anders konnte? Eben weil er Italiener war?

Und dann dieses Versteckspiel – auch das erinnerte tatsächlich sehr an meine Zeit mit Georg. Okay, Stefano war einer der beliebtesten Junggesellen Roms, stammte aus guter, einflussreicher Familie und war Schauspieler. Da ergab es sich wahrscheinlich von selbst, dass er sich mit mir lieber an entlegenere Orte begab. Der Beruf allein brachte das ja schon mit sich: Ein Schauspieler muss bei seinen weiblichen Fans eben, so lange es geht, den Eindruck erwecken, er sei noch zu haben. Und selbstverständlich wollte ich Andrea Pirlos Karriere in keiner Weise schaden. Aber mir selbst wollte ich natürlich auch nicht schaden, und der Drahtseilzustand mit Stefano zerrte doch mächtig an meinen Nerven.

Wir hatten unsere Beziehung bislang auch vor seiner Familie geheim gehalten. Stefano hatte gesagt, sein Vater sei immer etwas eigen, wenn es um eine neue Freundin ginge, und er bräuchte Zeit, um ihm in einem geeigneten Moment von uns zu erzählen. Dann würde er mich auch offiziell in seine Kreise einführen. Bis es so weit war, genossen wir unsere Zweisamkeit entweder in unserer Wohnung, wenn Markus, Hanna und insbesondere Carlotta nicht da waren, oder in der Bar eines gemütlichen kleinen Landhotels nahe Ostia.

Es war bei weitem noch nicht die Beziehung, die ich mir wünschte. Aber ich wollte ihn nicht drängen, deshalb hatte ich mich nie beschwert. Bis zu unserem Telefonat gestern.

Ich hatte alles getan, um sein Spiel mitzuspielen, weshalb nun also dieser Rückzug seinerseits? Das war alles andere als fair, und ich hasste es, auf Distanz gehalten zu werden. Hasste, hasste, hasste es!

Ich lief gerade durch die Via Napoli an einem Kiosk vorbei, als mein Blick an einer Ausgabe der *Gazzetta Roma Sociale* hängenblieb.

»Grande tragedia! Drama im Hause Carini«, prangte in großen roten Lettern auf der Titelseite, und darunter: »Silvio, was nun?« O nein! Er war doch nicht – ich ging näher. Kleine Tropfen Angstschweiß bildeten sich auf meiner Stirn, und mit zittriger Hand zog ich ein Exemplar aus dem Ständer. Etwa ein Unfall? War ihm etwas passiert? Was war mit Stefano? Ich las den Untertitel: »Platzt nun die Traumhochzeit des Jahres?« Darunter war ein Foto abgebildet. Es zeigte MEINEN Stefano mit einer grazilen Schönheit im Arm. Ich musste den Namen der Frau nicht lesen, ich kannte dieses makellose Gesicht: Es war Lorelai. Lorelai Alessandra Marissa Guerini – die Märchenfee aus dem Settimo Cielo.

Stefano Carinis Verlobte.

Ich starb meinen ersten kleinen Tod.

Jetzt war also alles klar: Ein Paparazzo, der unter dem Pseudonym Mario Materazzi schrieb, hatte mich und Stefano über einem Cocktail in der Lobby des Landhotels in Ostia fotografiert. Das Foto war auf Seite zwei der Gazzetta zu sehen. Ich kauerte mit meinem Exemplar auf den Stufen der Spanischen Treppe, und Tränen der Wut standen in meinen Augen, während ich die Enthüllungsgeschichte des Tages las, die sich über eine Doppelseite erstreckte. Es war ein schönes Foto. Ich war äußerst gut getroffen, mein Haar fiel mir in dichten Locken prachtvoll über die Schultern, und mein rotes Sommerkleid umspielte meine Figur sehr schmeichelhaft.

Stefano sah natürlich auch blendend aus, und wir beide wirkten sehr vertraut. Unter anderen Umständen hätte ich mir gleich mehrere Ausgaben der Gazzetta gekauft, um mir das Bild auszuschneiden und mein Zimmer damit zu tapezieren. Jetzt aber wollte ich darauf spucken, es zerreißen, verbrennen und die Asche im Trevi-Brunnen versenken. Alles war kaputt. Kaputt, kaputt, kaputt. Stefano war verlobt! Und laut Zeitung war ich nichts anderes als die böse Hexe in dem Schauspiel, die heimtückisch das perfekte Paar zerstören wollte. Die Angelina zwischen Brad und Jen!

»Intrigante Urlauberin bedroht Roms Traumhochzeit des Jahres. Wer ist die fremde Frau an der Seite von Dottore de Rossi, dem Arzt ohne Grenzen? Betrügt der Carini-Erbe seine schöne Verlobte?«

Und wieder fügte sich ein Puzzleteilchen ins andere und klärte ein weiteres Rätsel um meinen sich gerade in Luft auflösenden Traummann: *Deswegen* war Stefano nie mit mir ins Settimo Cielo und Terra Magica gegangen. *Deswegen* hatte er mich bis heute nicht seiner Familie vorgestellt, scheute Umarmungen und andere Liebesbezeigungen in der Öffentlichkeit und hatte es abgelehnt, uns in die Nachtclubs zu begleiten, wo Gianluca Toni sicher sofort seine Prominentenkamera gezückt hätte, um den Moment festzuhalten, da der große Stefano Carini ihn beehrte. Stefano hatte mich versteckt – nicht, weil er ein bekannter Schauspieler aus vornehmer Familie war und Wirbel vermeiden wollte, sondern weil er ein *mit Lorelai verlobter* Schauspieler aus vornehmer Familie war. Den Wirbel aber hatte er nicht vermeiden können – und mein gebrochenes Herz auch nicht.

Von einer Minute auf die andere war es aus mit meinem Traum. Es war aus zwischen Stefano und mir. Die Unbeschwertheit der letzten Wochen war wie weggeblasen, ich fühlte mich hundeelend, benutzt und naiv. Und ich musste an meine Mutter denken und das alte Sprichwort, das sie zitiert hatte, wenn ich als Kind einmal meinte, schwindeln zu müssen:

»Una bugia ne tira dieci – Eine Lüge zieht zehn nach sich.«

Ich hätte schon misstrauisch werden müssen, als Stefano mir das erste Mal die Wahrheit verschwiegen hatte. Im Grunde hatte er mich damals schon belogen.

Spät an diesem Abend rief der Verräter mich an. Ich hatte mich in meinem Zimmer eingeschlossen und die Decke über den Kopf gezogen, damit ich Carlottas Stimme nicht hören musste, die sich wieder einmal uneingeladen in unserer Küche niedergelassen hatte, angeblich, um mit Markus »über dessen Arbeit« zu reden. Aber da auch ihr der Artikel in der Gazzetta nicht verborgen geblieben war, hatte sie ihn mitgebracht und übersetzte ihn den anderen beiden Zeile für Zeile. »You live and learn«, hörte ich ihren naseweisen Ton auch durch meine Bettdecke hindurch.

Stefano stritt nichts ab, leugnete nichts. Die Zeitung hatte die Story schon seit ein paar Tagen in der Hinterhand, jedoch Familie Carini die Chance eingeräumt, eine Stellungnahme abzugeben. Diese wurde noch am selben Tag vom Pressesprecher seines Vaters verlesen, und darin hieß es: Niemand habe vor, die Verlobung, die bereits seit drei Jahren bestand, zu lösen. Lorelai und Stefano würden wie geplant im November zum Traualtar schreiten.

Für mich brach eine Welt zusammen. Irgendwie hatte ich den leisen Hoffnungsschimmer gehegt, es handle sich um eine Ente, um die Fehlmeldung eines skandalsüchtigen Schmutzblattes, das ein uraltes Foto von Stefano und Lorelai aus längst vergangenen Zeiten wieder herausgekramt hatte, um mir meinen Aufenthalt in Rom zu verderben.

Doch Stefano ließ keinen Zweifel an den Umständen. Lediglich den Hochzeitstermin wollte er nicht bestätigen. Die Verlobung sei eine Abmachung zwischen ihren Familien gewesen, sie selbst, er und Lorelai, hätten diese Beziehung nie so ernst genommen und immer auch andere Partner gehabt.

»Maria, bitte versteh das nicht falsch. Ich muss nun erst einmal Klarheit in die Situation bringen und weitere Probleme zwischen meiner und Lorelais Familie abwenden, ich hoffe, du verstehst das. Aber ich melde mich, so schnell es geht, bei dir, und dann reden wir vernünftig, mia cara.«

Meine Liebste! Er hatte die Stirn, mich in so einem Moment so zu nennen! Ich hätte in die Luft gehen, ihn anbrüllen, den Telefonhörer aufknallen müssen, dass es nur so schepperte. Dummerweise hatte er auf meinem Handy angerufen, und das konnte ich nicht gegen die Wand schmeißen, denn ich brauchte es noch. Mir fehlte ein Ventil für meinen Zorn, aber Stefano konnte damit nicht dienen. So ehrlich und sachlich, wie es ihm offenbar möglich war, weihte er mich in die geplante Vorgehensweise ein.

Das Foto von Stefano und mir war unverfänglich genug, damit ich als »gute Freundin« oder »berufliche Bekanntschaft« durchging. So bemühte sich die Gazzetta in den nächsten Tagen, wie mit den Carinis abgesprochen, um eine etwas neutralere Darstellung, und ließ schließlich nach drei Tagen ganz von diesem Thema ab. Die Wogen sollten sich glätten, so war der Wunsch der beteiligten Familien. Stefano und Lorelai waren verlobt, das Foto ein Missverständnis. Als Mitarbeiterin von Jakobi gehörte ich praktisch zum Betriebsalltag von Edizioni Remus. Alle schienen mit dieser Erklärung zufrieden zu sein. Und ich wurde gar nicht erst gefragt.

Dennoch hatte die Geschichte ein kleines Drama in der Familie Carini ausgelöst. Insbesondere Antonio Silvano, der unangefochtene Kopf der Familie, der Patriarch, machte Stefano schwerste Vorwürfe: Wie er denn so kurz vor seiner Vermählung noch solche Bilder riskieren könne, ob er denn nicht wisse, wie sehr er dem guten Ruf seiner Familie damit schade. Eine einfache Angestellte, noch dazu aus dem eigenen Tochterverlag. Das sähe doch arg nach Hochschlafen meinerseits und Machtmissbrauch seinerseits aus. Und wie stünde man nun vor den Guerinis da, so eine unnötige Bettgeschichte könne die Geschäftsbeziehungen zwischen den Familien erheblich schädigen und so weiter. Kurz: Er machte seinen Sohn richtig zur Sau, wie mir der arme Sündenbock berichtete.

Und auch ich bekam in diesen Tagen einiges zu hören, und zwar ausgerechnet von der Frau, die im Begriff war, jemanden zu heiraten, den sie ebenso kurz kannte wie ich Stefano, und bereit war, ihr ganzes Leben für diesen Mann auf den Kopf zu stellen. Ausgerechnet Hanna scholt mich für meine Naivität und lobte das offensichtliche Ende meiner Affäre mit Stefano.

»Ich fand sowieso, dass er nicht zu dir passt«, resümierte sie, gleich nachdem ich ihr von meiner ungeheuerlichen Erfahrung berichtet hatte. »Er lebt doch in einer vollkommen anderen Welt. Einer Welt, in der vor allem Geld und Ansehen zählen und Gefühle und Individualität keine Rolle spielen. Du hast doch selbst gesagt, Stefano müsste seine Schauspielerei aufgeben, wenn er das Erbe seines Vaters antritt, das ist noch total patriarchisch in diesen Kreisen, da hättest du doch gar nicht hineingepasst.«

Auch in den nächsten Tagen missbilligte meine Freundin offen, dass ich die Hoffnung auf eine positive Wendung in dieser Angelegenheit noch nicht verloren hatte.

»Ich versteh einfach nicht, warum du ihn nicht zum Teufel schickst«, meinte sie kopfschüttelnd, wenn sie mir ansah, dass ich wieder mal ein nicht besonders zufriedenstellendes Telefonat mit Stefano geführt hatte. Er rief mich seit der Sache mit dem Zeitungsartikel regelmäßig an, um mich auf den neuesten Stand des Schlamassels zu bringen. Eigentlich ein fairer Zug. Doch ich wünschte, er würde mir sein Gejammer über die Zwänge und Gepflogenheiten in seinem Stand ersparen und endlich seinen Mann stehen. Wir lebten doch nicht mehr im Mittelalter, wo die Familie Eheschließungen bestimmte! Stefano war ein freier Mann, erwachsen und modern. Wenn er mich liebte, würde er aufstehen gegen seinen Tyrannenvater, ihm klarmachen, dass ich alles andere als nur eine Bettgeschichte war, und dann endlich zu mir zurückkommen, damit wir den Sommer gemeinsam genießen könnten.

Stattdessen aber brach er bis auf den telefonischen jeden Kontakt zu mir ab. Ich war wütend. Richtig wütend. Ich ging vor Wut und Enttäuschung fast die Wände hoch. Was hatte sich dieser miese Pseudojournalist, dieser Paparazzo Materazzi, nur dabei gedacht, so gewissenlos meine Romanze zu zerstören? Was hatte er geschrieben? »Modernes Aschenputtel buhlt um die Gunst einer der angesehensten Familien Roms.« Eine Unverschämtheit! Ich war kein Aschenputtel! Ich war eine talentierte und erfolgreiche junge Frau mit einem letzten Rest tödlichen Sinns für Romantik. Warum war Stefano bloß so ein Weichei? Hanna hatte recht: Unsere Beziehung hätte von Anfang an kein Geheimnis sein dürfen! Ich hasste das Gefühl, inoffiziell zu sein. Ich wollte jemanden, der zu mir stand! Sonst hätte ich ja ebenso gut bei Georg bleiben können.

Jeder, der mir in diesen Tagen zu nahe kam, lief Gefahr, mit einer einzigen Provokation diesen Schwall aufgestauter Wut abzubekommen. Markus zum Beispiel war prädestiniert dafür. Ich wartete förmlich darauf, dass er mich mit einem Spruch provozierte, damit ich an ihm ein Ventil hätte finden können. Doch seit Hanna mit Gergely zusammen war, hatte Markus leider einen Großteil seiner sticheligen und nervigen Art eingebüßt. So hatte er sich auch dezent mit Kritik zurückgehalten, was ihre Heiratspläne anging. Doch man sah ihm an, dass er mit der Gesamtsituation, gelinde gesagt, sehr unzufrieden war. So lief er mit ebenso grimmigem Gesicht durch die Wohnung wie ich.

Doch während ich in dieser Zeit unfähig war, auch nur an Capital Trends zu denken, löste die Unzufriedenheit bei Markus einen wahren Arbeitsschub aus. Es schien, als wolle er das Projekt, so schnell es ging, abschließen, und so war er permanent unterwegs. Und wenn er dann doch mal zu Hause war und ich ihn mir gerade als Ventil für meine Wut ausgesucht hatte und einen Anlass gegeben sah, ihn anzuschnauzen, entschuldigte er sich schon wieder mit einem »Ich muss zu einem wichtigen Shooting, die Sonne steht grad so günstig« oder Ähnlichem und entschwand. So stand meine Wut weiterhin unentladen im Raum.

Hanna kannte mich in solchen Situationen und war wahrscheinlich die Einzige, die in diesen Momenten mit mir umgehen und mich auf den Boden zurückholen konnte. Doch in diesen Tagen bekam ich sie kaum zu Gesicht. Sie bedauerte zwar, dass mir das Herz gebrochen worden war, doch da sie ohnehin nicht viel von Stefano hielt, hatte sie wenig Trost für mich und kümmerte sich ansonsten hauptsächlich um die Planung ihres eigenen Glücks.

Ein Freund Gergelys aus dem Germanicum sollte die beiden trauen, Hanna musste Flüge und Unterkünfte für ihre Eltern, Geschwister und Großeltern organisieren, und zumindest ein brautgerechtes Kleid musste her. Da der zukünftige Bräutigam sich zudem auf seine Diplomprüfungen vorbereitete, lag die gesamte Organisation der Feier allein bei ihr.

Ich brachte es noch nicht übers Herz, mit meiner Freundin

durch die Boutiquen zu ziehen und ein Brautkleid auszusuchen, was die Harmonie zwischen uns vielleicht wieder hätte herstellen können. Doch abgesehen von der unromantischen Stimmung, in die ich seit der Trennung von Stefano gestürzt war, hatte ich mir ihre Hochzeit eben immer als einen der schönsten Tage unseres Lebens ausgemalt: als rauschendes Fest, mit einem Wahnsinnsrüschenbrautkleid und vor allem einem atemberaubenden, glamourösen Bräutigam, der sie mir nicht wegnehmen und in ein fernes Land entführen würde. Und nun würde es stattdessen das Ende unseres sorgenfreien Freundinnenlebens sein, das sie im Begriff war einzutauschen gegen ein Dasein in irgendeiner biederen ungarischen Dorfgemeinde. Bei der Vorstellung, wie Hanna im mausgrauen Schlabberlook mit Gitarre in der Hand Kirchenlieder klampfte, während übereifrige Muttis mit ihrem Nachwuchs Untersetzer für Kaffeekannen häkelten, lief mir das Grauen eiskalt den Rücken herunter.

So kam es, dass aus unserer eben noch so unternehmungslustigen Crew drei mürrische Einzelgänger wurden: Markus, weil Hanna heiraten würde, Hanna, weil ihre Eltern wie erwartet damit drohten, nicht zu dieser überstürzten Hochzeit zu kommen, und ich, weil ich niemanden hatte, an dem ich meine Wut über die Familie Carini auslassen konnte.

Doch zumindest Letzteres sollte sich schon sehr bald ändern.

Intermezzo al dente

Eines mehr oder weniger schönen und friedlichen Samstagnachmittags – es war Tag fünf nach Erscheinen des Fotos und Tag fünf des offenbar unvermeidlichen Beziehungsendes zwischen Stefano und mir – saß ich allein am Laptop und versuchte halbherzig, eine deftige Schreibblockade zu überwinden, da klingelte es plötzlich an der Tür. Sofort war es wieder da, das nervige kleine Männchen in meinem Kopf, das unerschütterlich behauptete: »Das ist Stefano! Stefano kommt zurück! Stefano liebt dich!« Das Männchen hatte sich schon beim Postboten, bei Gergely und bei Signor Zambrotta geirrt. Es irrte auch dieses Mal.

Kein Stefano.

Dafür ein Strauß rosa Rosen. Ich hasste rosa Rosen. Rosen wurden meines Erachtens ohnehin überbewertet, und die einzige akzeptable Farbe für diese Blumen war ein warmes Gelborange, wenn überhaupt. Jeder, der mich auch nur halbwegs kannte, wusste das.

Hinter den Rosen lugte ein schelmisch grinsender Mann mittleren Alters hervor. Unter normalen Umständen hätte ich ihn als attraktiv eingeordnet. Aber das hier war nicht normal.

»Überraschung!«, rief der Mann, »ein Blumengruß von zu Hause!«

Unaufgefordert trat er ein, drückte mir die Blumen in die Hand und küsste mich mit einem lauten Schmatz auf den Mund.

»Georg«, stellte ich fest.

Er nickte strahlend.

»Tolle Überraschung, was? Ich dachte mir, ich muss doch mal nach dem Rechten sehen. Habe mir ein paar Tage frei genommen.«

Ganz tolle Überraschung, so ein Kontrollbesuch. Selbstverständlich war Amelie, die dumme Pute, nicht kollegial genug gewesen, uns vorzuwarnen.

Meine Begeisterung hielt sich in Grenzen, doch um nicht unhöflich zu wirken, bot ich ihm einen Espresso an und führte ihn in unsere Küche. Georg sah sich neugierig in der Wohnung um.

»Na«, stellte er mit einem Blick auf den Balkon fest, »da hat Amelie doch gute Arbeit geleistet! Ein sehr schönes Quartier hat sie euch da ausgesucht, nicht wahr?«

»Na klar«, antwortete ich spöttisch und dachte an den Tümpel vor unserer ehemaligen Wohnküche. Hat sie ganz toll gemacht, die Amelie. Ich versuchte, Georg aufzuklären, doch ihn interessierte weder Maria Briatores schrecklicher Tod noch Amelies Versagen beim Anmieten eines Leihwagens für drei Personen. Stattdessen hatte er sein ockerfarbenes Sakko über den nächstbesten Stuhl geworfen, sich seiner Schuhe entledigt, machte es sich auf dem Sofa bequem und begutachtete mich nun von oben bis unten. Ich hatte wieder einmal mein rotes Sommerkleid an, das meinen leicht gebräunten Teint so gut unterstrich, und war barfuß. Mein Haar hing mir lose in den üblichen Naturwellen über die Schultern. Die Tränen der Wut waren vor zwei Tagen versiegt, seitdem hatte sich meine Gesichtshaut wieder einigermaßen entspannt.

»Du siehst wundervoll aus, Maria«, murmelte Georg und zog mich zu sich hinunter, »ich hab dich vermisst.«

Dann küsste er mich leidenschaftlich, und aus unerfindlichen Gründen erwiderte ich den Kuss. Ich konnte ein paar Streicheleinheiten und Komplimente gut gebrauchen.

»Italien scheint dir gutzutun«, zog Georg die falschen Schlüsse und betrachtete mich mit einem seltsamen Stolz in den Augen. »Es war doch eine gute Idee von mir, dich diesem Team zuzuordnen.«

So daneben hatte er selten gelegen. Es war sogar das Blödeste, was er hatte machen können. Immerhin hatte ich mich unter anderem wegen dieser Entscheidung von ihm getrennt und durch meine Romanze mit Stefano festgestellt, was mir an der Beziehung mit Georg die ganze Zeit gefehlt hatte. Okay, die Sache mit Stefano war nun auch nicht so gelaufen, wie ich mir eine Beziehung vorstellte. Wie hatte Mama immer gesagt: »Du musst viele Frösche küssen, bis ein Prinz darunter ist.« Verblüffend, wie oft mir in letzter Zeit solche Dinge in den Sinn kamen. Italien musste doch mehr Erinnerungen in mir wecken, als mir lieb war. Während ich so vor mich hin grübelte, was alles in den letzten Monaten schiefgelaufen war, knabberte Georg an meinem Ohrläppchen herum und nestelte mit seinen Fingern am Reißverschluss meines Kleids. Vergebene Liebesmüh, dachte ich noch so bei mir. Angesichts der Tatsache, dass ich unsere Beziehung längst für beendet erklärt hatte, war es absolut undenkbar, dass ich mich auf eine schnelle Nummer einlassen würde.

Ich tat es trotzdem.

Herrje, was soll's, ich war jung und hatte gerade den Traummann schlechthin an Miss Universum verloren – ich brauchte alles, was *Mann* mir an Selbstbestätigung zu geben bereit war. Und Georg war offensichtlich gerade in Spendierlaune. Seiner Frau hatte er erzählt, er würde nun eine Art Hauptstadt-Hopping machen, um die Reporterteams vor Ort zu besuchen. Schließlich müsste er sich als Geschäftsführer von Jakobi und Chefredakteur von *Climax* auch vom Wohlbefinden seiner Mitarbeiter und vom Fortgang ihrer Arbeit überzeugen. Offenbar insbesondere vom Rom-Team, denn anstatt auch in die anderen Hauptstädte zu reisen, hatte Georg sich für volle drei Wochen im Penthouse des Terra Magica, jenem Fünf-Sterne-Hotel in der City, das Lorelai eines Tages führen würde, einquartiert. Von wegen »ein paar Tage frei genommen«.

Zum Glück kamen weder Markus noch Hanna an diesem Nachmittag heim. Hanna hätte mich gevierteilt, und Markus wäre aus allen Wolken gefallen, denn er hatte, soweit ich wusste, nicht die geringste Ahnung von Georgs und meiner gemeinsamen Vergangenheit. Es wäre für uns alle unangenehm gewesen, wenn er seinen Chef mit seiner Kollegin erwischt hätte.

Nachdem wir miteinander geschlafen hatten, packte Georg ein ungemeiner Unternehmungsdrang. Während ich mich noch unwillig zwischen den Kissen hin und her wälzte, sprang er unter die Dusche, zog sich wieder an, setzte neuen Espresso auf und kam mit einer Rose, die er aus dem Strauß gezogen hatte, schließlich wieder zu mir ins Bett, um mich damit an der Nase zu kitzeln.

»Hör auf damit«, jammerte ich, als er mit der Rose zu meinem Ohr wanderte.

»Steh schon auf, lass uns etwas unternehmen! Wir sind in Rom! Zeig mir dein bisheriges Lieblingsrestaurant, dann gehen wir da schön essen und hinterher in die Oper, falls wir noch für irgendwas Karten bekommen.«

Hä? Seit wann ging Georg freiwillig in die Oper? Und überhaupt: Seit wann machte er hier die Pläne?

»Na los«, quengelte er weiter und pikte mich mit dem Rosenstängel in die Wange.

Ich rappelte mich auf, schubste ihn vom Bett, sammelte meine Klamotten zusammen und huschte ins Bad, bevor er seinen Blick über meinen leider nur fast makellosen Körper gleiten lassen konnte.

Als ich nach der Dusche zurück in mein Zimmer kam, saß Georg gemütlich auf dem Balkon und blätterte in irgendwelchen Unterlagen. Vor ihm auf dem Boden lag sein offener schwarzer Aktenkoffer, und meine Argusaugen erspähten unter einem Berg von Schriftverkehr ein Eckchen eines mir sehr bekannten Titelblatts.

So ein Schuft! Georg hatte also von mir und Stefano gehört. Beziehungsweise: Er hatte das Foto gesehen und den Artikel gelesen. Daher das plötzliche Interesse an unserer Arbeit, der überraschende Besuch in Rom und die leidenschaftliche Begrüßung! Gegen meinen Willen musste ich grinsen. Irgendwie freute es mich, dass Georg, der ewige Bigamist, der Gelassene, der immer über den Dingen stand, so etwas wie Eifersucht überhaupt empfinden konnte. Bislang war das eher mein Metier gewesen.

Er wandte sich um. »Na, machst du dich hübsch für mich?«

Richtig abschätzig ließ er seinen Blick an mir rauf und runter gleiten. Automatisch hörte ich auf, mein Haar zu bürsten. Hatte er das immer schon gemacht? Mich so begutachtet? Früher hatte ich immer das Gefühl, dass er mich zwar attraktiv fand, aber vor allem meinen Verstand und Charakter schätzte. Jetzt war ich mir nicht einmal mehr sicher, ob er mich überhaupt richtig kannte.

»Ich hab mir was überlegt«, fuhr Georg ohne Umschweife fort. »Diese Wohnung ist nun wirklich für euch drei recht klein, und wenn ich dann noch ständig hier bin, wird es einfach zu eng. Du solltest für die nächsten Wochen einfach zu mir ins Terra Magica ziehen. Wir könnten es uns dort hübsch gemütlich machen. Hm? Was meinst du?«

Es war eigentlich gar keine richtige Frage, vielmehr eine Feststellung von Georg, deshalb bemühte ich mich klarzustellen, dass so eine Entscheidung allein meine Entscheidung sein würde: »Na ja, ich kann es mir ja mal ansehen.«

Ansehen konnte ja nicht schaden. Immerhin handelte es sich beim Terra Magica um den Besitz meiner Nebenbuhlerin, das konnte interessant werden, wenn ich dort plötzlich in Begleitung des Geschäftsführers von Jakobi auftauchte. Vielleicht würde Stefano dann merken, dass er sich meiner auch nicht sicher sein konnte. Außerdem war die Stimmung hier in der WG gerade wirklich zum Auswandern.

Georg musste tatsächlich so etwas wie Eifersucht gepackt haben, denn in den folgenden Tagen beanspruchte er meine Aufmerksamkeit für sich allein. Er scheute keine Mühen, mich wieder in sein Luxusleben zurückzuziehen. Ein Himmelbett, ein

Whirlpool auf dem Zimmer – es war für mich keine schwierige Entscheidung, ihm dort zumindest für ein paar Tage Gesellschaft zu leisten und die Wohnung Markus und Hanna zu überlassen. Jedenfalls so lange, bis Stefano etwas von sich hören ließe – und zwar genau die drei Worte, die mein Leben von Grund auf verändern würden! Und dieses Luxusleben ausgerechnet im Terra Magica, dem Besitz der Familie Guerini, zu führen, gab mir irgendwie einen Rest Stolz zurück. Es war, als könne mir Lorelai gar nichts anhaben. Mochte sie reich, schön und mit Stefano verlobt sein – an mir kam sie nicht vorbei.

Hanna und Markus fassten meinen Entschluss, bei Georg zu wohnen, nicht besonders positiv auf.

»Warum tust du dir das an? Da kommst du doch vom Regen in die Traufe«, meinte meine Freundin. Und natürlich hatte sie recht. Ich hatte einen gebundenen Mann verlassen, mich in den nächsten gebundenen Mann verliebt und versuchte nun, mich abzulenken und ihn eifersüchtig zu machen, indem ich mich wieder mit Ersterem einließ. Aber das wollte ich mir nicht vorhalten lassen von einer Frau, die gerade dabei war, einen angehenden Priester zu ehelichen, den sie gerade einmal ein paar Wochen kannte!

Markus' Reaktion war ebenso eindeutig wie kurz.

»Oh«, sagte er nur.

Dabei zog er seine Augenbrauen voll ehrlichen Entsetzens hoch. Sonst sagte er gar nichts. Nur eben seine Augenbrauen, die sprachen Bände. Sie verweilten nämlich noch einige Tage dicht unter seinem Haaransatz, wann immer er mir begegnete.

Als meine Kollegen am Dienstagnachmittag zum Statusbericht, den Georg dem guten Schein zuliebe angeordnet hatte, ins Penthouse kamen, pfiff Markus leise durch seine Zähne und meinte spöttisch: »Nobel geht die Welt zugrunde.«

Offensichtlich hatte er seine Sprache des Spotts wiedergefunden. Man musste ihm seine zeitweilige Verwirrung irgendwie nachsehen, es war bestimmt eine harte Zeit für ihn. Hanna würde heiraten, und selbst ich war nach dem Desaster mit Stefano nur kurz allein geblieben. Jeder fand irgendwie ein Deckelchen, nur er lernte einfach keine Frau kennen, obwohl er oft genug abends mit Olli und den Jungs durch die Clubs Roms zog. Angeblich nur um des Projektes willen, aber Hanna hatte ganz beiläufig mal erzählt, dass er laut Gergely dabei nichts anbrennen ließ und ihn durchaus das ein oder andere Mädchen angeflirtet hatte. Kaum vorstellbar.

Andererseits: Die Nichte von Signor Zambrotta war ja auch sofort auf ihn abgefahren. Aber Carlotta zählte irgendwie nicht, denn laut Signora Di Natale war sie ja hinter jedem Mann her. Und was noch entscheidender war: Sie war vor zwei Tagen abgereist.

Ich hatte diesen großen Moment des Abschieds verpasst, weil ich gerade zu Georg ins Hotel gezogen war, aber Signora Di Natale hat es mir bei der nachmittäglichen Latte macchiato in bunten Farben beschrieben. Als *ragazza leggera* habe Zambrotta seine Nichte bezeichnet, sie ihn im Gegenzug als *patriarca anacronistico* beschimpft. Es gab diesen Riesenkrach, als Carlotta wieder einmal mitten in der Nacht heimgekommen war, die zornige Stimme von unserem Hausmeister hatte alle Hausbewohner aufgeweckt, das Gekeife seiner Nichte, das Türenknallen und der zum letzten Mal aufheulende Ferrari-Motor sollen bis ins Dorf hinab gehört worden sein, so erzählte man sich auf dem Hügel zur schönen Aussicht. »Du verstehst eben nichts von *amore*!«, sollen ihre letzten Worte gewesen sein, bevor sie den Hügel herabgerauscht und aus unserem Leben entschwunden war. Ich zumindest würde sie nicht vermissen. Aber wie mochte Markus mit dem Verlust seines treuesten Fans umgehen? Er hatte zwar Carlottas Annäherungsversuche laut Signora Di Natale nie erwidert, aber man konnte ja nie wissen – vielleicht war die sachliche Art, die er ihr gegenüber zur Schau trug, ja seine Art zu flirten?

Der römische Frühsommer war anscheinend prädestiniert für

die Entwicklung romantischer Gefühle. Aber wie konnte eine Frau romantische Gefühle entwickeln für einen Mann, der nur die Sprache des Spotts beherrschte? Mit Markus klarzukommen war nicht gerade einfach. Aber ich hatte mit Stefano und Georg ja auch so einiges um die Ohren – einfache Männer gibt es wahrscheinlich auf der ganzen Welt nicht.

Hanna war schon ein bisschen beeindruckt von den Ausmaßen des Terra Magica. Sie hatte nie zuvor ein Penthouse von innen gesehen. Ich hingegen kannte Georgs finanzielle Verhältnisse zur Genüge, mich konnte er mit Reichtum allein jedenfalls nicht mehr reizen. Als wir uns kennengelernt hatten, ja, damals hatte mir seine Großzügigkeit imponiert. Aber auf Dauer wäre es mir wahrscheinlich lieber gewesen, einen weniger beliebten und reichen Mann zu haben, den dafür jedoch für mich allein. Ich hatte aber nichts dagegen gehabt, mich in meiner Sehnsucht nach Stefano von Georg trösten zu lassen. Zurzeit war ich alles andere als konsequent.

Georg war gut gelaunt, was ich darauf zurückführte, dass er sich in Bezug auf mich als siegreich ansah. Er lobte unsere bisherige Arbeit, ließ sogar ein paar nette Worte über Markus' fotografisches Talent fallen und fragte interessiert nach unseren weiteren Plänen für den Abschluss unserer Arbeit. Immerhin hatten wir noch zwei der vier *Climax*-Artikel über das Leben der High Society in Rom, allen voran Familie Carini, abzuschließen.

Nach zweieinhalb Stunden intensivster Diskussion und Beratung waren wir, was selbst Hanna zugeben musste, alle überzeugt davon, dass Georg diesem Projekt einen guten Schliff gab. Man konnte ja einiges über ihn sagen, aber dumm war er nicht, und von seiner Arbeit verstand er was.

Schließlich lehnte er sich in seinem Sessel zurück, reckte sich und meinte: »So, und nun lasst uns einmal darüber nachdenken, wie wir in *Climax* von der Jubiläumsfeier berichten wollen. Das ist schließlich nicht mehr allzu lange hin.«

Peinliches Schweigen trat in die Runde.

Die Jubiläumsfeier, oje. Die hatte ich in diesen Tagen vollkommen verdrängt. Wenn Stefano und ich bis dahin unser Verhältnis nicht geklärt hatten, könnte es eine ganz schön peinliche Angelegenheit werden. Die Gäste erwarteten schließlich insgeheim die offizielle Verlobung von ihm und Lorelai. Und dass es dazu nicht kommen würde, davon war ich überzeugt. Schließlich konnte er doch nicht diese Frau heiraten, wenn er bis vor ein paar Tagen noch in mich verliebt gewesen war.

»Ich würde sagen, wir konzentrieren uns auf die Geschichte des Verlages, dazu eine kurze Bestandsaufnahme, und dann, als Clou, ein Blick in die Zukunft anhand eines Exklusivinterviews mit Stefano Carini, dem Erben des Imperiums.«

Ich hätte Markus ins Gesicht springen können. Wie konnte er ausgerechnet in dieser Situation ein Interview mit Stefano vorschlagen? Dann schon lieber mit seinem Machovater!

»Gute Idee«, lobte Georg. »Und wer soll das Interview führen?«

Als keiner etwas sagte, meinte Georg: »Na, ich schlage vor, das macht Maria zusammen mit Markus, der die beiden dann auch gemeinsam fotografiert. Dazu dann hinterher die passenden Fotos vom Jubiläumsempfang.«

Das war pure Provokation. Doch keiner von uns wollte darauf anspringen und seinen Vorschlag ablehnen. Nach einigem Hin und Her war es deshalb beschlossene Sache: Ich sollte ein offizielles Interview führen mit Stefano Carini.

Na, die Leser von *Climax* konnten sich auf etwas gefasst machen, ich würde ihm schon die passenden Fragen stellen!

Georg lud mich zum Essen in ein supernobles Restaurant am Kapitol ein – als Belohnung für die gute Arbeit. Ich tat ihm den Gefallen, während Hanna und Markus sich mit Olli, Gergely und Zoltán trafen.

Aus meiner Sicht waren Georg und ich seit meiner Abreise nach Rom kein Paar mehr, und ich betrachtete unsere kleine affäriale Kontaktauffrischung daher als simple Übergangslösung, die mich von meinem Trennungsschmerz ablenken sollte. So kühl und nüchtern hatte ich lange nicht mehr über mein Liebesleben nachgedacht. Stefano hatte mich ernsthaft verletzt. Da half es ungemein, dass Georg hergekommen war, um mein Ego zu streicheln.

Aber insgeheim wusste ich: Das Foto von Stefano und mir hatte seinen Ehrgeiz geweckt. Mich zu halten war für Georg nun eine Frage von Stolz. Irgendwie ist so eine heimliche Geliebte ja auch eine Art Luxus in diesen Breitengraden. Man nenne mir einen hochrangigen Geschäftsmann ohne Affären und Liebschaften – vielleicht abgesehen vom Papst wüsste ich derzeit keinen. So ging es auch hier nicht um Gefühle, sondern schlicht um Eigentum. Es war wahrscheinlich nie um etwas anderes gegangen, ich hatte mir in meiner puren Naivität nur eingebildet, Georg und ich würden eines Tages eine offene, ehrliche Beziehung führen können. Doch er hatte mich immer nur als seine Geliebte gesehen. Jetzt aber war ich, wenn auch nur kurzfristig, die Geliebte von Stefano Carini gewesen – und mit dem konnte es Georg doch allemal aufnehmen – dachte er.

Als Spielball dieser durchschaubaren Konstellation war ich es mir schuldig, mein Konto zugunsten einiger Accessoires von Gucci zu strapazieren. Das kleine Ledertäschchen und die schokofarbenen Pumps würden hervorragend zu meinem schlichten beigen Abendkleid passen, das ich mir daheim in Berlin extra für die Jubiläumsgala von Remus zugelegt hatte.

Die Gala. Ich wollte sie am liebsten verdrängen. Nicht nur, dass ich dort Stefano zusammen mit Lorelai sehen würde. Neben der Erscheinung dieser Miss World würde ich selbst in den feinsten Kleidern und allen Spitzen dieser Welt nicht brillieren können. Nein, aber als wäre diese drohende Demütigung nicht schon schlimm genug, musste ich auch noch zuvor dieses Interview mit ihm führen, das unseren Klassenunterschied ganz besonders deutlich hervorheben würde. Hatte ich mich neben ihm in unseren gemeinsamen Wochen bislang immer wie eine umschwärmte Prinzessin gefühlt, die er auf Händen trug, so hatte sich dieses Grundgefühl nun erheblich ernüchtert. Plötzlich war ich nur noch die kleine Journalistin aus Berlin, Angestellte von Jakobi, die sich geehrt fühlen musste neben ihm, dem zukünftigen Alleinerben und dazu noch beliebten Schauspieler aus einer der wichtigsten Verlegerfamilien Roms.

Nach unserem Luxusdinner wollte Georg noch ein wenig Sightseeing mit mir machen, und da ich mittlerweile mit meinem Roller schon einiges ausgekundschaftet hatte, schlug ich ihm eine kurze Route durch das Centro Storico vor, die auch seine autoverwöhnten Füße nicht überfordern würde. Als wir schließlich die Stufen vom Kapitol, einem der sieben römischen Hügel, hinabgestiegen waren, um in Richtung Piazza Navona zu gehen, sah ich urplötzlich und unerwartet meine Unglückswahrsagerin in einer engen Gasse hinter der Kirche Il Gesù verschwinden.

Georg war gerade an einem Souvenirstand damit beschäftigt, den Preis für eine kitschige Vase herunterzuhandeln, die er seiner Frau mitbringen wollte. Ich entschuldigte mich und rannte der Zigeunerin hinterher. Wenn es denn ihre Mission gewesen war, mir mein Glück vorauszusagen, so war diese Mission noch nicht beendet. Dass ich sie hier wiedertraf, war ein Wink des Schicksals, und dieses musste ich in die Hand nehmen. Ich hatte den Mann fürs Leben gefunden, nun wollte ich auch wissen, wie ich ihn würde halten können.

Ich erwischte die Wahrsagerin hinter der nächsten Ecke, wo sie sich an einem kleinen Trinkwasserbrunnen das Gesicht erfrischte.

»Ah, la bella signorina della Germania«, begrüßte sie mich wie eine gute alte Bekannte, »come sta?«

»Nicht so gut«, erwiderte ich und drückte ihr einen Zwanzig-Euro-Schein in die noch nasse Hand. Dann hielt ich ihr auffordernd meine Rechte hin. »Lesen Sie, bitte, ich muss wissen, woran ich bin.«

»*Tranquilla*, warum so aufgeregt. Das Schicksal läuft nicht weg, du musst es nur erkennen«, wiegelte die Zigeunerin ab und nahm statt der rechten meine linke Hand in ihre. »Das Herz ist links«, sagte sie zur Erklärung. Dann betrachtete sie meine Hand lange und ausgiebig, als würde allein die Dauer die zwanzig Euro rechtfertigen. Nach einem endlosen Schweigen sagte sie schließlich: »Alles gut«, und wandte sich zum Gehen.

»Moooooooment!«, rief ich, und mein Tonfall verriet deutlich, dass mir diese Aussage nicht genügte.

Die Frau drehte sich noch einmal zu mir um. Freundlich lächelnd schaute sie mich an. »Was willst du mehr? Ich sage ›Alles gut‹, du wirst sehen: Alles wird gut. Tutto andrà bene, bene.«

»Nix bene, bene.« Ich wurde langsam wütend. »Alles *grande miseria*. La situazione non mi piace. Ich will jetzt wissen, wie es weitergeht!« Ungeduldig hielt ich ihr beide Hände hin.

Die Zigeunerin seufzte und schüttelte dann lachend ihren Kopf. Ohne noch einmal einen Blick auf meine verkrampften Finger zu werfen, sagte sie: »Ärger mit *famiglia*, ist viel durcheinander, viele Missverständnisse, aber am Ende wird alles gut. Du musst nur wollen. Arrivederci, signorina. Tutto bene! La perfetta famiglia. Wirst schon sehen!«

Und mit diesen unverständlichen Worten ließ sie mich stehen und verschwand in einer Gasse Richtung Palazzo Venezia.

Ich war maßlos enttäuscht. Eine so wenig konkrete Aussage half mir überhaupt nicht weiter. Was war nun mit mir und Stefano? War der Ärger, den ich ihren Worten nach haben sollte, der mit Stefanos Vater? Und waren das auch die Probleme, die sie schon beim ersten Mal vorausgesagt hatte, oder würde der richtige Ärger mit der Familie Carini mir erst noch bevorstehen? Immerhin, es gab Ärger mit seiner Familie, insofern hatte die Zigeunerin ins Schwarze getroffen. Allerdings konnte sie auch davon in der Zeitung gelesen haben, und dann nützte mir ihre Tutto-bene-Prophezeiung überhaupt nichts.

Ratlos kehrte ich zu Georg zurück.

»Ah, da bist du ja, Liebling«, begrüßte dieser mich und küsste mich auf die Wange. »Sieh mal.« Stolz hielt er mir zwei identische buntbemalte Vasen entgegen. »Eine für dich und eine für Uschi, zwei zum Preis von einer, was sagst du dazu?«

Ich schaute Georg an und sah plötzlich den Mann, den Hanna all die Zeit in ihm gesehen hatte: einen unverbesserlichen Schwerenöter mit Hang zu jungen Geliebten und unverhohlener Bigamie. Er würde sich niemals von Uschi trennen. Wozu auch? Er hatte doch alles, was er wollte.

»Das ist so ziemlich das Geschmackloseste, was ich je gesehen habe«, sagte ich. Und dass sich das nicht nur auf die Vasen bezog, begriff ich noch, während ich es aussprach.

In Georgs Penthouse zu wohnen hatte zu bestimmten Tageszeiten wirklich Spaß gemacht, wenn man etwa noch gemeinsam ein Bad im Whirlpool nahm oder das Champagner-Frühstück im Bett genoss, das Georg gern kommen ließ. Aber es hatte auch Nachteile. So rief beispielsweise jeden Morgen pünktlich um neun die liebe Amelie an, um sich nach seinem Befinden zu erkundigen und ihm wichtige Telefonnachrichten zu überbringen. Neben einem Mann im Hotelzimmerbett zu liegen und zuzuhören, wie er mit seiner albern gurrenden Sekretärin telefoniert, während seine freie Hand noch auf deinem Busen ruht, ist wahrlich kein romantisches Stelldichein. Hin und wieder hatte Georg dann auch mal seine Frau angerufen, um ihr etwa die einfallslose Lüge mitzuteilen, er sei auf dem Weg von Paris nach London, verbunden mit einem Gruß an die Kinder. Es war merkwürdig. Obwohl meine jetzige Situation dem monatelangen Versteckspiel in Berlin bis ins Detail glich, kam ich mir plötzlich ausgesprochen schäbig vor. Die Affäre mit Georg verlor mit einem Mal jeglichen Reiz. Ich hatte längst begonnen, die Beständigkeit und familiäre Atmosphäre unserer Wohngemeinschaft zu vermissen. Offensichtlich war ich eben doch nicht für ein Leben in Luxus um jeden Preis geschaffen.

Auf jeden Fall war ich nicht für ein Leben mit Georg geschaffen. Die Woche mit ihm hatte mir auch nicht im Geringsten über den Kummer mit Stefano hinweggeholfen. Ich hatte mir etwas vorgemacht und mich ablenken lassen, das war alles. Und jetzt musste ich hier weg. Sofort.

Nach einer knappen Woche im Terra Magica fuhr ich also mit meiner Piaggio samt Gepäck wieder den vertrauten Hügelweg hinauf. Georg hatte ich erklärt, dass es Hanna und Markus gegenüber unkollegial wäre, mich einfach so aus der Affäre zu ziehen. Schließlich sei unsere Arbeit im Gegensatz zu unserer Beziehung noch lange nicht beendet. Georg verstand meine Entscheidung natürlich nicht im Geringsten und war entsprechend beleidigt. Mir war das egal. Überhaupt war ich von einer Gleichgültigkeit besetzt, die ihresgleichen suchte. Nichts hatte mehr eine Bedeutung für mich, seit dem Streit mit Hanna und der Trennung von Stefano, von dem ich seit meinem Umzug ins Hotel nichts mehr gehört hatte.

Die Wohnung war leer, als ich gegen elf Uhr ankam. Jedoch zeugte die Wohnküche von einem geselligen Zusammensein am Abend vorher. Meine Mitbewohner hatten offenbar einen Filmabend veranstaltet. Dementsprechend lagen überall offene Chipstüten und leere Wein- und Bierflaschen sowie ein paar DVDs herum. Ich lud meine Wäsche in die Waschmaschine, stellte sie an und machte mich dann ans Aufräumen. Als alles wieder einigermaßen begehbar war, kochte ich Espresso, schäumte Milch auf, setzte mich mit einer Latte macchiato auf den Balkon und wartete, bis die Wäsche fertig war, um sie zum Trocknen hinauszuhängen. Dann wartete ich weiter. Als die alte Wohnzimmerstanduhr, das einzige Möbelstück unserer Vormieterin, das neben der Küche nicht auf dem Sperrmüll gelandet war, halb zwei schlug, wollte ich gerade allein in die Stadt aufbrechen, als Markus kam.

»Gut, dass du da bist!«, rief er und schien wirklich erleichtert. »Ich wusste nicht, ab wann wir euch im Hotel stören dürfen.«

»Ab heute wohne ich wieder hier«, stellte ich klar, und mein Blick fügte hinzu: »Keine weiteren Fragen, bitte.«

Markus schien zu verstehen. Sein Blick hellte sich merklich auf. Kein Augenbrauenhochziehen, kein Stirnrunzeln. Stattdessen meinte er ganz sachlich: »Wir müssen dringend an den Promi-Tipps arbeiten, um die Texte rausschicken zu können, es haben schon einige Leute angefragt, wo das Manuskript zum Gegencheck bleibt.«

Unsere Promi-Tipps waren eine Idee von Markus gewesen, die wir gemeinsam umsetzen wollten. Wir hatten eine Reihe besonders origineller, mehr oder weniger bekannter römischer Persönlichkeiten ausfindig gemacht und sie gebeten, uns ihr Lieblingslokal zu nennen und dies mit ein, zwei persönlichen Sätzen zu begründen. Unter anderem waren der Leiter des Germanicums sowie ein Professor der Universität, der Herausgeber eines römischen Stadtmagazins, der Besitzer eines Skaterladens und meine Begleitung aus dem Mondo, der Undergroundpartymanager Marco De Sanctis, dabei.

Also machten Markus und ich uns nun gemeinsam auf, um uns die empfohlenen Läden anzuschauen, Fotos zu machen und unseren Eindruck mit dem der Promis abzugleichen. Er hatte sich die Piaggio von Olli geliehen, so dass wir nicht auf die Metro angewiesen waren. Es war das erste Mal seit dem ersten Besuch in Gianluca Tonis Edelnachtclub, dass ich mit Markus allein unterwegs war. Sonst waren immer Hanna oder Olli dabei gewesen, und viel zu oft auch Carlotta.

Markus erwies sich heute als ausgesprochen höflich, war hin und wieder sogar richtig witzig und vor allem nicht so provokant wie sonst. Wir klapperten der Reihe nach elf Lokale, Bistros und Cafés ab, darunter war auch ein Friseursalon mit ganz persönlicher Note: Nicht nur, dass die Kunden hier neben dem üblichen Espresso in der Wartezeit auch ein Stück italienischen Kuchen gereicht bekamen – womit der Salon, wenn er denn hielt, was er versprach, in die Sparte Erlebnisgastronomie des

Guides fallen könnte. Doch wie uns der Theologe Professor Doktor Barzagli erzählt hatte, merkte sich der Figaro gleich nach dem ersten Haarschnitt die persönlichen Neigungen seiner Kunden und bemühte sich, bei jedem folgenden Besuch eine heimelige Atmosphäre zu schaffen, indem er beispielsweise für die Priesteramtskandidaten einen Rosenkranz über den Spiegel hängte oder ein Räucherstäbchen mit Weihrauchduft entzündete, für sportbegeisterte Kunden wiederum schmückte er den Frisierstuhl in den Farben des Lieblingsvereins.

Als wir den Salon von Signor Amelia aufsuchten, tauschte er gerade einen Juventus-Turin-Wimpel, der über dem Spiegel hing, gegen einen Schal von Inter Mailand. Kaum war das aktuelle Dekostück angebracht, betrat ein junger Mann in Inter-Mailand-Trikot den Laden und freute sich diebisch über seinen so persönlich gestalteten Sitzplatz. Die Geschichte fanden wir so gut, dass wir den Figaro vor seinem Salon fotografierten.

Die Trattoria, die uns ein Fachmann für Manolo-Blahnik-Schühchen empfohlen hatte, war in unseren Augen jedoch kein wirklicher Geheimtipp und würde rausfallen. Während Markus dennoch einige Außenaufnahmen von dem Lokal machte, blieb mein Blick an dem Schaufenster eines benachbarten Trödelladens hängen. Dort standen verschiedenste Gebrauchsgegenstände, Lampen, Vasen, Töpfe und vieles mehr. Ganz am Rand zwischen einem bunten Lampenschirm und einem kleinen Fußschemel stand eine wunderschöne geschwungene Weinkaraffe aus handbemaltem Porzellan.

»Signorina, schöne Dinge, alles antik. Ich mache einen guten Preis«, drang auch prompt die Stimme des Verkäufers aus dem Laden nach draußen. Ich winkte ab.

»No, grazie«, antwortete ich kopfschüttelnd und starrte weiter auf die Karaffe.

»Ist doch ganz hübsch, der Krug«, meinte Markus, der hinter mich getreten war.

»Hmm«, murmelte ich.

Markus schaute mich fragend an.

»So einen hatte meine Nonna mal, da hatte sie immer den Traubensaft für mich drin, weil ich ja noch keinen Wein bekam als Kind.«

Markus grinste. »Sieh an, da spricht jemand freiwillig von seiner Vergangenheit.«

»Ach, vergiss es, das verstehst du nicht«, blökte ich ihn an. »Bist du fertig mit den Bildern?«

»Jup. Alles im Kasten.« Wie zum Beweis klopfte er auf seine Kamera.

»Dann auf zum nächsten Promitipp.«

So klapperten wir nach und nach die unterschiedlichsten Lokale ab.

In einem gemütlichen Bistro am Tiberufer, das uns der Uni-Professor empfohlen hatte, genehmigten wir uns schließlich eine kleine Pause. Über einer Latte macchiato mit Nougat nahm das Gespräch dann plötzlich eine persönlichere Wendung.

»Und, hast du in letzter Zeit mal wieder mit Stefano gesprochen?«, fragte Markus mich aus heiterem Himmel.

Eigentlich fand ich ja, dass ihn das nichts anging, aber da Hanna nicht da war und ich jemanden brauchte, mit dem ich über meine Gefühle reden konnte, sagte ich nach kurzem Zögern: »Nein. Ich habe seit fast einer Woche nichts mehr von ihm gehört. Ich habe auch keine Ahnung, wie es um seine Verlobung steht.«

»Hat er denn gesagt, dass er sie auflösen wird?«

Ich schüttelte nur stumm den Kopf.

Markus hatte einen mehr als wunden Punkt getroffen. Stefano hatte zwar gesagt, er müsse einige Dinge klären. Aber was war, wenn er gar nicht vorhatte, sich von Lorelai zu trennen? Wenn er mich nur in Sicherheit wiegen wollte? Dann hätte er mich im Grunde genauso benutzt wie Georg, der sich im Leben nicht von seiner Frau trennen würde. Wozu sonst hatte er sogar vor Amelie unsere Affäre verheimlicht?

»Und was ist mit dir und Georg?«, fragte Markus weiter. Er fragte auf eine sehr ruhige, interessierte Art, überhaupt nicht stichelig wie sonst. Gerade so, als wäre er einfach nur um mein Wohlergehen besorgt.

»Mit Georg ist es aus«, verkündete ich. Und während ich das sagte, wurde mir bewusst, dass ich es auch endlich tatsächlich so meinte. Na gut, ich war für ein paar Tage in den gewohnten Rhythmus zurückgefallen, aber ich wollte das nicht mehr. Ich wollte etwas Besonderes für jemanden sein und weder mit einer Uschi, geschweige denn mit einer Lorelai in einen Konkurrenzkampf treten müssen. Ich wollte einen Mann für mich allein. Und der hieß jedenfalls nicht Georg. Ob er Stefano hieß, würde sich noch zeigen müssen. Aber darüber wollte ich nun doch nicht ausführlich reden, deshalb wechselte ich rasch das Thema.

»Viel schlimmer find ich aber die Sache mit Hanna und Gergely. Das geht mir alles viel zu schnell.«

»Ja, aber ging das mit dir und Stefano nicht auch sehr schnell?«, lenkte Markus das Gespräch zurück auf mein Liebesleben.

»Ja, schnell den Bach herunter. Aber ich bin ja auch nicht gleich losgelaufen und habe Brautschuhe gekauft.«

Dabei sammelte ich schon seit meinem dreizehnten Lebensjahr dafür. Anfangs mit Einpfennigstücken, heute mit Eincentstücken. Ganze vierundfünfzig Euro hatte ich mittlerweile zusammen. Dafür bekam man zwar noch keine vernünftigen Brautschuhe, aber bei meiner Lage hatte ich wohl auch noch ein paar Jahre Zeit, um diesen Brauch zu pflegen.

Hanna hingegen war wahrscheinlich gerade unterwegs auf der Suche nach den passenden Schuhen zu einem Kleid, das sie sicher schon ausgesucht hatte. Ohne mich, ihre einst beste Freundin. Und ich war im Grunde schuld daran. Ich ganz allein.

»Wie stehst du denn eigentlich dazu?«, fragte ich Markus. »Ihr habt euch doch so gut verstanden.«

Markus schaute mich eine Weile nachdenklich an.

»Ich mag Hanna sehr gern und wünsche ihr, dass sie glücklich wird«, sagte er dann. »Ich denke, sie weiß ganz genau, was sie aufgibt, und wenn es ihr das alles wert erscheint, dann wird es schon richtig sein. Gergely ist ein feiner Kerl.«

Beinahe bewundernd schaute ich Markus an. Das hatte wirklich Größe, so etwas zu sagen, angesichts der Tatsache, dass die Frau, die er verehrte, im Begriff war, einen anderen zu heiraten. Es war dämlich, aber es zeigte Größe. Zum ersten Mal seit Beginn unserer Reise empfand ich so etwas wie echte Sympathie für ihn. Er war offenbar vollkommen frei von Besitzdenken, Eifersucht und gekränktem Stolz. Er sah sich die Dinge in Ruhe an und beurteilte sie mit Vorsicht und Bedacht, ganz so, wie er fotografierte. Ich hatte inzwischen viele Bilder von ihm gesehen, mit denen er die verwinkelten Gassen und teilweise winzigen Hinterhöfe dieser Stadt so einfing, dass man Rom wie mit anderen Augen sah. Markus hatte einen gesunden Blick für das Wesentliche im Leben. Und er war sehr aufmerksam, denn gerade als ich überlegte, ob ich wohl noch eine Latte macchiato vertrug, stand er auf und bot an: »Ich hol uns noch zwei Kaffee, okay?«

»Ja, gern, danke.«

Ich blickte ihm nach. Von hinten hatte er das, was ich eine »Muppetausstrahlung« zu nennen pflegte. Ich war überzeugt davon, dass Jim Henson sein Leben lang ein genialer Beobachter gewesen war, der zur Darstellung jeder menschlichen Eigenart eine auf ganz eigene Weise charmante Figur entwickelt hatte. Markus war einer dieser Muppetcharaktere. Sehr ehrlich und direkt, manchmal ungewollt komisch mit seinem ständig grinsenden Mund und ungewöhnlich langen Gliedern. Die Arme beispielsweise schlackerten unbeholfen an seinen Seiten herunter, und seine Beine waren so lang und dünn, dass sie sich wie von selbst zu einem O formten. Keine Frage: Markus war ein Grobi.

Secondo all'arrabbiata

Wir hatten an diesem Nachmittag einiges geschafft. Während Markus ins Fotolabor fuhr, um die letzten Bilder zu entwickeln, machte ich mich auf den Weg zurück zur Wohnung. Hanna war immer noch nicht wieder da. Ich hatte das dringende Bedürfnis, mich in Ruhe mit ihr auszusprechen.

Trotzdem war Licht in der Küche, und es duftete nach frisch aufgebrühtem Espresso. Signor Zambrotta hatte sich mittlerweile angewöhnt, einmal am Tag bei jedem Bewohner des Hauses auf einen Kaffee oder ein Glas Wein vorbeizuschauen, um nach dem Rechten zu sehen. So eine Überraschung wie mit unserer Vormieterin wollte er nämlich nicht noch einmal erleben. Obwohl wir ihm versicherten, dass unser Ableben sicherlich noch ein wenig auf sich werde warten lassen, da wir allesamt noch nicht einmal das dreißigste Lebensjahr erreicht hätten, ließ er sich von seiner täglichen Stippvisite nicht abhalten. Da er den Ersatzschlüssel zur ehemaligen Briatore-Wohnung noch hatte, hinderte ihn auch unsere Abwesenheit selten daran.

Ich goss mir einen Espresso ein und schaute mich nach dem ungebetenen Gast um. Schließlich entdeckte ich ihn zwischen meiner frisch aufgehängten Spitzenunterwäsche auf dem Balkon. Dort saß er im Liegestuhl und schmökte genüsslich einen Zigarillo. Toll. Diese Wäscheladung konnte ich getrost wieder in die Waschmaschine stecken, wenn ich nicht wie ein wandelnder Tabakladen riechen wollte.

»Ah, Signorina Maria, gut, dass ich Sie treffe«, rief er, als er mich sah, und sprang auf. »Wir müssen uns unterhalten.«

Das fehlte noch.

»Was gibt es denn so Wichtiges?«, fragte ich, während ich meine Unterwäsche in den Wäschekorb packte.

»Nun«, begann er, »ich will ja nichts gegen Ihren Lebenswandel sagen, das ist ja schließlich auch ganz allein Ihre Angelegenheit, und Sie sind ja noch jung. Aber finden Sie nicht, dass Sie sich ein wenig mehr um Ihren Verlobten kümmern sollten, statt mit diesem älteren Herrn herumzuvagabundieren?«

»Bitte was?«

»Tag für Tag werden hier diese Blumen abgegeben, ich weiß schon gar nicht mehr, an welche Nachbarin ich die Sträuße verschenken soll, aber da Sie ja nie da sind …«

»Was für Blumen? Von wem?«

»Na, von Ihrem Verlobten, nehme ich an. Oder gibt es da etwa noch einen dritten Mann, der Ihnen Blumen schicken könnte?«

»Ich bin nicht verlobt, meine Freundin Hanna ist …« Ich stockte. Sollte etwa Stefano …?

»Soll das heißen, hier wurden Blumen für mich abgegeben und Sie haben sie nicht an mich weitergeleitet?«

»Ihr Kollege sagte, Sie seien für eine Weile ausgezogen, und ich betreibe schließlich keinen Nachsendedienst. Selbstverständlich habe ich die Nachrichten alle aufbewahrt, aber um die Blumen wäre es doch schade gewesen, also habe ich sie Signora Di Natale aus dem dritten Stock, Signora Cassano aus dem zweiten und ihrer Schwester Natalia gegeben. Aber gestern sind dann schon wieder welche abgegeben worden, und die habe ich noch bei mir, zusammen mit den Nachrichten über die Auflösung der Verlobung, aber so kann das doch nicht weitergehen, der Mann bemüht sich wohl sehr, seit Sie diese Verlobung gelöst haben, nun gut, ist ja vielleicht auch übertrieben, sich gleich zu verloben, aber klären Sie die Situation doch bitte.«

»Soll das heißen, jemand hat Blumen und Nachrichten für mich abgegeben und Sie haben nicht daran gedacht, diese meinen Kollegen zu übergeben, sondern sie ganz einfach an die Nachbarinnen verschenkt und dazu noch die Nachrichten gelesen?«

»Jawohl, das musste ich doch, schließlich hätte es sich ja um etwas Dringendes handeln können«, antwortete er wie selbstverständlich.

Ich musste tief durchatmen, um Zambrotta nicht an den Hals zu gehen und ihn kräftig zu würgen.

»Wären Sie wohl so freundlich, mir die Nachrichten zu geben?«

»Aber selbstverständlich, jetzt, da Sie wieder daheim sind. Ich bringe sie Ihnen gleich nach dem Abendessen rüber.«

Ich spürte förmlich, wie meine Pulsader am Hals anschwoll und zu platzen drohte.

»Signor Zambrotta, bitte gehen Sie jetzt gleich hinüber in Ihre Wohnung und bringen Sie mir meine Nachrichten. Mi porti subito le lettere! Es ist sehr wichtig für mich!«

Es war nicht einfach nur wichtig, es ging um Leben und Tod! Die Blumen konnten nur von Stefano sein, wer sonst hätte mir Blumen schicken sollen? Mit Georg war ich schließlich die komplette vergangene Woche zusammen gewesen. Und wenn in den Nachrichten etwas von einer aufgelösten Verlobung stand …

Signor Zambrotta schien die Dringlichkeit der Situation langsam zu begreifen, denn er ging unverzüglich hinüber. Er brachte mir einen Strauß gelbe Rosen sowie ein Bündel Briefe.

Sie waren von Stefano.

»Come è bello il gioco del vento nei tuoi capelli – Wie schön der Wind in deinem Haar spielt«, flüsterte Stefano mir ins Ohr. »Ti amo, tu mi piaci, bellissima.«

Ich blickte auf die Äste und Zweige der Pappeln, die sich leicht im Wind wiegten. Es war eine sternklare Nacht, noch etwas zu kühl, um draußen zu übernachten, aber wir hatten Decken dabei, in die wir uns eingewickelt hatten.

Unsere Versöhnung war wie im Märchen verlaufen, ich konnte es noch immer kaum fassen: Stefano hatte seine Verlobung mit Lorelai aufgelöst. Meinetwegen. Nun lagen wir frisch vereint im Park Villa Borghese, inmitten dieser wunderschönen Stadt.

Ich konnte ungelogen behaupten: Es war die romantischste Nacht, die ich je erlebt hatte. Jeglichem Risiko zum Trotz, wieder von einem Paparazzo verfolgt zu werden, hatte Stefano mich abgeholt und war mit mir erneut nach Ostia hinausgefahren, um ganz neu anzufangen, wie er es nannte. Wir gingen anschließend auch wieder zu Marco in das kleine Weinlokal, und dann, als Krönung dieses zweiten ersten Dates, hatte er mich hierher entführt, wo schon Bonnie Bianco in »Cinderella '87« ihre große Liebe gefunden hatte und Kinder am frühen Abend Fußball spielen und sich des Nachts Liebespaare über einer Flasche Wein tief in die Augen sehen.

Es war schön gewesen, von Georg begehrt zu werden, zugegeben, besonders, da ich mich gerade so abgewiesen gefühlt hatte. Aber es war nichts im Vergleich zu dieser Nacht mit Stefano. So ist es nun einmal: Wenn du einmal Häagen-Dazs gegessen hast, pfeifst du auf Mövenpick. Ich hatte keine Lust mehr auf Georg. Ich hatte mein persönliches Häagen-Dazs gefunden, und das war alles, was ich fortan wollte. Jeglicher Reiz, den Georg je auf mich ausgestrahlt hatte, war verloren. Berlin war Vergangenheit. Meine Zukunft lag in Rom.

Um zu Stefanos Leben gehören zu können, würde ich mich zuallererst bei seiner Familie vorstellen müssen. Schließlich hatten die sich alle schon auf die eheliche und gesellschaftlich bedeutsame Verbindung zwischen den beiden Sprösslingen der Familien Guerini und Carini eingestellt, die ich mit einem sauberen Treffer zerschlagen hatte. Erste Etappe auf meinem Weg in das Herz Antonio Silvano Carinis stellte der für heute angesetzte Interviewtermin dar, zu dem Markus und ich ja von Georg verdonnert worden waren. Und ich würde getreu den Worten meiner Wahrsagerin den Ärger mit *la famiglia* in Kauf nehmen, denn sie hatte mir auch verheißen, dass alles gut werden würde. Also auf in die Höhle des römischen Löwen.

Es regnete leicht, als wir uns mit den Rollern auf den Weg

zur Villa Carini machten. Wir parkten unsere Piaggios vor dem großen gusseisernen Tor und betätigten die Klingel. Nachdem wir der Stimme in der Gegensprechanlage unsere Namen genannt hatten, öffnete sich das Tor, und wir gingen die lange Einfahrt bis zur Villa hinauf. Ein Dienstmädchen empfing uns und führte uns durch hohe, lange Flure in ein gemütliches Kaminzimmer, in dem auch Hanna und Markus vor vielen Wochen schon mit Antonio Carini zum Tee gesessen hatten, nicht ahnend, dass ich mich zur selben Zeit in den »Thronfolger« verlieben würde.

Ich fühlte mich etwas unwohl in meiner Haut. So ganz ohne war es schließlich nicht, dass ich durch meine Gefühle für Stefano das hübsche Arrangement der Familien Guerini und Carini zerstört hatte, und wenn es sich um Mafiafamilien gehandelt hätte, wäre ich sicherlich kaum mit dem Leben davongekommen.

Markus schien ebenfalls etwas angespannt.

Zunächst ließen uns Vater und Sohn gute zwanzig Minuten auf ihr Erscheinen warten. Die Gäste warten zu lassen gehörte ganz offenbar zum Umgangston in der Villa Carini. Vielleicht war es auch Antonios Art, seinen Heimvorteil auszuspielen. Oder es war schlicht die typische italienische Unpünktlichkeit.

Die Begrüßung erfolgte ausgesprochen steif, nur einmal zwinkerte Stefano mir aufmunternd zu. Doch vor seinem Vater ließ er sich zu keiner auch nur angedeuteten Zärtlichkeit hinreißen. Dies hier war ein geschäftlicher Termin, und wir hatten ausgemacht, ihn so professionell wie möglich zu gestalten.

Nach einem Austausch von Höflichkeiten und einer Tasse Espresso konnten wir auch ohne weitere Verzögerungen mit dem Interview beginnen. Gute dreißig Minuten lang erzählten uns Stefano und sein Vater die Geschichte der Familie Carini und von den Zukunftsplänen des Verlagshauses sowie der anstehenden Einhundertjahrfeier. Sie beantworteten die Fragen, die Markus und ich ihnen abwechselnd stellten. Schließlich schloss Markus mit der Bitte, noch einige Aufnahmen vom Gebäude machen zu dürfen.

»Yes, of course, Stefano, figlio mio, bitte, sei so nett und führe den jungen Mann in den Park hinunter«, sagte Vater Antonio.

O nein, nur das nicht! Lasst mich nicht mit ihm allein!

Doch zu spät: Stefano und Markus erhoben sich brav und gingen hinaus. Da saß ich nun, hilflos den kritischen Blicken eines der mächtigsten Männer Roms ausgesetzt. Was sollte ich sagen, was tun?

Aber ich brauchte mir darüber nicht lange Sorgen zu machen, denn Stefanos Vater ergriff das Wort, kaum dass sich die Tür hinter seinem Sohn geschlossen hatte.

»Darf ich Ihnen etwas zeigen, solange die beiden mit den Fotos beschäftigt sind?« Es war mehr ein Befehl als eine Frage. Antonio Silvano war die Autorität in Person.

»Ähem, ich weiß nicht recht, sollte ich nicht lieber hier warten, bis mein Kollege und Ihr Sohn zurück sind?«, wich ich zögernd aus.

»Na, die werden uns schon finden, kommen Sie.« Er stand auf und ging mir voraus einige Räume weiter hinein in die Ahnengalerie der Familie Carini.

»Entripure!«, befahl er, und ich tat, wie mir geheißen.

Antonio deutete auf die unzähligen Gemälde. »Sehen Sie: Das ist unsere Geschichte. Die Wurzeln unserer Familie lassen sich zurückverfolgen bis weit in das sechzehnte Jahrhundert. Wir hatten stets gute Beziehungen zur Kirche, und unsere Ahnen gehörten allesamt dem römischen Hochadel an.«

Ich schwieg eingeschüchtert. Was hätte ich auch dazu sagen sollen? Toll? Gratuliere? Ihr Sohn hat sich trotzdem in eine unbedeutende deutsche Nichtadelige wie mich verliebt?

Ich räusperte mich unbequem und verfluchte den Tropfen Angstschweiß, der meine Nase herabrollte, da fuhr der Patriarch fort:

»Verstehen Sie, es ist nichts Persönliches, wenn wir ein wenig darauf achten, mit welchen Damen unser Sohn sich so seine Zeit vertreibt. Wir müssen doch sichergehen, die Ehre unserer Familie zu wahren. Stefano ist einer der Besten, è uno dei migliori, von ganz Rom, e ha disonorato la famiglia, er hat Schande über die Familie gebracht!«

Schande? Mit welchen Dam*en* er sich seine Zeit vertreibt? Was erlaubte sich dieser Mann? Und mochte er zehnmal dem römischen Hochadel entsprungen sein und der Eigner des ehrenhaften Remus-Verlagshauses: Es war an der Zeit, dass ihm jemand sagte, dass ich mehr als ein Zeitvertreib für Stefano und alles andere als eine Schande war!

»Und deshalb werden Sie sicherlich verstehen, dass wir es bedauern, wenn Stefano in jugendlicher Verantwortungslosigkeit und Vernachlässigung seiner Pflichten falsche Hoffnungen bei Ihnen geweckt haben sollte. Wir sind ja schließlich alle erwachsen und wissen, wie die Dinge wirklich laufen.«

»Signor Carini, wenn ich mir erlauben dürfte …«, setzte ich zum Protest an, doch er ließ mich gar nicht erst zu Wort kommen.

»Le amichette di mio figlio – die Gespielinnen meines Sohnes haben bislang noch alle eingesehen, dass sie ihm und seinen Aufgaben nicht im Wege stehen dürfen. La nostra famiglia è una delle più importanti della città.«

«Per caso siete Mafiosi?«, rutschte mir nun doch die Frage heraus, weshalb er seine Familie für so besonders einflussreich hielt. Im selben Augenblick schlug ich mir auch schon die Hand vor den Mund. Mit einem Augenzwinkern, wie Stefano es zuvor gemacht hatte, versuchte ich, meine dreiste Gegenrede zu relativieren, aber Antonio Silvano Carini hatte offenbar keinen Humor, wenn es um die Mafia ging. Er schaute mich prüfend von oben bis unten an.

»Ich denke, wir haben uns verstanden«, sagte er dann. Und damit wandte er seinen Blick von mir ab, verließ den Raum und ließ mich verdutzt zwischen den staubigen Bildern seiner Ahnen zurück. Ganz klar: Ich war die Persona non grata. Unerwünscht wie eine Kellermaus. Ein klassischer Fehlstart. Hier hatte ich noch einen Haufen Arbeit. Beziehungsweise wir: Stefano und ich. In was für einer Welt lebte dieser Antonio denn? Stefano war doch nur der Erbe eines Verlages und nicht der Kronprinz von Dänemark! Und selbst der hatte ein einfaches Mädchen geheiratet.

Auf das Gruppenfoto mit Antonio mussten wir verzichten. Er ließ durch sein Dienstmädchen ausrichten, er habe sich mit einer Migräne zurückgezogen. Stefano war die ganze Situation sichtlich unangenehm, er entschuldigte sich für das Verschwinden seines Vaters, schob es auf den Stress wegen der Jubiläumsvorbereitungen und verabschiedete uns vor der Villa. Markus ging mit gerunzelter Stirn voraus, während ich Stefano noch in wenigen Worten von der kleinen Privatunterredung mit seinem Machovater berichtete.

»Was sollte das überhaupt heißen, die Gespielinnen meines Sohnes – gab es da denn so viele andere Frauen an deiner Seite?«, fragte ich mit leichtem Vorwurf in der Stimme.

»Aber nein, Maria, wie kannst du so etwas denken. Ti amo. Ich bin untröstlich, dass mein Vater sich dir gegenüber so verhalten hat, er hatte wirklich viel Stress in letzter Zeit, und dann das mit uns – es ist alles meine Schuld.«

Da stimmte ich ihm zu.

»Mi manchi già adesso«, sagte er, wie immer, wenn wir uns verabschieden mussten.

»Ja, ich vermisse dich auch schon«, gab ich zurück. »Aber du musst unbedingt mit deinem Vater reden.«

»Das werde ich«, versprach Stefano.

Immer noch wütend über den unverschämten Hausherrn, stapfte ich Markus hinterher die Einfahrt hinab zu unseren Piaggios. Na, dem armen gestressten Antonio würde ich von Herzen gerne noch einige Migränen verschaffen.

Auf dem Rückweg zu unserer Wohnung machten wir auf einer Anhöhe in der Nähe der Caracalla-Thermen halt, von der aus man einen wunderschönen Blick über die sieben Hügel nach Rom hatte. Hier tummelten sich auf einer Wiese am Hang ein paar streunende Katzen, getigerte, schwarze, ausgewachsene und junge. Katzen sind in Italien das, was in Spanien Hunde sind. Sie sind überall und gehören allen und niemandem. Hin und wieder wird eine von ihnen tragischerweise von einem Auto überrollt, aber ansonsten vermehren sie sich frei und reichlich.

Wir standen am Hang und beobachteten die Tiere eine Weile. Einige von ihnen näherten sich uns schüchtern maunzend, doch die meisten schienen sich gar nicht für uns zu interessieren.

»Schade, dass wir nichts zu füttern dabeihaben«, meinte ich. »Die sehen total ausgehungert aus.«

»Keine Sorge«, meinte Markus. »Katzen, die nicht eingesperrt sind, verhungern niemals.«

Ich war mir da nicht so sicher. So viele Mäuse konnte es hier draußen am Berg gar nicht geben, damit es für alle reichte.

»Wilde Katzen essen alles, was sie finden, da muss nur mal einer aus dem Dorf da unten Kartoffelschalen auf den Kompost werfen«, fügte Mister Besserwisser hinzu.

Ich tippte mit dem Zeigefinger gegen meine Stirn. »Kartoffelschalen, na klar. Hat schon mal jemand Whiskas auf Kartoffelbasis gesehen? Katzen sind Raubtiere, die brauchen Fleisch.«

Wir beschlossen, auf den Sonnenuntergang zu warten und dabei das Interview Revue passieren zu lassen. Immerhin mussten wir aus dem doch relativ unspektakulären Gespräch mit den Carini-Männern einen interessanten Artikel für *Climax* zaubern. Zwei Doppelseiten in der Augustausgabe sollten wir füllen mit Fotos, dem Interview und dem Exklusivbericht von der Jubiläumsgala. Markus und ich setzten uns also zu den Tieren ins Gras. Ich atmete tief ein. Es duftete nach Pinien und Olivenbäumen.

In Berlin regnete es seit einer Woche durchgehend, wie uns

Amelie am Telefon vorgejammert hatte. Da war nichts von Frühsommer zu spüren. Hier aber hatte sich der Nieselregen vom Vormittag verzogen, und die Sonne schien so stark, dass der Boden schon wieder trocken genug war, um auf der Wiese hockend den Ausblick zu genießen. Ich krempelte die Hosenbeine meiner Jeans hoch bis zu den Knien und betrachtete meine gebräunten Waden. Es war gerade einmal Ende Mai, aber die italienische Sonne hatte schon ihre Spuren auf meiner Haut hinterlassen.

»Gar nicht mal so schlecht hier, oder?«, fragte Markus, als hätte er meine Gedanken gelesen.

Ich nickte nur stumm. Es war gar nicht mal so schlecht, dieses Italien. So langsam begann ich zu verstehen, warum es meine Mutter immer wieder hierher zurückgezogen hatte. Norddeutschland musste sich unheimlich kalt und nass anfühlen für jemanden, der dieses Klima hier gewöhnt war.

»Darf ich dich mal etwas Persönliches fragen?«, fragte Markus, und mir schwante Übles.

»Wenn ich nicht antworten muss«, sagte ich deshalb vorsichtig.

Markus grinste.

»Genau das meine ich«, entgegnete er. »Du bist extrem zurückhaltend, fast ängstlich, wenn es darum geht, etwas von dir selbst preiszugeben, selbst wenn das Risiko verschwindend gering ist, dass jemand dieses Selbst kritisieren will.«

»Häh?«, rutschte es mir raus. »Wie meinst du das denn?«

»Na ja, nehmen wir mal deine Flug- und Höhenangst – du würdest eher den Mount Everest erklimmen als zugeben, dass du dich da oben verdammt mies fühlst.«

Ich bemühte mich, spöttisch zu lächeln.

»So ein Blödsinn«, murmelte ich.

»Und was ist das mit deiner Familie«, fuhr er fort, das Buch Maria öffentlich durchzublättern. »Ich meine, es ist doch kein Geheimnis, dass du halb und halb bist, aber wenn es an deine italienischen Wurzeln geht, machst du immer zu, als würde es dir schaden, darüber auch nur zu reden.«

Ich schluckte. Das Sprichwort vom Menschen, in dem man lesen konnte wie in einem aufgeschlagenen Buch, war hier gefährlich nah dran, realisiert zu werden.

»Versteh das bitte nicht als Kritik, im Gegenteil, ich wundere mich nur«, meinte Markus.

»Worüber?«, fragte ich. Und wunderte mich nun meinerseits, warum ich es wissen wollte. Konnte mir doch egal sein, was Markus über mich dachte.

»Na ja«, antwortete er, »ich wundere mich, dass jemand wie du, die eigentlich recht selbstbewusst rüberkommt, jung, dynamisch, mit beiden Beinen im Leben stehend, sich immer wieder Dingen aussetzt, die sie eigentlich nicht will – oder zumindest nicht zu wollen scheint, statt einfach zu sagen, was sie will. Sei mir nicht böse, aber bestes Beispiel ist doch diese Sache mit dem Haeffner. Ich weiß ja nicht, was du an dem gefunden hast, aber er pfeift, und du springst. Das hast du doch gar nicht nötig.«

Das ging nun wirklich zu weit.

»Das ist ja nun Schnee von gestern, und außerdem geht dich das gar nichts an«, sagte ich und war selbst überrascht über diese strikte Grenze.

»Okay, sorry, hast ja recht, es geht mich nichts an«, beschwichtigte Markus auch sofort. »Ist nur so ein Gesamteindruck – du hast Angst vor Höhe, aber steigst in ein Flugzeug und gehst auf den Petersdom, du bist Halbitalienerin, aber willst von Rom nichts wissen. Du kritisierst alles, was mit der katholischen Kirche zu tun hat, trittst aber nicht aus ihr aus, und du verachtest Snobismus wie den von Antonio Carini, gehst aber mit Typen wie Georg und Stefano …«

Bevor er noch weiter meine Schwächen aufzählen konnte, fiel ich ihm ins Wort: »Sieh mal, die Sonne geht unter!«

Markus verstand. Ich wollte nicht reden. Die letzten Monate

waren anstrengend genug gewesen, ich hatte nicht vor, hier seiner persönlichen Psychoanalyse standzuhalten.

Also schwieg Markus und ich ebenso.

Es war sehr beschaulich, fast romantisch, auf diesem Hügel zu hocken und gen Westen zu schauen. Die italienische Sonne färbte die Ewige Stadt orangerot, und die vereinzelten Wolken wirkten wie geheimnisvolle Figuren am Himmel.

Wie gern hätte ich diesen Abend mit Stefano verbracht. Ich blickte auf den jungen Mann, der stattdessen neben mir saß und mir die Widersprüche, in denen ich lebte, so gnadenlos unter die Nase gerieben hatte. Manchmal war er mir wirklich ein Rätsel. Er konnte richtig nett und vernünftig sein, man konnte sich mit ihm unterhalten, wenn er wollte. Aber dann wieder kamen diese Momente, in denen er sich so neunmalklug oder spöttisch gab, dass ich wünschte, er würde einfach ein wenig öfter schweigen.

So wie jetzt. Er saß einfach nur still da, kraulte einem der Kätzchen das Fell und nahm hin und wieder seine Kamera hoch, um den Moment einzufangen. So wie jetzt war er mir am liebsten, ein richtig umgänglicher Zeitgenosse, tierlieb, ein Künstler, der mittlerweile tatsächlich so etwas wie ein Freund geworden war.

Er war ein ganz anderer Typ als Stefano.

Stefano war so männlich, so leidenschaftlich und spontan, nicht so verplant und kopflastig wie die deutschen Männer. Doch was das Reden anging – was Markus zu viel hatte, hatte Stefano manchmal echt zu wenig. Er schwieg mir zu oft, besonders in den Momenten, in denen es Wichtiges zu besprechen gab. Wir mussten zum Beispiel unbedingt mit seinem Vater über unsere Beziehung sprechen, denn spätestens auf der Jubiläumsfeier würde es schwer werden, unsere gegenseitige Zuneigung zu verbergen.

»Du solltest nicht so viel grübeln«, ließ sich Markus unerwartet vernehmen.

»Häh?«

»Du schaust aus, als würdest du dir eine Menge anstrengender Gedanken machen. Das solltest du dir für langweilige verregnete Sonntage aufheben. Warum nimmst du das Leben nicht einfach, wie es ist? Die Sorgen kommen dann schon von allein.«

Wieder stimmte, was er sagte, obwohl ich es nicht zugeben würde. Diese ewige Grübelei und Trübsalblaserei mussten ein Ende haben. Ich hatte der ganzen Romreise von Anfang an zu negativ gegenübergestanden. Und dann war es nicht nur recht lustig geworden mit Hanna und Markus und den Jungs aus dem Germanicum, nein, ich hatte auch noch eine aufregende filmreife Romanze mit einem der begehrtesten Männer Roms begonnen.

Neugierig schaute ich Markus an. Woher nahm der eigentlich seinen Optimismus? Mich kostete ein rein gutgelaunter Tag meist eine Menge Anstrengung. Irgendetwas, über das ich mich aufregen konnte, und wenn es auch noch so klein und unbedeutend war, kam mir immer dazwischen. Vor der Reise war es Georg. Dann waren es abwechselnd Markus und Amelie, schließlich Gergely und Hanna mit ihren überstürzten Heiratsplänen. Dann war es Stefano, dann wieder Georg. Und heute war es Antonio Silvano Carini. Aber wenn ich es so recht bedachte, war es doch meistens ich selbst, die mir das Leben schwermachte. Erst durch die Affäre mit Georg, nun durch das komplizierte Verhältnis zu Stefano.

Plötzlich unterbrach die Hupe eines Rollers meine Überlegungen und die fast zu schöne Stille. Mit einem Satz waren sämtliche Katzen um uns herum verschwunden. Sie sprinteten zur Hügelkuppe und rannten sich dabei gegenseitig über den Haufen. Ein Mopedfahrer kam heraufgefahren, stoppte und nahm eine riesige runde Tupperschüssel von seinem Gepäckträger.

»Aha, Raubtierfütterung«, schloss Markus blitzgescheit. »Hab ich's doch geahnt.«

Und tatsächlich: Der Mann nahm den Deckel von der Dose und entleerte etwas, was von weitem wie Spaghetti aussah, in die Mitte der Katzenmeute. Dann streichelte er ein paar von ihnen über den Kopf und setzte sich wieder in Bewegung, zurück den Hügel hinab. Er verschwand in der Dämmerung. Als wir ein wenig später an der Futterstelle vorbei zurück zu unseren Rollern gingen, stellten wir fest, dass tatsächlich Paprikanudeln und Kartoffelreste zwischen den Grashalmen hingen.

Markus behielt wieder einmal recht: Wilde Katzen fraßen alles.

Grappa, grappa

Es war halb elf am Sonntagmorgen, dem Tag der großen Einhundertjahrfeier. Voller Ehrfurcht betraten wir die Empfangshalle des Gründungshauses von Edizioni Remus, den Palazzo Lettario. Der erinnerte mit seinem imposanten Gewölbe und den Fresken an einen venezianischen Dogenpalast aus dem Mittelalter. Die Wandmalerei stammte laut Gergely von einem Schüler Michelangelos. Die Säulen waren mit Blattgold verziert, und der Boden war aus feinstem Carrara-Marmor. Ganz zu schweigen von den Ölgemälden in der Ahnengalerie, von denen uns die Mienen der großen Carinis entgegenblickten wie schon in der Villa von Antonio, nur noch ein wenig größer und autoritärer. Mir schauderte.

Es war eine Mischung aus Faszination und Furcht. Und über allem stand das Gefühl, am falschen Ort zu sein. Dabei hatten wir uns wirklich herausgeputzt. Die Männer trugen Smoking, was Georg natürlich hervorragend stand, er sah überhaupt in allem gut aus. Und seine leicht ergrauten Schläfen rundeten den Mann-von-Welt-Look ab. Er stach aus der Menge hervor. Zu mir war er etwas distanziert, aber durchaus nicht unfreundlich. Ich rechnete es ihm hoch an, dass er mich nicht aus gekränkter Eitelkeit vorführte. Andere Männer wären sicher weniger professionell mit ihrer Niederlage umgegangen. Georg aber wirkte souverän wie immer.

Auch Gergely, der Hanna begleitete, war so edel gekleidet noch eine Spur attraktiver, das musste ich zugeben. Hanna blickte stolz zu ihm rüber. Sie selbst sah aus wie einem Titelblatt entstiegen in ihrer roséfarbenen Satinrobe. Über die Schultern hatte sie ein transparentes Tuch gelegt und die goldblonden Haare locker im Nacken zusammengebunden.

Markus wirkte etwas unbeholfen. Man sah ihm an, dass er sich im Smoking nicht wirklich wohl fühlte. Ständig nestelte er an seiner Fliege, und der Kummerbund saß viel zu locker auf seinen schmalen Hüften. Von einem Bauchansatz war da keine Spur, das musste man neidlos anerkennen. Sein morgendliches Jogging schien sich zu lohnen. Wie immer tat er keinen Schritt ohne seine Kamera.

Ich selbst trug mein schlichtes Abendkleid in Beige, kombiniert mit den Schuhen und dem Täschchen von Gucci, die Haare hatte ich hochgesteckt und nur an den Seiten lockige Strähnen herausgezogen, die mein Gesicht umrahmten. Ich war mit unserem Gesamteindruck zufrieden, die Berliner Delegation konnte sich wirklich sehen lassen.

Der Empfang fand im großen Rokoko-Saal statt. An der Seite gegenüber vom Portal war ein reichhaltiges Buffet aufgebaut, auf einer Empore stand ein Flügel, an dem ein Pianist Vivaldi-Melodien spielte. Dutzende Diener in Livree servierten Champagner in langstieligen Kristallgläsern, andere reichten ausgefallene Horsd'œuvres. Obwohl die Veranstaltung offiziell erst um elf Uhr begann, war der Raum schon gut gefüllt, circa zweihundert geladene Gäste wurden erwartet, darunter Verlagsangehörige aus ganz Europa, Politiker und Adlige der Stadt sowie Vertreter der Presse.

Zu den römischen VIPs gehörte unvermeidlich die Familie Guerini und somit auch Lorelai. Markus entdeckte sie als Erster und pfiff leise durch die Zähne, bevor er seine Kamera wieder hochnahm und zu knipsen begann. Zugegeben, Lorelai sah unglaublich aus in ihrem grasgrünen Chiffonkleid und den prachtvollen Locken, die ihr um die zierlichen Schultern schwangen. Insgeheim hatte ich gehofft, sie würde dieses Anlasses wegen der abgesagten Verlobung fernbleiben, doch offenbar hatte sie die Trennung gut verkraftet. Jedenfalls strahlte sie mit ihrer Mutter, die direkt neben ihr stand und in ihrem silbernen Versace-Kostüm eine vollendete Lady gab, um die Wette. Ihr Vater

Nicolai Guerini und sein Stammhalter sahen ebenfalls perfekt aus, einzig die leichten Silberfäden im Haar verrieten den Generationenunterschied zwischen dem Immobilienmagnaten und seinem Sohn. Gutes Aussehen war offenbar tatsächlich erblich.

Einer der Kellner trat mit einem Tablett gefüllter Gläser an uns heran, und dankbar griffen wir zu. Gergely, Georg und ich beim Champagner, Hanna und Markus wählten Orangensaft.

»Wenn ich jetzt schon etwas trinke, werden die Bilder alle verschwommen«, erklärte Markus. Dann bat der Diener Georg, ihm zu folgen, und er entschuldigte sich geheimnisvoll bei uns und verschwand.

Nach und nach strömten weitere Gäste in den Saal, darunter offenbar der Kultusminister und Bürgermeister Roms, Autoren, Agenten, Verleger und Journalisten. Von Familie Carini keine Spur.

Ich wurde zusehends nervöser, die Anwesenheit von so viel Prominenz war mir unangenehm. Ich kam mir sehr klein und unbedeutend vor. Das Glas gab mir ein wenig Halt. Wie sagte schon Horaz? Vino pellite curas, verscheucht die Sorgen durch Wein. Nach dem ersten prickelnden Schluck fühlte ich mich etwas wohler, und mit dem zweiten begann ich mich zu entspannen. Wenn doch nur Stefano da wäre.

»Wo ist denn Stefano?«, fragte just auch Hanna, doch in diesem Moment tat sich etwas: Das Seitenportal wurde geöffnet, und unter dem Blitzlichtgewitter der Journalisten betraten die Hauptpersonen die Bildfläche: Antonio Silvano und Stefano Carini. Donnernder Applaus brach los, als die beiden Männer würdevoll durch den Saal schritten. Hinter ihnen folgten drei weitere Männer, darunter Georg. Die anderen beiden waren offenbar die Geschäftsführer der weiteren »Töchter« von Remus, dem Maison d'édition Germaine und dem Wiener Verlag Rupert. Als Stefano mich in den Reihen der Gäste erblickte, pochte mein Herz so wild in meiner Brust, als wollte es herausspringen und sich ihm direkt zu Füßen legen. Doch statt mein schüchternes

Lächeln zu erwidern, sah er mich nur einen winzigen Augenblick an und schaute dann mit verschlossenem Blick geradeaus. Ich war irritiert. Irgendetwas stimmte nicht.

Antonio schritt auf das Rednerpult zu, das am Kopf des Saales auf einer Empore aufgebaut war. Stefano und die anderen Männer nahmen auf den hinter ihm im Halbkreis aufgebauten Stühlen Platz, während sein Vater ans Mikrophon trat, um die Gäste zu begrüßen. Es folgten Lobreden der drei Geschäftsführer der Tochterverlage sowie des Bürgermeisters von Rom, die jeweils von einem Klavierstück abgerundet wurden, bevor Stefano einen Abriss der Geschichte des traditionsreichen Edizioni Remus anhand einer Powerpoint-Präsentation darstellte. Dann las ein Hausautor einen Ausschnitt aus seinem neuesten politischen Thriller. Da er das nicht wie die Redner zuvor auf Englisch tat, sondern auf Italienisch, entschuldigte Hanna sich für eine Weile.

Sie war noch nicht zurück, als unter großem Applaus die obligatorischen Blumen überreicht und das Buffet eröffnet wurden. Wir anderen bedienten uns an den köstlichen Speisen. Immer wieder schaute ich zu Stefano hinüber, der am anderen Ende des Saales für mich unerreichbar in einem Pulk von Journalisten stand. Ob sie ihn wohl über die aufgelöste Verlobung ausfragten? Er sah unheimlich angespannt aus und schielte nur für Sekunden zu mir herüber. Fürchtete er, die Presse würde sich auf mich stürzen, wenn sie entdeckten, dass ich auch auf der Gala war? Wollte er mich schützen und vermied deshalb jeglichen Kontakt?

Plötzlich betrat Antonio noch einmal die Bühne und schritt ans Mikrophon. Er bedankte sich artig bei allen Lobrednern und pries nun seinerseits die Arbeit der Tochterverlage. Er betonte, man werde trotz des im kommenden Jahr anstehenden Generationswechsels an der Spitze von Remus an der Politik des Verlages festhalten und die gesunde Mischung aus Tradition und Fortschritt beibehalten.

Markus knipste fleißig Fotos, während ich mit dem kleinen MP3-Recorder in meinem Handtäschchen die wichtigsten Ausschnitte der Ansprache für den *Climax*-Artikel mitschnitt.

»Ora, signori e signore«, fuhr Stefanos Vater fort, »es ist mir eine große persönliche Freude, Ihnen eine wunderbare Neuigkeit zu verkünden. Wie Sie alle wissen, besteht zwischen den Familien Carini und Guerini seit Generationen eine innige Freundschaft, die auch von wirtschaftlichen Problemen der Stadt Mitte des vergangenen Jahrhunderts nicht zerstört werden konnte. Und somit erfüllt es uns mit Stolz, dass diese Freundschaft auch in Zukunft besiegelt sein wird.«

Er machte eine bedeutsame Pause, in der Stefano an seine Seite trat.

Das ist ja schön, dachte ich naiverweise noch für einen winzigen Augenblick, er stellt noch einmal klar, dass der kleine Skandal, den Stefano und ich ausgelöst hatten, keine Auswirkungen auf die Freundschaft zwischen ihm und Nicolai haben würde.

»Hiermit gebe ich also nun endlich auch offiziell die Verlobung unserer Kinder bekannt! Portateci lo champagne per festeggiare. Erheben wir unsere Gläser! Meine liebe Lorelai, herzlich willkommen in deiner neuen Familie! Wenn ich bitten darf …«

Und mit diesen Worten war er von der Empore gestiegen, reichte ihr den Arm und geleitete sie zu Stefano hinüber. Tosender Applaus brandete auf, und das Blitzlichtgewitter überflutete das nun offiziell verlobte Paar, dessen Hände vom mächtigen Antonio Silvano Carini zusammengepresst und in die Luft gehalten wurden. Ich spürte, wie es mir den Boden unter den Füßen wegzog, und konnte mich gerade noch an Gergely festhalten. Erstarrt schaute ich zur Empore hinauf. Dort stand Stefano mit verschlossenem Blick und nahm die Glückwünsche der römischen Prominenz entgegen. Der Mann, der mich noch vor ein paar Tagen in der Villa Borghese im Arm gehalten hatte und mir versichert hatte, es würde alles gut werden, die Verlobung sei praktisch aufgelöst, er werde mit seinem Vater reden, Lorelai und er wären ohnehin nie ein richtiges Paar gewesen und, und, und ...

Ich hörte Mama in meinem Unterbewusstsein flüstern: »Una bugia ne tira dieci, mein Kind, denke daran.« War es überhaupt Mamas Stimme? Sprach da nicht eine wirkliche Stimme zu mir? »Una bugia ne tira dieci.«

»Hier, nimm einen Schluck«, raunte Markus mir zu und streckte mir ein Champagnerglas entgegen.

»Lass dir nichts anmerken, mit einer Szene tust du dir selbst keinen Gefallen«, meinte Gergely.

Ich starrte ihn nur wortlos an. Diese Demütigung war niederschmetternd. Mein Blick fiel auf Georg, der mit einem spöttischen Lächeln zu mir herabblickte, als wollte er sagen: »Du hast doch nicht wirklich geglaubt, in den römischen Hochadel aufgenommen zu werden?«

Doch, ich hatte. Ich hatte Stefano geglaubt, dass er es ernst meinte. Weiß der Teufel, wie ich mich so hatte selbst belügen können, wieso ich überhaupt noch bereit war, einem Mann zu glauben, wieso ich immer wieder auf ihre Versprechungen hereinfiel! Diese bescheuerte römische Luft hatte mir den Verstand vernebelt. Aber jetzt sah ich zum ersten Mal seit Monaten wieder klar. Ich wollte sterben, im Boden versinken, mich in Luft auflösen. Ich musste weg.

Wie benommen bahnte ich mir meinen Weg durch die Menge, lief in die Empfangshalle hinaus. Wo zum Teufel war Hanna, wenn man sie brauchte? Wieso ist der Mensch im Sturz immer allein? Bitter schmeckte die Wahrheit, ich war nur der Spielball gewesen, Stefanos letztes Abenteuer vor dem sicheren Hafen der Ehe, so wie ich zuvor Georgs Spielball als Abwechslung von seinem trauten Heim gewesen war. Ich musste mir den Mund ausspülen, mein Hals war ganz trocken, und der Champagner kämpfte mit meiner Magensäure. Ich fand die Toilette am anderen Ende der Halle. Sicher würde es auffallen, wenn ich mich hier für die nächsten Wochen verbarrikadieren würde, doch mir fiel im Moment einfach nichts Besseres ein.

Am Marmorwaschbecken stand Hanna und spülte sich gerade den Mund aus. Als sie mich sah, erschrak sie.

»O Gott, was ist denn mit dir passiert?«

Ungeachtet meines teuren Abendkleides sank ich zu Boden. Hanna kniete sich neben mich und hielt mich im Arm, während ein nie mehr enden wollender Strom von Tränen floss.

Der Fahrtwind blies mein Haar nach hinten, auf dem Visier meines Helms fanden Dutzende Fruchtfliegen ihren Tod. Piggi, wie ich meinen Roller zärtlich nannte, benötigte all ihre Kraft, um die Anstiege des italienischen Mittelgebirges zu bewältigen. Auf den Abfahrten dagegen ließ sie sich fast bis auf Tempo achtzig beschleunigen. Den größten Teil der Strecke legte ich allerdings mit sechzig Sachen zurück. Ich war sehr früh aufgebrochen, denn ich wollte Forte dei Marmi noch bei Tageslicht erreichen. Laut Internet-Routenplaner waren es gute dreihundertachtzig Kilometer.

Ich war mir nicht einmal sicher, was ich dort wollte, ich musste einfach nur weg, raus aus Rom. Von allen Titelblättern grinste mich dort die glücklich mit Stefano verlobte Lorelai an, es war unerträglich. Die Presse sprach von ausgiebiger Familienplanung bei den Carinis, Lorelai erklärte in sämtlichen Interviews ihre Liebe zu Kindern und ihren Wunsch nach einem langen, glücklichen Eheleben mit ihrer Jugendliebe Stefano. Er sprach von der Schönheit und dem unwiderstehlichen Liebreiz seiner Braut und davon, dass die Hochzeit nun ja wohl allen bösen Gerüchten ein Ende bereiten werde.

Ich hätte ihm am liebsten den Hals umgedreht für sein feiges Verhalten, und wenn Hanna mich nicht über Nacht in meinem Zimmer eingesperrt hätte, hätte es sicher einen Toten im Penthouse des Terra Magica gegeben, denn meine Wut richtete sich nicht allein auf Stefano, sondern vor allem auf meinen Boss und Exfreund.

Georg war dank Hannas kleiner Erpressung direkt am Morgen nach der Gala zurück nach Berlin geflogen. Sie hatte ihm nahegelegt, dass ein weiterer Aufenthalt von ihm in meiner Nähe zu einem kleinen, aber bedeutsamen, weil aufklärenden Anruf bei seiner Frau führen würde.

Georg hatte meinen Auszug aus dem Terra Magica und das damit offizielle zweite Ende unserer Beziehung doch nicht so sportlich genommen wie gedacht und aus purer Boshaftigkeit die Stirn gehabt, Antonio Carini auf das Wiederaufleben meiner Affäre mit Stefano aufmerksam zu machen. Nicht zuletzt dies hatte wohl zu der inszenierten öffentlichen Verlobung auf dem Empfang geführt.

Ich war nach dieser Aktion nicht mehr dumm genug zu glauben, Stefano würde noch einmal zu mir zurückkehren. Er hatte mich nur belogen, erst, was seine Identität anging, dann, was seine Verlobung und letztlich die angebliche Auflösung dieser betraf.

»Una bugia ne tira dieci.«

Genauso hatten sich die Voraussagen von Signor Zambrotta und Markus bestätigt: Stefano war einer dieser Männer, die nur Ärger brachten. Und sogar die Wahrsagerin hatte recht behalten – zwar nicht mit ihrem Gefasel über meinen Mann fürs Leben, wohl aber mit dem Ärger mit der *famiglia*. Stefanos Familie hatte mir nämlich mächtig Ärger eingebracht. Ich war ausgelaugt, brauchte Ruhe und Abstand. Leider konnte ich mich in Rom nicht wie als Kind zu Hause unter der Bettdecke verkriechen. Aber genau danach war mir: nach einem Zuhause, wo man mich aufnehmen würde. Wo ich Geborgenheit und Trost erwarten durfte.

Zuhause.

Ganz deutlich stand das Wort vor mir in den grauen Himmel geschrieben, während mir die salzigen Tränen erneut in dünnen Bächen die Wangen herunterrannen und damit meiner seidigen

Gesichtshaut erheblichen Schaden zufügten. Ich lenkte Piggi an den Straßenrand und hielt an. War es wirklich eine gute Idee von Hanna gewesen, meine kleine Reisetasche zu packen und mich zu meiner Mutter in die Toskana zu schicken? Freilich, unser Projekt war so gut wie fertig, ich hatte die Auswahl für die Restaurants und Bars getroffen, Markus würde mir die Fotos, die er noch machen musste, per Mail schicken, damit ich meine Texte den Bildern anpassen und ihm zurückschicken konnte. Den letzten *Climax*-Artikel über die Jubiläumsfeier würden Markus und Hanna zu Ende bringen.

Ich hätte auch nach Berlin zurückkehren und von dort aus die Arbeit beenden können, aber ein Meerschweinchen war auf Dauer einfach kein Familienersatz. Und Sparky ging es bei der hilfsbereiten Alessandra auch ohne mich ganz gut. Ich aber brauchte eine erholsame Auszeit bei jemandem, der mir ohnehin etwas Zuneigung, vor allem aber eine Erklärung schuldig war. Alessandras Worte waren mir seit unserem Telefonat nicht mehr aus dem Kopf gegangen. »Sie hat einen Fehler gemacht, und dann war alles verloren« – was für ein Fehler war das? Jahrelang war meine Mutter drum herumgekommen, mir zu erklären, warum sie mich damals im Stich gelassen hatte. Aber jetzt forderte ich mein Recht auf die Wahrheit ein. Ich würde sie endlich zur Rede stellen, Klarschiff machen, mein Leben umkrempeln und von vorn beginnen.

Wenn Hanna nicht mehr bei *Climax* blieb, was sollte ich dann eigentlich noch dort? Was hielt mich in Berlin? Die Sache mit Georg hatte mir nur Ärger eingebracht. Wenn es irgendwann einen geeigneten Zeitpunkt in meinem Leben geben sollte, an dem ein kompletter Neuanfang sinnvoll war, dann wohl jetzt. Die Frage war nur, wo ich diesen Neuanfang machen und wie er aussehen sollte. Zu einem anderen Verlag wechseln, freilich, das war vielleicht möglich. Jakobi würde mir ein gutes Zeugnis mitgeben müssen. Aber war die journalistische Arbeit eigentlich wirklich das, was ich auf Dauer wollte?

Ich musste an mein Gespräch mit dem verlogenen Stefano denken. Ihm hatte ich von meinem Traum erzählt, mich in der Gastronomie selbständig zu machen. Aber war ich jetzt schon bereit, dieses Risiko einzugehen, ein eigenes Geschäft aufzubauen?

Um das über mich selbst herausfinden zu können, erschien es mir plötzlich wichtig, zu meinen lange verdrängten Wurzeln zurückzukehren. Und die führten mich auf einen Weinberg in der Nähe von Forte dei Marmi.

Ich wischte mir die langsam versiegenden Tränen aus den Augen und startete die Piaggio neu. Es war eine wohltuende Fahrt, ich genoss den Fahrtwind auf meiner Haut und die leichte Sommerluft und näherte mich mit Tempo sechzig stetig der wunderschönsten Weinlandschaft der Welt. Ich hatte mir nie viel aus dem Landleben gemacht. Mich hatte es stets mehr in die Metropolen Europas gezogen, Paris, London, Paris, Berlin, Paris, Paris – ja, dort wo das Leben tobte, da fühlte ich mich wohl. Zu viel Stille bekam mir nicht.

Doch je näher ich meinem Ziel kam, desto weniger konnte ich verstehen, warum ich mich so viele Jahre standhaft geweigert hatte, hierher zu kommen. Wieso war mir das alles so fremd vorgekommen, wenn ich jetzt, umgeben von den Chiantireben, doch so ein freudiges Kribbeln in der Magengegend verspürte, eine nie geahnte Wiedersehensfreude? Schon in Rom hatte ich mich immer wieder an meine Nonna und an Mutter erinnert gefühlt. Dinge, an die ich jahrelang nicht hatte denken müssen, waren mir plötzlich in den Sinn gekommen, einfach ausgelöst durch die Sprache oder einen Geruch, Musik oder ein Schaufenster mit toskanischem Porzellan.

Ich schaffte die Strecke mit zwei kurzen Pausen in sechseinhalb Stunden. Auf einer Anhöhe oberhalb von Forte dei Marmi hielt ich an und blickte auf das Tal hinab. Hier hatte ich vor Großmutters Tod doch eigentlich recht viele glückliche Sommertage verbracht. Die untergehende Sonne tauchte diesen Flecken Erde und das dahinter beginnende Mittelmeer in ein zauberhaftes Licht. Hinter mir landeinwärts lagen Weinberge, auch der der Familie Borriello. Ein wackliger Gondellift führte hinauf auf den höchsten Gipfel, den Monte Amiata. Ich stieß einen tiefen Seufzer aus und rieb mir das schmerzende Gesäß. Dann startete ich den müden Motor meines treuen Zweirads erneut und rollte langsam den Hügel hinab auf das Gut zu, das ich selbst im Schlaf wiedererkannt hätte.

Panna cotta con fragole

Ich parkte Piggi vor dem großen Hoftor, dessen dunkelgrüner Lack schon abblätterte, wenn man ihn nur zu intensiv anblickte. Dann nahm ich meinen Helm ab, hängte ihn über den Lenker und schüttelte meine platt gedrückten Locken auf. Als ich das Tor zum Weingut Il Diavolo sachte aufschob und in den Hof trat, stürzte sich ein Rudel von fünf Rauhaardackeln auf mich. Zwei von ihnen verbissen sich sofort in meine lange Umhängetasche, die anderen umkreisten mich mit scheuem Knurren, hin- und hergerissen zwischen mutiger Hofverteidigung und ängstlicher Feststellung, dass ich wesentlich größer war als sie selbst.

»Hallo?«, rief ich fragend in Richtung Hauptgebäude. »Ist jemand zu Hause?«

Nichts rührte sich, lediglich die drei Dackel liefen weiter wachsam neben mir her, während sich ihre beiden Kumpel einfach, mit den bezahnten Kiefern an meine Tasche geheftet, von mir mitschleifen ließen. Ich ging ums Haus herum. Dann sah ich meine Mutter.

Sie war gerade dabei, Wäsche aufzuhängen. Ihre Arme über und über mit Laken behängt und mit mehreren Wäscheklammern zwischen den Zähnen, schritt sie die quer über den Hof gespannte Leine ab. Hinter ihr erstreckte sich der kleine *vigneto*, der Weinberg, der seit Jahrhunderten im Besitz der Familie Borriello war und der den Vorfahren, *avolo*, auch im Namen trug: »Vigneto dell'Avolo« – bis ich als Dreijährige aus *dell'avolo*, ohne es zu merken, einen *diavolo*, den Teufel, machte, wann immer ich vom Hof meiner Großeltern sprach. Seither hieß das Weingut bei uns nur noch »Il Diavolo«.

»Vino rosso dell'Avolo di Borriello« hieß die Spezialität, die mein Urgroßvater aus seiner eigenen Zuchtrebe entwickelt hatte.

Von ursprünglich angeblich einmal dreißig Hektar Land war dieser beschauliche Hügel jedoch alles, was meiner Großmutter damals noch geblieben war.

Als Nonno starb, war Nonna zu alt, um das Weingut allein zu bewirtschaften, und so war es für meine Mutter eben offenbar keine Frage gewesen: Sie blieb nach den Sommerferien in Italien, um sich um den Familienbesitz zu kümmern. So lautete die einsilbige Erklärung, die ich damals bekam. Doch ich hatte keinerlei Verständnis dafür, dass ein Familienbesitz wichtiger sein sollte als die Familie selbst. Jetzt aber standen da Alessandras seltsame Andeutungen im Raum, und ich fragte mich, ob Großvaters Tod wirklich der Grund für Mutters Fortgang gewesen war.

Eine seltsame Melancholie erfasste mich, als ich sie beobachtete. Bislang waren Kiel und Vater alles, was ich hatte, und ich war auch lange überzeugt gewesen, dass ich gar nicht mehr brauchte. Nun aber brauchte ich jemanden, zu dem ich gehörte, doch da war niemand mehr: Meine deutschen Großeltern waren lange tot, ich hatte keine Geschwister, und Vater war vor zwei Jahren gestorben, an einer seltenen Herzkrankheit, wenn man den Ärzten Glauben schenkte. Eine freundliche Umschreibung für ein gebrochenes Herz, fand ich. Mutter war nicht einmal zu seiner Beerdigung gekommen. Sicher wollte sie das Gerede der Leute meiden. Aber sie war an seinem Grab gewesen, nur wenige Tage später, und hatte ihm Blumen und eine Madonnafigur neben den Stein gestellt. Ich hatte sofort gewusst, dass die Dinge von ihr waren. Sie hatte auch bei mir angerufen, aber ich wollte in meiner tiefen Trauer um meinen Vater nichts davon wissen. Später hatte Alessandra mir erzählt, dass Mama noch nach Berlin gekommen war, um mich zu besuchen, doch zu der Zeit hatte ich mich bereits mit Hanna Hals über Kopf nach Paris geflüchtet. Wegfahren schien mir schon damals der einzige Weg aus der Krise.

Wohl darum hatte ich mich nun auch trotz allem ausgerechnet auf den Weg zu meiner Mutter gemacht. Sie war eben meine Mutter, und ich hatte sonst niemanden. So hatte Hanna das netterweise auf den Punkt gebracht. Mit meinen achtundzwanzig Jahren war ich vollkommen allein. Ich brauchte aber doch jemanden, zu dem ich gehörte, bei dem ich Halt finden konnte, denn ich steckte in einer tiefen Sinnkrise. Was half da besser, als zu seinen Wurzeln zurückzukehren? Zu ergründen, woher ich stammte und warum ich so war, wie ich war.

Was wäre mir auch sonst übriggeblieben?

Berlin lag weit, die Toskana hingegen war vergleichsweise nur einen Katzensprung von Rom entfernt. Es ergab einfach Sinn, hier Zuflucht zu suchen.

Und da stand sie nun vor mir, meine Mutter. Ich hatte sie das letzte Mal vor gut fünf Jahren in Zürich getroffen. Damals war ich mit Vater extra für die Theaterpremiere von einem seiner Schulfreunde hinuntergefahren, und Mutter war ihrerseits aus Italien angereist, um uns treffen zu können.

Die kläffenden Hunde um mich herum machten ihr Frauchen auf mich aufmerksam. Sie wandte sich um und schaute mich an. Freundlich, offen willkommen heißend – und alles andere als überrascht. Zunächst legte sie die übrigen Laken fein säuberlich in den Wäschekorb zurück und nahm sich die Klammern aus dem Mund. Dann schickte sie mit einem «Via, basta« die Hunde fort und schritt energisch auf mich zu.

»Eccola! Da bist du ja endlich, mein Kind«, sagte sie und umarmte mich kräftig. »Du siehst müde aus. Komm, du wirst Hunger haben. Ich hab dein Leibgericht gekocht.«

Ich war perplex.

»Du hast – waaas? Ja, aber woher wusstest du denn …«

»Als Alessandra mir sagte, du würdest eine Weile in Rom arbeiten, da hab ich gewusst, dass du herkommst«, nahm sie die Antwort vorweg. »Ich habe eigentlich schon viel früher mit dir gerechnet, du hast mich ganz schön warten lassen, das war nicht recht von dir. Na, Schwamm drüber. Hast du kein Gepäck? Nur den Lumpensack da?«, fragte sie und wies auf meine geliebte, aber angestaubte Camel-Trophy-Reisetasche.

Mit den Worten »Venite qua« pfiff sie die Dackel wieder herbei, die packten zu zweit an und zogen meine Tasche hinter uns her ins Haus.

»Und woher wusstest du, dass ich genau *heute* herkomme?«, fragte ich.

»Ein Mann hat angerufen und nach dir gefragt. Er sagte, du seist schon recht früh aufgebrochen und wolltest dich melden, wenn du ankommst, denn die Strecke ist ja recht lang für einen Roller. Er wollte sichergehen, dass jemand zu Hause ist, wenn du hier ankommst. Sehr aufmerksam, ein sympathischer junger Mann.«

»Stefano?«, fragte ich in einem wirren Anflug von Hoffnung.

»Stefano? Was für ein Stefano? Nein, nein, dieser Junge mit dem komischen ostdeutschen Akzent, er sagte, er habe mit dir und Hanna eine Wohnung geteilt. Er hat sehr besorgt geklungen, ist etwas passiert?«

Die Hunde hatten im Hausflur unter Mutters Kommando von meiner Reisetasche abgelassen. Aus der Küche kam mir ein verlockender Duft entgegen.

»Geh, und wasch dir die Hände, ich wärm nur rasch das Essen auf«, sagte Mutter, und artig ging ich hinüber in das kleine Terrakottabad, das direkt neben meinem ehemaligen Ferienkinderzimmer lag. Nachdem ich den gröbsten Reisestaub abgewaschen hatte, ging ich in die Küche hinüber. Hier hatte sich überhaupt nichts verändert – jedenfalls schien es mir so. Der große Kachelofen, auf dessen Bank die struppige graumelierte Katze Mia hockte und sich die Pfoten leckte, der alte Eichentisch mit den Sitzbänken auf beiden Seiten, auf denen selbstgenähte geblümte Polster lagen, farblich passend zu den Fenstervorhängen – allein der große Gasherd war neu, Nonna hatte noch auf Kohlefeuer gekocht. Aus dem Küchenfenster blickte man direkt auf den Weinberg, hinter dem die Sonne sich neigte, die alles in oranges Licht tauchte. Ich kraulte der Katze das Fell, und sie schnurrte behaglich. Mir war, als könnte ich noch meine Nonna Lucia sehen, wie sie am Tisch sitzt und Früchte bereitet für meine Lieblingsnachspeise: Panna cotta con fragole – Sahnepudding mit Erdbeeren, während Nonno draußen den Hof kehrt.

»Das ist Mias Tochter«, riss die Stimme meiner Mutter mich aus den Gedanken.

»Wie bitte?«

»Die Katze. Das ist nicht Mia, es ist einer ihrer sieben Nachkommen aus dem letzten Wurf, bevor sie starb. Wir haben nur zwei behalten, Miu und Maoi. Das ist Miu. Komm, setz dich.«

»Du hast mit Markus gesprochen?«, fragte ich, während ich mich am Tisch niederließ.

»Ja, genau«, sagte sie und füllte mir eine riesige Portion Maccaroni-Meeresfrüchte-Pfanne auf einen Teller. »Markus Semmelbrot oder so ähnlich hieß er.«

»Semgart«, verbesserte ich.

»Oder so.«

»Was hat er dir erzählt?« Nicht auszudenken, wenn er die ganze peinliche Affäre um Georg und Stefano ausgerechnet meiner Mutter aufgetischt hatte.

»Nur dass ich dich daran erinnern soll, dich bei ihm und Hanna zu melden, damit sie sich keine Sorgen machen. Wer ist dieser Mann, Hannas Freund?«

Ich winkte ab: »Nein.« – Das wäre er gerne, fügte ich in Gedanken hinzu.

»Er ist unser gemeinsamer Kollege bei *Climax*. Hanna ist mit einem ungarischen Priesteramtskandidaten verlobt und wird ihn in ein paar Wochen heiraten.«

Meine Mutter zog erstaunt die Augenbrauen hoch. Diese Mimik war mir mittlerweile sehr vertraut, wenn auch von jemand ganz anderem.

»Ich verstehe.« Sie stellte die Pfanne zurück auf den Herd. »So was gab es zu meiner Zeit noch nicht. Die Priester lebten alle noch im Zölibat – so wie Don Camillo.«

»Die Ungarn haben andere Regeln«, versuchte ich mit wenigen Worten zu erklären, was ich bis heute selbst nicht ganz verstand. Mutter schien es zu genügen.

»Na, dann iss, du musst Hunger haben.«

Und nach einer Weile setzte sie nach: »Jedenfalls, dieser Markus: ein ausgesprochen höflicher Mann.«

Das dachte *sie*.

Am nächsten Tag spannte meine Mutter mich ohne Umschweife in die Arbeit auf dem Gut ein. Da ich keine Arbeitskleidung dabeihatte, lieh sie mir eine alte Latzhose sowie ein paar Gummistiefel und nahm mich zum Unkrautjäten mit in den Weinberg.

Über meinen persönlichen Kummer sprachen wir nicht. Und auch traute ich mich noch nicht, sie auf Alessandras Andeutungen anzusprechen. Das Wiedersehen war noch zu frisch. Es schien ihr auch nicht wichtig zu sein, weshalb ich hierhergekommen war, nur dass ich überhaupt da war, zählte. Und so meinte meine Mutter: »Il lavoro ti farà bene – ein bisschen Arbeit an der frischen Luft wird dir guttun, du wirst sehen.«

Mit diesen Worten drückte sie mir eine Hacke in die Hand und begann ihrerseits damit, den Boden zwischen den Weinstöcken aufzulockern und die Gräser und Moose zu entfernen. Mir blieb nichts anderes übrig, als es ihr gleichzutun.

Wir arbeiteten einige Stunden lang einträchtig nebeneinanderher. Irgendwann zwischendurch verschwand sie und kam mit ein paar Caprese-Bruschetta und einer Flasche Milch zurück. Wir setzten uns. Es war ein großartiges Gefühl, wieder in den Weinbergen zu picknicken, die frische Luft und den warmen Sonnenschein zu spüren.

Dann arbeiteten wir schweigend weiter. Am späten Nachmittag hatten wir beinah den halben Weinberg gejätet – zumindest fühlte ich mich so. Mutter blickte auf, wischte sich den Schweiß von der Stirn und strahlte mich zufrieden an:

»Buon lavoro, mein Kind. Hast ja doch was von mir geerbt!

Für heute ist es genug, lass uns Feierabend machen. Ich koch uns etwas Schönes. Giovanni kommt erst am Wochenende aus Florenz zurück. Du bleibst doch noch ein paar Tage, nicht wahr? Ich möchte, dass ihr euch endlich kennenlernt.«

Ich hatte keine Ahnung, wie lange ich hierbleiben würde. So lange, wie wir es eben miteinander aushielten. Ich hatte Zeit. Außer Hannas Hochzeit gab es vorerst keine wichtigen Termine mehr in meinem Leben. Theoretisch müsste ich erst im Herbst nach Berlin zurückkehren, ich hatte noch genug Urlaubstage aus dem letzten und dem laufenden Jahr übrig, um für ein paar Wochen eine Auszeit zu nehmen. Aber wollte ich wirklich weiter unter Georg arbeiten? Vielleicht sollte ich lieber auswandern, wie meine Freundin Britta, die nach der Trennung von ihrem Verlobten Hals über Kopf nach Irland gezogen war, um dort einen Pub zu eröffnen. Oder ich könnte als Aussteiger durch Asien reisen und mich mit Gelegenheitsjobs über Wasser halten.

Wenn ich nur nicht so viel Angst vor Veränderungen hätte. Ich war ein fürchterliches Gewohnheitstier, deshalb hatte ich so lange gebraucht, mit der Trennung meiner Eltern zurechtzukommen, und wahrscheinlich nur deshalb hatte ich mich so lange an die Beziehung zu Georg geklammert.

Konnte ich meiner eigenen neuen Aufbruchstimmung nun trauen, oder würde ich mich nicht doch wieder in meinen alten Trott in Berlin zurückfallen lassen?

Giovanni Gattuso war der Lebensgefährte meiner Mutter, seit nunmehr bestimmt drei oder vier Jahren. Ich hatte mich bislang geweigert, den Nachfolger meines Vaters kennenzulernen. Irgendwie hätte ich es unloyal gefunden. Zudem hatte ich natürlich gehofft, das Problem würde sich von selbst erledigen, doch es klang nicht so, als würden die beiden sich in absehbarer Zeit trennen. Und wenn ich die Wahl hatte zwischen vorzeitiger Rückkehr nach Rom, wo mich nur unangenehme Erinnerungen verfolgten, und dem Kennenlernen von Giovanni – na gut, dann wollte ich mal nicht so sein.

Giovanni hatte zwei kleine Töchter im Alter von acht Jahren namens Julia und Joanna. Seine Frau war bei der Geburt der Zwillinge gestorben. Eine tragische Geschichte, zumal heutzutage ja eigentlich nahezu niemand mehr bei einer Geburt starb. Er war auch sicherlich ein feiner Kerl, aber er war nun einmal nicht mein Pa. Die Mädchen verbrachten diese Woche bei ihren Großeltern in Florenz, ich würde sie dann ebenfalls am Wochenende kennenlernen – und blickte der Sache skeptisch entgegen.

Einmal am Tag rief Hanna an, um sich nach meinem Befinden zu erkundigen. Sie ließ mich auch regelmäßig von Markus grüßen, der offenbar einen fleißigen Endspurt in Sachen Fotos gemacht hatte. Es war wirklich gute Arbeit, die besten seiner Bilder würde ich mir jederzeit in mein Schlafzimmer in Berlin hängen, hingen da nicht schon so viele im Bild festgehaltene Eindrücke meiner bisherigen Reisen. Zum Beispiel der Schnappschuss aus Paris, auf dem Hanna und ich beim Tabledance in einer Bar am Montmartre zu sehen waren. Ich vermisste meine Freundin sehr, und das sagte ich ihr auch, als wir am Freitagabend telefonierten.

»Ich hätte dich auch gern hier«, seufzte sie. »Du glaubst gar nicht, was diese Hochzeit alles an organisatorischem Aufwand mit sich bringt. Ich meine, wir planen ja nun wirklich kein Riesenevent, aber schon mit der Suche nach einer geeigneten Location haben wir ein echtes Problem. Und Gergely möchte unbedingt an einem Wochenende heiraten, aber zeig mir mal eine so kurzfristig an einem Samstag verfügbare Kirche in Rom! Hier ist doch alles schon auf Jahre ausgebucht! Und dann die Sache mit dem Essen, Buffet oder Tischgedeck, und was für Musik und überhaupt. Dann kommen auch noch seine Eltern mit Sonderwünschen, welche Verwandten wir alle einladen müssen et cetera, dabei weiß ich nicht einmal, wo wir die alle möglichst kostengünstig unterbringen sollen, die sind ja schließlich auch nicht alle Krösus. Ich hätte mir das einfach viel leichter vorgestellt«, schloss sie.

»Wenn ich euch nur irgendwie helfen könnte«, meinte ich noch, da schoss mir der Geistesblitz direkt zwischen die Augen. »Hanna, ich ruf dich gleich zurück, ja?« Und ohne eine Antwort abzuwarten, knallte ich den Hörer auf und lief hinaus zu meiner Mutter, die gerade dabei war, die Hunde zu füttern.

Es war die beste Idee des Jahrhunderts. Meine Mutter war begeistert von dem Gedanken, Hannas und Gergelys Hochzeit auf dem Weingut auszurichten. Immerhin nahm sie dadurch gewissermaßen wieder an meinem Leben teil, und sie hatte Hanna schon als Kind sehr gern gemocht.

Mutter und ich würden uns gemeinsam um das Catering kümmern – sie würde ein mediterranes Buffet und den Wein organisieren, und ich kümmerte mich um den Import von gutem Bier und wollte für die Gäste typisch nordische Gerichte zaubern. Damit wäre für das leibliche Wohl der Gäste bestens gesorgt.

Bei gutem Wetter konnte man ein Tanzparkett auf dem Hof aufbauen, für den Fall, dass Regen angesagt würde, müsste eben die alte Scheune hergerichtet werden.

Giovanni verstand sich ausgezeichnet aufs Handwerkliche, und genügend Holz für einen Tanzboden lagerte noch vom letzten Anbau in der Scheune. Die Zwillinge würden die Blumenmädchen sein, und Gergelys gesamte bucklige Verwandtschaft würde problemlos in der zum Hof gehörenden ehemaligen Pension untergebracht werden, wir müssten lediglich die Zimmer ein wenig herrichten. Padre Panucci als Dorfpriester begrüßte mich mit einer herzlichen Umarmung und den Worten: »La figlia smarrita torna a casa«, die verlorene Tochter kehrt heim. Er freute sich über die Anfrage nach dem Trautermin und sagte sofort zu. Und das Beste war: Hanna würde schon zwei Wochen früher angereist kommen, um die Vorbereitungen zu koordinieren. Das Kleid hatte sie bei einer Schneiderin in Rom, die uns vom Friseur Signor Amelia empfohlen worden war, anfertigen lassen, sie würde es pünktlich per Boten hierherschicken lassen. Alles fügte sich glänzend.

Wie meine Mutter prophezeit hatte, die viele Arbeit auf dem Feld war mir gut bekommen. Sie hatte mich von meinem Kummer um Stefano abgelenkt. Rom war so weit weg. Ich kam mir mittlerweile schon etwas albern vor, dass ich die Gefühle für Stefano für die Liebe meines Lebens gehalten hatte. Die Zigeunerin hatte sich getäuscht. Es war doch vielmehr eine Art Urlaubsromanze gewesen, schnell entflammt und ebenso schnell wieder erloschen waren meine Gefühle, und ich war zurück in der Realität.

Hier draußen aber hatte ich nun ein paar Tage richtig frei, hier konnte mir niemand etwas anhaben, alles war friedlich, und auch mit Mutters Freund und den beiden Kindern kam ich hervorragend klar. Die Bewohner aus dem kleinen Dorf, die uns nach und nach einen neugierigen Besuch abstatteten, um die eben verloren geglaubte und »heimgekehrte« Tochter zu begutachten, waren von typisch italienischer Herzlichkeit. Und wenn ich dann doch einmal wieder in eine Depression zu fallen drohte, holte Mutter einen Grappa oder eine schöne Flasche Wein aus dem Keller, und nach ein paar Schlückchen und ein wenig Geplauder sah die Welt schon wieder viel freundlicher aus. Ausgesprochen hatten wir uns allerdings immer noch nicht. Ich war einfach noch nicht bereit für eine handfeste Auseinandersetzung, und sie bot mir keinerlei Provokation, war ruhig, freundlich und offensichtlich froh, überhaupt etwas von mir zu erfahren, so dass sie es vermied, mich auszufragen, sondern einfach abzuwarten schien. Doch obwohl es mit ein Grund gewesen war hierherzukommen – nun aus heiterem Himmel unsere problematische Vergangenheit anzusprechen, dazu fehlte mir einfach der Mut.

Ich stand am Torbogen, als der kleine Mietwagen mit der zukünftigen Braut in den Hof rollte. Sie war jedoch nicht allein gekommen.

»Na, alles paletti, Spaghetti?«

Markus schwang seine langen Beine aus dem Punto – in ausgefransten Jeans, mit einem knallweißen T-Shirt, auf dem zur Erklärung der Aufdruck »White T-Shirt« prangte.

»Was willst du denn hier?«, fragte ich unfreundlicher als gewollt.

»Na, hör mal«, empörte sich Hanna, »meinst du, ich lasse ihn allein in Rom zurück, wenn alle anderen schon abgereist sind? Außerdem kann er uns hier eine große Hilfe sein und schon mal die besten Orte, Perspektiven und Lichtverhältnisse für die Hochzeitsfotos checken. Hier, ich hab deine restlichen Klamotten dabei.« Und mit einem Ruck stellte sie meinen Koffer vor mir ab. »So, nun lass dich erst mal drücken, wie geht's dir denn? Gut schaust du aus, ganz braun geworden.«

»Arbeit an der frischen Luft ist die schnellste Medizin«, sagte meine Mutter, und ich war überrascht, sie nach so langer Zeit wieder Deutsch sprechen zu hören. Schließlich hatte sie dazu kaum Gelegenheit gehabt, seit sie wieder in Italien lebte. Sie war zu uns getreten, um die Ankömmlinge zu begrüßen.

»Schön, dich wiederzusehen, Hanna«, stellte sie fest und nahm meine Freundin mit Schwung in den Arm. »Wirklich, ich bin froh zu sehen, dass du meiner Tochter eine so gute treue Freundin bist.«

Hanna lächelte und wurde leicht rot. »Na ja, ich bin auch froh, in Maria meine beste Freundin zu haben. Und ich bin dir unglaublich dankbar, dass wir hier unsere Hochzeit feiern dürfen, du bist unsere Rettung.«

»Das ist doch selbstverständlich. Und außerdem, wir feiern hier gerne die Feste, *come* – wie sagt man – wie sie stürzen.«

Sogar deutsche Sprichworte beherrschte sie noch einigermaßen. Erstaunlich.

»Ach, wie süß, der Akzent!«, flüsterte Hanna mir zu.

Dann wandte sich Mutter an Markus: »Und Sie sind?«

»Markus Semgart, ein Kollege Ihrer Tochter, sehr erfreut«,

stellte er sich formvollendet vor. »Und wenn Sie mögen, können Sie mich auch gern duzen, auch wenn Maria und ich nicht so geschwisterlich zueinander stehen wie sie und Hanna«, fügte er grinsend hinzu.

»Ah ja, der nette Mann vom Telefon, herzlich willkommen«, antwortete meine Mutter sichtlich erfreut. »Gut, sagen wir du. Mi chiamo Emanuela.«

Kaum zu fassen, Markus, so ein Schleimer. Keine zwei Minuten bei meiner Mutter auf dem Hof und schon per du mit ihr.

Nun nahm er auch noch meinen und Hannas Koffer und trug sie, mit einem frechen Augenzwinkern, zu uns herüber ins Haus.

»Was ist denn mit dem los?«, fragte ich Hanna. »So gut gelaunt hab ich ihn ja schon lange nicht mehr gesehen.« Seit der Sache mit ihr und Gergely, genauer gesagt.

»Keine Ahnung, vielleicht hat er einfach nur gute Laune, weil wir Urlaub haben. Wir sind mit unserem Projekt nämlich fertig, Amelie hat heute früh angerufen und gesagt, dass Georg unser Manuskript abgesegnet hat. Auch die *Climax*-Artikel stehen. Die anderen Teams sind noch nicht alle so weit, deshalb wird das Layout vom Guide frühestens Anfang August abgeglichen. Und bis die nächste Ausgabe von *Climax* dran ist, haben wir alle frei – na ja, und für mich hat sich das Thema ja Ende September wohl eh erledigt – ich hab mich schon bei etlichen Magazinen und Zeitschriften in Deutschland beworben, und stell dir vor: Die *Amica* zieht ernsthaft in Betracht, mich eine kleine Serie machen zu lassen! Rom mit den Augen einer Fremden betrachtet. Wer weiß, vielleicht wird daraus noch eine dauerhafte Kolumne!«

»Das klingt toll!«, behauptete ich, aber meine Begeisterung hielt sich in Grenzen. Der Gedanke, ohne Hanna nach Berlin zurückzukehren, war mir ein Graus.

»Sag mal, wo ist denn eure Toilette, mir ist nicht so gut, ich glaube, ich muss schon wieder spucken«, unterbrach sie mich plötzlich.

»Wir haben schon unterwegs zweimal angehalten, weil ihr schlecht war, aber an meiner Fahrweise lag's nicht, ehrlich!«, flachste Markus, der zurückgekommen war, um seinen eigenen Koffer und die Fotoausrüstung ins Haus zu tragen.

In so einem Fall sparte man sich Nachfragen aller Art, deshalb brachte ich Hanna schnell zum Bad und blieb vor der Tür stehen, falls sie Hilfe brauchte.

»Hanna, das gefällt mir gar nicht, dass du dich so oft übergibst. Neulich auf der Hundertjahrfeier hast du doch auch gespuckt, oder? Zumindest hat es so ausgesehen, als ich dich in der Toilette traf. Du mutest dir einfach zu viel zu, so viel Stress ist echt nicht ohne, die meisten Leute unterschätzen das.«

»Mag schon sein«, gab Hanna zu.

»Ist besser, du legst dich hin«, empfahl meine Mutter, die uns mit Markus gefolgt war.

»Junge, sei so gut, trage ihre *valigia*, den Koffer, ins Zimmer. Es ist das erste *sinistra*, auf der linken Seite – gleich wenn du die Treppe hinaufkommst.«

»Selbstverständlich gern, Emanuela«, flötete Markus.

Schleimschleimschleim.

Ich erwog ernsthaft, mich auch zu übergeben.

Vino di Borriello

So richtig gut ging es Hanna auch nach der ersten ruhigen Nacht auf dem Hof nicht. Sie war blass um die Nase, als sie am nächsten Morgen zum Frühstück erschien, und ihr Appetit ließ zu wünschen übrig. Ich nahm an, dass es die Aufregung war, schließlich heiratete man mit Glück nur einmal im Leben.

Gergely war für diese Woche nach Ungarn gereist, um dort die notwendigen Formalitäten mit seinem Bischof zu regeln und die Reise für seine Eltern zu organisieren. Die Brauteltern würden erst einen Tag vor der Hochzeit anreisen. Hanna war nicht besonders traurig darüber, denn ihre Eltern hatten, wie erwartet, nicht gerade positiv auf die überraschenden Hochzeitspläne ihrer Tochter reagiert. Wer konnte es ihnen verdenken. Trotzdem war es wichtig, Hanna zu schonen und Stress von ihr fernzuhalten, denn sie sollte sich doch auf ihre Hochzeit freuen können.

Markus schien in den Tagen auf dem Weingut richtig aufzublühen, er scherzte mit Giovanni um die Wette, tobte mit dessen Töchtern herum und packte geschickt bei der Arbeit am Tanzparkett mit an. Die Zwillinge liebten ihn und wirbelten immer wieder um ihn herum. Auch meine Mutter mochte ihn und lobte seine natürliche Art und praktische Veranlagung.

»Du solltest dir mal die Bilder ansehen, die Markus von unserem Gut gemacht hat, zauberhaft, sag ich dir. Er hat wirklich einen Blick dafür. Markus sagte, wir sollten sie unbedingt auf eine Internetseite stellen, na ja, ich kenn mich ja nicht so damit aus, aber er sagt, wenn man dort ein bisschen Werbung macht und zum Beispiel eine historische Führung über das Gut und eine Weinprobe für Touristen anbietet, könnte das eine schöne zusätzliche Einnahmequelle werden.«

Ihre aufgeregte Art war ganz ungewohnt für mich. Ich kannte meine Mutter eher ruhiger, sachlicher. Das Weingut war immer so gewesen, wie es hier vor uns lag, nur gelegentlich hatten meine Großeltern ein paar Zimmer an Sommergäste vermietet. Woher dieser plötzliche Drang nach Veränderung?

»Du weißt ja«, fuhr sie fort, »ich selbst komme mit der Arbeit hier kaum nach, und dabei hatte ich doch immer vor, die alte Scheune irgendwann einmal in ein Restaurant umzubauen und eventuell die Zimmer wieder zur Vermietung herzurichten, und dafür kann ich jeden Euro gebrauchen. Vielleicht kann ich den Jungen bitten, uns so eine Homepage einzurichten, was meinst du, würde er das machen?« Sie wirkte um Jahre jünger, als sie so von ihren neuen Plänen sprach. Na ja, wirklich alt war sie ja auch nicht, sie war früh Mutter geworden.

Aber Markus als Werbemanager von Mutters Weingut? Das fehlte gerade noch. Ich versuchte, ihre Begeisterung zu bremsen, aber sie hatte es sich schon fest in den Kopf gesetzt. Beziehungsweise: Markus hatte es ihr in den Kopf gesetzt. Die Scheune umbauen zum Restaurant – na klar. Nichts leichter als das.

Am Samstagabend, als wir alle zusammensaßen, nahm mich meine Mutter beim Weinholen im Keller an die Seite.

»Weißt du, Maria, ich habe das Thema bislang vermieden, weil ich dir Zeit lassen wollte, von allein mit dem Reden zu beginnen. Aber jetzt möchte ich doch endlich wissen, was da in Rom vorgefallen ist, dass du so betrübt hier angekommen bist. Hattest du Streit mit jemandem?«

Ich seufzte. Irgendwann würde sie es ja doch erfahren, warum sollte ich es ihr nicht selbst erzählen.

»Ist nicht so wichtig«, antwortete ich. »Ich hatte jemanden kennengelernt, aber es ist nichts draus geworden«, fasste ich die Geschichte zusammen.

»Jemanden?«, fragte Mama. »Also einen Mann? Und wieso ist nichts draus geworden?«

»Er war zu reich, zu bekannt, zu italienisch – und zu verlobt.«

Sie zog hörbar die Luft ein.

»Du hast etwas mit einem verlobten Mann angefangen? Wieso um Himmels willen, gab es in Rom denn keinen Single? Und was ist eigentlich aus deinem Freund in Berlin geworden, diesem geheimnisvollen Georg, von dem ich nichts wissen durfte? Was sagt der denn dazu, dass du in Rom mit einem anderen geflirtet hast?«

Ich hasste diesen leicht vorwurfsvollen Unterton in ihrer Stimme. Da schwang eine mütterliche Art mit, die ich ihr nicht zugestand. Sie war gegangen, was ging sie also mein Leben an? Und woher wusste sie überhaupt von Georg? Ich war mir sicher, ihn Alessandra gegenüber nie erwähnt zu haben.

»Was Georg dazu sagt, ist mir relativ egal, ihm war ja auch immer egal, was seine Frau von uns gehalten hätte«, antwortete ich trotzig.

Meine Mutter zog wieder hörbar die Luft ein. »Maria! Du hast eine Affäre mit einem verheirateten Mann?« Sie schaute mich an, als wolle sie mir eine Ohrfeige geben.

»Hatte«, betonte ich. »Es ist schon seit Monaten aus. Und was macht es schon? Schau mich nicht so vorwurfsvoll an. Nicht ich bin die Ehebrecherin, *er* hat seine Frau betrogen. Was kann *ich* dafür?«

»Ich schäme mich für dich«, sagte meine Mutter. »So habe ich dich nicht erzogen, dass du herumläufst und anderen Frauen die Männer ausspannst. Was ist das für ein Benehmen? Eine Affäre mit einem verheirateten Mann? Und danach mit einem verlobten?«

»Ich hatte, es ist aus«, verteidigte ich mich lauter als nötig. »Mit Georg und mit Stefano, okay, mit beiden ist es aus. Ich bin Single, zufrieden? Allein!«

Und du hast mich überhaupt nicht erzogen, du warst ja gar nicht da, fügte ich in Gedanken hinzu.

»Du bist katholisch, weißt du denn überhaupt nicht mehr,

was sich gehört?« Meine Mutter wurde nun auch lauter. »Sind dir denn Ehe und Familie nicht heilig? Was habe ich dir denn beigebracht?«

»Was weißt du schon darüber? Du musst gerade reden«, gab ich zurück, »du warst es doch, die Papa verlassen hat. Von wegen heilige Familie. Wo warst du denn all die Jahre, als Papa und ich dich gebraucht hätten? Du hast mir doch gar nichts beigebracht, außer wie man jemanden im Stich lässt!«

So, nun war es endlich einmal heraus.

Mutter starrte mich entsetzt an.

»So denkst du über mich?«, fragte sie schließlich fast tonlos. »Das ist nicht fair. Was hätte ich denn machen sollen? Dein Nonno ist zwar bis achtzig noch mit dem Traubenkorb über den Weinberg gelaufen, aber deine Nonna konnte nicht mehr richtig arbeiten, wegen ihrer Gicht. Wie hätte ich sie da nach Nonnos Tod allein lassen können? Sie war meine Mutter, meine Familie!«

»Wir waren aber auch deine Familie, Papa und ich. Und uns hast du alleingelassen.«

Mutter schüttelte nur den Kopf. Sie war um Fassung bemüht.

»Ich wollte, dass ihr mit mir kommt«, sagte sie. »Ich wollte euch mitnehmen, hier war genug Platz für uns alle. Aber dein Papa meinte, es wäre nicht gut, dich von deinen Freunden und deiner gewohnten Umgebung zu trennen. In den Ferien wollte er dich zu mir schicken, aber um nichts in der Welt wollte er mit dir hierherziehen. Er wollte in Kiel leben, und er wollte dich in Kiel haben. ER wollte es so!«

»Das glaube ich nicht«, sagte ich. »Weshalb hat er denn dann so gelitten, weshalb ist er dir nicht einfach gefolgt, als er gemerkt hat, wie sehr er dich vermisst?«

»Vielleicht, weil er sich in Italien genauso unwohl gefühlt hat wie ich mich in Deutschland. Er mochte das Essen hier nicht, im Sommer war es ihm zu heiß, ihm fehlte der Schnee im Winter, er hasste die Musik, und er trank ausschließlich Bier. Italien wäre für ihn nie mehr als einen Urlaub lang denkbar gewesen.«

Ich schwieg. So hatte ich es bisher nie gesehen. Andererseits – wie war es damals eigentlich, mit Mama und Papa?

In einem dieser Italienurlaube, die Papa mit seinen Kumpels vom Skat gemacht hatte, hatten die beiden sich kennengelernt, das wusste ich. Und dann war ich auch schon unterwegs gewesen. Schneller, als die beiden wussten, worauf sie sich eingelassen hatten, war Mama schwanger geworden. Sie ist damals, ohne zu zögern, zu Papa nach Kiel gezogen.

Dass sie sich in Deutschland nicht wohl gefühlt hatte, konnte ich nun ahnen. Sie stritten immer viel. Aber auf den Gedanken, dass die Ehe meiner Eltern gescheitert war, bevor meine Mutter sich zu gehen entschloss, und es dann Papa war, der einfach bestimmt hatte, wo und mit wem ich leben sollte, darauf war ich nicht gekommen. Ich hatte gedacht, dass sie nicht mehr mit uns leben wollte und deshalb nach Italien zurückgegangen war. Aber plötzlich spürte ich, dass dies nur die halbe Wahrheit sein konnte. Ich hatte eine Abneigung gegen den Süden entwickelt, weil ich dem Süden die Schuld gab für die Trennung meiner Eltern. Immer war ich der Meinung, Mama hätte zu meinem Vater und mir zurückkehren müssen – warum wir ihr nicht gefolgt waren, hatte ich mich nie gefragt.

Seit ich in Rom war, hatte ich feststellen müssen, dass es hier in Italien gar nicht so schlimm war, wie ich immer meinte, mich zu erinnern. Ich war gar nicht so klassisch deutsch, wie ich immer zu sein glaubte. Natürlich, ich liebte norddeutsches Essen, Grünkohleintopf und Matjes, und vermisste die Berliner Currywurst, aber mein Lieblingsgericht war immer Mamas Meeresfrüchtepfanne gewesen. Ich mochte das raue norddeutsche Wetter und die Ostsee, aber der Anblick des Mittelmeers hinter den Weinbergen hatte mich seltsam froh gestimmt. Und auch wenn ich der Institution Kirche nicht viel abgewinnen konnte – Markus hatte schon recht, ich war nie ausgetreten. Die Situation mit Georg und die Tatsache, dass Stefano verlobt war, waren mir nie egal gewesen, ich hatte das Unrechtsbewusstsein nur verdrängt. Aber irgendwie gehörte ein wenig Katholizismus wohl für immer zu meinem Leben, ich konnte meine Herkunft und Erziehung nicht leugnen.

Ich war zur Hälfte Italienerin. Vielleicht wäre es möglich gewesen, beide Länder als Heimat zu empfinden. Meine Eltern aber hatten mir dies vorenthalten. Ich hatte nie eine Chance gehabt, in Italien eine Heimat zu sehen, ich hatte in Italien immer nur das Land gesehen, das die Ehe meiner Eltern zerstört hatte.

Meine Mutter legte mir die Hand auf den Arm, aber ich war immer noch wütend genug und schüttelte sie ab.

»Ich kann nicht glauben, dass du mich nur deshalb zurückgelassen hast. Wie kann man sein Kind zurücklassen? So kalt kannst du doch nicht sein!«

Meiner Mutter standen nun Tränen in den Augen.

»Ich habe dich ja nicht zurückgelassen«, sagte sie, und ihre Stimme erstickte fast. »Und das war der große Fehler.«

»Was soll das heißen? Alessandra hat auch schon so etwas angedeutet, ein Fehler, und dann war alles aus. Was für ein Fehler?«

»Ä-häm«, kam da ein Räuspern von der Kellertreppe und unterbrach unser Gespräch.

Markus. »Ich wollte nur mal schauen, ob nichts passiert ist. Alle wundern sich, wo ihr bleibt, Giovanni macht gleich noch ein Lagerfeuer. Kommt ihr?«

»Geh zurück zu den anderen, gleich kommen wir auch, mit dem *vino*«, sagte meine Mutter. Sie wischte sich rasch die Augen trocken und war offensichtlich dankbar für den Themenwechsel.

Markus verschwand wieder die Treppe hinauf.

»Er scheint sehr besorgt um dich«, meinte Mama. »Läuft da etwas, wovon ich nichts wissen soll?«

»Mit Markus? Um Gottes willen, nein, wir sind nur Kollegen.«

»Hat er denn eine Freundin?«

»Ich glaube nicht«, sagte ich. »Ich glaube, er mag Hanna, aber das hat sich ja nun erledigt.«

»So …«, sagte meine Mutter und sah mich zweifelnd an. »Und du? Was willst du machen mit der Liebe?«

»Ich bleibe jetzt erst einmal Single«, betonte ich und griff eine Flasche Wein aus einem Regal.

»Diesen hier?«, fragte ich. Mutter sah auf das Etikett.

»Nein«, sie stellte die Flasche zurück. »Das ist nicht der Richtige.« Dann griff sie wieder ins Regal und zog zwei andere Flaschen heraus, die sie mir in die Hand drückte.

»Es ist nicht leicht zu erkennen, welcher der Richtige ist«, meinte sie, und ich war nicht sicher, ob sie noch vom Wein sprach.

Dann nahm sie noch einen Grappa, und wir gingen zurück zur Treppe. Dort hielt sie mich noch einmal am Arm fest und sah mich an.

»Weißt du, Maria, manchmal liegt das Gute viel näher, als man meint.«

»Meinst du damit etwa Markus?«, fragte ich. »Denn dann, Mama, irrst du dich da ganz gewaltig.«

»Nun, ich jedenfalls habe den Eindruck, dass er gut zu dir passt. Credimi, glaube mir, sono tua madre e ti conosco.«

Meine Mutter war sie unbestritten, aber sie kannte mich wohl kaum, wenn sie dachte, ich könnte mich in einen Mann wie Markus verlieben.

Als Hanna auch nach zwei Tagen ihren Appetit nicht wiederfand, sprach ich ihr ernsthaft ins Gewissen.

»Willst du nicht doch endlich zu einem Arzt gehen? Ich weiß, ich halte selbst nicht viel von Ärzten im Ausland, aber wie lange soll das denn mit deinem Magen noch so weitergehen?«

»Na ja«, meinte Hanna, »schlimmstenfalls acht Monate, würde ich sagen.«

»Acht Mo…?« Da endlich fiel bei mir der Groschen, und ich starrte sie mit einer Mischung aus Entsetzen und Ehrfurcht an: Hanna war schwanger!

Jetzt strahlte sie über das ganze Gesicht. »Was meinst denn du, weshalb ich neuerdings auf Wein und Champagner verzichte? Ich will doch, dass du ein gesundes Patenkind bekommst!«

Ein Kind! Ein Patenkind! Einfach so, aus dem Nichts heraus! Na ja, also aus ihrem Bauch.

Ich schaute durch mein Zimmerfenster auf den Hof hinaus, wo Markus und die Zwillinge mit den Dackeln herumtollten. Hanna als Mutter. Und ich – als Patentante. Rom hatte einiges verändert!

»Findest du nicht auch, dass Markus toll mit Kindern umgehen kann?«, meinte Hanna, die meinem Blick gefolgt war. »Ich hoffe, Gergely hat auch so ein Gefühl dafür wie er. Ich bin wirklich froh, dass ich mit ihm zusammen hergekommen bin, er ist ein echt netter Kerl.«

»Ach der«, meinte ich herablassend, »hast du gemerkt, wie der sich bei Mutter und Giovanni einschleimt? Wusstest du, dass er neuerdings Internetseiten erstellen kann? Das hat er zumindest meiner Mutter weisgemacht. Er will Werbung für das Weingut machen.«

»Ich glaube, dass Markus noch einige unentdeckte Talente hat. Er ist echt nicht dumm.«

»Mag ja sein, aber was soll dieses Schleimen bei meiner Mutter? Was erhofft er sich davon? Will er hier Hoffotograf werden?«

»Der Weg zur Tochter führt oftmals über die Mutter …«, deutete Hanna an.

»Haha.«

»Mensch, Maria, bist du echt so blind, oder willst du es nicht sehen? Der Kerl ist doch total in dich verschossen, das hat hier schon jeder gemerkt. Nur du stehst mal wieder auf der Leitung.«

Ich spürte das Blut in mein Gesicht schießen.

»Markus in mich verschossen? Ach komm, wieso das denn plötzlich?«, bemühte ich mich abzuwinken. »Ich hab ihm in der Zeit, die wir uns kennen, nicht einen einzigen Anlass gegeben, mich sympathisch zu finden.«

»Das stimmt, du warst ziemlich garstig zu ihm. Außerdem warst du ja viel zu sehr mit so selbstsüchtigen Männern wie Georg und Stefano beschäftigt, um Augen für jemanden wie Markus zu haben.«

»Ja, ja, schon klar, die beiden waren nicht das Muster an Romantik und Ehrlichkeit. Aber das heißt noch lange nicht, dass jemand wie Markus besser ist. Alles, was dem einfällt, sind spöttische Grimassen und alberne Sprüche. Romantische Gefühle wird er da kaum hervorrufen – und jetzt lass uns das Thema wechseln, du bist schwanger, das heißt, du musst dich schonen. Ab sofort nehme ich dir so viele Vorbereitungen wie möglich ab.«

»In Ordnung«, lenkte Hanna ein, »ich kann wirklich ein wenig Ruhe vertragen.«

»Ganz genau. So, und nun fahre ich ins Dorf und organisiere den Blumenschmuck. Dann spreche ich mit dem Organisten. Welches Lied möchtest du zum Einzug haben? Den üblichen Hochzeitsmarsch ›Hier kommt die Braut‹ oder was anderes?«

»Am liebsten den Pachebel-Kanon, wenn er das spielen kann.«

»Ist das nicht ein Stück für Streichinstrumente?«

»Kann sein, aber ich hab das mal auf Klavier gehört, und das war wunderschön und ganz lang – ich will doch, dass Gergely ganz lange am Altar auf mich warten muss«, grinste sie.

Ja, das war eine schöne Idee. Der Typ hatte sie so schnell rumgekriegt, dann sollte er wenigstens am Tag seiner Hochzeit ein wenig warten müssen.

»Und es bleibt dabei: Der Brautstrauß soll fliederfarben sein?«

»Unbedingt!«

Tja, so hatte eben jeder seinen eigenen Geschmack. Ich wandte mich zum Gehen.

»Was ist eigentlich mit dem, was die Wahrsagerin gemeint hat?«, fragte Hanna plötzlich.

»Du meinst über den Mann fürs Leben? Da hat sie ziemlich danebengelegen«, antwortete ich.

Und Hanna schaute mich mit hochgezogenen Augenbrauen an. Dieses elende Augenbrauenhochziehen, jetzt machte sie das auch schon!

Es war Hannas Idee gewesen, dass wir nach Rom geschickt wurden. Ich hatte immer gedacht, diese Schnapsidee wäre auf Georgs Mist gewachsen, und es ihm zu Unrecht übelgenommen. Das war allerdings das einzige Mal, wo ich ihm Unrecht getan hatte. Meine Freundin hatte plötzlich die Nase voll von Heimlichkeiten, und so gestand sie mir, dass sie mit Alessandra gesprochen hatte und mit ihr einer Meinung gewesen war. Sie hatten gehofft, dass ich von Rom aus auf ganz natürliche Weise den Weg zu meiner Mutter finden würde. Und so war es gekommen. Obwohl ich nicht sicher war, ob ich auch ohne die Krise, die Stefano in mir ausgelöst hatte, Richtung Forte dei Marmi gefahren wäre. Natürlich war es also nicht gewesen, sondern eine Verkettung zahlreicher Umstände.

»Ist doch egal, Hauptsache, du bist jetzt hier«, meinte Hanna. »Jetzt kannst du dich endlich mit deiner Mutter aussöhnen, nach all den Jahren.«

Ja, vielleicht sollte ich das. Vielleicht war es mein Schicksal. Aber noch war es nicht so weit. Mutter und ich hatten nach der Unterredung im Weinkeller nicht mehr über die Vergangenheit gesprochen. Ich wusste immer noch nicht genau, was damals vorgefallen war, und ich ärgerte mich, dass meine Erinnerungen an diese Sommerferien so schwach waren. Ich erinnerte mich nur dunkel daran, was gesprochen wurde, zwischen Nonna, Mama und Papa, bevor Papa mit mir in den Flieger von

Florenz zurück nach Hamburg stieg. Zu dem Zeitpunkt hatte ich noch gar nicht realisiert, dass Mama nie mehr zu uns zurückkommen würde.

»Wir sehen uns in deinen Schulferien«, hatte Nonna noch gerufen und zu Papa gesagt: »Schick sie uns herunter, bitte!«

Meine Mutter hatte schweigend danebengestanden und ihren Blick abgewandt, seltsam – wenn ich auch sonst nicht mehr viel von damals wusste, dieses Bild, wie sie meinem Blick ausgewichen war, hatte ich noch genau vor Augen.

So grübelte ich über meine Vergangenheit, doch für meine Zukunft hatte ich immer noch keinen Plan. Im Augenblick interessierte mich nur die Organisation der Hochzeitsfeier, was danach kam, würde sich zeigen. Und was die angebliche Schwärmerei von Markus anging, so war ich überzeugt, dass Hanna sich irrte. Vielleicht mochte er mich, obwohl ich ihm gegenüber nie besonders nett gewesen war. Aber das hieß noch lange nichts. Zwischen Markus und mir sollte sich also im Großen und Ganzen nichts ändern, zum einen weil ich mit Hannas Offenbarung nicht so recht umgehen konnte, zum anderen weil ich mit Markus einfach nicht mehr umgehen konnte. Hier auf dem Weingut erschien er mir plötzlich in einem anderen Licht als zu Beginn in Rom. Wann immer sich die Gelegenheit bot, war er hilfreich in Rat und Tat, für jedes organisatorische Problem schien er eine Lösung zu haben. Für meine schnippischen Bemerkungen aber hatte er nichts als ein Augenbrauenhochziehen, so dass mir der Spaß an der Schnippigkeit verging.

Hanna gegenüber tat ich, als hätte unser Gespräch nicht stattgefunden. Ich wollte mich auf die Ausrichtung ihrer Hochzeit konzentrieren, sie sollte es wunderschön haben, der Blumenschmuck in der Kirche, die Dorfkapelle, die Solistin, die das »Ave Maria« singen würde – es gab Unzähliges zu organisieren. Da konnte ich mir nicht auch noch Gedanken darüber machen, was wäre, wenn. Es ging jetzt nicht um mich, es ging um Hannas Zukunft. Ich reagierte auf ihr gelüftetes Geheimnis also *come non fosse sucesso niente*, wie meine Mutter immer sagte – als wär's nicht geschehen und ich wüsste von nichts.

Um die kränkelnde Braut zu entlasten, war ich nun also wegen der Blumendeko auf dem Weg ins Dorf.

Während ich mit der Piaggio losfuhr, um den fliederfarbenen Brautstrauß zu bestellen, ließ ich die vergangenen Wochen Revue passieren. Die ständigen Kabbeleien mit Markus, das Hin und Her mit Georg, das Drama mit Stefano, Hannas überraschende Hochzeitspläne, ihre Schwangerschaft – mein ganzes Leben hatte sich auf den Kopf gestellt. Und wie ein kleines Kind war ich schließlich aus Rom davongelaufen.

Sollte sich nun ausgerechnet hier in der Toskana alles zum Guten wenden? Warum eigentlich nicht.

Ein altes Sprichwort von Nonna Lucia hieß: »Quando si chiude una porta, si apre un portone – Wenn sich eine Tür schließt, öffnet sich ein Tor.« Hinter meinem alten Leben in Berlin hatte sich die Tür geschlossen, wer weiß, vielleicht öffnete sich ausgerechnet hier in Italien nun ein Tor in ein neues Leben. Ein Leben, in dem sich beides arrangieren ließ – die deutsche und die italienische Maria.

Jedenfalls sah es danach aus, dass Mutter und ich wieder zueinanderfinden könnten. Ich hatte eine Ahnung davon bekommen, wie schwer es ihr gefallen sein musste, uns zu verlassen, und mein Groll löste sich auf. Ganz offensichtlich war meine Mutter ein richtiger Familienmensch. Sie hatte eine riesige Freude an den Hochzeitsvorbereitungen, und gemeinsam mit ihrem Lebensgefährten und den Zwillingen hatte sie sich hier ein Zuhause aufgebaut, das sich für mich keineswegs fremd anfühlte, wie ich es erwartet hatte. Ich war willkommen, die Tochter des Hauses war heimgekehrt, und alle freuten sich darüber, einschließlich mir selbst.

Obwohl ich seit Ewigkeiten nicht mehr hier zu Besuch gewesen war, kannte ich die Wege durch den Ort im Schlaf. Hier war die alte Post, dort die kleine Kirche, daneben der Friedhof und dahinter der kleine Lebensmittelladen von Nonnas Schulfreundin Signora Chiellini. Dort gab es alles, was das Schlemmerherz begehrt, einschließlich Baci. Ich stellte die Piaggio an den Straßenrand neben den Bollerwagen mit der Aufschrift »Posta«. Das sollte man mal einem der unzuverlässigen Postboten in Deutschland zeigen: Hier wurde die Post noch per Hand sortiert und mit einer alten Holzhandkarre ausgefahren, hier ging bestimmt kein Brief verloren, er kam höchstens mal ein paar Tage später.

Das einzige Blumengeschäft im Dorf befand sich in der ehemaligen Feinbäckerei. Ich kannte den Laden noch nicht. Er war von der Großnichte der verstorbenen Konditorin des Dorfes eingerichtet worden, wie Giovanni mir berichtete. Er selbst lebte auch erst seit zwei Jahren bei Mutter auf dem Gut, doch das genügte, um hier jede Maus beim Namen zu nennen. Eigentlich war er waschechter Florentiner, ein Städter also, der aus Liebe aufs Land gezogen war.

Als ich den Laden betrat, erschallte ein lautes »Attenzione, signora, la soglia!« Zu spät, ich war bereits über die tückische Türschwelle gestolpert und konnte mich gerade noch mit allen vieren abfangen, allerdings nicht ohne mir die Handflächen und Knie dabei blutig zu scheuern. Verlegen richtete ich mich auf und klopfte mir die Hände an meiner Jeans ab, durch deren linkes Hosenbein, wenn man genau hinsah, bereits ein paar Tropfen Blut zu sehen waren. Ich ignorierte den Schmerz und reichte der makellos schönen jungen Floristin freundlich die angeschrammte Rechte zur Begrüßung. Beneidenswert: Sie musste ungefähr in meinem Alter sein und führte schon ihr eigenes kleines Geschäft. Und was machte ich? Ich testete Essen für eine Zeitschrift. Meine Sinnkrise war ganz offensichtlich in vollem Gange.

»Mein Name ist Maria Lange, ich bin die Tochter von Emanuela Borriello«, stellte ich mich ihr vor. Und dann gab es eine unschöne Überraschung:

»Maria!«, schrie die Signorina. »Ich fasse es nicht!«

Wie der Wind schoss sie hinter ihrem Verkaufstresen hervor und umarmte mich stürmisch. »Oh, wie muss sich Emanuela freuen, dass du wieder da bist! Es gab ja schon die wildesten Gerüchte, weshalb du so selten hier bist.«

Ich starrte etwas ratlos vor mich hin, während sie die Umarmung lockerte.

»Äh, entschuldigen Sie, ich weiß gar nicht …«

»Was, du erkennst mich nicht? Ich bin's, Francesca! Weißt du nicht mehr? Wir haben zusammen gespielt, oben, im Weinberg deiner Großeltern! Als Kinder! Ach, wie lange muss das her sein? Zwanzig Jahre?«

Mindestens! Und doch nicht lange genug, wie ich fand.

Francesca Aquiliani, natürlich, das kleine Biest, das mir immer die Trauben aus der Hand geschlagen hatte, nur weil ich schneller im Pflücken war als sie. Wenn ich beim Pilzesammeln zuerst fündig geworden war, hatte sie meinen Schatz aus purer Boshaftigkeit zertreten. Und wie oft hatte mich dieses Miststück bei meinem Großvater angeschwärzt, wenn ich unerlaubt in den Nachbarort geradelt war, um den jungen Giorgio Quagliarella in der Gelateria seiner Eltern zu besuchen. Ich war damals unsterblich verliebt in Giorgio, aber Francesca war damals schon sehr attraktiv und weiter entwickelt als ich, und so hatte sie ihn mir vor der Nase weggeschnappt, als ich mit Hausarrest unter Nonnas Strafpredigt litt.

Ich war ein sehr nachtragender Mensch und beschloss deshalb, dass ich Francesca noch eine kleine Revanche schuldig war. Aber da ihr Laden das einzige Blumengeschäft der ganzen Gegend war, würde ich wohl oder übel bis zur Hochzeit damit warten müssen. Noch während sie voller Wiedersehensfreude auf mich einredete, sann ich über die Möglichkeiten meiner Rache nach.

Seltsamerweise schienen ihre Erinnerungen an unsere Kindheit im Gegensatz zu meinem Trauma ganz anderer Natur zu sein. Sie erinnerte in einem schier endlosen Redeschwall an Volksfeste und Ausflüge, die wir gemeinsam mit ihrer Großtante und meinen Großeltern unternommen hatten, und immer wieder fiel sie mir um den Hals, als sei ich ihre verloren geglaubte Zwillingsschwester.

Als sie endlich einmal eine Atempause einlegte, brachte ich das Gespräch auf den Grund meines Besuches. »Ich komme, um Blumenschmuck zu bestellen und den ...« – was um Himmels willen hieß bloß »Brautstrauß« auf Italienisch?

»Il bouquet della sposa?«, riet Francesca.

»Woher weißt du?«

»Ach, alle haben doch schon von der Hochzeit der deutschen Signorina mit dem ungarischen Priester gehört. Herzlichen Glückwunsch! Wer hätte gedacht, dass die schüchterne, brave Maria Borriello einmal einen Mann der Kirche verführen würde«, sagte sie mit einem verschwörerischen Augenzwinkern.

»Da musst du wohl etwas verwechseln, nicht ich werde heiraten, sondern meine Freundin. Und ihr Bräutigam ist noch kein Priester, er wird erst später geweiht, und das ist in der griechisch-katholischen Glaubensgemeinschaft erlaubt. Und Padre Panucci wird die Zeremonie leiten, und ich bin die ...« – was hieß denn nun wieder »Trauzeugin«? Ich hätte nie geahnt, welche Lücken in meinen Muttersprachekenntnissen lauerten. Aber freilich, als ich Italienisch lernte, gehörten Brautstrauß und Trauzeugin nicht gerade zu meinem Stammvokabular. Ich war ja noch ein Kind. Und mein Name war Lange, nicht Borriello.

»Testimone?«, schlug Francesca vor.

»Come dici?«, fragte ich geistesabwesend.

»Testimone di nozze? Du bist die Trauzeugin?«

Ich nickte.

»Genau, ich bin ihre Trauzeugin und möchte Blumenschmuck für die Kirche, das Hochzeitsauto und den Brautstrauß bestellen, für kommenden Samstag. Il matrimonio!«

Ich war erleichtert, dass mir wenigstens noch das Wort für Hochzeit eingefallen war.

»Okay, dann lass uns mal sehen, was wir da machen können«, meinte meine neu erkorene Erzfeindin. »Im Moment sind Nelken und Orchideen sehr begehrt, aber bis Samstag müsste ich nahezu alle Blumenarten besorgen können, die dir einfallen. Welche Farben sollen denn dominieren?«

»Für den Strauß möchte die Braut etwas in Flieder, am liebsten Veilchen.«

»Fliederfarben?«, fragte Francesca augenrollend. »Na schön, also eine altmodische Dekoration, dann würde ich den Kirchenschmuck in Lila und Pink halten, was meinst du? Würde ihr das gefallen?« Zur Demonstration zog sie einige rosa Rosen und lila Tulpen aus den umherstehenden Blumeneimern und arrangierte sie blitzschnell zu einem süßen kleinen Bukett, das sie mir über den Tresen reichte. Ihr Handwerk verstand sie, das musste ich neidlos anerkennen. Aber verheiratet war sie deshalb trotzdem noch nicht, wie ich schadenfroh feststellte. Weder mit Giorgio noch mit sonst irgendjemandem, da gab es keinen Zweifel, denn in Italien nahm die Frau grundsätzlich den Namen des Ehegatten an. Mit Ausnahme meiner Mutter, die den Namen Lange nur wenige Jahre als Anhängsel getragen hatte.

»Was macht das?«, fragte ich, aber Francesca winkte strahlend ab: »Nicht doch, ich werde doch einer alten Freundin noch ein kleines Bukett schenken dürfen.«

Keine Ahnung, wo sie hier eine alte Freundin zu sehen glaubte, aber konnte mir auch egal sein.

Ich selbst war kein Fan der tatsächlich etwas altmodisch anmutenden Flieder-Lila-Pink-Kombi, aber objektiv gesehen würde es ein hübscher Schmuck genau nach Hannas Geschmack werden, und das war schließlich die Hauptsache. Francesca gab mir also das Beispielsträußchen mit, und ich versprach, sie am nächsten Tag anzurufen, um nach Rücksprache mit der Braut die genaue Bestellung aufzugeben.

Vom Blumenladen aus ging ich hinüber zur Konditorei, um die Hochzeitstorte in Auftrag zu geben. Meine Mutter und ich wollten zwar das Catering an sich übernehmen, aber für die Torte aller Torten ließen wir doch lieber einen Profi ran. Mehrere Stockwerke aus Sahne traute ich mir einfach nicht zu.

Vor der neuen Konditorei traf ich Giovanni, und wir gingen zusammen einen Caffè trinken, um die weiteren Vorbereitungen der Feier zu besprechen.

»Ich habe deine Mutter, tua madre, schon lange nicht mehr so ausgelassen und fröhlich gesehen«, meinte mein Beinahe-Stiefvater.

»Ja, die Planung der Feierlichkeiten scheint ihr Spaß zu bringen. Das Weingut ist ja auch ideal für Hochzeiten und ähnliche Feste«, stimmte ich zu.

Giovanni nickte: »Aber ich glaube, es ist nicht nur die Hochzeitsfeier, die ihr Freude macht, sondern vor allem, dass sie endlich etwas hat, was sie mit ihrer Tochter, sua figlia, teilen kann. Es war wirklich eine gute Entscheidung, dass du hergekommen bist, Maria. Das war längst an der Zeit.«

Ich schwieg. Giovanni hatte ja keine Ahnung, weshalb ich eigentlich hier war – nämlich weniger aus edlen Familienfriedensmotiven, sondern aus purem Egoismus, so kam es mir vor. Ich hatte mich auf den Weg gemacht, zu mir selbst zu finden. Dass ich mich dafür mit meiner Vergangenheit und somit mit meiner Mutter auseinandersetzen musste, war eher ein Nebeneffekt denn kalkuliert.

»Weißt du, Maria, ich weiß nicht viel über deine Familie«, gab er auch prompt zu. »Aber ich kenne deine Mutter mittlerweile ziemlich genau«, fuhr er fort, »und glaube mir, sie hat sehr darunter gelitten, dass sie dich damals in Deutschland zurücklassen musste, und sie hat es sich nie ganz verziehen.«

»Ob sie das musste, sei dahingestellt«, murmelte ich.

»Sie hatte ja keine andere Wahl, nachdem – «, begann Giovanni, doch dann unterbrach er sich selbst. »Na ja, Themenwechsel.

Was für Musik mag deine Freundin? Wir haben hier im Dorf eine kleine Kapelle, sie spielen Tänze aller Art und sogar etwas Discomusik.«

»Ich weiß gar nicht, ob Hanna eine Band haben möchte oder lieber einen DJ, da müssen wir sie noch mal fragen«, erwiderte ich.

»Am besten ist es, wenn sie den Musikern bei einer Probe zuhört, dann weiß sie, worauf sie sich einlässt. Sie üben jeden Mittwoch im Gemeindesaal.«

Ja, das ließe sich vielleicht machen. Sonst saßen wir am Ende nur mit Albano und Romina Power da …

»Ich werd Hanna mal fragen.«

Giovanni und ich unterhielten uns noch eine Weile über die bevorstehende Feier. Dann musste er die Zwillinge von einem Kindergeburtstag abholen, und ich machte mich auf den Weg zu Padre Panucci und seinem Organisten, um zu erreichen, dass er auf die Schnelle noch den Pachebel auf dem Elektropiano einstudierte – die Wünsche einer Braut sind schließlich Befehl.

Während ich so mit der Piaggio und der sich langsam steigernden Vorfreude auf Hannas schönsten Tag wieder den Hügel hinauffuhr, kam mir die Welt um mich herum plötzlich sonderbar idyllisch vor. Ich fühlte mich beinahe glücklich, der Ärger, die Wut und Enttäuschung der letzten Wochen waren vollkommen verflogen.

Als ich wieder auf dem Gut ankam, kam Markus mir hektisch winkend entgegengelaufen, begleitet von Mutters Rauhaardackeln. Ich bremste Piggi kurz vor seinen Füßen, so dass er unfreiwillig einen Satz zur Seite machte.

»Was gibt's?«, fragte ich.

»Probleme«, sagte er nur knapp. »Ich brauch den Roller.«

»Was ist denn los?«

»Hanna hat Fieber bekommen, wahrscheinlich irgendein blöder Infekt. Der Arzt ist telefonisch nicht zu erreichen, Giovanni ist los, um die Kinder abzuholen, und deine Mutter hat sich den Punto geliehen, um zu dem Kutschenverleih nach Pisa zu fahren, und jetzt brauche ich dringend deinen Roller, um irgendetwas Fiebersenkendes aus der Apotheke zu holen, das dem Baby nichts tut.«

Ich erschrak. Fieber in der Schwangerschaft war doch sicher gefährlich für das Kleine.

»Soll ich nicht lieber fahren, du kannst doch kaum Italienisch?«

»Nein, geh du zu Hanna, sie hat schon nach dir gefragt. Ich hab ein Wörterbuch mit und werd mich schon verständlich machen«, meinte er, während er auf die Piaggio sprang. Ich drückte ihm noch meinen Helm in die Hand, da war er auch schon auf dem Weg den Hügel hinab.

Ich rannte mit den kläffenden Hunden hinüber zum Haus und die Treppe hinauf, dann bemühte ich mich, möglichst leise in Hannas Zimmer einzutreten. Wie schwach und zerbrechlich sie da zwischen den großen Kissen aussah. Markus hatte ihr offenbar ein kühles Tuch auf die Stirn gelegt und sie mit einem großen Krug Tee versorgt.

»Hanna?« Ich trat an ihr Bett. Sie sah mich mit fiebrigem Augenaufschlag an.

»Maria«, sagte sie, und die Tränen glitzerten in ihren Augen, »ich habe solche Angst. Was mache ich nur, wenn dem Baby etwas passiert?«

Ich nahm sie in die Arme und drückte sie ganz fest. »Dem Baby passiert nichts«, behauptete ich. »Es kommt nach seiner Mutter und boxt sich da schon durch, mach dir keine Sorgen. Markus holt dir was, und der Arzt kommt auch, sobald wir ihn erreicht haben. Ich versuche es gleich noch mal bei seiner Frau, die wird schon wissen, wo er steckt.«

»Ich bin froh, dass du da bist«, seufzte meine arme Freundin.

»Natürlich bin ich da, ich bin immer für dich da.«

»Was wird Gergely nur sagen, wenn ich sein Kind verliere. Ich hab nicht gut genug auf das Kleine aufgepasst, ich bin eine miserable Mutter. Er wird mich nicht mehr heiraten wollen.«

So voller unsinniger Selbstzweifel hatte ich sie noch nie erlebt.

»Sei nicht blöd«, hörte ich mich ihren Ungarn in Schutz nehmen. »Dieser Mann liebt dich, egal, was passiert, und dein Baby hat es jetzt nur ein bisschen wärmer als sonst. Du wirst sehen, es wird alles gut, und am Samstag heiratest du. Versuch, ein bisschen zu schlafen, bis Markus zurück ist, okay?«

»Okay, mach ich. Ich mach alles, wenn nur mein Baby gesund bleibt.«

»Das wird es«, sagte ich mit fester Stimme und schickte ein Stoßgebet zum Himmel. Immerhin war ich noch katholisch, da konnte es ja nicht schaden.

Dann wählte ich Gergelys Handynummer.

Gergely kam mit der Nachtmaschine aus Budapest in Florenz an, und Markus holte ihn vom Flughafen ab. Die Mittel aus der Apotheke hatten das Fieber ein wenig gesenkt, und Dottore Fisichella war noch am späten Abend zum Gut gekommen, um Hanna zu untersuchen.

Er versicherte ihr, dass es ihrem Kind gutgehe, und Gergely versicherte ihr, dass er sie auf jeden Fall heiraten werde, egal, was passiere, weil er sie schon all die Zeit geliebt habe, bevor sie schwanger wurde – was, wie wir alle wussten, einem zwar recht kurzen, aber offenbar sehr intensiven Zeitraum entsprach –, und weil er mit ihr sein Leben verbringen wolle.

Die Romantik, die zwischen den beiden im Raum schwebte, war ein wenig zu viel des Guten für Singles, und so verzog ich mich zu Mama, Markus und Giovanni auf die Terrasse. Mama hatte einen leckeren Wein ausgeschenkt und eine Platte mit Antipasti zubereitet. Auch der Dottore gesellte sich noch für eine Stunde zu uns, dann wurden die Zwillinge unter Protest ins Bett gebracht, und auch Mama und Giovanni zogen sich gegen ein Uhr nachts zurück.

Ich konnte noch nicht schlafen. Die Sorge um Hanna hatte mich mehr aufgewühlt, als ich zugeben wollte. Da der Wein zur

Neige ging, schickte ich Markus in den Weinkeller, um noch eine Flasche nachzuholen, während ich mich in die Küche begab, um noch eine kleine Käseplatte für uns zuzubereiten.

Dort traf ich auf meine Mutter, die am Fenster stand, ein Glas Wasser trank und auf den Hof hinausstarrte. Als sie mich bemerkte, lächelte sie leicht. »Das trifft sich gut, Maria, ich muss mit dir reden.«

»Was machst du hier, ich dachte, ihr seid längst schlafen gegangen?«, fragte ich.

»Kindesentführung.«

»Wie bitte?« Ich dachte, ich hätte mich verhört.

»Kindesentführung«, wiederholte meine Mutter und sah mich mit festem Blick an. »Darauf wollte mich dein Vater verklagen.«

Ich verstand überhaupt nichts.

»Wie, verklagen? Was redest du da?«

»Dein Vater und ich haben viel gestritten. Ich wollte arbeiten, hätte bei Alessandra einsteigen, ihre Pizzeria übernehmen können, als sie nach Berlin ging. Doch dein Vater wollte das nicht. Er meinte, ich hätte nicht das Zeug zu einer selbständigen Geschäftsfrau. Also habe ich es nicht gemacht.«

»Er hat dir verboten zu arbeiten?«

»Quasi«, nickte meine Mutter. »Und es hat mir sehr leid getan, dass ich auf ihn gehört habe. Ich hasste es, so unselbständig zu sein, abhängig vom Einkommen meines Mannes. Doch dann starb Nonno, und ich wollte Il Diavolo nicht aufgeben, es war doch immerhin das Familienerbe. Dein Vater wollte nicht mit mir gehen, er wollte es mir sogar verbieten. Aber noch einmal wollte ich mir das nicht verbieten lassen.«

»Und dann hast du uns verlassen«, fügte ich hinzu.

»Deinen Vater habe ich verlassen, ja«, antwortete sie. »Unsere Ehe war schon lange nicht mehr glücklich und unbeschwert, Nonnos Tod und die Frage, was mit dem Hof passieren wird, haben nur das sichtbar gemacht, was wir beide nicht wahrhaben wollten. Aber dich wollte ich nicht verlassen. Ich konnte mir ein

Leben ohne dich nicht vorstellen, ich wäre niemals freiwillig ohne dich gegangen. Deshalb hab ich dich einfach mitgenommen. Nur stellte sich das als der denkbar größte Fehler heraus …«

»Wie meinst du das?« Ich begriff noch immer nicht.

»Ich habe dich mitgenommen, hierher, ohne deinem Vater etwas zu sagen. Wir sind hierher gekommen, für die Ferien, wie jedes Jahr. Nur dass ich dich hier zur Schule angemeldet habe, es war alles in die Wege geleitet. Und als die Ferien zu Ende waren, sind wir eben einfach nicht zurück nach Deutschland geflogen.«

Sprachlos starrte ich meine Mutter an.

»Ich dachte, wenn wir erst einmal hier leben, bleibt deinem Vater nichts anderes übrig, als sich damit abzufinden«, versuchte sie zu erklären.

Ich war immer noch fassungslos.

»Und was ist dann passiert?«

»Dann kam dein Vater hierher, völlig außer sich und mit einem Anwalt, und hat mir damit gedroht, mich wegen Kindesentführung anzuzeigen. Ich wusste nicht, dass man eine Mutter überhaupt für so etwas verklagen kann. Aber nach allem, was ich damals über das deutsche Recht rausgekriegt habe, hätte er wirklich gute Karten gehabt.«

Das war ja ungeheuerlich. Ich wusste nicht, was ich sagen sollte. Wie konnte es sein, dass ich von alldem nichts mitbekommen hatte? Meine Mutter nahm einen großen Schluck Wasser.

»Nun weißt du's«, sagte sie. »Wir waren dumm damals, alle beide, dein Vater und ich. Wir wollten dich beide nicht verlieren, aber unsere Lebenspläne waren unvereinbar – und dass ich dich einfach mitgenommen hatte, das hat mir dein Vater nie verziehen. Der Vertrauensbruch war zu groß. Er hatte das Gefühl, dass ich ihm seine Tochter stehle, und da sah er keinen Ausweg, als mir mit dem strikten deutschen Recht zu drohen.«

»Aber ich war doch danach wieder bei dir und Nonna zu Besuch, Papa hat mich doch wieder zu euch gelassen?«

»Ja, später. Das war die Abmachung. Er zeigt mich nicht an, ich laufe nicht Gefahr, das Sorgerecht gänzlich zu verlieren, und dafür kommst du regelmäßig in den Ferien zu Besuch. Aber ich musste ihm versprechen, dass ich dir nichts davon sage, dass er mich erpresst hat. Dafür wollte er dir nicht sagen, dass ich dich einfach so aus Deutschland weggenommen habe.«

Ich wusste nicht, ob ich hysterisch werden oder lachen sollte. Das war doch verrückt! Eine Entführung! Die war vollkommen an mir vorübergegangen – ich war zwölf Jahre alt und hatte von alldem nicht das Geringste mitbekommen. Wie war denn das möglich?

Das italienische Temperament meiner Mutter und die deutsche Rechtschaffenheit meines Vaters waren gewaltig aufeinandergeprallt. Meine Eltern hatten einfach über mich bestimmt, sie hatten bestimmt, wie und wo ich aufwachsen sollte und was ich wissen durfte. Sie waren schuld, dass ich jahrelang ahnungslos und dumm durchs Leben gelaufen war und den italienischen Teil in mir abgelehnt hatte.

Und ich war blind und taub gleichzeitig gewesen und hatte mich mit immer derselben Antwort abspeisen lassen. In mir keimte Wut auf über das eigenmächtige Handeln meiner Eltern.

»Du darfst uns nicht böse sein, Maria«, sagte Mama, die wohl ahnte, was in mir vorging. »Wir haben dich beide geliebt, und keiner von uns wollte ohne dich leben. Und da haben wir beide überreagiert, vollkommen überreagiert.«

Ich war nicht in der Lage, ihr darauf zu antworten. Ich wollte ja die Wahrheit wissen, und ich hatte mit einigem gerechnet, aber nicht damit. Ich wollte platzen vor Wut, aber irgendwie passte das Gefühl nicht. Traurig sein ging auch nicht, dazu war die Geschichte zu bizarr. Es hätte zum Lachen sein können, wenn es nicht all diese Folgen nach sich gezogen hätte. Ich war vollkommen durcheinander.

Mama schien zu merken, dass von mir noch keine Antwort zu erwarten war. Vielleicht wollte sie auch keine bekommen.

»Ich lass dich jetzt lieber allein«, sagte sie. Sie drückte kurz meine Hand, dann ging sie hinaus, und ich blieb mit dem Käse zurück.

Der Käse. Markus wartete sicher schon ewig mit dem Wein. An Schlaf war jetzt sowieso nicht zu denken. Schnell bereitete ich die Platte zu. Als ich wieder auf die Terrasse kam, stand Markus an die alte Esche gelehnt und schaute in die Dunkelheit. Auf seinem Arm hatte er Miu oder Maoi und kraulte der Katze den Kopf. An meinem Platz lag ein bunt eingewickeltes Päckchen.

»Nanu, was ist das?«, fragte ich.

»Ein Geschenk.«

»Für wen?«

Bildete ich es mir nur ein, oder wurde Markus ein wenig rot, als er mir antwortete?

»Ich hab dir etwas aus Rom mitgebracht. Du bist ja so überstürzt abgereist, dass du es dir selbst nicht mehr kaufen konntest.«

»Was ist es denn?«, fragte ich und schüttelte es neugierig.

»Nicht schütteln, ist zerbrechlich!«, rief Markus. Er setzte die Katze auf den Boden und kam zu mir herüber. »Pack's aus.«

»Aber was ist es?«

»Nur eine Kleinigkeit. Ich dachte, du hättest sie vielleicht gern, und nach so einer Aufregung wie heute kannst du eine Ablenkung gebrauchen. Pack einfach aus, dann siehst du's ja.«

»Aha«, sagte ich und begann, die unbeholfen verknotete Schleife von dem Päckchen zu lösen. Was um Himmels willen hätte ich mir in Rom kaufen wollen?

Ich entfernte sachte das Geschenkpapier mit kleinen Petersdomen drauf und nahm den Deckel von der Schachtel, die darunter zum Vorschein kam. Darin lag etwas in Zeitungspapier eingewickelt. Offenbar etwas aus Glas. Vorsichtig nahm ich es heraus und wickelte das Papier auseinander, bis ich erkannte, was Markus mir hier schenkte.

Ich schluckte. Meine Hände begannen leicht zu zittern, und ich musste mich setzen, während ich das Porzellan enthüllte. Es war die Karaffe aus dem Schaufenster des kleinen Trödelladens. Das exakte Ebenbild von Nonnas Traubensaftkaraffe, die ich als Kind in einem Wutanfall unwiederbringlich zerschmettert hatte.

Ich schaute ihn an. Er war noch ein wenig röter geworden.

»Danke«, brachte ich mühsam heraus. Unfassbar, wie unglaublich aufmerksam diese Geste von ihm war. Ich hatte die Karaffe doch nur kurz erwähnt, als wir vor dem Schaufenster standen. Selbst ich hatte es schon fast wieder vergessen. Markus aber hatte sich den Moment gemerkt.

»Ich wollte sie dir eigentlich erst zur Abreise schenken, als Andenken, aber dann dachte ich, heute ist ein guter Tag, sie einzuweihen«, sagte er beinahe entschuldigend.

»Da hast du absolut recht«, stimmte ich ihm zu. Ich öffnete die Flasche, die er aus dem Keller geholt hatte, und dekantierte den Wein in Nonnas Traubensaftkaraffe. Nach ein paar Minuten goss ich uns daraus ein.

»Du wolltest doch was über meine Familie hören«, erinnerte ich ihn an seine Ausfragerei bei den Caracalla-Thermen.

»Möchtest du denn darüber reden?«, fragte er.

Ich nahm einen Schluck Wein.

»Meine Mutter hat mich entführt, und mein Vater hat meiner Mutter mit einer Anzeige wegen Kindesentführung gedroht.«

Markus verschluckte sich. Hustend schaute er mich an. »Ist nicht dein Ernst?«

Ich nickte nur. »So geht es mir auch gerade, ich habe es nämlich eben erst erfahren.«

»Ist ja irre.« Markus schüttelte den Kopf.

Der viele Wein tat langsam seine Wirkung bei mir, ich kicherte hysterisch.

»Das gibt's doch nicht, da will man einfach nur wissen, warum sich die Eltern damals getrennt haben und wer entschieden hat, wie ich aufwachse, und dann so was. Ich meine, eine einfache Scheidung wegen unüberbrückbarer Differenzen hätte es auch getan, oder?«

Markus grinste.

»Nee, das wäre ja langweilig gewesen. Das hätte nicht zu deinem Leben gepasst.«

»Aber manchmal hätte ich es gerne etwas weniger spektakulär und in ruhigen Bahnen«, meinte ich.

»Glaub ich nicht«, behauptete Markus. »Ich kenne dich ja noch nicht lange, aber bislang erscheint mir dein Leben als turbulent und unvorhersehbar. Leben nach Plan passt nicht zu dir.«

Ja, das stimmt wohl irgendwie. Schwierige Beziehungen, ein Leben zwischen zwei Kulturen, eine Mutter, die einen als Kind entführt hat – wer könnte so was schon planen?

Markus und ich saßen noch lange so miteinander weintrinkend auf Mutters Terrasse, und obwohl wir nicht mehr viel sprachen, fühlte ich mich auf eine seltsame Weise verstanden.

Una festa per una donna

Als ich am nächsten Morgen aufwachte, war es weit nach elf Uhr. Ich hatte total verschlafen, aber Mutters hausgemachter Wein machte glücklicherweise nicht die Spur von einem Kater.

Ich sah aus dem Fenster. Draußen im Hof waren die anderen dabei, die Tanzfläche auszurichten und einen Tresen aufzubauen, an dem nach der Trauung Aperitifs und Sekt ausgeschenkt werden sollten. Gergely zimmerte an den Barhockern herum, Markus befestigte einen riesigen Ramazzotti-Sonnenschirm über dem Tresen, und die Zwillinge tobten mit den Hunden um die Wette.

Ich war ein wenig zu pragmatisch veranlagt, um dieses Idyll mittelitalienischer Großfamilie kritiklos als ungebrochene Realität in mich aufzusaugen, deshalb ging ich hinüber zur Braut. Sie sah viel besser aus als am Vorabend, saß aufrecht in ihrem Bett, das jemand ans Fenster gerückt hatte, und schaute ebenfalls dem Treiben im Hof zu. Hin und wieder rief sie ein paar Anweisungen hinunter durchs geöffnete Fenster.

»Ich muss noch einen Tag im Bett verbringen, aber wenn das Fieber nicht zurückkommt, darf ich morgen mit nach Pisa, hat Fisichella gesagt«, strahlte sie mich an. »Zum Glück, denn wir haben noch so viel vorzubereiten, die Blumen, das Essen, und ich brauche noch einen Schleier!«

»Immer hübsch langsam, du sollst in drei Tagen heiraten, es schadet bestimmt nicht, wenn du dich noch einen Tag länger ausruhst«, versuchte ich ihren Tatendrang zu drosseln. »Um die Blumen und das Essen kümmern wir uns schon. Hier, was hältst du davon?«, fragte ich und deutete auf den fliederfarbenen Probestrauß, den ich ihr auf den Nachttisch gestellt hatte.

Er war genau nach Hannas Geschmack, und so fuhr ich wenig

später wieder ins Dorf hinunter, um der guten Francesca einen Großauftrag zu geben, den ich ihr eigentlich nicht gönnte. Aber sie war nun mal die einzige Floristin vor Ort. Und so suchte ich sie in ihrem Laden auf, und nach einem erneuten Anfall – wie ich fand, falscher – Freundlichkeit besprachen wir sachlich die Wünsche der Braut und verhandelten den Preis.

Ein Anruf hätte es zwar auch getan, aber ich wollte unbedingt ins Dorf fahren. So konnte ich Markus aus dem Weg gehen. Ich wusste einfach nicht, wie ich ihm nach dem gestrigen Abend begegnen sollte. Anfangs war ich ihm gegenüber einfach nur ablehnend gewesen. Durch die Zeit in Rom hatte ich ihn dann jedoch als verlässlichen Freund und Kollegen kennen- und schätzen gelernt. Bei diesem Verhältnis hätte es meinetwegen auch nach Hannas Offenbarung bleiben können. Ich hatte die Vorstellung, Markus könne mehr für mich sein wollen als ein Freund, einfach ignoriert. Doch der gestrige Abend hatte mich mächtig durcheinandergebracht.

Die letzten Wochen und Monate waren schon sehr verwirrend und aufreibend genug gewesen, die Zeit in Rom, die Hoffnung, den Richtigen getroffen zu haben, und die große Enttäuschung und Demütigung. Dann die Rückkehr zu meiner Mutter. Seit ich hier war, schien mein Leben auf den Kopf gestellt, ich war hin- und hergerissen zwischen aufkommendem Heimatgefühl und totaler Ablehnung der italienischen Kultur. Immer wieder gab es Momente, in denen ich zwischen Erinnerung und Gegenwart stand. Und die Erinnerungen waren unterschiedlichster Natur.

Mal dachte ich voller Sehnsucht an meine Großeltern, dann wieder sah ich Papas einsamen Gesichtsausdruck vor mir, wenn ich in die Ferien nach Italien flog und er wie so oft auf eigenen Wunsch zurückblieb. Vielleicht hatte er sogar Sorge, dass ich nicht zurückkommen würde, wer weiß? Doch im Grunde meines Herzens spürte ich nun, dass es nicht allein Mutters Schuld war, wie ich so lange gedacht hatte. Die Ehe meiner Eltern wäre auch ohne Nonnos Tod früher oder später gescheitert. Sie waren einfach zwei Menschen aus unterschiedlichen Welten und mit unterschiedlichen Vorstellungen, und ihre Liebe hatte nicht ausgereicht, diese Grenzen zu überwinden. Und ich stand als Zeugnis ihrer kurzen Liebe zwischen diesen Grenzen – jetzt aber nicht mehr nur auf einer, der deutschen Seite.

»Bleibst du nun für immer hier?« Meine wiederentdeckte Erzfeindin riss mich mit ihrer Frage aus den Gedanken.

»Wie bitte? Was?«

»Ich habe gefragt, ob du nun wieder zurückkehrst«, wiederholte Francesca. »Immerhin bist du die einzige echte Borriello-Erbin, denn die Zwillinge zählen ja wohl nicht, und deine Mutter möchte doch sicher, dass das Weingut in eurer Familie bleibt.«

»Es ist ja wohl noch mehr als reichlich früh, sich darum Gedanken zu machen«, erwiderte ich barsch. »Meine Mutter wird ja hoffentlich noch jahrzehntelang leben.«

»So meine ich das doch gar nicht!«, protestierte Francesca. »Ich meine doch nur, je früher man das Thema angeht, desto besser. Meine Großtante hat mir ja damals erzählt, wie schwierig und langwierig die Übergabe des Guts an deine Mutter war, so was geht einfach nicht von heut auf morgen. Und du hast ja sicher auch ein Leben in Deutschland und kannst die Zelte dort nicht so mir nichts, dir nichts abbrechen.«

Hatte die eine Ahnung. Wenn irgendjemand seine Zelte in Deutschland abbrechen konnte, dann war ich das. Ich bräuchte nur Sparky bei Alessandra abholen, die Wohnung würde ich innerhalb von zwei Tagen loswerden, und Georg würde sich hüten, mir bei der Auflösung meines Arbeitsvertrages Schwierigkeiten zu machen. Nein, Francesca irrte, wenn sie glaubte, ich sei an irgendetwas gebunden.

»Hast du einen Mann in Deutschland?«, fragte Francesca, und das ging mir dann wirklich zu weit.

»Brauchst du eine Anzahlung, oder läuft alles per Rechnung?«, fragte ich deshalb zurück, um das Thema zu wechseln.

»Ich bitte dich, zur Familie Borriello habe ich doch vollstes Vertrauen. Ihr zahlt hinterher, wenn alles zur Zufriedenheit der Braut war, ist doch klar.«

Auch gut. Ich packte meine Geldbörse wieder ein und verabschiedete mich, bevor sie noch weitere pikante Fragen zu meinem Privatleben stellen konnte. Sie wollte doch ohnehin nur wissen, ob ich einen Mann habe, damit sie ihn mir ausspannen konnte.

»A presto«, rief sie mir nach. Doch so bald sollte sie mich nicht wiedersehen, wenn es nach mir ginge.

Das brachte mich auf eine Idee, wie ich den Nachmittag außerhalb des Weinguts verbringen konnte. Ich tankte Piggi an der kleinen Station vor der Post voll und machte mich auf den Weg ins Nachbardorf Santa Prassede.

Die Gelateria Quagliarella gab es tatsächlich noch. Sie hatte sich allerdings mächtig verändert. Offenbar war hier ein tüchtiger Geschäftsmann am Werk gewesen. Ich war beinahe ein wenig aufgeregt, als ich meinen Roller abstellte, um in die Eisdiele zu gehen, in der ich als Kind so oft heimlich gewesen war. Fast war es, als würde ich mich wieder heimlich hineinstehlen, um Giorgio zu treffen. Unwillkürlich schüttelte ich den Kopf. Wie albern, ich war achtundzwanzig. Ich sollte langsam damit aufhören, an so etwas wie romantische Liebe zu glauben, jedenfalls was mein Leben betraf. Bei Hanna war das etwas anderes, sie steckte schließlich mittendrin.

Auch von innen glich die Gelateria nicht mehr dem beschaulichen kleinen Eislokal meiner Kindheit, sondern war zu einem gigantischen Eispalast ausgebaut worden. Eine Gruppe junger Männer, vermutlich Engländer, saß in der Ecke und trank Espresso. Am Fenster sah ich zwei Pärchen an riesigen Eiskaffees schlürfen. Hinter dem Tresen stand eine rundliche Signora mittleren Alters. Ob das Giorgios Mutter war? Nein, die musste doch wesentlich älter sein.

»Buongiorno«, begrüßte sie mich, und ihr Gesicht zeigte keinerlei Regung. Wieso auch. Ich war ein normaler Gast, der kam, um einen Kaffee zu trinken oder ein Eis zu essen.

»Ciao«, erwiderte ich und bestellte deshalb ein Baci-Eis mit Kirschen, um die Zeit zu überbrücken. Die Signora bereitete mir das Eis zu, danach wandte sie sich wieder ihrer Zeitschrift zu. Sie schien entgegen der italienischen Eigenart kein bisschen neugierig zu sein. Jede andere Eisverkäuferin in einem kleinen Dorf wie diesem hätte mich längst ausgefragt oder zumindest neugierig von oben bis unten betrachtet. Allerdings hatte sich Santa Prassede laut meiner Mutter mittlerweile zum Touristenörtchen gemausert, und so war ein fremdes Gesicht für die Eismama wahrscheinlich nichts Ungewöhnliches. Ich würde sie fragen müssen, sonst würde ich nie herausfinden, ob Giorgio noch hier lebte.

»Scusi, signora, mi potrebbe aiutare, per favore? – Vielleicht können Sie mir helfen?«

»Le toilette si trovano sotto.«

Schön, die Toilette war also im Keller, aber ich suchte ja etwas ganz anderes.

»Als ich noch ein Kind war, lebte hier ein Junge namens Giorgio«, kam ich deshalb gleich zum Punkt.

»Ah!« Sie schien zu begreifen. »Gioooooorgioooooo!«, brüllte sie unvermittelt durch den Laden, so dass die englischen Touristen von ihren Tassen hochschraken.

Und noch einmal rief sie, und dann betrat er tatsächlich den Raum, Giorgio Quagliarella, in all seiner Herrlichkeit. Und von der war erschreckend wenig geblieben. Ach herrje, was war aus dem jungen hübschen Bengel nur geworden, der den Mädchen aus der ganzen Provinz Lucca so den Kopf verdreht hatte? Gewachsen war er jedenfalls nicht mehr sonderlich, zumindest nicht in die Höhe. Dafür umso mehr in die Breite. Der dunkelweiße Kochkittel wurde nur durch eine dünne Kordel unter seinem Bauch zusammengehalten, und seine einst prachtvollen dunklen Locken waren einer kreisrunden Glatze gewichen. Nur sein breites Lachen hatte nichts von der alten Herzlichkeit verloren.

»Maria! Wie schön, dich zu sehen! Come stai?«

Dass er mich sofort erkannte, schmeichelte mir. Mit einer überschwänglichen Umarmung begrüßte er mich, bevor er der unfreundlich dreinblickenden runden Signora erklärte, wer die fremde Frau war, die er da so einfach an sich drückte. Camelia, wie sie hieß, war nämlich seine Gattin, eine Sizilianerin, die mir nun ebenfalls um den Hals fiel. So oft wie in den letzten Tagen war ich mein Leben lang nicht umarmt worden.

»Wie schön, wenn die Menschen zurück in die Heimat kommen«, erklärte Giorgio. »Daran sieht man, dass diese Gegend ihren Reiz auch über die Jahre und Entfernung nicht verliert.«

»Na ja, ich bin ja nur zu Besuch«, schwächte ich seine Begeisterung ab.

»Wollen Sie denn nicht hierbleiben und Ihrer Mutter helfen?«, fragte Camelia. »Sie könnte sicher Hilfe gebrauchen, auf dem Gut. Es wäre doch schade, wenn es eines Tages verkauft würde.«

»Wir trinken hier nur Borriello-Wein«, bestätigte Giorgio. »Wir lieben die Tradition und essen auch nur Produkte einheimischer Bauern.«

Und davon nicht gerade wenig, wie ihre Körperumfänge bewiesen.

»Ich habe noch nicht darüber nachgedacht, was aus dem Gut eines Tages wird«, antwortete ich wahrheitsgemäß und wunderte mich, dass ich nun schon zum zweiten Mal an einem Tag darauf angesprochen wurde. Die schienen sich hier alle den Kopf meiner Mutter zu zerbrechen.

»Vor ein paar Jahren erst ist eine alte Schulfreundin von mir in diese Gegend zurückgekehrt, Francesca Aquiliani, vielleicht kennst du sie noch?«

»Alte Schulfreundin« war eine freundliche Umschreibung für meine männermordende Erzfeindin.

»Ja, ich komme gerade von ihr«, sagte ich wahrheitsgemäß. »Sie hat ein Blumengeschäft und wird die Hochzeit meiner Freundin ausstatten.«

»Ach ja, die Hochzeit von dem Priester und der Deutschen!«, rief Camelia. Unfassbar, wie schnell sich solche Neuigkeiten verbreiteten. Aber dies war eben die ländliche Toskana, hier kannte man sich, und alles sprach sich innerhalb kürzester Zeit herum.

Giorgio, Camelia und ich plauderten noch eine Weile über einer Tasse Caffè, und schließlich lud ich die beiden spontan zu Hannas Hochzeit ein. Immerhin hatte Hanna gesagt, sie würde sich freuen, wenn auch ein paar Einheimische auf die Feier kämen. Die Quagliarellas versprachen, es sich zu überlegen, und das war quasi eine Zusage.

Anschließend fuhr ich zur Bandprobe der Banditos, wie die dorfeigene Tanzcombo sich nannte, um mit Gergely zusammen eine Bewertung ihrer musikalischen Künste vorzunehmen. Während ich im Dorf vor dem Gemeindesaal der Pfarrei auf den Bräutigam wartete, stellte ich mir vor, wie Hanna zu den Klängen des Kanons langsam die steinernen Stufen zur Kirche hinaufsteigen und durch das Portal schreiten würde, um sich für immer und ewig einem Mann zu versprechen. Für immer! Ein Schauer lief mir den Rücken hinunter, als ich in Gedanken diese Worte formte.

Wie war es nur möglich, dass sie sich nach so kurzer Zeit schon so sicher war, mit diesem Mann ihr Leben verbringen zu wollen? Wenn ich an meine eigenen Gefühlsschwankungen der letzten Wochen dachte, erschien es mir nahezu unmöglich, mir meiner Gefühle jemals so sicher zu sein, um diesen letzten Schritt zu gehen. Es gab so viele Negativbeispiele, so viele Paare, die an die große Liebe geglaubt und sich geirrt hatten und am Ende vor den Scherben ihrer Traumhochzeit standen: Lady Di und ihr Kronprinz, die vier ersten Frauen vom Schröder, Boris und Babs – und nicht zuletzt meine Mama und mein Papa. Was machte Hanna nur so sicher, dass ihr das nicht passieren würde?

Ich versuchte, mir vorzustellen, wie ich selbst eines fernen Tages vielleicht einmal vor einem solchen katholischen Altar stehen würde, in einem cremefarbenen Kleid, in der Hand einen Strauß gelber Rosen …

Da rissen mich die Hupe des Punto sowie eine unerwartete Stimme aus meinem Tagtraum: »Dieter Bohlens Erbe meldet sich zur Stelle! Wo geht's zum Bandcasting?«

Markus.

»Was zum Teufel machst du denn hier?«, rutschte es mir heraus.

»Warum so feindselig?«, fragte er zurück.

»Ich bin doch nicht feindselig«, protestierte ich. »Aber ich warte auf Gergely, wo bleibt der? Geht schließlich um die Musik für seine Hochzeit.«

»Gergely ist verhindert und traut meinem Urteil offenbar ebenso wie Hanna deinem«, erklärte Markus und grinste mich fröhlich an. »Ich soll die Tanzkapelle mit dir begutachten und gegebenenfalls auch gleich buchen.«

Na super. Da hatte ich extra die Vorbereitungen außerhalb des Weingutes übernommen, um Markus aus dem Weg gehen zu können, aber irgendwie schaffte es Hanna immer wieder, mich mit ihren dubiosen Verkupplungsplänen zu konfrontieren. Denn dass statt Gergely Markus hier auftauchte, war auf Hannas Mist gewachsen, da war ich zu hundert Prozent sicher.

»Also gut, folge mir«, forderte ich ihn auf und ging voraus in den Gemeindesaal, aus dem schon die Warmpustetonleiter einer Klarinette klang.

»Where you lead, I will follow, anywhere that you tell me to«, stimmte Markus die Titelmelodie meiner aktuellen Lieblingsserie an. Wieder etwas, was er sich gemerkt hatte – in der ganzen Zeit in Rom hatte ich doch nur einmal die italienische Version der Serie auf dem Kabelkanal entdeckt und erwähnt, dass ich alle Folgen auf DVD hatte.

»Pscht!«, zischte ich ihn an.

Als Antwort bekam ich ein freches Augenzwinkern, während er seine Kamera auspackte und mir mit gezücktem Objektiv in den Proberaum der Banditos folgte. Was für ein Auswuchs an Fröhlichkeit dieser Typ doch war. So etwas gehörte verboten. Genau wie seine T-Shirts. Heute trug er eines mit der Aufschrift: »Too old to die young.« Doch wie immer, wenn man sich schon gestraft fühlt, setzt das Schicksal noch einen obendrauf.

»Maria, hallo! Hier bin ich!«

Das durfte doch nicht wahr sein: Francesca Aquiliani winkte mir aus der Reihe der sechs lustigen Musikanten zu. Sie trug ein dirndlartiges Kleid in den italienischen Nationalfarben, passend zu den roten Hemden, grünen Westen und weißen Hosen der fünf Männer um sie herum.

»Was zum Teufel machst du denn hier?«, rutschte es mir zum zweiten Mal innerhalb weniger Minuten heraus.

»Na, ich singe! Ich bin die Frontfrau der Banditos!«, jubilierte sie. »Sag bloß, ihr wollt uns für die Hochzeit buchen? Das wäre ja super!«

Francesca, wie sie leibte und lebte, als einzige Frau zwischen fünf Männern. Es sah ganz danach aus, als habe sich in dieser italienischen Dorfkapelle ihr Lebenstraum erfüllt.

Aber Francesca wäre nicht Francesca, wenn sie nun nicht mit interessiertem Blick geradewegs auf die neueste männliche Erscheinung zumarschieren würde: Markus.

Ich öffnete bereits vorsorglich den Mund, während ich mein Hirn noch nach der perfekten Ausrede durchkämmte, aus welchem Grund wir hierhergekommen sein könnten, da tat Markus das Unvermeidliche und sprach wahrheitsgemäß und in deutlichstem Englisch-Italienisch-Mix: »Ci piace, we will book you all for the *matrimonio*!«

»Das freut mich riesig!«, sagte meine Erzfeindin, und ich brauchte es Markus nicht einmal zu übersetzen. »Und wer sind Sie?«, richtete sie ihre männermordenden Augen auf den bedauernswerten Mann neben mir. »Etwa der Bräutigam?«

Das Wort Bräutigam verstand Markus und schüttelte heftigst den Kopf.

»Er ist ein Freund der Braut«, sprang ich nun ein, um zu vermeiden, dass sie hier nun ein längeres Gespräch vom Zaun brach. »Wir haben nicht viel Zeit, das verstehst du sicher, die Hochzeitsvorbereitungen sind noch in vollem Gang. Wenn ihr uns also rasch einen Einblick in euer Repertoire geben könntet, wären wir euch dankbar.«

Geschäfte gingen vor, das verstand auch Francesca, und so hüpfte sie in ihrem Kleidchen zurück zu den übrigen Banditos, die uns fröhlich zuwinkten und dann mit ihrer Kunst loslegten. Ich betete, sie mögen schlechter als schlecht spielen.

Mein Wunsch erfüllte sich nicht, die Combo war hervorragend.

Genau das Richtige für ein fröhliches Fest unter strahlender Sonne am Fuße eines Weinbergs.

»Super!«, bestätigte Markus meinen Eindruck, »das ist genau das, was die beiden sich wünschen!«

Ich musste ihm wohl oder übel zustimmen. Egal, ob englische Popsongs, italienische Balladen oder einen Walzer, die Musiker performten nahezu perfekt und mitreißend, und die Aquiliani-Nichte erwies sich als begnadete Sängerin – ihre Sprechstimme ließ solch einen Klang nicht erwarten.

Markus war schon nach den ersten zwei Stücken überzeugt. Was hätte ich dagegen ausrichten können? Ich konnte ja schlecht sagen: »Ich will nicht, dass wir die Band für Hannas Hochzeit buchen, weil die Sängerin mir mit zwölf meinen Schwarm ausgespannt hat.«

Also buchten wir die Banditos, und wie bereits der Blumenschmuck und die Torte waren auch die Musiker in diesem Land um einiges günstiger als zu Hause in Deutschland.

Zu Hause. Dieses Wort wurde mir immer suspekter. Irgendwie schien der Begriff in meinem Leben nicht mehr klar definiert und einem einzigen Ort zuzuordnen zu sein.

Am späten Abend fuhren wir wieder zum Weingut. Markus hätte der Bandprobe gern noch ein wenig länger zugehört, doch mir genügte die Aussicht, Francesca bereits am Samstag wieder zu begegnen.

Hanna war schon aufgestanden und spazierte mit den Zwillingen an den Händen durch den Hof, den die Männer wirklich schön zurechtgemacht hatten. Zehn rustikale Holztische mit stilechten Bänken standen kreisförmig angeordnet um eine Bar, dazwischen zahlreiche Terrakottakübel mit blühenden Oleandersträuchern, in die zudem weiße Schleifen gebunden waren.

Hanna und die Zwillinge zeigten mir, was die Männer und meine Mutter noch an Vorbereitungsarbeiten geleistet hatten. Ich war schwer beeindruckt.

»Ist schon toll, solche Freunde zu haben«, schwärmte Hanna. »Du ahnst nicht, wie dankbar ich deiner Familie bin, dass sie uns hier so freundlich aufgenommen haben und uns dieses Fest ermöglichen. Gergely ist auch sehr glücklich. Familie ist doch das Beste.«

Hannas Schlussfolgerung klang seltsam in meinen Ohren. »La perfetta famiglia« – so hatte auch die Wahrsagerin immer wieder gesprochen, von der Familie, mit der am Ende alles gut würde. Und meine Familie war nun im Grunde nicht mehr nur meine Mutter, sondern irgendwie gehörten auch Giovanni und die Mädchen dazu, denn sie bildeten mittlerweile Mamas Familie, und Mamas Familie war auch meine Familie. Und diese Familie hatte Hanna Glück gebracht.

Vielleicht hatte meine eifrige kleine Zigeunerin ja doch recht gehabt, und ich hatte keine dreißig Euro verschwendet, sondern ihren Hinweis auf die Familie nur falsch gedeutet? Immerhin hatte sie in mehreren Sprachen auf mich eingeredet, das ließ Missverständnisse zu. War am Ende also gar nicht Stefanos Familie gemeint, als sie von dem Ärger und dem guten Ende gesprochen hatte?

Wenn die Wahrsagerin aber in diesem Punkt richtiglag, vielleicht trafen ihre Vorhersagen dann auch bei den anderen Dingen zu.

Nicht auszudenken.

Die Zeit flog nur so dahin, Hannas Hochzeit rückte immer näher, der Tag, an dem das Leben meiner Freundin die wahrscheinlich größtmögliche Wende nahm. Heute war schon Donnerstag und *addio al celibato* – der Junggesellenabschied stand auf dem Programm. Wir wollten ihn in Pisa verbringen, allerdings nicht auf traditionelle deutsche Art mit peinlicher Verkleidung und viel Alkohol. Angesichts der Schwangerschaft der Braut und der zurückzulegenden Autostrecke von einer Dreiviertelstunde hatte das Paar sich für die italienische Variante des Junggesellenabschieds entschieden. Das bedeutete, dass das Paar gemeinsam mit ein paar Freunden und Verwandten essen ging und dabei reichlich beschenkt würde.

Das Restaurant Torretta Curva lag in Sichtweite des namengebenden berühmten schiefen Turms von Pisa. Obwohl dieses toskanische Städtchen so nah am Heimatort meiner Großeltern lag, war ich noch nie zuvor hier gewesen.

Die Runde, in der wir saßen, hatte etwas seltsam Familiäres, neben Hanna, Gergely, Markus und mir waren auch Olli und Zoltán dabei. Sie waren extra zu diesem Anlass zwei Tage früher angereist und machten die Clique, in der ich die letzten drei Monate verbracht hatte, komplett.

Der Abend in Pisa war lang, und ganz ohne Wein verlief er auch nicht. Wir waren mit dem Punto und Giovannis altem Lancia gefahren, und neben Hanna hatte ich mich aus Solidarität bereit erklärt, nüchtern zu bleiben. Damit konnten die Männer auf den Bräutigam anstoßen in der Gewissheit, anschließend von den braven Frauen sicher heimgefahren zu werden. Vielleicht lag es an der toskanischen Atmosphäre, dass ich in den letzten Tagen nahezu von selbst in die Rolle einer Hausfrau geschlüpft war, mich um Kirche, Blumen und Essen kümmerte und den Männern die Bauarbeiten überließ. Jedenfalls passte es dazu, dass ich nun ganz gemäß der jahrtausendealten Rollenverteilung einen Wagen voll betrunkener Männer durch die italienischen Gassen und Landstraßen Richtung Weingut zurücklenkte.

Hanna hatte Gergely eingeladen, der mit seinen geschätzten ein Meter achtundneunzig die komplette Rückbank des hinter uns herschleichenden Punto belegte. Auf dem Rücksitz des Lancia hinderten Olli und Zoltán sich gegenseitig am Einschlafen, während Markus hellwach und mit einem penetranten Schluckauf neben mir auf dem Beifahrersitz saß und mir den Weg weisen wollte. Er fuchtelte dabei so ausladend mit seinen langen Grobiarmen herum, dass ich den Wagen beinahe in den nächsten Straßengraben fuhr und ihn schließlich anraunzen musste, ob er uns alle umbringen wolle. Kleinlaut sank er daraufhin im Beifahrersitz zusammen. »Ent-hicks-tschuldige, ich woll-hicks-te nur helfen«, murmelte er. Unwillkürlich musste ich grinsen. Jaja, hilfsbereit, das war er wohl, der Markus.

Als Pisa circa zehn Kilometer hinter uns lag, nickte auch er ein, und nur eine gewaltige Weinfahne sowie das leise Hicksen und leichte Schnarchen von der Rückbank blieben als Lebenszeichen der drei Männer vernehmbar. Wenn ich nun in eine Polizeikontrolle geraten sollte, würde ich wahrscheinlich allein aufgrund des Luftalkoholgehaltes im Wagen meinen Führerschein verlieren. Aber wir waren ja in Italien, und so kam keine Kontrolle.

»Es ist nur ein bürokratischer Akt, nichts weiter«, meinte Hanna. »Völlig unnötig, dass wir uns so aufbrezeln, die Sache ist doch ohnehin in zwanzig Minuten durch.«

»Eine standesamtliche Trauung ist eine standesamtliche Trauung, und du hast dabei gut auszusehen, also nörgle nicht herum, und zieh endlich das Kostüm an«, befahl ich.

Es war Freitagvormittag, kurz vor halb zehn, und auch wenn sowohl nach Gergelys als auch Hannas Meinung die eigentliche Hochzeit erst am Samstag in der Kirche stattfand, so war es dennoch nötig, diesen Schritt zuvor noch schriftlich auf einem rechtmäßigen Standesamt absegnen zu lassen. Wir mussten dafür nach Florenz fahren, denn im ganzen Umkreis von Forte dei Marmi gab es keinen der deutschen Sprache mächtigen Standesbeamten. Zwar hätte ich für Hanna auch alles übersetzen können, da ich als Trauzeugin ohnehin mit ins Amtszimmer musste, doch war ich der Meinung, dass die in Amtssprache formulierte Frage die letzte Möglichkeit für meine Freundin darstellte, es sich noch einmal anders zu überlegen. Und die sollte sie wenigstens nicht aufgrund von Sprachschwierigkeiten versäumen.

Also steckte ich meine Freundin in ihr cremefarbenes Kostüm und machte aus ihren Haaren eine gutsitzende Banane am Hinterkopf, während sie sich ein dezentes Make-up auflegte. Dann gingen wir in den Hof hinunter, um den Bräutigam samt seinem Trauzeugen einzusammeln und nach Florenz zu fahren. Vor dem Haus wartete ein nervöser Bräutigam mit zerzaustem Haar in hellbraunem Anzug und mit blutunterlaufenen Augen. Meine erste Handlung war, ihm ein Päckchen Kaugummi in die Hand zu drücken, während Hanna ihrem verkaterten Zukünftigen sanft die Wange streichelte.

»Wo ist Zoltán?«, fragte ich mit Blick auf meine Armbanduhr. »Wir müssen langsam los.«

»Zoltán fällt aus«, rief meine Mutter von der Tür zu uns herüber, »Giovanni hat schon versucht, ihn zu wecken. Der arme Junge ist krank, er kann sich keinen Schritt bewegen.«

»Er muss sich ja nicht viel bewegen«, erwiderte ich, »nur vom Haus zum Auto und vom Auto zum Standesamt!«

»O nein!«, stöhnte Hanna, »der Trauzeuge fällt aus, das ist ein schlechtes Omen! Am besten, wir sagen die ganze Sache ab!«

Ich frohlockte schon innerlich. Endlich kam Hanna zur Vernunft!

Doch Gergely protestierte: »Kommt nicht in Frage! Hanna, du hast ja gesagt, und wir ziehen das jetzt durch!«

»Ich weiß«, meinte die Braut. »Aber schau dich doch an, du siehst aus, als hättest du einen Ringkampf hinter dir, und du stinkst wie eine Schnapsfabrik!«

Wenn das mal kein romantisches Geplausche war. So also unterhielten sich Brautleute kurz vor der Vermählung!

»Und du hast keinen Trauzeugen!«, fügte Mama hinzu. »Was habt ihr nur mit dem Jungen gemacht? Er ist doch viel kleiner als ihr alle, ist doch klar, dass er weniger Wein verträgt!«

Betreten schauten Hanna und Gergely sich an.

»Ich glaube, das kommt nicht vom Wein«, meinte ich.

»So, wovon denn dann?«, fragte meine Mutter.

»Vom Grappa«, gab Gergely kleinlaut zu und betrachtete verlegen seine Schuhspitzen.

»Na wunderbar!«, rief Mama aus.

»Ich seh mal nach ihm«, meinte ich rasch und lief die Treppe im Anbau bis ganz nach oben, wo in den Gästezimmern unter dem Dach die Priesteramtskandidaten untergebracht waren. Mit einem kräftigen Schlag gegen die Holztür kündigte ich mein Eintreten an, doch außer einer noch fieseren Fahne als aus Gergelys Mund kam mir nur ein klägliches Grunzen entgegen. Sowohl Olli als auch Zoltán lagen komatös zwischen ihren Laken, einer sah schlimmer aus als der andere. Diese beiden frommen Studenten konnten wir getrost von der Liste potentieller Trauzeugen streichen. Es blieb also wieder einmal nur einer übrig.

Ich lief die Treppen wieder hinab, hinüber ins Haupthaus, die Treppen dort hinauf und in Markus' Zimmer. Dort angekommen, nahm ich die angefangene Mineralwasserflasche, die neben seinem Bett stand, und ließ dem auf dem Bauch Liegenden, zum Trauzeugen Auserkorenen ein paar Tropfen in den Nacken rinnen.

Da! Eine Regung! Ganz offensichtlich steckte Leben in diesem Körper, denn sein rechter Arm schob sich langsam den Rücken hinauf, und seine Hand wischte in seinem Nacken herum, als wolle sie eine lästige Fliege vertreiben. Erfreut ob dieses Lebenszeichens, goss ich einen großen Schluck Wasser über die wedelnde Hand, was Markus immerhin ein schlaftrunkenes »Hmmmmm? Nass!« entlockte.

»Maria?«, hörte ich meine Mutter von unten rufen, »was ist, hast du einen wach bekommen?«

»Ja-ha!«, rief ich zurück und schüttete mit einem Schwall den Rest des Wassers über Markus' Kopf.

Das wirkte.

Mit einem Ruck schnellte er hoch und sah erschrocken zur Decke auf. Wahrscheinlich erinnerte er sich an den Wassereinbruch zu Beginn unserer Reise. Es dauerte ein paar Sekunden, bis er in mir, die noch immer die leere Flasche in der Hand hielt, die tatsächliche Ursache für sein unsanftes Erwachen erkannte, doch ich kam ihm zuvor, noch ehe er losschimpfen konnte: »Gergely braucht einen Trauzeugen!«

»Was, wie?«, stammelte Markus und rieb sich die Augen. »Was willst du?«

»Ihr habt Zoltán und Olli unter den Tisch getrunken, und nun musst du Gergelys bester Mann sein. Los, zieh dich an!«

Ich schaute mich in seinem Zimmer um. Auf dem Stuhl lagen

seine Jeans. Ich warf sie aufs Bett und machte die Schranktür auf.

»Da muss noch so ein braunes Hemd hängen«, murmelte Markus, während er sich in Boxershorts aus dem Bett wühlte, um sich am Waschbecken einer Katzenwäsche zu unterziehen.

»Sag bloß, du hast noch andere Oberbekleidung außer Sprüche-Shirts?«, stichelte ich.

»Kann ich nichts für«, protestierte er, während er sich die Zahnbürste in den Mund schob. »Die schind alle von meiner kleinen Schweschter, die finnet die witschich un schenkt mir immer welsche schum Geburschtag un schuh Oschtern …«

»Jaja, schon gut«, wehrte ich seine Erklärung ab und zog ein halbwegs knitterfreies Hemd aus dem Schrank hervor, um es zu den Jeans zu legen, »jetzt beeil dich, wir fahren in zehn Minuten ab.«

Dann ließ ich ihn grinsend allein.

So war das also. Er hatte gar nicht zwingend einen schlechten Geschmack, er hatte nur eine eigenartige Art, seine Geschwisterliebe auszudrücken, indem er trug, was man ihm schenkte, ohne Rücksicht auf die eigene Eitelkeit.

Tatsächlich schaffte Markus es innerhalb von sieben Minuten, gewaschen und mit Jeans, Hemd und Sakko im Hof zu erscheinen. Kämmen und die Krawatte binden konnte er auch unterwegs. So machten wir uns auf den Weg nach Florenz, um die Formalitäten zu erledigen, wie Hanna es unromantisch nannte.

Unterwegs hielten wir an einem Café und kauften becherweise Cappuccino *con poco latte e tanto caffè*, um den Bräutigam und seinen frisch auserkorenen Trauzeugen amtstauglich zu machen.

Das Standesamt von Florenz war inmitten einer Fußgängerzone und umgeben von Parkverbotsschildern. Zum Glück waren wir früh genug, um den Weg vom Parkplatz bis zum Amt nicht rennen zu müssen. Ein leichter Laufschritt genügte.

Die Standesbeamtin war sehr freundlich und plauderte vor der Zeremonie noch ein wenig mit uns. Sie stammte ursprünglich aus Köln, und das hörte man ihrem Deutsch auch noch deutlich an.

»Was hat Sie denn nach Florenz verschlagen?«, fragte Hanna interessiert.

»Die Familie«, erklärte sie. »Mein Vater war Italiener, und als ich volljährig wurde, entschied ich mich, bei ihm zu leben. Ich war damals gerade in einer Art Sinnkrise, ich stand in der Schule schlecht und hatte gerade einmal wieder mächtig Liebeskummer, na ja, und so hat mein Vater vorgeschlagen, dass ich zu ihm ziehe und meinen Schulabschluss in Italien mache. Auf den Abschluss folgte das Studium an der Università die Firenze, und die Jahre vergingen. So bin ich schließlich hier hängengeblieben.«

»Vermissen Sie Deutschland denn gar nicht? Ich meine, es ist doch immerhin Ihre Heimat?«, fragte ich, und es war, als würde ich mir selbst die Frage stellen.

»Natürlich vermisse ich Deutschland, das Schwarzbrot und so weiter. Ich fahre auch jedes Jahr zum Karneval nach Köln, das brauche ich einfach. Ich habe ja im Grunde zwei Heimatländer, und irgendwann im Leben musste ich mich eben für eines dieser Länder entscheiden. Aber das heißt ja nicht automatisch, dass ich mich gegen das andere entschieden habe.«

Diese Standesbeamtin war offenbar nicht dumm. Markus schaute mich durchdringend an. Es war, als wisse er genau, was in mir vorging.

»So, nun wollen wir aber mal zur Hauptsache kommen«, erklärte die Beamtin, zog sich eine altertümliche Robe an und bat das Brautpaar, sich an den großen Schreibtisch zu setzen. Im Gegensatz zu den Zeremonien in deutschen Standesämtern hielt sie jedoch keine lange Ansprache, sondern fragte lediglich, ob die beiden aus freiem Willen hier erschienen und noch unverheiratet seien.

Die eigentliche Trauung verlief in einem Affenzahn, und

außer unseren Namen unter die Amtsformel zu setzen, hatten Markus und ich nicht besonders viel zu tun.

Nach zwanzig Minuten waren wir fertig, umarmten uns alle gegenseitig und standen schließlich ratlos auf der Straße mitten in Florenz. Hanna sah zufrieden aus, Gergely sah immer noch verkatert aus, und Markus blickte gelangweilt drein.

»Was nun?«, fragte er schließlich.

»Ich habe eine Flasche Prosecco im Auto, die könnte noch kalt sein«, schlug ich vor, auf das Paar anzustoßen.

»Oh, für mich bitte nicht«, sagte Gergely und wurde noch etwas blasser um die Nase.

»Ich bin schwanger«, lehnte Hanna ab.

Und auch Markus schüttelte den Kopf und verzog sein Gesicht. »Nein, bloß keinen Alkohol!«

Da ich wenig Sinn darin sah, mich hier nun allein zu betrinken, ließ ich die Flasche zu und lud die traurige Runde wieder ins Auto, um zurück zu Mutters Weingut zu fahren. Hanna und Gergely nahmen auf dem Rücksitz Platz, und Hanna streichelte ihrem frischangetrauten Mann durchgehend die Wange. Ich beobachtete sie im Rückspiegel. Sie wirkte noch nicht wie eine Ehefrau. Aber in ihren Augen fand die eigentliche Hochzeit ja auch erst morgen statt.

»Und, was hältst du von dem, was die Standesbeamtin gesagt hat?«, fragte Markus, während ich mir aus dem Arnotal den Weg zurück zur Autobahn suchte.

»Dass die beiden nun Mann und Frau sind? Was soll ich davon halten?«, fragte ich zurück. »Das war ja der Sinn der Übung.«

»Nein, ich meine das mit den zwei Heimatländern und dass man sich für eines entscheiden kann, ohne sich gegen das andere zu wenden.«

»Keine Ahnung«, meinte ich schulterzuckend.

Im Rückspiegel sah ich, wie Hanna ihre Augen verdrehte.

Als wir am frühen Nachmittag wieder zurückgekehrt waren, war Francesca Aquiliani mit meiner Mutter dabei, lila Veilchen am Hoftor anzubringen. Türen und Fenster des Hofes waren schon reichlich verziert und leuchteten strahlend pink und lila um die Wette.

Als sie uns sah, stürmte sie auf uns zu und fiel mir abermals um den Hals, um danach die anderen, ihr ja eigentlich fremden Personen mindestens ebenso herzlich zu begrüßen: »Ah, la sposa! Die wunderschöne Braut! Ach und hier, sieh sich einer diesen stattlichen Bräutigam an! Na, das wäre ja auch ein Jammer gewesen, wenn er im Zölibat leben müsste!« Sie zwinkerte mir verschwörerisch zu. Dann warf sie sich Markus förmlich entgegen: »Und wir kennen uns ja schon, Markus, nicht wahr, der Herr Fotograf. Mit meinem Blumenschmuck wirst du die tollsten Motive finden – vielleicht kann ich dir dann einige Bilder abkaufen, zu Werbezwecken? Emanuela hat mir schon berichtet, dass du die Werbung für Il Diavolo übernehmen wirst!«

Ich sah zu meiner Mutter hinüber, die unmerklich mit dem Kopf schüttelte, was heißen sollte: »Das habe ich nie und nimmer behauptet!«

»Wow, eine gesprächige Person«, meinte Hanna zu mir, während ebendiese den armen Markus unterhakte und hinter sich her zum Hof zog, um ihn dazu zu bewegen, ein Foto von ihr vor ihrem Werk zu machen. »Genauso habe ich sie mir vorgestellt«, grinste meine Freundin, »diesmal hast du nicht übertrieben.«

»Ich übertreibe nie!«, sagte ich im Brustton der Überzeugung, während wir gemeinsam den Weg zum Haus hinaufgingen.

»Kommt her, und begrüßt eure Gäste!«, rief da meine Mutter zu uns herüber, und tatsächlich: Im Hof wimmelte es nur so von Menschen.

Die Familie des Bräutigams war eingetroffen samt den Eltern der Braut, die Giovanni mit einem großen Sammelbus am Flughafen in Pisa eingesammelt hatte. Dort hatte er auch ein paar weitere Freunde aus dem Germanicum sowie den Leiter des Seminars und natürlich unseren liebgewonnenen Signor Zambrotta getroffen. Dieser hatte im Schlepptau – Gott steh mir bei – ausgerechnet die liebe Carlotta. Ganz offensichtlich hatte sie sich wieder mit ihrem alten Onkel versöhnt, was ja an sich löblich war. Aber wer sie eingeladen hatte mitzukommen, das blieb ein Rätsel.

Der Ansturm der Hochzeitsgäste überforderte Mutters Dackel, sie zogen sich leise winselnd unter eine Bank zurück und beobachteten das Gewühl skeptisch. Die Gäste waren extra einen Tag früher angereist, denn am Samstag hätten sie es sonst wohl kaum pünktlich in die kleine Dorfkirche geschafft. Am Wochenende waren Italiens Autobahnen gern verstopft, und bei Alitalia wusste man nie so recht, ob die Flüge nicht kurzfristig wegen eines Intermezzos des Staatspräsidenten mit einer Stewardess oder ähnlicher Affären abgesagt wurden. So war der Hof meiner Mutter nun in ein großes Stimmengewirr getaucht, überall wuselten die orientierungslosen Ungarn, Deutschen und Römer hin und her, versuchten, ihr Gepäck zu identifizieren, und übertrafen sich gegenseitig in Ah!- und Oh!-Ausrufen über die Pracht des Anwesens.

Auch zwei unserer Arbeitskollegen aus Berlin waren eingeladen. Sie brachten einen Präsentkorb der Geschäftsführung mit, die Karte war unterschrieben von »i. A. Amelie Hermanns«. Nicht einmal das brachte Georg mehr selbst zustande. Es war ernüchternd.

Hannas Mutter begrüßte mich herzlich, jedoch mit zig Vorwürfen, weil ich zugelassen hatte, dass ihre Tochter sich in einen Nichtnorddeutschen verliebt hatte und sie somit sowohl ihre Tochter als auch ihr Enkelkind an die Ferne verlieren würde.

»Weißt du, wie weit weg das ist? Ungarn, da können wir doch höchstens zweimal im Jahr hinfahren!« Was für ihre Tochter vermutlich eher ein Argument dafür war.

Hanna gegenüber hielt sie sich mit solchen Aussagen wohlweislich zurück, denn der Dottore hatte verordnet, dass wir jeglichen Stress von der schwangeren Braut fernhalten müssten. Also ließ Gergelys künftige Schwiegermutter ihren Unmut an mir und Gergely aus, bis schließlich meine Mutter eingriff und die Brautmutter in ein Gespräch verwickelte. Der Brautvater blieb wie immer im Hintergrund, er hatte sich stets aus allem herausgehalten. Man durfte gespannt sein, ob er es nach der Trauung wenigstens auf eine Glückwunschformulierung brachte.

Gergelys Eltern waren genau, wie ich sie mir vorgestellt hatte: von osteuropäischer Herzlichkeit und mit einem schnellen Drang zum Wesentlichen: Sie waren kaum aus dem Bus ausgestiegen, da saßen sie auch schon auf der Terrasse und schenkten die erste Runde ihres vermutlich selbstgebrannten Slibovitz aus. Markus und Giovanni nahmen dieses Gastgeschenk dankend entgegen, und wir lachten herzlich über ihre Gesichter, als ihnen das Gebräu in der Speiseröhre brannte. Zoltán und Olli hingegen hielten sich an ihren Mineralwasserflaschen fest. Ihnen steckte der Junggesellenabschied noch in den Knochen und Blutbahnen.

»Das war's mit dem Geschmackssinn für den Rest des Abends«, raunte Hanna mir zu, als ihr Schwiegervater in spe mir nun ebenfalls einen Schnaps reichte, während Carlotta mit einem Glas Wasser zu Markus stiefelte, um ihn »zu retten«. Kaum zu fassen, wie sie sich ihm aufdrängte. Und er nahm das Wasserglas auch noch dankend entgegen.

Den Anblick wollte ich nicht länger ertragen, und so wandte ich mich an Gergelys Eltern und prostete ihnen zu. Sollte Markus mal sehen, wie man so einen Schnaps trank!

Der Bräutigamsvater war ein großer, äußerst attraktiver Mann in den Fünfzigern. Man sah sofort, woher Gergely sein gutes Aussehen hatte. Auch seine Mutter war sehr hübsch, hatte aber nicht diese markanten Gesichtszüge – und glücklicherweise auch nicht die breiten Schultern. Ich stellte mir Hannas Kind vor. Egal ob Junge oder Mädchen, es würde definitiv eine Schönheit werden.

»Oh, ich muss unbedingt das ganze Weingut sehen, it's so beautiful!«, hörte ich hinter mir Carlotta schwärmen. »Markus, wouldn't you like to show me around?«

»Am besten ist, wir machen nachher einen großen Rundgang mit allen zusammen. Oder was meinst du, Emanuela?«, antwortete Markus in Richtung meiner Mutter. »Sicherlich möchten alle Gäste gern wissen, wo der wundervolle Wein wächst und verarbeitet wird, den sie in den nächsten Tagen hier genießen dürfen.«

Das war deutlich, wie ich fand. Ganz offensichtlich verspürte er keinen Drang, mit Carlotta allein zu sein. Und für meine Mutter war das die perfekte Übung, wenn sie wirklich in nächster Zeit damit anfangen wollte, Gutsführungen und Weinproben anzubieten.

»Sehr gern«, antwortete meine Mutter. »Doch nun sollen erst einmal alle ihre Zimmer beziehen und sich frisch machen dürfen, die Reise war sicher anstrengend.«

Hanna, Giovanni, Markus und ich brachten also die Hochzeitsgäste in die Pension hinüber und zeigten ihnen, wo sie die nächsten Tage schlafen würden.

Am späten Nachmittag machte sich dann ein riesiger buntgemischter Trupp zu Fuß auf den Weg in den Weinberg, allen voran meine Mutter. Sie sah richtig stolz aus, während sie von der Geschichte der Borriellos erzählte und die sonnige Lage des Hügels lobte, die den besonderen Geschmack der Weine ausmachte. An einer abgeflachten Anhöhe blieben wir stehen. Jeder durfte nun die Trauben probieren. Sie waren noch nicht ganz reif, doch die Gäste waren begeistert, und meine Mutter sprach weiter, während Gergely und Olli damit beschäftigt waren, ihre Worte in Ungarisch und Deutsch zu übersetzen. Gelegentlich sprach meine Mutter auch auf Deutsch, so dass Olli ihre Worte ins Italienische übersetzte. Es war ein multilinguales Grüppchen, und ich fand es herrlich, dass ich sie – mit Ausnahme der Ungarn – alle verstand. Es hatte wirklich enorme Vorteile, zweisprachig aufgewachsen zu sein.

»Man spürt, dass sie Il Diavolo liebt«, meinte Markus, der neben mich getreten war.

Das stimmte. Dieses Familienerbe lag meiner Mutter wirklich sehr am Herzen, und auch ich begann langsam zu begreifen, welchen Schatz meine Großeltern ihr hier hinterlassen hatten. Bisher hatte ich das Weingut immer in Konkurrenz zu mir gesehen. Mutter hatte sich für Il Diavolo und gegen mich entschieden. Nun aber sah ich es anders: Mein Vater und ich hatten uns ebenso all die Jahre gegen Mamas Heimat und somit auch gegen sie entschieden.

»It's great«, schwärmte Carlotta, die Markus nicht von der Seite wich. »Und das gehört alles deiner Mutter?«

Ich nickte.

»Erbst du das dann alles?«

Schon wieder diese Frage. Was ging es die anderen an, was mit Mutters Weingut geschah? Und woher sollte ich wissen, was für Pläne sie damit hatte? Ich war doch gerade erst ein paar Wochen wieder hier.

Auch Francesca hatte sich uns angeschlossen. Irgendwie hatte Hanna sich so sehr über den Blumenschmuck gefreut, dass sie sie kurzerhand eingeladen hatte zu bleiben. Zur Hochzeit würde sie ja ohnehin mitsamt den Banditos erscheinen, und da es sich nicht lohnte, für den Abend wieder zurück ins Dorf zu fahren, wie sie fand, hatte meine gutmütige Mutter ihr auch ein Zimmer auf Il Diavolo gegeben. Mir blieb eben nichts erspart: Francesca *und* Carlotta.

»Ich glaube, Maria hat sich noch nicht entschieden, wo sie später leben möchte«, sprang Markus für mich ein. »Gebt ihr doch Zeit.«

»Wahrscheinlich muss sie sich erst einmal wieder an die Sitten und Bräuche hier gewöhnen – verglichen mit Berlin ist das hier für dich wahrscheinlich ein Kulturschock«, lachte Francesca, und ich sparte den anderen die Übersetzung.

»Also, ich würde sofort hierherziehen, wenn ich die Wahl hätte«, meinte nun auch Hanna, die sich bislang bei diesem Thema zurückgehalten hatte.

Sie hob zur Demonstration die Hände waagerecht vor sich und tat, als wäge sie ab: »Berlin–Toskana, Berlin–Toskana«, und ließ eindeutig die Toskana-Hand in die Höhe schnellen.

Ich bemerkte erst jetzt, dass meine Mutter unserem Gespräch zugehört hatte und mich eindringlich beobachtete. Konnte sie meine Gedanken lesen? Oder gar meine Gefühle? Dann würde ihr darin allerdings nichts als Chaos begegnen, denn ich wusste im Moment wirklich nicht so recht, wohin ich gehörte.

»Bei dir heißt es aber Berlin–Ungarn, Ungarn–Berlin«, meinte ich deshalb zu Hanna. »Und außerdem ziehst du aus Liebe fort, das ist etwas anderes.«

Welchen Grund hätte ich, mich hier in der Toskana niederzulassen?

Mama, na klar. Aber ansonsten? Wäre ich allein.

Signor Zambrotta hatte seine neu erworbene Digitalkamera dabei, die er zu jeder Gelegenheit einsetzte. Jede Aktion der Kamera wurde von einem eigenen Geräusch begleitet: Das Fotografieren mit Blitz machte »Miau«, das ohne Blitz »Piep«, und das Ausfahren des Zooms klang wie das Zischen einer Schlange. Damit würde die Trauung von einem kleinen Konzert der besonderen Art begleitet werden. Wir müssten die Kamera sicherheitshalber noch vor der Kirche verschwinden lassen.

Alle waren in bester Stimmung für die bevorstehende Feier, und die Sonne, die schon seit Tagen für angenehme fünfundzwanzig Grad sorgte, versprach auch für den Samstag treu zu sein.

Um die Gäste für den Rest des Abends zu beschäftigen und vor allem, um sie vom Hof zu bekommen und dem Brautpaar einen ruhigen Moment zur Vorbereitung zu ermöglichen, hatte meine Mutter noch einen Ausflug auf den Monte Amiata organisiert. Unter der Leitung von Giovanni machten wir uns im Anschluss an die Grundbesichtigung mit dem Gemeindebus, den uns Padre Panucci netterweise zur Verfügung gestellt hatte, auf den Weg nach Amiata. Während Mutter mit Gergely und Hanna auf dem Gut die letzten Vorbereitungen traf und das Brautpaar bei Padre Panucci die Beichte ablegen würde, um sich vollkommen rein und schuldlos das Ehesakrament spenden zu können, sollten wir gemütlich im Bistro Cuore Mio auf der Spitze des Berges mit Wein und Antipasti versorgt werden und den Sonnenuntergang über der Toskana genießen.

Zu spät stellte ich fest, dass die Auffahrt auf den Berg nicht mit dem Bus, sondern mit dem Gondellift geplant war. Das war grundsätzlich eine originelle Idee – für Menschen, die Gondellifte mochten.

Nach und nach bestiegen die Gäste die winzigen Gefährte, während ich noch am sicheren Boden stand und überlegte, wie teuer ich meinen Stolz verkaufen müsste, wenn mir nun nicht gleich die passende Ausrede einfallen würde.

»Maria, worauf wartest du noch, komm schon«, rief Julia mir zu. Oder war es Joanna? Ich hatte noch immer nicht gelernt, die Zwillinge auseinanderzuhalten. Das Kind saß mit Markus in einer Gondel, hinter ihnen nahm Giovanni als Letzter mit dem anderen Zwilling Platz. Die gute Carlotta hatte zwar versucht, sich den Platz neben Markus zu ergattern, doch ihr Onkel hatte darauf bestanden, dass sie ihn begleitete. Ich konnte ein schadenfrohes Grinsen nicht unterdrücken. Die Penetranz, mit der sich dieser sizilianische Giftzwerg an Markus ranwarf, war unerträglich, sie hatte einen Dämpfer verdient.

»Na, komm schon, bei uns ist noch Platz!«, rief Julia wieder und deutete auf die Lücke zwischen ihr und Markus.

»Lass sie«, meinte der, »Maria mag die Höhe nicht so gern, sie wartet einfach hier auf uns.«

Das fehlte noch, dass ich mir vor den Kindern die Blöße gab. Ich hatte den Petersdom geschafft, dann schaffte ich ja wohl auch diesen lächerlichen Gondellift! Und außerdem: Was sollte ich hier unten allein, während alle anderen auf dem Berg waren?

»Ich komm schon, wartet!«, rief ich, und mit Schwung ließ ich mich zwischen die beiden in den Sitz fallen, so dass der gefährlich zu schaukeln begann.

Oje, dachte ich.

»Oje«, rief auch das Mädchen. »Ich glaub, es wird doch zu eng.« Und zu meinem Erstaunen fügte sie hinzu: »Ich gehe lieber zu Papa und Joanna!« Sprach's, hüpfte wieder aus der sich bereits vom Boden lösenden Gondel und lief zu ihrem Vater und ihrer Schwester hinüber. So ein raffiniertes Ding! Da saß ich nun, mutterseelenallein in einem freischwebenden Lift, neben mir niemand Geringeres als Markus, der abermals erstaunt die Augenbrauen hochzog.

»Nanu? Doch keine Höhenangst mehr?«

Ich wusste nicht, ob ich lachen oder weinen sollte. Die Gondel wankte und knarrte, dass sich meine Nackenhärchen vor Grauen aufstellten. Natürlich hatte ich Höhenangst!

»Halt bitte den Mund und mich fest«, bat ich unter Aufgabe jeglichen Stolzes.

Markus grinste. »Darauf kannst du dich verlassen«, sagte er und legte seinen Arm um mich, während ich die Stange der Gondel fest umklammert hielt und meine Augen schloss. Es kribbelte unerträglich in meinen freischwebenden Füßen. Was hatte ich mir nur dabei gedacht, in diese Gondel zu steigen?

Und wer würde wohl noch alles versuchen, uns zu verkuppeln, dachte ich. Erst Hanna, dann meine Mutter und nun die Kinder. Irgendwie schienen hier alle der Meinung zu sein, dass Markus und ich zusammengehörten. Ausgenommen Carlotta und Francesca natürlich, die wahrscheinlich schon oben auf dem Monte Amiata darauf warteten, ihn weiter zu belagern.

Wie Markus selbst wohl darüber dachte? Ich konnte mir nicht vorstellen, dass Hanna mit ihrer Behauptung recht hatte.

Und wenn doch? Wieso schreckte mich der Gedanke daran, dass Markus Interesse an mir haben könnte, nicht mehr ab? Es wurde immer verwirrender.

In der ganzen Hochzeitsvorbereitungsstimmung konnte man kaum noch unterscheiden, was ernst zu nehmen war und was nicht. Alle schienen in einer verklärten Stimmung zu sein, Romantik lag überall in der Luft. Vor uns in der Gondel saßen Gergelys Eltern und hielten sich wie verliebte Teenager im Arm, auch Hannas Eltern hatten den Schock über die Blitzhochzeit halbwegs überwunden, nachdem sie ihren zukünftigen Schwiegersohn kennengelernt hatten, und wirkten glücklich über den doppelten Familienzuwachs. Alle schienen verliebt und mit ihrer Welt im Reinen.

Und ich? Im Moment saß ich in einem lebensgefährlichen Gondelsitz, und der Mann, den ich beschlossen hatte schrecklich zu finden, hielt mich im Arm, und es fühlte sich gut an. Irgendwie geborgen.

Aber wie konnte das sein? Es war doch Markus.

Zugegeben, ein Markus, den ich seit beinahe vier Monaten jeden Tag gesehen hatte. Mit dem ich Höhen und Tiefen erlebt hatte, mit dem ich gestritten und gelacht und mich über Hannas Heiratspläne erschreckt hatte. Mit dem ich die italienische Lebensart neu kennengelernt hatte. Der mir das Ebenbild von Nonnas Karaffe geschenkt hatte.

Er war ein Teil meines Lebens geworden. Wie würde es wohl nach unserer Rückkehr nach Berlin sein? Würden wir überhaupt noch Kontakt haben? Eigentlich gäbe es dafür keinen Grund. Das Projekt war abgeschlossen, und da ich auf keinen Fall weiter für Georg arbeiten wollte, war ich nicht einmal sicher, ob ich noch in Berlin leben würde.

Ich könnte noch eine Weile hier auf Il Diavolo bleiben, mich umorientieren, mein Leben neu planen. Mutter würde sich sicher freuen, wenn ich nicht sofort nach der Hochzeit abreiste. Das hieße aber, dass ich Markus am Montag, wenn der Flieger ging, Lebewohl sagen würde.

»Du solltest es dir ansehen, es ist wirklich eine einmalige Aussicht!«, hörte ich seine begeisterte Stimme. »Man kann von hier aus bis Il Diavolo sehen. Diese Gegend hier ist wirklich etwas Besonderes. Willst du nicht doch einmal einen Blick darauf werfen?«

»Sag mir einfach nur Bescheid, wenn wir wieder Boden unter den Füßen haben«, bat ich und presste die Lider weiter fest auf meine Augen.

»In Ordnung«, meinte er und drückte meinen Arm leicht. Ich merkte, wie er sich nach hinten umdrehte.

»Giovanni!«, rief er zur anderen Gondel hinüber. »Per favore, take some pictures. For Maria.«

Ich hörte Giovanni lachen. »È naturale«, antwortete er.

»Wir machen auch Fotos für dich«, kicherten die Zwillinge. Sie fanden es augenscheinlich lustig, dass ein erwachsener Mensch Angst vor einem Lift haben konnte.

Ich fand es weniger lustig.

Während hinter mir die Kameras gezückt wurden, klammerte ich mich weiter fest und versuchte, das üble Gefühl in der Magengegend zu unterdrücken.

Dann endlich meinte Markus: »So, keine Angst, es sind nur noch ein paar Meter.«

Langsam öffnete ich die Augen wieder und erblickte neben der Ausstiegszone die anderen Hochzeitsgäste. Carlotta stand an der Absperrung und winkte Markus zu. »War das nicht wunderbar?«, rief sie, und Markus bestätigte: »Ja, wirklich!«

Dann wandte er sich mir zu: »Alles gut bei dir?«

»Klar, was soll schon sein?« Ich hatte mich wieder einigermaßen gefasst, stieg aus dem Lift und wankte zu den anderen hinüber. Fehlte noch, dass ich mir vor Carlotta und Francesca eine Blöße gab.

Die beiden Konkurrentinnen um Markus' Gunst hatten mir gegenüber offenbar sehr unterschiedliche Gefühle. Während Carlotta mich mit zusehends düsterer werdenden Blicken bedachte, sah Francesca in mir immer noch ihre gute alte Freundin aus Kindertagen.

»Zum Glück hast du nicht kotzen müssen«, meinte sie zu mir. »Sonst sähe Markus jetzt bestimmt genauso blass aus wie du!«

»Was hat sie gesagt?«, fragte Markus.

»Sie steht auf dich«, meinte ich, und Francesca lächelte nichtsahnend, während Carlotta recht unzufrieden dreinblickte. Wahrscheinlich überlegte sie, ob sie uns alle den Hügel hinabstoßen sollte, um endlich mit Markus allein sein zu können. Der aber wirkte nicht sonderlich beeindruckt, sondern winkte nur ab: »Ach Quatsch.« Längst hatte er wieder seine Kamera gezückt, um den Ausblick auf die im Abendrot liegende Toskana festzuhalten. Unterwegs konnte er ja keine Bilder machen, weil er mich festhalten musste.

Er trat an die durch einen Zaun gesicherte Felsklippe heran, und seine unermüdlichen Verehrerinnen folgten ihm und bemühten sich, mit durch den Sucher zu schauen – so wirkte es zumindest. Ich hingegen konnte mir Besseres vorstellen, als mich an den Rand eines Berggipfels zu stellen, deshalb folgte ich den anderen die hölzerne Treppe hinauf, die zu dem kleinen Bistro führte. Auf der Terrasse waren bereits Tische für uns gedeckt. Mama hatte die Gruppe angekündigt.

»Ahhh, Signorina Maria, setzen Sie sich zu mir!«, rief mir Zambrotta entgegen, der schon Platz genommen und sich ein Glas Wein eingeschenkt hatte. Ich folgte seiner Bitte und setzte mich zu ihm und den Brauteltern an den Tisch. Dies bedeutete allerdings, dass ich nun gut Acht geben musste, wollte ich in der Kirche nicht ebenso verkatert dastehen wie die Männer beim Standesamt. Zambrotta redete in seiner unermüdlichen Begeisterung über die Hochzeit auf Hannas Eltern ein, die freilich nur Fragmente verstanden. Zoltán bemühte sich, für Gergelys Eltern und unsere *Climax*-Kollegen als Dolmetscher zu dienen.

Ich ertappte mich immer wieder dabei, wie ich den zwischen Carlotta und Francesca eingeklemmten Markus beobachtete. Er schien den Belagerungszustand einfach zu ignorieren und unterhielt sich über den Tisch hinweg mit Olli, während die Mädchen gebannt an seinen Lippen hingen. Das war ja lächerlich. Als hätte man sie dazu engagiert. Sie mussten doch merken, dass er auf ihre Kulleraugen nicht ansprang. Zumindest nicht auf Carlotta, ihr hatte er doch schon in Rom einen Riesenkorb gegeben. Bei Francesca war ich mir nicht ganz so sicher. Immerhin hatte sie mir schon mal einen Mann ausgespannt – halt, was redete mein Kopf da? Wieso ausspannen? Es ging doch hier nicht um meinen Freund, es ging um Markus! Offenbar verwirrte der viele Wein mir die Sinne.

Deshalb beschloss ich nun nach dem dritten Glas Wein und dem zweiten Teller Antipasti, den Rückweg anzutreten. Schließlich hatte ich einen gut anderthalbstündigen Fußmarsch hügelabwärts vor mir und wollte ja nach Möglichkeit zusammen mit den anderen wieder zurück nach Il Diavolo fahren. Nur in diesen fürchterlichen Lift brachten mich keine zehn Pferde mehr.

Ich hatte nur Hannas Mutter über meinen Abstieg informiert, aber die Nachricht hatte sich wohl schneller rumgesprochen als erwartet. Ich war gerade eine Viertelstunde unterwegs, da holte Markus mich ein.

»Was machst du hier?«, fragte ich.

»Na, was wohl?«, antwortete er. »Meinst du, ich lass dich hier allein runterklettern, es wird doch schon dunkel, das ist doch total gefährlich, im Dunkeln allein in den Bergen herumzulaufen.« Er übertrieb ein wenig. Zum einen war der Amiata nicht viel mehr als ein Hügel, zum anderen führte ein breiter Sandweg in sanftem Steigungsgrad hinunter, so dass von Klettern keine Rede sein konnte.

Wir gingen eine Weile schweigsam nebeneinanderher.

»Warum hast du nicht was gesagt, als du losgegangen bist?«, fragte er schließlich. »Wolltest du keine Begleitung?«

»Ich wollte die anderen nicht aus der Gemütlichkeit reißen. Ist ja nicht deren Schuld, dass ich nicht gerne Lift fahre, aber deshalb müssen die ja nicht den ganzen Weg laufen.«

»Ich laufe gern«, meinte Markus. »Mich hättest du fragen können.«

»Ja, aber dann hätte ich auch gleich deinen Anhang in Kauf nehmen müssen«, gab ich zurück. »Die hätten dich doch niemals allein fortgehen lassen.«

»Du meinst die beiden Mädels?«, meinte Markus. »Stimmt, die sind ziemlich gesprächig.«

Das war eine nette Umschreibung für aufdringlich.

»Normalerweise sind italienische Frauen wesentlich zurückhaltender als die deutschen, sie fallen nicht so mit der Tür ins Haus, sondern wollen sich lieber erobern lassen«, erklärte ich.

»Tja, zurückhaltend kann man Carlotta und deine alte Freundin wohl wirklich nicht nennen.« Markus grinste wieder. Es gefiel ihm natürlich, dass ich bemerkt hatte, wie begehrt er neuerdings war.

»Die beiden haben es eben mächtig nötig«, rutschte es mir boshaft raus. »Und Francesca ist nicht meine Freundin, sie hat da irgendwie verquere Erinnerungen.«

»Ich hab schon gehört, sie hat dir mal einen Freund vor der Nase weggeschnappt, nicht wahr?«

Das war peinlich – er wusste von der Sache mit Giorgio? Ich wurde knallrot. »Wer hat dir das denn erzählt?«

»Deine Mutter, als wir zusammen den Hof gekehrt haben. Ich hab sie gefragt, ob hier noch alte Freunde von dir wohnen, und da hat sie von dem Jungen aus dem Nachbardorf erzählt.«

»Na klasse, und was hat sie sonst noch so über mich erzählt?«

Jetzt wurde sein Gesichtsausdruck ernster.

»So einiges. Vor allem, dass sie sich wünscht, dass du hier bei ihr bliebest, hier auf Il Diavolo.«

Ich schluckte. Schon wieder dieses Thema.

»Ich kann das nicht so schnell entscheiden«, meinte ich. »Der Kontakt zu meiner Mutter war über Jahre total eingeschränkt, und jetzt sehen wir uns seit ein paar Wochen, und alles ist wunderbar. Aber wie es auf Dauer wäre, das kann man nie wissen.«

»Das kann ich verstehen«, meinte Markus. »Es wäre ein sehr großer Schritt, du müsstest in Berlin sicher einiges aufgeben.«

»Berlin zu verlassen ist gar nicht so das Problem«, widersprach ich. »Aber meine Mutter hat hier ihr eigenes Leben, sie hat Giovanni und die Kinder …«

… und ich habe im Grunde niemanden, fügte ich in Gedanken hinzu.

»Und du müsstest dir dein neues Leben erst noch aufbauen, richtig?«

»Richtig.«

Markus schwieg.

»Ich fliege am Montag jedenfalls erst mal nicht mit zurück.«

»Ich weiß«, antwortete er. »Der Verlag hat die Stornierung des Fluges gemeldet bekommen und nachgefragt, ob das seine Richtigkeit hat.«

»Ich habe noch Resturlaub, es ist sinnvoll, den jetzt zu nehmen.«

»Ja, das ist es«, meinte Markus.

Wir gingen schweigend weiter den Hügel hinab. An einer kleinen Lichtung blieben wir stehen und schauten auf das sanft beleuchtete Örtchen Amiata hinab.

»Italien ist so ganz anders als Deutschland«, stellte Markus gescheit fest. »Aber es hat wirklich seine Reize.«

»Du meinst die Landschaft?«, fragte ich.

»Hmm, auch.«

Er war etwas näher an mich herangetreten. »Und die italienischen Frauen«, fügte er hinzu.

»Hey, hast du nicht gerade noch gesagt, du stehst nicht auf Francesca und Carlotta?«, meinte ich empört und drehte mich zu ihm um. Er stand jetzt ganz dicht vor mir.

»Die beiden meine ich auch nicht«, sagte er und sah mir in die Augen. Ich hielt den Atem an. Würde er etwa versuchen, mich zu küssen? Ich wüsste nicht, was ich dann tun sollte. Wollte ich, dass er mich küsst, oder wollte ich es nicht? Wollte ich? Wollte ich nicht?

Da grinste er plötzlich und trat einen Schritt zurück.

»Komm, sonst sind die anderen vor uns unten«, sagte er und zeigte im Weitergehen auf den Lift, der Gondel für Gondel die Hochzeitsgäste wieder ins Tal brachte.

Ich hätte gewollt.

Verwirrt folgte ich Markus den Hügel hinab. Wir erreichten Amiata zeitgleich mit den anderen und stiegen wieder in den Bus. Sofort wurde Markus wieder von Carlotta belagert. Francesca hingegen schien das Feld zu räumen. Sie setzte sich im Bus neben Olli. Wahrscheinlich dachte sie, dass sie sich nun genau wie Hanna einen Priesteramtskandidaten angeln könnte. Aber da irrte sie sich gewaltig, Olli war römisch-katholisch, der durfte und wollte sich nicht durch eine Frau von seiner Berufung ablenken lassen. Die einzige Konkurrenz, die die Kirche fürchten musste, war bei Olli der Fußball. Das würde Francesca aber schon noch von selbst herausfinden. Süß ist die Rache, bitter das Leben – la amara vita.

Ich selbst kehrte im Bus zufrieden zu Signor Zambrotta zurück.

»Ah, Signorina, sind Sie gut den Berg hinabgekommen? Ich habe hier noch einen Wein mitgenommen, den trinken wir gleich, wenn wir wieder bei Ihrer Mutter sind!«

Auf so etwas konnte auch nur Zambrotta kommen – einer Weingutbesitzerin eine Flasche Wein von einem Ausflug mitzubringen. Aber aus dem Schlummertrunk würde nichts werden. Wie ich meine Mutter kannte, hatte sie ihre Lehren aus dem Junggesellenabschied gezogen und würde uns alle gleich nach unserer Rückkehr ins Bett schicken, damit wir zur Hochzeit fit wären.

So kam es auch. Wir erreichten das Gut um Mitternacht, das Brautpaar war längst schlafen gegangen. Mutter und Giovanni setzten sich noch auf die Terrasse, einer der Dackel schnarchte unter einem Olivenbaum im Hof. Ein denkwürdiges Bild, diese typisch deutsche Haushundrasse unter einem typisch toskanischen Gewächs. Es schien, als hätte auch meine Mutter Deutschland nicht ganz den Rücken gekehrt. Sie und Papa hatten auch einst einen Dackel gehabt. Der war allerdings auf tragische Weise einem Schulbus zum Opfer gefallen. Und nun besaß meine Mutter gleich fünf dieser eigenwilligen Hunde.

»Sofort ins Bett mit euch, avanti«, sagte sie, kaum dass wir alle dem Bus entstiegen waren. »Morgen ist ein langer Tag!«

Und alle Gäste folgten brav ihrer mütterlichen Anweisung. Signor Zambrotta warf seufzend einen letzten Blick auf seine Weinflasche, dann stellte er sie vor meiner Mutter auf den Tisch und verabschiedete sich mit einem höflichen Diener.

»Buonanotte«, scholl es durch den Hof, und wir verteilten uns auf die Häuser. Ich begegnete Markus auf der obersten Treppenstufe. Eigentlich holte er mich ein, weil ich mein Tempo auf das einer griechischen Fünfzig-Kilo-Landschildkröte reduziert hatte.

Wir standen einen Augenblick nebeneinander auf der letzten Stufe. Markus schaute mich an, und ich schaute zurück.

»Ich habe auch noch Resturlaub«, sagte er. Und lächelte. Ich lächelte zurück.

Samstag. Hannas kirchlicher Hochzeitstag.

»Diesmal ist es nicht nur Formsache«, rieb ich ihr unter die Nase, während ich ihr den kleinen Schleier ins Haar steckte und mit den weißen Rosenhaarnadeln befestigte. »Diesmal ist es Ernst und vor Gott, und es gibt kein Zurück!«

Seltsamerweise war diese Braut alles andere als nervös.

»Was soll jetzt noch schiefgehen?«, fragte sie. »Mein Kleid passt, und ich habe sogar noch die passenden Schuhe gefunden. Ich habe etwas Blaues (eine der Rosenhaarnadeln), etwas Altes (den Schleier meiner Mutter), etwas Neues (eine kleine Kreuzkette, die Gergely ihr aus Ungarn mitgebracht hatte) und etwas Geborgtes (meine Prada-Sonnenbrille für die Fahrt zur Kirche). Dazu einen wundervollen Bräutigam und bald auch unser Kind – mehr kann ich doch gar nicht wollen.«

Das mochte alles stimmen, aber auf einer Hochzeit gab es so viele Dinge, die schiefgehen konnten. Auf den Streublumen ausrutschen, die Ringe vergessen, das Ja-Wort verhaspeln, sich am Messwein verschlucken …

Doch Hanna blieb im Gegensatz zu mir ruhig und entspannt, als wäre dies nicht ihre erste, sondern ihre vierte oder fünfte Eheschließung.

Für mich war es zwar nicht die erste Hochzeit als Gast, wohl aber die erste als Trauzeugin. Beim Standesamt war dies ein recht nebensächlicher Job, doch in der Kirche würde ich während der gesamten Zeremonie zu Hannas Linken sitzen und jede Emotion live mitverfolgen können.

Markus blieb der Trauzeuge. Zoltán war zwar untröstlich, dass er seinen Job auf der standesamtlichen Trauung nicht hatte erfüllen können, aber er verstand, dass Markus, der so spontan für ihn eingesprungen war, nun auch in der Kirche Gergelys bester Mann sein musste. Das bedeutete dann auch, dass wir beide gemeinsam mit Gergely am Altar warten würden, während die Braut hinter den Blumenmädchen Julia und Joanna am Arm ihres Vaters den langen Gang der Dorfkirche entlangschreiten würde.

»Da, fertig«, sagte ich, als ich die letzte widerspenstige blonde Strähne mit den Haarnadeln zurückgesteckt und zwei Korkenzieherlocken herausgezogen hatte. Unsere *Climax*-Kolleginnen waren als Brautjungfern auserkoren worden und trugen rosa Pettycoats im Partnerlook. Die Kleider passten zwar farblich perfekt zum Blumenschmuck, ich war aber dennoch froh, dass dieser Kelch an mir vorübergegangen war und Hanna nicht darauf bestand, dass ich mich diesem Dresscode anschloss. Statt rosa Tüll trug ich also ein dunkelbraunes, schmal geschnittenes Seidenkleid mit tiefem, aber noch kirchengerechtem V-Ausschnitt, in den ich eine Kette aus Nonnas kostbarer Schmuckschatulle gehängt hatte: dunkelbraune Holzperlen mit kleinen Perlmuttsteinchen dazwischen. Mein Haar steckte ich nur mit einem cremefarbenen Haarreif nach hinten, und dazu trug ich Riemchensandalen im selben Farbton. Ich war mit meinem Äußeren zufrieden.

»Und du bleibst jetzt wirklich hier in Italien?«, fragte Hanna.

»Erst mal nur ein paar Wochen«, winkte ich ab. »Ich muss mir einfach überlegen, wie es weitergeht. Zurück zu Georg und *Climax* will ich jedenfalls nicht.«

»Ja, vielleicht ist es wirklich an der Zeit für einen Neuanfang«, sinnierte Hanna. »Trotzdem ein komisches Gefühl, ohne dich zurückzufliegen.«

»Ich komme auf jeden Fall nach und helfe dir bei der Wohnungsauflösung«, versicherte ich Hanna.

»Ich werde auch mächtig Hilfe brauchen, vor allem muss ich total viel wegschmeißen oder verkaufen, weil wir in Rom sicher keine besonders große Wohnung finden werden. Und dann muss ich Italienisch UND Ungarisch lernen, ich weiß nicht, ob ich das jemals schaffen werde, aber es geht ja nicht, dass ich mich nur dann verständigen kann, wenn Gergely dabei ist, um alles zu übersetzen, da würde ich mich ja total abhängig machen.«

»Das sehe ich auch so!«, bestätigte ich. »Also telefonieren wir in Zukunft nur noch auf Italienisch.«

»Das fehlte noch, du bist doch das letzte bisschen, was mir von meiner alten Heimat bleibt.«

»Und deine Eltern«, fügte ich hinzu.

»Ach ja, die vergesse ich immer«, grinste Hanna. »Aber ich glaube, sie gewöhnen sich langsam an den Gedanken, Großeltern zu werden.«

»Die freuen sich total«, meinte ich und grinste zurück, »die können es nur nicht so zeigen.«

Es klopfte. Meine Mutter trat ein. »Seid ihr so weit?«

»Ja, gerade fertig«, antwortete ich und zupfte zur Bestätigung noch einmal an Hannas Kleid herum.

»Du bist eine wunderschöne Braut«, meinte meine Mutter. »Und du siehst auch hübsch aus, Maria, ich bin stolz auf meine Mädels.«

Hanna umarmte meine Mutter. »Vielen Dank noch mal, dass wir hier feiern dürfen, es ist alles ganz wundervoll.«

Mir wurde die ganze Lobhudelei zu viel. »Na, dann los«, sagte ich deshalb und winkte auffordernd. Wir gingen die Treppe hinunter und in den Hof hinaus.

Dort stand bereits die Kutsche mit den zwei gescheckten Pferden, die Mama in einem Dorf bei Pisa organisiert hatte. Der Kutscher war in eine, wie sie sagte, original Kutschertracht aus dem achtzehnten Jahrhundert gekleidet, und Francesca hatte Kutsche und Pferde wie alles andere auch in die Farbtöne Pink, Lila und Flieder getaucht. Irgendwann würde ich mit Hanna noch mal ein ernstes Wörtchen über ihren Farbgeschmack sprechen müssen. Die anderen Gäste waren bereits mit dem Bräutigam zur Kirche vorgefahren, nur die Brautjungfern und Giovanni, Mama und ich würden uns gleich in den Lancia quetschen, um der Kutsche mit Tempo dreißig vorweg zu fahren. Die Zwillinge, als Blumenmädchen natürlich auch in Rosa gekleidet, saßen bereits strahlend neben dem Kutscher auf dem Bock.

Giovanni half Hanna, mit dem langen Kleid in die Kutsche einzusteigen. Zum ersten Mal ließ sie nun ein kleines Zeichen von Nervosität erahnen. Sorgenvoll blickte sie auf die beiden Schecken, die friedlich an ihrem Blumenschmuck kauten. »Ich hoffe, die gehen nicht mit uns durch«, meinte sie.

»Keine Sorge, du hast einen der erfahrensten Kutscher der ganzen Toskana vor dir«, behauptete Mama. Jener schnalzte nun einmal kurz mit der Zunge, und die Pferde spitzten die Ohren, zogen langsam an und verfielen in einen gemütlichen Trab.

Wir kletterten in Giovannis Auto und überholten die Kutsche am Fuße des Hügels. Bis zur Kirche brauchten wir gut zwanzig Minuten.

Während die Brautjungfern sich nun mit den Blumenmädchen aufstellten und Mama Hannas Vater heranwinkte, der fast schüchtern mit dem Brautstrauß in der Hand vor dem Portal wartete, betrat ich die kleine Kirche, in der ich so oft mit meinen Großeltern das italienische Vaterunser gebetet hatte. Mechanisch stippte ich meine Finger in das Weihwassergefäß und bekreuzigte mich damit auf der Stirn. Ein Wassertropfen fiel prompt auf mein Schlüsselbein und rann meinen Ausschnitt herab.

Ich ignorierte es und blickte mich suchend um. Vorn am Altar wartete bereits der Bräutigam mit seinem Vater, der ihm letzte Tipps zu geben schien. An der Seite stand Markus. Francesca steckte ihm gerade eine fliederfarbene Blume ins Knopfloch und fing sich dabei bitterböse Blicke von Carlotta ein.

Ich schritt durch den Gang, den wenige Minuten nach mir Hanna am Arm ihres Vaters entlanggehen würde, um sich für immer und ewig an ihren Ehemann zu binden. Ob ich diesen Schritt jemals wagen würde? Und an wessen Arm würde ich dann gehen? Papa war ja schon tot. In diesem Moment vermisste ich ihn umso mehr. Ich betrachtete die buntgemischten Reihen der Hochzeitsgäste. International. Wer würde wohl in den Bänken sitzen, wenn ich eines Tages heiraten sollte? Und was noch entscheidender war: Wer würde wohl der Mann sein, der dann am Altar auf mich wartete?

Ich trat neben Markus und flötete Francesca ein »Du musst dich setzen, es geht gleich los« ins Ohr. Widerwillig trat sie den Rückzug an und setzte sich in größtmöglicher Entfernung von ihrer Rivalin Carlotta in die Kirchenbank.

»Da bist du ja endlich«, raunte Markus mir zu. »Ich dachte schon, ich werd die gar nicht mehr los, seit einer halben Stunde steckt sie mir und Gergely unterschiedliche Blumen an, nur um sie gleich darauf wieder auszutauschen. Als ob das einen Unterschied machen würde, weder Pink noch Lila steht mir sonderlich.«

»Na ja«, raunte ich mit Blick auf Carlotta zurück, »sie hat ja gegenüber ihrer Rivalin noch die Busfahrt von gestern aufzuholen.«

Markus grinste. »Du meinst, die beiden führen einen heimlichen Zweikampf um meine Gunst?«

»Heimlich kann man dazu wohl nicht sagen.«

»Vielleicht können wir da ja nachher noch einen Schlammringkampf veranstalten«, schlug Markus vor, »das wäre doch mal was anderes auf einer Hochzeit.«

Ich warf ihm einen strengen Blick zu: »Beherrsch dich.«

Markus setzte wieder ein ernsteres Gesicht auf. »Okay, okay, hast ja recht.«

Wir schwiegen einen Moment, dann beugte er sich wieder zu mir herüber und sagte: »So ein Kampf wäre zwar amüsant, aber doch recht sinnlos. Die beiden hatten von Anfang an keine Chance gegen dich.«

So, nun war es raus. Ich hätte nie damit gerechnet, dass er es so einfach aussprechen würde, noch dazu hier und jetzt, in der Kirche, vor Hannas Hochzeit. Ich wurde rot bis an die Haarwurzeln, doch ich konnte nicht verhindern, dass mein Herz einen kleinen Satz machte. Hanna hatte es sich nicht ausgedacht, Mama hatte der Eindruck nicht getäuscht, und in mir wehrte sich überhaupt nichts gegen die Gewissheit, dass Markus mich gernhatte. Es war nicht mehr zu leugnen, dass auch ich etwas für ihn zu empfinden begonnen hatte. Wer hätte das gedacht. Und hier standen wir nun in einer kleinen Dorfkirche, der Heimat meiner italienischen Familie, und wenn nicht noch irgendwas passierte, würden wir uns in zwei Tagen womöglich für immer verabschieden.

Gergely räusperte sich. Schweißperlen standen ihm auf der Stirn. Mutter war im Portal erschienen, um dem Bräutigam ein Zeichen zu geben. Draußen sah man bereits Padre Panucci und einige Ministranten, die vor den Blumenmädchen und der Braut einziehen würden. Der Vater des Bräutigams zog sich in die Familienbank zurück, wo seine Frau schon mit gezückter Kamera stand. Markus und ich sollten uns links und rechts vom Altar aufstellen, um unseren »Patenkindern«, wie ich das Brautpaar nannte, auch symbolisch zur Seite zu stehen.

Wir nahmen also Aufstellung, und sofort ging das Raunen »Das sind die Trauzeugen« durch die Bänke, und die Fotoknipserei begann. Ein Jammer eigentlich, dass Markus als einziger anwesender professioneller Fotograf während der Trauung keine Bilder machen konnte. Aber das würde er auf der Feier nachholen, da war ich sicher. In der Zwischenzeit knipste Gergelys Mutter mit Signor Zambrotta um die Wette.

»Ich muss dir noch etwas zeigen«, flüsterte Markus zu mir herüber.

»Später«, flüsterte ich zurück.

»Es ist aber wichtig«, bekräftigte Markus.

»Was ist es denn?«

»Hier, lies«, sagte er, zog einen dreimal gefalteten Zettel aus seiner Sakkotasche und reichte ihn mir herüber. Vielleicht die Fürbitten, die wir Trauzeugen während der Zeremonie vorlesen sollten?

Jetzt begann der Organist, der ein kleines Keyboard neben der Orgel aufgebaut hatte, zu spielen. Er hatte es tatsächlich geschafft, den Pachebel-Kanon darauf einzustudieren. Es war alles perfekt. Hanna konnte glücklich werden.

Ich drehte mich nach der Braut um, während ich den Zettel auseinanderfaltete, und konnte sie im Portal stehen sehen. Ihre Mutter zupfte ihr noch seelenruhig das Kleid zurecht, während drinnen vor dem Altar der Bräutigam vor Nervosität von einem Fuß auf den anderen trat. Dann huschte die Brautmutter in die

Kirche, und die Prozession aus Ministranten, Blumenmädchen, Padre Panucci, Brautvater und Braut setzte sich langsam in Bewegung. Der Kanon befand sich noch im langsamen Abschnitt, und die Prozession passte ihr Schritttempo dem Takt an. Gergely blieb nichts anderes übrig, als auf seine Hanna zu warten. Doch was war das? Standen dem ungarischen Machomann etwa Tränen der Rührung in den Augen? Jetzt musste auch ich kräftig schlucken. Liebe war schon toll.

Ich warf einen kurzen Blick auf den entfalteten Zettel in meinen Händen. Vielleicht würden die Fürbittentexte mich ablenken. Doch es waren nicht die Fürbitten, die Markus mir rübergereicht hatte. Es war ein Ausdruck des Internetreisebüros, über das wir unsere Flüge gebucht hatten. »Markus Semgart, Rom – Berlin« stand da. »Umbuchung« und »Abflugdatum offen«.

Grazie!

Ich danke Rom für seine Authentizität sowie allen, die mir – mehr oder weniger bewusst – Anekdoten und Namen zur Verfügung gestellt haben. Danke auch, Christian und Nina, für Eure Geduld!

ANNA LICHT
Jan ist weg
Roman
223 Seiten
ISBN 978-3-7466-2496-9

Liebst du noch, oder lebst du schon?

»Theoretisch kann man nicht heiraten«, sagt Paula, als Jan sie fragt, ob sie sich vorstellen könne, seine Frau zu werden. Seit diesem Abend klappt beziehungsmäßig nichts mehr. Und bald packt Jan seine Koffer. Paula ist bestürzt, empört – und unglücklich. Was ist denn bloß so fürchterlich schiefgelaufen?
Authentisch, schwungvoll und mit viel Witz erzählt Anna Licht vom verwickelten Leben einer jungen Frau und ihrer Suche nach dem richtigen Mann, dem richtigen Job – und dem richtigen Glück.

»Von Liebe, Sex, Fußball, Kochen, Partys und Kleiderfragen bis hin zu Quizshows und antiautoritärer Erziehung. Eine witzige Alltagsgeschichte.« FLENSBURGER TAGEBLATT

Mehr Informationen erhalten Sie unter www.aufbau-verlag.de oder in Ihrer Buchhandlung

atb aufbau taschenbuch

ANDRÉ SALU
Ein Engel für zwei
Eine himmlische Liebesgeschichte
263 Seiten
ISBN 978-3-7466-2377-1

Ein Engel als Heiratsvermittler?

Amander ist nicht von dieser Welt, er ist ein Engel. Er will beweisen, dass es die perfekte Liebe gibt. Mit statistischen Methoden hat er das ideale Paar bereits ermittelt. Aber lässt sich so wahre Liebe finden? Als das Experiment zu scheitern droht, hilft der himmlische Kuppler nach – und bringt nicht nur das Leben der Auserwählten gehörig durcheinander.
Eine rasante und urkomische Romanze mit der Garantie zum Verlieben.

Mehr Informationen erhalten Sie unter www.aufbau-verlag.de
oder in Ihrer Buchhandlung

atb aufbau taschenbuch

EDGAR RAI
Nächsten Sommer
Roman
236 Seiten.
ISBN 978-3-378-00696-6

Auf der Suche nach dem Sound des Lebens

Eigentlich wollten Felix, Marc und Bernhard nur zusammen fernsehen, doch am nächsten Morgen sitzen sie in Marcs orangefarbenem VW-Bus. Vor ihnen liegt die Reise ihres Lebens. In Südfrankreich wartet ein Haus auf sie. Sie lassen die Haare im Fahrtwind wehen, ertrinken beinahe in einem See, werden von der Polizei gejagt und von den Vögeln begleitet. Sie lesen Lilith auf, Typ Scarlett Johansson. Dann stößt Zoe dazu, mit gebrochenem Herzen, und zuletzt Jeanne, die traurige Französin. Je näher sie dem Ziel ihrer Fahrt kommen, desto brennender wird die eine große Frage: Was ist das Leben? Und am Ende der Straße steht ein Haus am Meer …

»Ein nüchternes, buchgewordenes Roadmovie, voller Sehnsucht und Versprechen. Glitzernd wie ein Tag am Meer.« NEON

Mehr Informationen erhalten Sie unter www.aufbau-verlag.de oder in Ihrer Buchhandlung

kiepenheuer